GRöLS Verlage

„Bücher sind wie Fallschirme. Sie nützen uns nichts, wenn wir sie nicht öffnen."

Gröls Verlag

Redaktionelle Hinweise und Impressum

Das vorliegende Werk wurde zugunsten der Authentizität sehr zurückhaltend bearbeitet. So wurden etwa ursprüngliche Rechtschreibfehler regelmäßig *nicht* behoben, denn kleine Unvollkommenheiten machen das Buch – wie im Übrigen den Menschen – erst authentisch. Mitunter wurden jedoch zum Beispiel Absätze behutsam neu getrennt, um den Lesefluss zu erleichtern.

Um die Texte zu rekonstruieren, werden antiquarische Bücher von Lesegeräten gescannt und dann durch eine Software lesbar gemacht. Der so entstandene Text wird von Menschen gegengelesen und korrigiert – hierbei treten auch Fehler auf. Wenn Sie ebenfalls antiquarische Texte einreichen möchten, finden Sie weitere Informationen auf www.groels.de

Viel Freude bei der Lektüre wünscht Ihnen das Team des Gröls-Verlags.

Adressen

Verleger: Hermann-Josef Gröls,

Im Borngrund 26, 61440 Oberursel

Externer Dienstleister für Distribution & Herstellung:

BoD, In de Tarpen 42, 22848 Norderstedt

Unsere „Edition | Werke der Weltliteratur“ hat den Anspruch, eine der größten und vollständigsten Sammlungen klassischer Literatur in deutscher Sprache zu werden. Nach und nach versammeln wir hier nicht nur die „üblichen Verdächtigen“ von Goethe bis Schiller, sondern auch Kleinode der vergangenen Jahrhunderte, die – zu Unrecht – drohen, in Vergessenheit zu geraten. Wir kultivieren und kuratieren damit einen der wertvollsten Bereiche der abendländischen Kultur. Kleine Auswahl:

Francis Bacon • Neues Organon • **Balzac** • Glanz und Elend der Kurtisanen • **Joachim H. Campe** • Robinson der Jüngere • **Dante Alighieri** • Die Göttliche Komödie • **Daniel Defoe** • Robinson Crusoe • **Charles Dickens** • Oliver Twist • **Denis Diderot** • Jacques der Fatalist • **Fjodor Dostojewski** • Schuld und Sühne • **Arthur Conan Doyle** • Der Hund von Baskerville • **Marie von Ebner-Eschenbach** • Das Gemeindekind • **Elisabeth von Österreich** • Das Poetische Tagebuch • **Friedrich Engels** • Die Lage der arbeitenden Klasse • **Ludwig Feuerbach** • Das Wesen des Christentums • **Johann G. Fichte** • Reden an die deutsche Nation • **Fitzgerald** • Zärtlich ist die Nacht • **Flaubert** • Madame Bovary • **Gorch Fock** • Seefahrt ist not! • **Theodor Fontane** • Effi Briest • **Robert Musil** • Über die Dummheit • **Edgar Wallace** • Der Frosch mit der Maske • **Jakob Wassermann** • Der Fall Maurizius • **Oscar Wilde** • Das Bildnis des Dorian Grey • **Émile Zola** • Germinal • **Stefan Zweig** • Schachnovelle • **Hugo von Hofmannsthal** • Der Tor und der Tod • **Anton Tschechow** • Ein Heiratsantrag • **Arthur Schnitzler** • Reigen • **Friedrich Schiller** • Kabale und Liebe • **Nicolo Machiavelli** • Der Fürst • **Gotthold E. Lessing** • Nathan der Weise • **Augustinus** • Die Bekenntnisse des heiligen Augustinus • **Marcus Aurelius** • Selbstbetrachtungen • **Charles Baudelaire** • Die Blumen des Bösen • **Harriett Stowe** • Onkel Toms Hütte • **Walter Benjamin** • Deutsche Menschen • **Hugo Bettauer** • Die Stadt ohne Juden • **Lewis Caroll** • *und viele mehr….*

Inhalt

Rheinmärchen

Clemens Brentano

Das Märchen von dem Rhein und dem Müller Radlauf
Wie der Müller Radlauf dem Rhein ein Lied sang und einen Traum hatte.

Im Rheingau, wo jetzt Rüdesheim liegt, stand vor undenklichen Zeiten eine einsame Mühle am Rhein, umgeben von einer grünen und blumenvollen Wiese. Auf dieser Mühle wohnte Radlauf, ein junger frommer Müllerbursche. Er lebte mit der ganzen Welt in Frieden, gab den Armen gern ein Mäßchen Mehl umsonst und streute seine Brosamen den Fischen und Vögeln aus. Jeden Abend setzte er sich auf den Mühldamm hinaus und hatte da seine Freude an den schönen grünen Wellen des Rheins, an den Ufern, die sich spiegelten, und den Fischen, die vor Lust aus der Flut emporsprangen. Ehe er aber schlafen ging, flocht er immer noch einen schönen Blumenkranz und sang dem alten Rhein ein Lied vor, ihm seine Ehrfurcht zu beweisen. Am Schlusse des Liedes warf er dann den Kranz in die Wellen, die ihn freudig hinuntertrugen, und wenn Radlauf den Kranz nicht mehr schwimmen sah, ging er ruhig nach seiner Mühle, um zu schlafen. Das Lied aber, welches er gewöhnlich sang, lautete also:

Nun gute Nacht! mein Leben,
Du alter, treuer Rhein.
Deine Wellen schweben
Klar im Sternenschein;
Die Welt ist rings entschlafen,
Es singt den Wolkenschafen
Der Mond ein Lied.

Der Schiffer schläft im Nachen
Und träumet von dem Meer;
Du aber, du mußt wachen
Und trägst das Schiff einher.

Du führst ein freies Leben,
Durchtanzest bei den Reben
Die ernste Nacht.

Wer dich gesehn, lernt lachen;
Du bist so freudenreich,
Du labst das Herz der Schwachen
Und machst den Armen reich.
Du spiegelst hohe Schlösser
Und füllest große Fässer
Mit edlem Wein.

Auch manchen lehrst du weinen,
Dem du sein Lieb entführt;
Gott wolle die vereinen,
Die solche Sehnsucht rührt;
Sie irren in den Hainen,
Und von den Echosteinen
Erschallt ihr Weh.

Und manchen lehret beten
Dein tiefer Felsengrund;
Wer dich im Zorn betreten,
Den ziehst du in den Schlund;
Wo deine Strudel brausen,
Wo deine Wirbel sausen,
Da beten sie.

Mich aber lehrst du singen:
Wenn dich mein Aug ersieht,
Ein freudeselig Klingen
Mir durch den Busen zieht;
Treib fromm mir meine Mühle,
Jetzt scheid ich in der Kühle
Und schlummre ein.

Ihr lieben Sterne, decket
Mir meinen Vater zu,
Bis mich die Sonne wecket,
Bis dahin mahle du:
Wirds gut, will ich dich preisen,
Dann sing in höhern Weisen
Ich dir ein Lied.

Nun werf ich dir zum Spiele
Den Kranz in deine Flut:
Trag ihn zu seinem Ziele,
Wo dieser Tag auch ruht.
Gut Nacht, ich muß mich wenden,
Muß nun mein Singen enden,
Gut Nacht, mein Rhein!

Dieses Lied und der Kranz freuten den alten Rhein immer sehr; er gewann den Müller Radlauf darum gar lieb und trieb ihm sein Rad gar ordentlich, nicht zu langsam und nicht zu geschwind.

Einstens träumte dem Müller: er gehe auf seine Wiese und wolle dem alten Rhein den gewöhnlichen Blumenkranz winden, er finde aber auf der Wiese gar keine anderen Blumen als Rittersporn und Kaiserkronen und Königskerzen und Schwertlilien und Ehrenpreis und dergleichen vornehme ritterliche Gewächse, er aber scheue sich mit seinen bürgerlichen Händen nicht, breche die edlen Blumen nach Herzenslust und tue sich, seinem alten Freund, dem adlichsten der Flüsse, einen recht prächtigen Kranz daraus zu winden. Als er nun diesen im Traume in die Wellen warf, tauchte unter demselben ein alter und ernsthafter und doch liebreicher Mann aus der Flut; sein feines Schilfhaar war mit einer goldenen Rebenkrone umgeben, in deren Zweigen der Blumenkranz Radlaufs ruhte. In den Armen hielt er ein wunderschönes Jungfräulein und setzte es vor Radlauf, der am Ufer niedergekniet war, auf den Strand. Die Jungfrau, träumte er weiter, habe sich ihm freundlich genähert, ihm eine köstliche alte Krone aufgesetzt und ihn dann an der Hand aufgehoben, um ihn nach seiner Mühle zu begleiten. Aber da er mit ihr über die Wiese gegangen, sei auch gar kein anderes Kraut mehr darauf zu sehen gewesen als nur Mausohr, worüber sie beide sehr erschrocken seien; denn das Mausohr sei solchermaßen gewachsen, daß es sie ganz umklammert habe; dann aber sei ein Kraut, Katzenschwanz, emporgeschossen, und rings an allen Hecken und Bäumen so viele Weiden- und Palmkätzchen, wie sie am Palmsonntag in der Kirche eingesegnet werden, und habe das Mausohr ganz wieder verschlungen. Während allem sah er im Traume den alten Wassermann in dem Rheine zornig herumspringen und ganze Berge von Wellen in die Höhe werfen, und seine Mühle schimmerte ihm wie ein Schloß am Bergfuß entgegen. Darüber erwachte der Müller in großen Ängsten.

Wie des Müllers Traum wahr geworden.

Der Traum war so lebhaft gewesen, daß Radlauf sich die Augen nicht lange rieb. Er sprang von seinem Lager und eilte hinaus auf die Wiese, um nach den vornehmen Blumen zu sehen, von denen er geträumt hatte. Da aber war alles wie sonst: Gänseblümchen die Menge und hier und da ein frisches Maiglöckchen und viele Butterblumen, auch im Schatten noch einige Veilchen. Die Sonne guckte eben mit den äußersten Spitzen ihrer goldenen Augenwimpern über den Rochusberg, welcher der Mühle gegenüber jenseits des Rheins lag, hervor. Radlauf trat auf den Mühldamm hinaus, den Rhein zu beobachten; denn sein Traum stand ihm so klar vor Augen, daß er glaubte, es müsse alle Augenblicke der alte Wassermann hervortauchen und ihm die schöne Prinzessin entgegenreichen.

Wie er so auf die Wellen niedersah, hörte er auf einmal eine herrliche Musik; da zitterte ihm das Herz vor Freude, und er dachte schon, das könne etwas bedeuten. Als aber plötzlich Pauken und Trompeten durch die Luft tönten und aus dem Echo widerschmetterten: hob er seine Blicke den Rhein aufwärts und sah von Mainz herab ein goldenes Schiff fahren, worauf der König und die Königin von Mainz nebst ihrer Tochter, der Prinzessin Ameleya, saßen, umgeben von vielen Hofdamen, Kammerherren, Rittern und Musikanten.

Merkwürdig war in dieser Gesellschaft, daß der größte Teil der Dienerschaft keinen Anteil an der Musik zu nehmen schien; denn der ganze Hofstaat hatte nur Ohren für das Schnurren und Spinnen einer großen Katze mit funkelnden Augen, die auf dem Schoße der Königin ruhte und mit dem Schweife wedelte. Alle schienen hierin eine Vorbedeutung großer Ereignisse zu sehen.

Die mächtigen Leute hatten damals den Brauch, gewisse bedeutungsvolle Tiere als Hof- und Leibtiere mit sich herumzuführen, welche lebendige Würdeträger innerlicher Eigenschaften und Geistesrichtungen ihres Stammes oder ihrer Person waren. Manche führten Löwen, Adler, Bären, Leoparden, Falken, Schwäne, Kraniche und dergleichen Tiere bei sich, diese alte Königin aber eine Katze. Diese Tiere waren zu einer großen Ruhe und Gleichmütigkeit erzogen und durften nur im äußersten Fall durch ein bescheidenes, vieldeutiges Zeichen ihre innere Gemütsstimmung bemerklich machen. Denn von ihrem Betragen hing Glück und Leben von Land und Leuten ab; weil sie als Barometer für den Erfolg einer jeden Staatsangelegenheit betrachtet wurden, nach deren Äußerungen man Krieg und Frieden, Bündnisse und Heiraten schloß. Ging aber ein solcher Handel schief: so setzte man das Tier ab, jagte es in den Wald oder brachte es sonst beiseite und nahm ein anderes an dessen Stelle. Manchmal bei großen Veränderungen nahm man größere, mächtigere Tiere an die Stelle; so kamen Tiger, Leoparden und Löwen an die Stelle der Katzen. Es waren diese Gebräuche mit der alten Zeichendeuterei verwandt, nach welcher berühmte Helden vor jedem wichtigen Geschäft erst aus dem Fluge der Vögel, dem Lauf der Tiere, dem Fressen der Hühner Glück und Unglück vorhersehen wollten. In späteren Zeiten wuchsen die Leidenschaften der Menschen so, daß kein Tier mehr groß genug war, sie vorzustellen. Auch waren die Löwen, Adler und Elephanten wegen ihrer Unbändigkeit und Größe unbequem und unanständig; denn die Menschen wurden äußerlich zahmer und weichlicher. Da machten gelehrte Leute die Erfindung, nur die Abbildung der ehemaligen Hof- und Leibtiere mit herumzuführen und statt derselben geschickte, wohlerzogene Menschen anzustellen, welche sich nicht gleich alles merken ließen, damit man sich erst auf jeden Fall gehörig vorbereiten konnte. Es war dieses gewiß eine vortreffliche Erfindung, der wir Ruh und Frieden zu verdanken haben. Aus diesen Abbildungen der Hof- und Leibtiere entstanden die Wappen, und man kann aus den seltsamen Figuren der auf denselben abgebildeten Tiere sich eine Vorstellung machen, wie wunderbar Erziehung und Hofbrauch die ehemaligen Hoftiere zugestutzt hatten. Zu dieser wohltätigen Veränderung sollen die traurigen Begebenheiten mit beigetragen haben, welche durch die wenige Zurückhaltung der großen Katze auf dem Schoße der Königin von Mainz in dieser Geschichte veranlaßt wurden. Wenngleich alle diese abergläubischen alten Händel längst vergessen sind, so ist doch hie und da noch eine Spur übrig geblieben, wie man an den Wollflocken, welche die Vögel zu ihren Nestern von den Dornhecken sammeln, sehen kann, daß vorübergezogene Schafherden sie daran hängen ließen, und so soll das Sprüchwort: 'Es kommt Besuch, denn unsre Katze putzt sich', noch von der prophetischen Gewohnheit jener Katze herkommen, sich vor jeder Ankunft hoher Gäste fein sauber zu belecken und zu putzen.

Heute aber war die Aufmerksamkeit nicht ohne Ursache auf das Betragen der Katze gerichtet; denn die königliche Familie fuhr dem versprochenen Bräutigam ihrer einzigen Tochter, der Prinzessin Ameleya, entgegen, dem Prinzen Rattenkahl von Trier, der mit der alten Königin von Trier den Rhein herauffahren sollte. Es war nicht ganz unbekannt geblieben, daß diese Familie ein Hof- und Leibtier von sehr verschiedener Gemütsart mit sich führte; aber ein altes Staatslied enthielt die Prophezeiung, daß am Bingerloch durch Zusammenkunft von Katz und Ratz eine hohe glückliche Verbindung und eine neue glückliche Zeit eintreten sollte. Das Liedlein sagte folgendes:

Gute Zeit! wenn Ratz und Katz
Einig auf des Rheines Flut
Hingeleiten Schatz zu Schatz,
Alles wird dann werden gut.
Glück, dann hält des Rades Lauf
Hochzeitskranz und Krone auf.

Weil nun die Familie des Prinzen Rattenkahl eine ausgezeichnete Ratze mit sich zu führen pflegte: so hielt man das heutige Begegnen der beiden Schiffe, welche Ratz und Katz und auch den herzallerliebsten Schatz, die Prinzessin Ameleya, mit sich führten, für die Erfüllung jenes alten Reims, und die Hofmusikanten spielten gar keine andere Melodie, was schier langweilig war.

Die schöne Ameleya war sehr begierig, ihren Bräutigam zu sehen, mit welchem ihr ein so großes Glück kommen sollte, und sie hatte sich ganz vornhin auf den Schnabel des Schiffes gesetzt, so daß ihre blonden Locken wie ein goldenes Wimpel wehten. Sie trug ein grünsamtenes Kleid, mit goldenen Träublein gestickt, und spielte mit einem goldenen Ruder nachlässig in den Wellen, während sie dann und wann durch die hohle Hand in das dunkle Felsental hineinsah, in welches sich der Rhein aus dem heiteren und lichten Rheingau ergießt, als wolle er mit seinem feurigen Wein einen kühlen Keller suchen. Radlauf wendete kein Auge von der schönen Prinzessin; denn ihm schien nicht anders, als daß sie die nämliche sei, welche ihn im Traum so sehr erfreut hatte. Dazu kam noch, daß er in dem Gesange von dem Schiffe her, in den Worten

'Schatz, Glück, Rades Lauf' immer von einem besonderen Glück zu hören glaubte, das dem Radlauf begegnen sollte.

Da erhob sich aber auf einmal ein starker Wind, und das Schiff der Königin von Trier strich mit vollen Segeln bei dem Binger Loche heraus und war in wenigen Minuten dem Mainzer Schiff sehr nahe. Der Bräutigam, Prinz Rattenkahl, saß auch auf dem Schiffsschnabel, seine Braut desto eher zu erblicken. Aber er sah nicht zum besten aus. Wenn er gleich ein guter Herr von großen persönlichen Eigenschaften sein mochte: so stand ihm doch sein kahler spitzer Kopf, sein sehr dünner aber langer Schurrbart und der enge Pelz von schwarzen und weißen Mäusefellen mit einem langen Rattenschwanz daran sehr unvorteilhaft. Hinter ihm saß auf einem ledernen Stuhl seine Mutter, die Königin von Trier, eine sehr alte Dame, die so beschäftigt war, die große Staatsratze, die ihr auf einem großen Samtkissen im Schoße lag, mit Zuckerbretzeln zu füttern, daß sie von allem um sie her nichts hörte und nichts sah; denn die Ratze schien besonders unruhig und wollte sich immer verstecken. Nun kamen sich die Schiffe sehr nah, und die Mainzer Musikanten machten einen gewaltigen Lärm mit ihrem alten Staatsgesang, den sie mit Pauken und Trompeten begleiteten.

Nun war der wichtige Augenblick der Erfüllung des alten Staatsreims herangekommen: keine Miene verzog sich auf den beiden Schiffen; hier schaute alles nach der Katze, dort nach der Ratze, welche sich beide auch in äußerster Stille verhielten; man erwartete das große Glück.

Die schöne Ameleya, etwas über das Aussehen ihres Bräutigams verlegen, wendete ihr Köpfchen gegen Radlaufs Mühle hin, und Radlauf rückte auf den äußersten Rand seines Mühldamms. Nun ertönte der alte Staatsreim noch einmal, und die Erfüllung stand nicht länger auf dem Sprung.

Die Katze fuhr wie ein Blitz über die schöne Ameleya weg nach der Ratze in das andere Hochzeitsschiff hinüber, die ebenso geschwind vor ihr in einen Winkel schoß; die alte Königin war mit ihrem Stuhle umgefallen; aber, o Unglück! der schönen Ameleya entfiel das goldene Ruder, sie bückte sich danach und stürzte in die Flut, und, plumps! sprang Radlauf mit gleichen Beinen in den Rhein, sie zu retten.

Auf den beiden Schiffen war alles in der größten Verwirrung. Die alte Königin von Trier schrie wie rasend: „Staatsratz! o Staatsratz!“ – Die alte Königin von Mainz aber schrie: „Staatskatz! o Staatskatz!“ denn der Prinz Rattenkahl trieb diese dermaßen mit dem Ruder im Schiff herum, daß sie sich endlich auf den Mastbaum rettete. Diese Verwirrung mehrten die Musikanten noch, die wie toll und rasend drauflos paukten und trompeteten, worüber der König von Mainz endlich so unwillig ward, daß er den Pauker und zwei Trompeter ins Wasser stieß. Da ward es etwas geräumiger und stiller, und er konnte das Jammern der Hofdamen über das Unglück der Prinzessin Ameleya erst verstehen, und nun erhob er ein großes Wehgeschrei. Er trat auf die Spitze des Schiffs, wo sie hinabgestürzt war, und rief dem Trierischen Prinzen Rattenkahl zu: „O, teuerster Herr Schwiegersohn! retten Sie Ihre Braut!" Rattenkahl aber hörte und sah nichts vor Zorn über die Katze, die er noch immer herumhetzte, um sie aus dem Schiffe zu bringen, und schrie immer mit seiner Mutter zugleich: „Ins Wasser mit der Katze, sie soll ertrinken!"

Da warf der König von Mainz ihm aus Zorn die Krone an den Kopf, aber sie traf ihn nicht und flog in den Rhein.

Nun wendete sich der König zu seinem Gefolge und rief aus: „Wer mir meine Tochter rettet, der soll sie zur Frau haben und meine Krone dazu!"

Die Musikanten wollten platterdings nicht retten und schützten vor: das Wasser verderbe das Gehör, verstimme die Geigen, stehe gar zu tief unter dem Kammerton, habe keine Resonanz und könne man leicht in den tiefen Noten aus dem Takt kommen. Einige Ritter sprangen in den Fluß, aber ihre Waffen zogen sie alle in den Grund. Mehrere Hofdamen jagte der verzweifelte König nun selbst hinein; aber ihre breiten, steifen Röcke hielten sie oben wie Fischkasten, dabei jammerte sie, es komme ihnen kalt an die Beine und sie würden von Fischen gebissen. Hierzu raste der König um seine Tochter, die Königin jammerte um die Katze, die Musikanten spielten und schrieen den Staatsreim in einem betrübten Ton voll durcheinander; denn die Damen und Pauker und Trompeter, die um das Schiff herumschwammen, faßten sie an den Haarzöpfen, um sich herauszuhelfen. Da tat die gehetzte Staatskatze plötzlich einen Satz nach dem Mainzer Schiff, sie hatte aber nicht gut gemessen und fiel ins Wasser, worüber Rattenkahl lachte, daß ihm der Mäusepelz auf den Schultern tanzte, seine Mutter aber, die alte, böse Königin von Trier, vor Freuden in die Hände patschte. Sie hatte sich die ganze Zeit mit ausgebreiteter Schürze in den Winkel des Schiffs vor die Staatskatze gesetzt und, um die Katze von sich zu scheuchen, wie ein Hund gebellt. Die Katze aber wurde von einem schwimmenden Edelknaben mit dem Ellenbogen wieder in das Schiff geschleudert und ist später aus dieser Tat ein ganzer Landesname, Katzenellenbogen, entstanden.

Als aber Rattenkahl noch mit dem Ruder so nach ihr schlug, daß das Wasser dem König von Mainz die ganze Frisur verdarb, kam dieser in einen solchen Grimm, daß er ausrief:

„So wollt ich dann, daß dich das Bingerloch mit Mann und Maus verschlänge und die Felsensteine rings dazu lachten!"

Darauf aber erwiderte die Königin von Trier nichts als mit einer recht spitzigen feinen Stimme: „Ei, daß dich das Mäuschen beiß!"

Die Königin von Mainz herzte und trocknete indes ihre Lieblingskatze, und der König wendete seinen ganzen Zorn nun auf sie, weil er behauptete: diese verwünschte Katze habe all das Unglück herbeigeführt; und sie begannen beinahe schon zu raufen, als der alte Rhein das unartige Betragen all dieser häßlichen Herrschaften nicht mehr länger mit ansehen konnte und plötzlich einen heftigen Sturm in seinen Wellen zu erheben begann. Da flogen die beiden Schiffe wie Spreu auseinander. Das Mainzer Schiff flog gegen Mainz, das Trierische gegen Koblenz zurück. Da das letzte aber bei Bingen um die Ecke herum fuhr, ward die Verwünschung des Königs von Mainz schon an ihm wahr: der Strudel faßte das Schifflein und drehte es herum wie einen Kreisel, immer geschwinder und geschwinder; da lautete es, als wenn sich ein Riese gurgelte, und auf einmal war das Schiff voll Wasser, und Rattenkahl, seine Mutter und die Ratze verschwanden mit ihm. Die Felsen aber lachten rings dazu: „Klick, klack, klack!" als wenn man mit tausend Peitschen knallte.

So ward der Fluch des Mainzer Königs wahr und der Traum des frommen Müllers Radlauf auch und der alte Staatsreim auch; denn sein Freund, der alte Rhein, trieb dem schwimmenden Radlauf den Schatz, die schöne Ameleya, richtig in die Arme.

Mit ungemeiner Anstrengung arbeitete er, die schon halbtote Prinzessin nach seinem Mühldamm hinzubringen, und da er merkte, daß er selbst auch die Besinnung zu verlieren begann, umfaßte er die Prinzessin fest mit beiden Armen und rief in Gedanken den Vater Rhein um Hülfe an, der ihn nicht verließ und mit Ameleya gleich neben seiner Mühle, auf der schönen Wiese, ans Land warf, wo sie beide ohnmächtig wie tot nebeneinander lagen.

Wie Radlauf die schöne Ameleya in seine Mühle führt.

Der Rhein war schon wieder ganz ruhig und spiegelglatt, und die Sonne schien warm hernieder; da erwachte Radlauf aus seiner Betäubung.

Ach! wie war er verwundert, als er die schöne Prinzessin in ihrem grünen goldgestickten Samtrock neben sich im Grase liegen sah.

Schnell sprang er auf und kniete wieder vor ihr nieder und flüsterte: „Ach, allerholdseligste Prinzessin! wollen Sie nicht aufstehen und sich in meine Mühle bemühen?“ Da sie aber kein Zeichen von sich gab, kam er in die größte Angst, und dachte erst, daß sie wohl gar könne ertrunken sein.

Nun besann er sich hin und her, was er für Mittel gehört hatte, Ertrunkene wieder zu sich selbst zu bringen. Aber es wollte ihm keines recht gefallen; er wagte keines aus Schüchternheit anzuwenden; so sehr unwürdig fühlte er sich, die Prinzessin zu berühren.

Das gewöhnliche Mittel, sie auf den Kopf zu stellen, fiel ihm zuerst ein; aber wie konnte er, dem es schon durch Mark und Bein ging, wenn er einen Laib Brot auf der oberen Seite liegen sah, auch nur den Gedanken ertragen, eine Prinzessin auf den Kopf zu stellen? Dann fiel ihm ein, daß man solchen Betäubten Federn unter der Nase verbrenne, um sie durch den scharfen Geruch zu sich zu bringen; aber auch dieses Mittel schien ihm erschrecklich; er hätte sich nie verzeihen können, einer so schönen Nase etwas Häßliches in die Nähe zu bringen. Da er also gar nichts wußte, fing er, neben ihr knieend, von ganzem Herzen zu beten an: der liebe Gott möge die schöne Ameleya doch wieder zum Leben zurückrufen.

Wie er so betend ihr in das liebliche Angesicht schaute, summte eine kleine goldene Biene um sie her und wollte sich eben auf ihren roten Mund, den sie für eine duftende rote Nelke hielt, niederlassen. Da vergaß Radlauf in der Angst, die Biene möge die Prinzessin stechen, alle seine vorige Schüchternheit und gab der schönen Ameleya, als er die Biene verjagen wollte, eine ziemliche Ohrfeige, nach welcher sie mit einem tiefen Seufzer die Augen aufschlug und erwachte.

Radlauf kniete noch zitternd neben ihr und sprach in der tiefsten Ehrerbietung: „O allerholdseligste Prinzessin! verzeihen Sie mir, daß ich Ihnen eine Ohrfeige gegeben, aber ich versichere Dieselben, der Schlag war allein auf eine unverschämte Biene gemünzt, welche Dero lieblichen Mund für etwas anderes, z.B. eine rote Blume ansah und Honig darauf sammeln wollte. Als ich diese nun erschlagen wollte, entwischte sie unter meiner Hand, und diese hatte das Unglück, der allerholdseligsten Prinzessin Wange nur allzuderb zu berühren. Ich flehe nun um Verzeihung; ist aber mein Verbrechen wirklich so groß, als ich es fühle, so bitte ich Dieselben, mir alsogleich den Tod zu geben."

Die schöne Ameleya hörte diese Worte des Müllers kaum, so betäubt war sie noch, und da sie sich endlich aufrichtete und auf ihren Füßen fest wie eine schöne Bildsäule am Rhein dastand und gar nichts von der Ohrfeige zu wissen schien, tat er auch weiter keine Erwähnung davon.

Die Prinzessin sah bange den Rhein hinauf, da hörte sie noch in weitester Entfernung eine Trauermusik erschallen, mit welcher das Schiff ihrer Eltern nach Mainz zurückruderte. Das beruhigte einigermaßen ihr Herz; denn wo ihr Bräutigam, der Prinz Rattenkahl, hingekommen sein möge, das kümmerte sie gar nicht, weil sie eigentlich aus Schrecken über dessen unangenehmes Aussehen in das Wasser gefallen war.

Nun kniete sie nieder und dankte Gott von Herzen, daß er sie so wunderbarlich errettet habe, und wandte sich dann zu Radlauf, dem sie nun auch von Herzen dankte und ihn bat, sie in seine Mühle zu führen, damit sie ein wenig schlafen könne.

Radlauf konnte vor Freuden und Entzücken, als die schöne Prinzessin mit ihm sprach, gar kein Wort vorbringen. Er machte bloß eine untertänige Verbeugung, und als sie nach der Mühle zu wandelte, ging er hinter ihr her, teils aus Ehrerbietung, teils damit ihr die vom Rheinwasser noch sehr nasse Schleppe nicht so kalt an die Beine schlagen sollte. Der Prinzessin gefiel diese Artigkeit des Müllers gar sehr, und sie sah dann und wann um und nickte ihm freundlich mit dem Kopf. Er aber sah ganz beschämt an den Boden, und wie erstaunte er nicht, als er überall, wo die schöne Ameleya ihren Fuß auf der Wiese hinsetzte, lauter Ehrenpreis und Königskerzen und Rittersporn und andere adelige Blumen aufblühen sah, worauf er wieder sehr an seinen Traum gedachte.

So traten sie in die klappernde und stäubende Mühle, und als er sie in seine Stube gebracht, redete sie mit großer Freundlichkeit einige Worte zu ihm; doch konnte er ihre Stimme nicht verstehen vor dem Mühlgeräusch, und er wollte sich schon wegbegeben, die Mühle festzustellen, aber sie blieb in demselben Augenblick von selbst stehen, was ihn zu einer andern Zeit gewiß sehr verwundert hätte, ihm jetzt aber gar nicht auffiel, so beschäftigt war er mit seinem vornehmen Besuch und besonders mit dem Gedanken, was in aller Welt er ihr wohl für eine Mahlzeit auftischen sollte.

Radlauf verbeugte sich vor Ameleya und bat sie, sich es bequem zu machen; er legte ihr weiße Tücher über sein Bett, setzte ihr frisches Wasser hin und feine Kleie zum Waschen, auch sein bestes Handtuch und einen ganz neuen buchsbaumenen Kamm, den er selbst geschnitten hatte, wie auch das Brauthemd seiner verstorbenen Mutter und die Hochzeitkleider derselben, damit sich die Prinzessin umkleiden könne; dann machte er ein Feuer auf den Herd, teils ihr etwas zu kochen, teils auch die durchnäßten Kleider zu trocknen.

Alles das tat er still, ohne ein Wörtchen zu sagen. Die Prinzessin war auch ganz still und sah ihm zu, wie er alles so fleißig und bedachtsam und bescheiden besorgte, was ihr etwa angenehm sein könnte. Nun nahm er noch seine eigenen Sonntagskleider aus dem Kasten, hängte sie über den Arm, legte ein Stückchen Kreide auf den Tisch, ließ sich dann auf ein Knie nieder und sprach: „Allerholdseligste Prinzessin! wenn Sie sich der wenigen Bequemlichkeit in der Stube eines armen Müllers bedient haben, geruhen Sie mit dieser Kreide hier an die schwarze Küchentüre Ihre sämtlichen Leibspeisen aufzuzeichnen, damit ich hernach wieder hereinkomme und sehe, womit ich Sie in der Eile zu erquicken vermag.“

Die Prinzessin war durch die Artigkeit des Müllers sehr gerührt, brach die Kreide entzwei und gab dem Müller ein Stück mit den Worten: „Nimm hin, mein lieber Radlauf! begebe dich in die Küche und schreib auf die andre Seite der Türe deine Leibspeisen, und diejenigen, welche wir beide zugleich werden aufgeschrieben haben, sollst du mir dann bereiten.“ Radlauf nahm die Kreide und sprach: „Nicht allein dieses, sondern auch alles andere, was Sie wünschen könnten, schwöre ich Ihnen zuzubereiten, wenn es in meinem Vermögen steht.“ Nun machte er eine Verbeugung und begab sich nach der Küche.

Wie Radlauf den Küchenzettel macht und der schwarze Hans dabei sein will.

Kaum war Radlauf in der Küche, als er ein hübsches Feuer auf dem Herd machte und alles Geschirr recht reinlich ausscheuerte, wobei er sich immer besann, was er für Lieblingsgerichte aufschreiben sollte; aber es wollte ihm auch gar nichts anderes einfallen als gebrannte Mehlsuppe und Rühreier, denn er hatte sein Lebtag nichts anders gegessen und kannte auch kein anderes Gericht.

Unter diesen Geschäften und Sorgen horchte er dann und wann nach der Türe hin, ob die Prinzessin etwa schon auf der andern Seite ihre Lieblingsspeisen daran schreibe; aber er vernahm noch nichts; sie schien beschäftigt sich umzukleiden.

Mit allem war er nun bereit, nur besann er sich noch immer auf irgend eine andere Speise und rieb sich die Stirne, indem er auf und ab ging. Er hatte aber am Fenster einen zahmen Star im Vogelbauer hängen, den er trotz langer Bemühung noch nicht hatte sprechen lehren können, wenngleich der Vogel eine besondere, ja beinah menschliche Klugheit verriet; als er nun den guten Vogel ganz tiefsinnig auf seiner Stange sitzen sah, als ob er sich auch auf einen Küchenzettel besänne, fragte er ihn, wie er gewöhnlich pflegte, wenn er seine Mahlzeit zubereitete:

Schwarzer Hans, du meine Freude!
Was kocht der weiße Müller heute?

Da antwortete der Star zum erstenmal, aber mit sehr trauriger Stimme:

Gebranntes Mehl und Rührei,
Der schwarze Hans ist auch dabei!

„Wohlan, so soll es auch dabei bleiben“, rief Radlauf aus, von Freude, daß sein Vogel zum erstenmale gesprochen. Fröhlich ging er zum Vogelbauer, streute schönen Weizen hinein und füllte das Tröglein mit frischem Wasser; aber Hans blieb immer traurig, er wollte nicht fressen und nicht saufen; das Herz schlug ihm, als wenn er einer Katze gegenübersäße, und die Flügel ließ er hängen wie ein Leichenbitter. Radlauf konnte gar nicht begreifen, was den Vogel nur so betrüben möge. Endlich dachte er: er ist vielleicht erschrocken, als ihm auf einmal der Verstand aufgegangen und die Sprache gekommen, nun weiß er jetzt seines Studierens kein Ende, weil er vor lauter Gedanken gar nicht weiß, was er zuerst sagen soll. Um ihn ein wenig aufzumuntern, sprach er zu ihm:

Friß und sauf und bade dich
Und pfeife eins, Hans ohne Sorgen,

Weil ich zum Schmause lade ich;
Hast du kein Geld, ich will dirs borgen.

Worauf ihm aber der Star noch viel betrübter antwortete:

Was hilfts, wenn ich viel fresse,
Es ist mein Leichenschmaus;
Mich speist doch die Prinzesse,
Denn meine Zeit ist aus.

Was hilfts, wenn ich viel saufe,
Es ist mein Sterbetrunk;
Dem Tod ich nicht entlaufe,
Mich ißt ihr roter Mund,

Was hilfts, wenn ich viel bade
Mein Trauermäntelein;
Ich sterb heut ohne Gnade,
Ich muß gefressen sein.

Dabei legte er den Kopf ganz betrübt auf sein Freßtröglein, als wollte er ihn abgehackt haben. Radlauf bemitleidete ihn herzlich und machte ihm den Bauer auf und das Fenster, damit er sich eine Bewegung machen möge; denn er glaubte, er sei von vielem Studieren und Einsitzen so tiefsinnig geworden. Indem hörte er die Prinzessin mit der Kreide an der Türe schreiben, und schnell sprang er mit seiner Kreide auch an die Türe; sie schrieb von außen und er schrieb von innen, und sie schrieb noch lange, als er längst fertig war. Endlich machte sie die Türe auf und sprach; „Jetzt will ich lesen, was ich alles aufgeschrieben; wenn du es nicht hast, so gieb mir ein Zeichen.“ Da las sie:

„Gebackene Pflaumen von Wolfenbüttel?“
Der Müller mit dem Kopf schüttelt.
„Ein verzuckerter Schweinskopf?“
Der Müller schüttelt mit dem Kopf.
„Eine Schneckenleber-Pastete?“
Der Müller mit dem Kopf drehte.
„Ein vergoldetes Kalbshirn?“

Der Müller schüttelt mit der Stirn.
„Lammerschwänzchen in Honig gebacken;"
Der Müller schüttelt mit den Backen.
„Ein kandierter Wasserhase?"
Der Müller schüttelt mit der Nase.

Endlich sagte sie:

„Gebrannte Mehlsuppe und Rührei?"
Der Müller sprach: „Es bleibt dabei."

Dann las die Prinzessin noch:

„Einen frischen Starenbraten?"
Der Müller sprach: „Ach ja, Ihr Gnaden!"

und die Tränen liefen ihm in die Augen, denn der Star sprach einmal übers anderemal laut und vernehmlich, aber mit sehr betrübter Stimme dazu: „Der schwarze Hans ist auch dabei"; und Radlauf merkte wohl, daß der gute Vogel vorausgefühlt haben müsse, daß ihn die Prinzessin aufessen werde. Warum er das wußte und wie er es wußte und wozu es gut war, daß es geschah, das wußte damals kein Mensch und kein Star; vielleicht wird es im Fortgang dieser Märchen noch einmal bekannt. So viel ist gewiß, daß Radlauf wohl fühlte, er könne der Prinzessin keine Einwendung machen, so leid es ihm auch tat, den schwarzen Hans zu schlachten; denn er hatte ihr geschworen, alles, was in seinem Vermögen sei, für sie als Speise anzurichten, so sie es begehrte. Er verbeugte sich demütig vor der schönen Ameleya und sagte: „Sogleich werde ich die Ehre haben, Euer Holdseligkeit zu bedienen", und somit zog er die Küchentüre wieder zu.

Wie sich der schwarze Hans selbst umbringt, Radlauf und Ameleya ihn essen und nach Mainz ziehen.

Nun band sich Radlauf einen ganz neuen Mehlsack als Küchenschürze vor und nahm seinen Schleifstein und sein Messer zur Hand; denn er wollte dem Hans den Kopf mit einem recht scharfen Messer abschneiden, damit er nicht viel

Schmerzen haben möge. Da er nun mit seinem Messer auf dem Wetzstein hin und her fuhr, fing der Star an, dazu zu sprechen:

Messer. Messer, wetz, wetz, wetz,
Ist der Lohn für mein Geschwätz:
Hätt ich nicht so sehr geschwätzt,
Wäre ich ein Fürst bis jetzt.

Als Radlauf diese bedeutungsvollen Worte des schwarzen Hansen hörte, hielt er mit Wetzen ein und redete sogleich, denn er hatte eine besondere Hochachtung vor Standespersonen in andern Umständen, den Vogel mit folgenden Worten an: „Ihro Durchlaucht waren also ein Fürst, ach vielleicht gar von Geblüt; o dann getraue ich mich nicht, meine Hand an Ihr gesalbtes Haupt zu legen, und so Euer Durchlaucht geruhen, werde ich Dieselben der Prinzessin Ameleya vorstellen." Der Vogel antwortete hierauf:

Einst war ich Fürst von Starenberg,
Mein Maul stand damals überzwerg;
Doch ich habe so viel geschwätzt,
Daß es ein Schnabel ward zuletzt.

Dann bat er den Müller noch, ihn zu der Prinzessin zu lassen; er wolle nur die Ehre haben, sie vor seinem Tode noch einmal zu sehen, worauf er sich wieder einstellen wolle, um geschlachtet zu werden. Sein Testament sei bereits gemacht, er habe es mit Kienruß vermittelst seines Schnabels auf einen Mehlsack vor einigen Tagen geschrieben, und werde es Radlauf zu seiner Zeit finden. Hierauf machte der gerührte Müller Tür und Fenster auf und sprach: „Ihro Durchlaucht können sich begeben, wohin Sie wollen." Der Star aber flog nicht etwa zu dem Fenster hinaus; das fühlte er tief unter seiner Würde; er begab sich vielmehr zu Fuß mit langsamen anständigen Schritten in die Stube zu der Prinzessin, und Radlauf schloß die Türe bescheiden hinter ihm zu, horchte auch nicht am Schlüsselloch, weil ihn Staatssachen damals gar nicht interessierten.

Als Ameleya den Vogel hereintrippeln hörte, wendete sie sich zu ihm, und er flog vor ihr auf den Tisch, an welchem sie mit aufgestützten Armen nachdenkend saß. Er machte da mehrere Komplimente und rührende Stellungen vor ihr; die Prinzessin sah ihm verwundert zu und wollte eben über seine wunderlichen Manieren lachen, als der Vogel mit beweglicher Stimme zu ihr sprach:

Gott grüß dich, schöne Ameley!
Der schwarze Hans ist auch dabei,

und mit seinem Schnabel eine goldene Nadel unter seinem Flügel hervorzog, die er sich so heftig in das Herz stieß, daß das Blut der Prinzessin auf den Arm spritzte. Als er niedersank, sagte sie mit Tränen: „Ach, armer Hans! was hast du getan?“ Da sprach der Vogel mit sterbender Stimme:

Ade du schöne Ameley!
Verzeih mir meine Schwätzerei;
Das schönste Grab wird mich beehren,
So du mich willst sogleich verzehren;
Der Müller soll auch essen mit.
Ich wünsch euch guten Appetit.

Nach diesen Worten streckte er die Beine aus, schloß die Augen, sperrte den Schnabel auf und war mausetot.

Die schöne Ameley zog ihm die Nadel aus der Brust und erkannte dieselbe als eine ihrer Haarnadeln, die sie vor mehreren Jahren einem Edelknaben zu Mainz geschenkt hatte, der bald darauf verschwunden war. Über sein Verschwinden ging das Gerücht unter den übrigen Edelknaben, er habe ihnen erzählt, daß die Prinzessin Ameleya ihm eine ihrer Haarnadeln geschenkt, und da sei er plötzlich in einen Star verwandelt worden und davongeflogen. Jetzt erkannte Ameleya nur zu gut die Wahrheit jenes Gerüchts und vergoß bittere Tränen des Mitleids um den armen Hans und weinte und schluchzte so laut, daß Radlauf nach seinem Mühlrad ging, welches vorhin stehengeblieben war, um zu sehen, was es am Gange hindere; denn das Jammern der Prinzessin ging ihm so zu Herzen, daß er wünschte, er möge es vor dem Mühlgeklapper nicht mehr hören.

Da fand er nun zu seiner großen Verwunderung die Krone des Königs von Mainz, die, als der alte Herr sie in seinem Zorn dem Prinzen Rattenkahl an den Kopf hatte werfen wollen, in den Rhein gefallen war, in dem Getriebe seiner Räder hängen, wodurch sie stillgestanden waren. Kaum hatte er sie herausgenommen, so ging die Mühle wieder munter darauf los.

Als er nun wieder in die Mühle gehen wollte, sah er jenseits des Rheins einen Trompeter auf dem Rochusberg stehn; der blies, daß es in die Felsen hinein schmetterte, und rief dann etwas mit lauter Stimme aus. Auch sah er viele Fischer und Taucher auf dem Rheine herumfischen und schwimmen und tauchen und suchen. Einer von diesen sagte ihm nun: der König von Mainz habe dem seine Tochter, die Prinzessin Ameleya, zur Gemahlin versprochen, der sie lebendig wiederbrächte, und wer sie tot brächte, der solle ein Schloß am Rhein haben, und wer sie samt der verlornen Krone zurückliefere, der solle sein Nachfolger sein.

Radlauf konnte ihn vor Freude gar nicht zu Ende hören; er versteckte die Krone in seinen Busen und hüpfte freudig nach der Mühle über die Wiese hin. Da er in die Küche kam, hätte er beinahe vor Freuden der Prinzessin: „Juchheh! mein herzallerliebster Schatz!“ zugerufen; aber das Wort im Munde erstarrte ihm, denn er sah die Prinzessin beschäftigt, den verstorbenen Herrn von Starenberg zu rupfen. Sie pflückte so zärtlich an seinen Federn, die sie alle in ihr seidenes Schnupftuch tat, als fürchte sie, ihm wehzutun, und unterdessen erzählte sie dem Müller den ganzen Selbstmord des schwarzen Hansen, salzte ihn mit ihren Tränen und steckte ihn an ihren großen silbernen Schnürnestel, um ihn zu braten; seine Eingeweide aber tat sie in eine Büchse, um sie in seinem Familienbegräbnis beisetzen zu lassen. Aus den Federn machte sie ein seidenes Kissen, welches sie immer auf ihrem Herzen trug.

Die gebrannte Mehlsuppe und die Rühreier waren auch fertig geworden, und der Herr von Starenberg, der gutes Futter bei dem Müller genossen hatte, gab einen delikaten Bratengeruch von sich. Die schöne Ameley nötigte den Müller zu Tisch und aß vor allem unter bittern Tränen ihr Teil von dem schwarzen Hans. Das Herz schnitt sie entzwei und gab die Hälfte dem Müller; aber kaum hatten beide davon gegessen, als es ihnen sehr wunderbar zu Mut wurde und sie eine große Liebe zueinander empfanden. Sie sahen sich immer einander an, und die schöne Ameleya sagte:

„Mein lieber Müller, es ist mir niemals so wohl gewesen als bei dir, und wenn du von Adel wärest, wollte ich mit niemand mein Leben zubringen als mit dir.“ Radlauf aber sagte zu ihr:

„Allerschönste Ameley, ich habe einen reichen vornehmen Freund, den alten Rhein, er soll uns wohl helfen, er hat Euch mir in die Arme gegeben und wird wohl weiter Rat schaffen. Jetzt aber rüstet Euch, daß ich Euch zu Eurem Vater zurückführe."

„Ach!" sagte die schöne Ameleya, „mein Vater ist sehr stolz und geizig, er wird uns gewiß nicht helfen, und wenn er unsere Liebe merkt, sind wir verloren."

„Seid nur ruhig," sagte Radlauf, „ich habe ein ganz anderes Glöcklein läuten hören", und somit ging er mit Ameley, die ihn nicht mehr verlassen wollte, hinaus auf die Wiese, und bat sie, ihm zu helfen, allerlei Kränze zu machen.

Während sie das tat, holte er seinen schönsten Esel und zäumte ihn mit bunten Bändern und schmückte ihn mit den Kränzen. Auch die schöne Ameleya wurde mit Blumen geziert, und setzte sich dann auf den Esel. Er selbst setzte die Krone des Königs auf, tat seine Feierkleider an und führte, in der einen Hand eine blühende Königskerze tragend, den Esel mit der schönen Ameley nach Mainz.

Ihre Gespräche unterwegs waren von lauter Liebe und Freundlichkeit, und sie übereilten sich gar nicht; der Esel machte einen Schritt nach dem andern. In den Dörfern entstand die größte Freude; jedermann, der ihnen begegnete, pries den guten Müller Radlauf selig und schloß sich dem Zuge an; viele aber eilten mit der frohen Nachricht voraus.

Kaum hatte nun der König gehört, ein Müller habe die schöne Ameleya gerettet und bringe sie, als er bekannt machen ließ: kein Mensch solle bei Todesstrafe ein Wort davon sprechen, daß er die Tochter dem Finder zur Braut versprochen.

Wie Radlauf betrogen ward, dem König von Mainz den Krieg erklärte, was er nachher in seiner Mühle träumte, und wie er die Königin und Rattenkahl von Trier begräbt.

Der Zug kam Mainz immer näher, und als die schöne Ameleye die Fenster des Schlosses in der Abendsonne spiegeln sah, weinte sie vor Traurigkeit, und als sie über die lange Rheinbrücke zogen, weinte sie noch viel mehr, und sagte zu dem Müller: „Lieber Radlauf, nimm diesen Ring zum Angedenken," und gab ihm einen Ring, „und diesen Kranz, wirf in den Rhein, daß er uns helfe." Das tat der Müller, und sie zogen in die Stadt ein, vom Volke begrüßt, und vor das Schloß.

Der König lag mit der Königin am Fenster, und als Radlauf sie sah, machte er mit dem Esel halt, schwenkte die Krone und rief hinauf: „Ich wünsche Euch einen guten Abend, Herr Schwiegervater und Frau Schwiegermutter! Hier bringe ich Euch meine Braut, Eure Tochter, die schöne Ameleya, lebendig: nun sagt mir öffentlich vor dem Volke zu, was Eure Trompeter ausgeblasen haben, so sollt Ihr Euer Kind wieder in Eure Arme schließen."

Die schöne Ameley ward rot bis über die Ohren, als Radlauf so mutig hinaufschrie; der König und die Königin wurden aber vor Bosheit totenbleich, und plötzlich drangen mehrere Trabanten aus dem Schlosse, rissen die schöne Ameley vom Esel und brachten sie ins Schloß, dessen Tore sie dem nacheilenden Radlauf vor der Nase zuschlugen; zugleich wurden auch alle Fenster des Schlosses zugemacht, und der betrogene Radlauf mochte pochen und jammern, wie er wollte, er bekam keine Antwort.

Er hatte aber den schwarzen Hansen halb im Leibe und war voll Mut und erklärte, auf seinen Esel steigend, dem König von Mainz laut den Krieg, worüber die Mainzer Bürger ihn höhnisch auslachten, und die Kinder ihm den Eselsritter nannten. Da aber einige brave Leute ihm beistanden und laut den König wortbrüchig nannten, ließ der König sogleich ausrufen: jedermann solle sich nach Hause begeben, und man solle den wahnwitzigen Müller ruhig heimziehen lassen. Weil sich nun das Volk noch nicht verlor, ließ er einen hohen Galgen vor dem Schlosse aufrichten, vor welchem die Mainzer mit großem Respekt nach Hause gingen.

Als sie alle fort waren, stand der arme Radlauf mit seinem Esel allein da. Er sah die Sonne untergehen ganz rot in den Rhein und blickte an die Fenster, ob er seine schöne Ameleye nicht sehen könnte: da warf man plötzlich alle die Kränze oben herab, mit denen er die schöne Ameley geziert hatte. Er las sie sorgsam auf und hängte sie an seinen Esel, und da es bereits dämmerte, ging er an den Galgen, und hängte des Königs Krone daran, und schrieb dazu:

Zum ewigen Angedenken
Häng ich hier deine Krone,
Wo du, meineidiger König!
Zu deines Undanks Lohne
Heut selber müßtest henken.

Dann drehte er seinen Esel herum und ritt ruhig wieder nach Haus.

Unterwegs dachte er, wie er es anfangen sollte, den König zu bestrafen; aber immer kamen seine Gedanken auf die schöne Ameley, und er vergaß allen Zorn und fiel in eine tiefe Schwermut. Als ihm seine Mühle entgegenklapperte, fiel ihm seine Armut und seine heutige Hoffnung recht aufs Herz, und als er seinen Esel eingestellt und seine Stube betreten hatte, wurde er sehr betrübt.

Alles lag, wie die schöne Ameleya es verlassen, und sein Bett war noch eingedrückt von ihr. Alles ließ er, nichts getraute er sich zu verrücken, es war ihm alles heilig.

Als er in die Kammer trat, wo ihm sonst sein Star entgegenschrieen, und er nun den leeren Käfig ansah, rief er aus: „Ach armer, schwarzer Hans! kaum war dir der Adel über den Schnabel gekommen, so konntest du nicht anders, du mußtest aus Höflichkeit sterben und gefressen werden; ach ich armer Müller! kaum nenne ich den König Schwiegervater, so läßt man mir den Galgen vor die Nase bauen; aber ich lasse nicht ab, bis mir mein Recht gehalten wird, und sollt ich beim Kaiser selbst drum appellieren." Nun ging er auf seinen Mühldamm; es war zwölf Uhr in der Nacht; aber er wollte doch noch seinem alten Freund, dem Rhein, gute Nacht sagen, und sang ihm folgendes Lied, indem er ihm die Kränze der schönen Ameley zuwarf:

Wie oft ich dir gesungen,
Weißt besser du als ich;
Wie manchen Kranz geschlungen,
Weißt besser du als ich.

Wie froh mein Herz geschlagen,
Weißt besser du als ich;
Wie ich mein Leid soll klagen,
Weißt besser du als ich.

Die hohen Sterne schwanken
So düster heut in dir;
Es schwanken die Gedanken
So düster heut in mir.

Du gabst mir in den Wellen
Die schöne Ameley
O wolle mir gesellen
Die schöne Ameley.

Sie schickt dir Blumenketten,
Die schöne Ameley;
O helfe mir erretten
Die schöne Ameley.

Gute Nacht, tu dich bedenken,
Was mir das Beste sei;
Tu in dem Traum mir schenken
Die schöne Ameley.

Da er dies gesungen, ging er nach Hause und legte sich auf die bloße Erde neben das Bett, wo heute die schöne Ameley geruht; denn er wollte dies nicht verändern, und so schlief er ein und hatte folgenden Traum. Er sah den alten Rhein wieder, der saß im Rohr und schnitt eine Pfeife, und als er ihn fragte: „Für wen ist die Pfeife?" sprach der Rhein: „Für dich und deine Armee, du sollst sie in dem Kriege blasen, den du dem König von Mainz angekündigt." Als er ihn aber fragte, woher er die Soldaten erhalten sollte, sagte der Rhein: „Vom Prinzen Rattenkahl im Bingerloch."

Da erwachte der Müller, und dachte seinem Traum lange nach und konnte nicht klug daraus werden; doch hatte er einen großen Glauben an den Traum und ging am Rhein hinab an das Bingerloch spazieren, und da er dort ein schönes Rohr fand, schnitt er sich eine Rohrpfeife und setzte sich auf eine Felsenspitze und pfiff ein lustiges Lied. Kaum hatte er ein Stückchen gepfiffen, als er wieder ein großes Gepfeife hörte und eine Menge schwarzer Mäuse um den Felsen heraufkriechen sah; an ihrer Spitze stand eine große Ratze, welche sich auf die Hinterbeine setzte und also zu ihm sprach: „Mein lieber Müller Radlauf, was steht zu deinen Diensten?" Da sagte Radlauf: „Ein paarmal hunderttausend Mann gegen den König von Mainz, der mir die schöne Ameley nicht geben will." – „Von Herzen gern," sagte die Ratze, „aber du mußt mir auch einen Gefallen tun und den Prinzen Rattenkahl und seine Frau Mutter, bei der ich bis jetzt in Diensten gestanden, und die im Bingerloch verunglückt sind, begraben." – „Das ist nicht mehr als Schuldigkeit", sagte Radlauf „Ihre Körper", erwiderte die Ratze, „liegen bei dem Bingerloch auf der Insel, wo du sie begraben kannst, bis die Leute von Trier es erfahren und sie abholen; wenn du das verrichtet hast, so gehe nach Mainz mit deiner Pfeife, und sobald du pfeifst, komme ich mit allen Mäusen der ganzen Welt, denn ich bin der Rattenkönig, und helfe dir." – „Aber der schönen

Ameleya dürft ihr nichts tun“, sagte Radlauf „Behüte Gott“, sagte die Ratze, und so war der Bund geschlossen.

Nun setzte sich der Müller auf seinen Kahn und fuhr hinüber auf die Insel mit Hacke und Spaten. Da fand er den Prinzen Rattenkahl und seine alte Mutter, die Königin von Trier, auf dem Sande liegen, und eine Menge Ratten um sie herum, welche sie bewachten. Er machte in die Mitte der Insel zwei schöne Gruben nebeneinander, die er mit Kräutern und Blumen ausstreute, wobei ihm die Ratten sehr fleißig halfen. Dann legte er die beiden hinein und faltete ihnen die Hände. Bei dem Prinzen gelang es ihm, aber bei der Königin ging es nicht; denn sie hatte zwei Fäuste gemacht, und die konnte er nicht aufkriegen. Er ließ ihnen allen Schmuck; ja er putzte ihnen noch ihre Kronen mit Rheinsand wieder blank, da sie von dem Schlamm trüb geworden waren. Auf das Grab aber legte er einen Stein, auf welchen er folgende Inschrift machte:

Hier ruht
Die Königin von Trier,
Prinz Rattenkahl auch neben ihr.
Sie zogen auf die Freierei
Nach der schönen Ameley;
Im Bingerloch ertranken sie;
Der Müller Radlauf begräbt sie hie;
Er hat sich eine Pfeif geschnitten
Und ist nach Mainz in Krieg geritten,
Der Rattenkönig steht ihm bei,
Daß Gott gepfiffen und getrommelt sei.

Wie Radlauf die Mäuse zu Mainz zusammenpfeift, das Testament des schwarzen Hans auf seiner Mühle findet und in den Schwarzwald abreiset.

Als Radlauf das Begräbnis vollendet hatte, war es schon Abend geworden; aber er ritt dennoch nach Mainz, und es schlug zwölf Uhr in der Nacht, als er allein vor dem Schlosse stand. Ach Gott! dachte er, wenn ich nur die schöne Ameley noch einmal sehen könnte, ehe ich meinen Krieg anfange, vielleicht könnte noch alles gut gehen. Mehreremal wollte er seine Pfeife an den Mund setzen, aber immer unterbrach ihn irgend ein Geräusch, und er glaubte immer, das könnte Ameley sein, und er blies nicht. Aber endlich hörte er ein Fenster aufgehen und folgendes Lied singen:

Da drunten in jenem Tale
Da treibet das Wasser ein Rad,
Das treibet nichts als Liebe
Von Morgen bis wieder zur Nacht.
Das Rad das ist zerbrochen,
Die Liebe hat ein End,
Und wenn zwei Liebchen scheiden,
So reichens einander die Händ.

Der Müller erkannte bald die Stimme der schönen Ameley und war sehr gerührt, denn er merkte wohl, daß sie mit der Mühle, von der sie sang, seine Mühle meinte, und er sang ihr wieder:

Da droben auf jenem Schlosse,
Da singet ein Jungfräulein,
Das hab ich wohl gestern gezogen
Aus dem tiefen blauen Rhein;
Sie ists, um die ich freie,
Der Vater versaget sie mir;
Gott grüß dich, schön Ameleye!
Der Müller steht vor der Tür.

Man kann sich wohl denken, wie die schöne Ameley erfreut wurde, als sie Radlaufs Antwort hörte; ach leider hatte sie ihm nichts Gutes zu sagen, und sang ihm wieder:

Ach Radlauf! lieber Radlauf!
Ich bitt dich, zieh nach Haus;
Mein Väterlein will dich henken
An dem hohen Galgen hinaus!
Mein Mütterlein will dir schenken
An den Hals einen Mühlenstein

Und dich, mein Lieb! versenken
Wohl in den tiefen Rhein.

Dieser Vers gefiel dem Müller gar nicht, und er sang wieder hinauf:

Ich hab einen Traum geträumet
Von blauen Rittersporn,
Von goldnen Kaiserkronen,
Der wird mir zu Disteln und Dorn.
Mausöhrlein trägt nun mein Garten,
Gut Nacht, schön Ameley;
Nun steig ich auf die Warte
Und mach ein Feldgeschrei.

Mein Völklein soll nun ziehen
In des Königs Land einher;
Er wird ihm nicht entfliehen,
Sie sind wie der Sand am Meer;
Sie tragen graue Pelze
Und führen scharfe Zähn;
Kein Hälmlein auf dem Felde
Soll ihnen sicher stehn.

In deiner Mutter Speiskammer
Solln sie zur Tafel gehn;
In deines Vaters Krautgarten
Solln sie spazieren gehn;
Den Thron ihm ganz verderben
Und seines Hauses Schwell,
Und wenn auch hundert sterben,
Stehn tausend auf der Stell.

Solang, bis er wird halten
Sein hohes Königswort,
Solln meine Landsknecht schalten
Mit Rauben und mit Mord;
Dich werden sie verehren,

O schöne Ameley!
Das tu den König belehren;
Leb wohl und bleibe treu!

Als er dies gesungen hatte, sagte ihm Ameley weinend gute Nacht und machte das Fenster zu; denn sie wurde von ihrer Mutter gerufen.

Radlauf ging hinauf auf einen Felsen, der Eichelstein genannt, und pfiff einen lustigen Marsch, und kaum hatte er einige Minuten gepfiffen, als er in der Ferne ein großes Gezwitscher hörte. Der Nachtwächter ging vorbei und sagte: „Ei! was pfeift der Wispelwind heut närrisch im Rheingau!" Die Schildwache aber sagte: „Nein! ich glaube, es sind die Grillen." Da machte ein Bäcker seinen Laden auf und sagte: „Ei! was zwitschern die Schwalben heute wunderlich!" Dann guckte ein Schneider zum Fenster heraus und sagte: „Wie heut dem Scherenschleifer sein Rad seltsam zischt!" Der Nachtwächter sagte dann wieder: „Es pfeift wie hunderttausend neue Schnupftabaksdosen!" Die Schildwache sagte: „Ich glaube, das wilde Heer wetzt die Jagdmesser"; und so kamen sie in einen lauten Streit, was es sei.

Aber das Pfeifen ward immer stärker, und die Leute wachten alle auf und in allen Fenstern ward Licht; Radlauf aber zog ruhig zur Stadt hinaus und sagte hie und da, wo ihn die Leute fragten, was wohl das entsetzliche Gepfeif sei: das werde wohl des Müllers Kriegsvolk sein, dem der König nicht Wort gehalten.

Als das Pfeifen immer stärker wurde, glaubte der König im Schlaf, es sei die Königin, die so mit der Nase pfeife, und er gab ihr einen Schlag, daß sie aufwachte und bös ward und ihn wieder schlug. Er sagte, sie solle nicht so pfeifen; aber bald merkten sie es wohl, denn die ganze Stadt war in Alarm, und alles schrie: *Mäuse! Mäuse!*

Nun konnte weder der König noch die Königin eine Maus sehen, ohne in Ohnmacht zu fallen, solchen Widerwillen hatten sie gegen diese Tierchen; aber das half hier nichts, denn in wenigen Minuten liefen sie schon außen an den Schloßfenstern in die Höhe, und es war ein solch Geknister und Gepfeife in allen Wänden, daß man in steter Todesangst war.

Nun waren zwar viele Katzen in Mainz; aber der König ließ sie alle wegfangen und um seine Stube herum setzen, und das Volk war ganz hilflos. Es war ein Geschrei, daß man sein eigen Wort nicht mehr hörte; denn nun kamen noch die

Bauern aus den ringsum liegenden Dörfern und schrieen, daß die Mäuse ihnen alles Getreide abfräßen und das Korn auf den Speichern.

In solcher Angst war die Sonne aufgegangen, und es ward von den Mäusen etwas stiller; denn sie lieben das Licht nicht. Der geängstigte König und die Königin steckten den Kopf unter der Bettdecke hervor, und die schöne Ameleya trat herein und sagte, wie sie gar nichts von den Mäusen gelitten habe, und wie ihr der Müller Radlauf heut nacht im Traum erschienen sei und ihr gesagt habe, ehe der König sein Wort nicht halte, werde er seine Kriegsvölker nicht zurückziehen.

Als der König dies hörte, erinnerte er sich auch an die Worte der Königin von Trier, die ihm auf dem Rhein zugerufen hatte: „Ei! daß dich das Mäuschen beiß!" und er befahl nun, es sollten gleich zwei Trompeter zu Radlauf reiten und ihn höflich einladen, zu einer Unterredung nach Mainz zu kommen.

Als die Trompeter nach Radlaufs Mühle kamen, stand dieser vor der Türe und schrie ihnen entgegen: „Schon gut, ihr Herren! ich komme schon; ich kann mir schon denken, was ihr wollt", und ohne sie nur anzuhören, sattelte er seinen Esel und ritt mit ihnen nach Mainz. Seine Pfeife hatte er umhängen, und als er zum Tor einritt, pfiff er einige Töne, worüber alle Mäuse sich verkrochen und still wurden.

Als er vor dem Schloß stand, sah der König zum Fenster heraus und konnte vor Zorn kaum reden; aber endlich sammelte er sich und sprach: „Müller Radlauf! wie hast du mir die Mäuse ins Land gebracht?" – „Mein gnädigster Herr Schwiegervater!" sagte Radlauf, „mit dieser Pfeife." – „Und wo hast du die Pfeife her?" – „Die hat mir mein Freund, der alte Rhein, im Rohr geschnitten." – „Müller Radlauf! du willst mich zwingen, dir die schöne Ameley zu geben, und ich will es auch tun; schicke mir zu einem Zeichen deines Vertrauens deine Pfeife herauf." – Sogleich nahm nun der Müller seine Pfeife und gab sie den königlichen Bedienten, die sie in das Schloß trugen; sodann kamen einige Trabanten und führten den Müller auch in das Schloß und machten die Tore zu. Aber der arme Radlauf, welcher froh die Treppen hinauf zur schönen Ameley springen wollte, wurde auf Befehl des falschen Königs in einen finstern Kerker geworfen. Die schweren eisernen Riegel rasselten hinter ihm zu, und er war in seinem Elend allein.

Kaum daß er eine halbe Stunde unter bitteren Klagen auf dem Stroh gesessen, raschelte etwas zu seinen Füßen, und er sah den großen Rattenkönig, mit dem er zuerst den Bund geschlossen, vor ihm sitzen und also sprechen: „Mein guter Freund und Bundesgenosse! du hast deine Sache schlecht gemacht, durch deine Treuherzigkeit hast du mich und mein ganzes Volk in des falschen Königs Hände gebracht; mich allein, bitte ich dich, wenigstens zu retten; halte mir die Ohren zu, daß ich es nicht höre, wenn man mein Volk fortpfeift. So bleibe ich bei dir, und dann wollen wir sehen, was weiter zu tun ist." Unter bitteren Tränen hielt nun Radlauf dem Rattenkönig die Ohren zu; denn er hörte schon die Pfeife klingen und das entsetzliche Geschwirre der Mäuse.

Der König ließ sich nämlich von einem Bettelvogt, der auf einem kleinen Nachen im Rhein stand, alle Mäuse und Ratten in den Fluß pfeifen, und es dauerte wohl mehrere Tage, bis sie alle fort waren; dann warf der Bettelvogt die Pfeife auch ins Wasser und fuhr wieder zurück.

Der arme Radlauf konnt in diesen Tagen gar nicht schlafen; denn er mußte dem Rattenkönig immer die Ohren zuhalten, und sie lebten indessen von Wasser und Brot. Auch hörten sie beständig vor dem Kerkerfenster von den Straßenjungen Spottlieder auf Radlauf absingen, was der König allen Einwohnern befohlen hatte.

Als aber die Pfeife endlich schwieg, sank Radlauf in einen tiefen Schlummer, den er doch nicht lange genoß; denn der Rattenkönig kitzelte ihn an der Nase, und da er erwachte, sagte er: „Nun strenge alle deine Kräfte an, uns zu retten; sieh, ich habe unter diesem Stein einen unterirdischen Gang entdeckt, durch den wir entfliehen können."

Radlauf machte sich schnell an die Arbeit, und bald hatten sie den Stein so in der Höhe, daß sie hinunter konnten und daß er wieder hinter ihnen zufiel. Der Müller ließ sein Wams zurück, und so zogen sie bei zwei Stunden weit im Dunkeln fort. Bald hörten sie ein großes Rauschen über sich, und als der Müller sagte: „Vater Rhein, es ist mir, als hörte ich deine Stimme", antwortete es ihm: „Ja, mein Freund, ich rausche über deinem Haupt!" Und nun zogen sie noch eine Viertelstunde, da schrie der Rattenkönig: „Licht! Licht!" und sie kamen im Gebirge bei einer kleinen Kapelle unter vielen wilden Hecken wieder aus der Erde.

Der Mond schien und der Himmel war voll Sterne; sie sahen daß sie unter dem Rhein durchgegangen waren. Hier sagte ihm der Rattenkönig Lebewohl und zog seinen Weg, und Radlauf kniete bei der Kapelle nieder und sagte Gott von Herzen Dank für seine wunderbare Errettung.

Hernach begab er sich wieder nach seiner Mühle und klagte abends dem Rhein seine Not, und da er zu Bette gehn wollte, suchte er unter seinen Mehlsäcken herum, sich ein Lager daraus zu machen, und legte sie sich zurecht und schlief ruhig ein.

In der Nacht aber träumte ihm: er sei in einem großen Schloß und habe viele Diener um sich und werde hochgeehrt; nichts aber fehle zu seinem Glück als die schöne Ameleya, und er reite nach Mainz, um sie zu suchen; aber das ganze Mainzer Schloß sei leer und alles voll Traurigkeit; dann reite er wieder nach seiner Mühle, die könne er aber gar nicht finden, und höre sie doch immer klappern, und so reite er bis in den Rhein. Als er aber das Wasser fühlte, erschrak er, und da wachte er auf. Siehe da! er hatte auf dem Sack geschlafen, auf welchen der Herr von Starenberg sein Testament geschrieben; der Tag graute schon, und er trat mit dem Sack ans Fenster, und las wie folgt:

„Mein lieber Müller Radlauf! wenn du dieses liest, bin ich vielleicht schon tot. Herzlich danke ich dir für die viele Geduld, die du gehabt, mich schwätzen zu lehren; ach! Wenn du gewußt hättest, daß ich nur zu viel geschwätzt, und daß ich meinen jetzigen geringen Stand nur durch das Plaudern habe: du hättest dir keine Mühe weiter mit mir gegeben. Nun aber begebe dich in den Schwarzwald und suche den Grubenhansel und zeige ihm meinen Siegelring, den du im Käficht finden wirst, und deinen Mühlknappenbrief; er wird dir mehr erzählen; und wenn du auf meinem Grund und Boden bist, so gedenke meiner und gönne den Überresten meines Leibes ein ehrliches Grab bei meinen Vorfahren. Der schwarze Hans von Starenberg."

Mit Tränen benetzte Radlauf diesen letzten Willen des schwarzen Hans und eilte nach dem Käficht und fand da hinter dem Freßtröglein einen goldenen Siegelring, auf dem ein Berg, ein Star und ein Mühlrad gestochen war; den nahm er zu sich, und beschloß nun, seine Reise nach dem Grubenhansel zu richten, und seine Mainzer Händel einstweilen beruhen zu lassen.

Zuerst nahm er Abschied von seiner Mühle und schloß sie zu. Nichts nahm er mit als den Käficht, den Siegelring und den Mehlsack. Dann fuhr er nochmals auf die Insel im Bingerloch, wo er wußte, daß sich der Rattenkönig aufhielt, und dem er noch ein Säckchen feines Weizenmehl schenken wollte.

Kaum hatte er sich dem Grabsteine der Königin von Trier genaht, als auch der Rattenkönig erschien, der einen langen Trauerflor an hatte, und da Radlauf ihn gefragt, was der lange Flor bedeute, sagte er ihm: „Ich trauere um die Meinigen, die durch deine Treuherzigkeit in ihren Tod gegangen sind." – „Hier hast du ein Säckchen Mehl", sprach Radlauf. – „Ich danke dir," sprach der Rattenkönig, „es tut not, denn es werden teure Zeiten kommen." Dann erzählte ihm Radlauf, daß er eine Reise vorhabe und daß er komme, von ihm und den zwei hier begrabenen Ehrenleuten Abschied zu nehmen. Hierauf pflanzte er noch Thymian und Rosmarin aufs Grab und sagte dem Rattenkönig: was er für die schöne Ameleya in seiner Abwesenheit tun könne, solle er ihm aus alter Freundschaft tun; das versprach ihm dieser, und sie trennten sich.

Nun stieg Radlauf auf seinen Mühldamm und sah noch einmal in den Rhein, und gegen Mainz hin; aber er war so betrübt, er konnte nicht singen, und sagte nur immer: „Leb wohl, Vater Rhein! dir befehle ich meine Mühle, dir empfehle ich die schöne Ameley!" und unter solchen Worten schied er von dannen ins Gebirg.

Schwarzes Gewölk bedeckte den Himmel; alles war still und traurig ringsum, und der Rhein schlug mit den Wellen gegen das Ufer, als wolle er ihm Lebewohl sagen, da verbarg ihn der Wald.

Wie der König Hatto von Mainz die alte Königin von Trier und den Prinzen Rattenkahl am Galgen beschimpfte, und wie der Prinz Mausohr von Trier die Kinder zu Mainz aus Rache in den Rhein pfiff und sich dann am Grabe seiner Mutter mit dem Rattenkönig unterredete.

Als der König von Mainz die Mäuse losgeworden war, bestellte er ein großes Fest in Mainz, bei welchem er den hohen dreibeinigen Galgen ganz mit Ratzen benageln ließ; dann ließ er von Stroh einen Mann machen und ihm einen Mäusepelz anziehen, und eine Frau von Lumpen ebenso gekleidet; die ließ er auf einen Wagen setzen, dem alle Kinder mit kleinen Pfeifen folgen mußten, und mit diesem Wagen fuhr man an das Gefängnis Radlaufs, den man auch dazusetzen wollte.

Aber wie erschraken sie, da sie niemand in dem Kerker fanden als das Wams des Müllers und einige Totenbeine, die wohl schon lange da gelegen waren. Nun glaubte man allgemein, die Ratzen und Mäuse hätten den Müller gefressen, und machte es bekannt. Der König bedauerte sehr, daß er ihm keinen Schimpf mehr antun konnte; ließ aber doch sein Wams neben dem ausgestopften Rattenkahl und der lumpigen Königin aufhängen und dabei die Kinder mit ihren Pfeifen ein abscheuliches Gequicke machen.

Als die schöne Ameley den Tod des Müllers vernahm, ward sie sehr traurig und ließ von ihrer alten treuen Magd im Kerker nachsuchen, ob man nicht unter den Gebeinen ihr Ringlein finde.

Da die Alte darin herumsuchte, kam aber auf einmal der Rattenkönig und sagte: „Mütterchen! was sucht Ihr?“ – Die Alte erschrak anfangs sehr und fürchtete, die Ratze möchte sie auch fressen; aber als diese ihr sagte: „Grüße die schöne Ameley von dem Müller Radlauf und sage ihr, daß er noch frisch und gesund und daß er nur verreist sei; sie soll ihm treu bleiben und sich nur immer stellen, als wenn sie ihn tot glaubte“ – da ward die Alte sehr froh und begab sich zurück und brachte der schönen Ameley die fröhliche Nachricht.

Nachdem der böse König sein Fest begangen hatte, kam die Nachricht nach Trier, der Prinz Rattenkahl und seine Mutter hätten eine gar traurige Hochzeit in Mainz gehalten; denn der König habe sie an den hellen, lichten Galgen gehängt, und die Kinder hätten sie noch ausgepfiffen.

Nun hatte Rattenkahl noch einen kleinen Bruder, der Mausohr hieß, dem wurde das auch erzählt, und der kam darüber in einen solchen Zorn, daß er gar nicht wußte, was er anfangen sollte, und man mochte ihm sagen, was man wollte, so schrie er immer: „Die bösen Kinder, die meine Mutter und meinen Bruder ausgepfiffen, will ich strafen.“ Das trieb er so lange, bis er endlich einmal einen vornehmen General zu sehen kriegte, der ihm eine tiefe Verbeugung machte; da schrie ihm Mausohr zu: „Mit Verbeugungen ist mir nicht gedient, solange meine Mutter und mein Bruder zu Mainz ausgepfiffen werden von den Straßenjungen.“ Als die Soldaten, die hinter dem General so schön gerade wie die Wachspuppen herzogen, dies hörten, fingen sie an mit dem General zu zanken und fragten ihn, warum er sie immer und ewig herumspazieren führe; er solle sie nach Mainz bringen, daß sie ihren Fürsten abholen könnten. Der General aber sagte ihnen: „Ihr seid alle meine Kinder; wenn unser nur mehr sind, so soll es schon besser werden; laßt uns nur abwarten, wie die Courage dieses Jahr gerät.“ – Aber die Soldaten waren so wild und tapfer, daß sie mannshoch in die Höhe sprangen, und einige stellten sich auf den Kopf und präsentierten mit den Füßen das Gewehr.

Als die Vornehmsten des Landes dieses sahen, beschlossen sie, die Soldaten einstweilen an Ketten zu legen, daß sie noch immer wütiger würden, um sie dann zur rechten Zeit nach Mainz zu führen; dies ließen sie dem kleinen Prinz Mausohr durch seinen Hofmeister sagen und zugleich, daß er, wenn er sich gut aufführe, mitziehen sollte, und hernach gar König werden.

Mausohr schwieg still dazu und dachte sein Teil für sich. Er wartete, bis es Nacht war, und schnarchte von ganzem Herzen, daß der Hofmeister glaubte, er schlafe ganz fest, und auch einschlief.

Da stand aber Mausohr leise auf, und nahm sich einige Stücke Brot und sein ABC-Buch mit, und schlich sich eilends der Stadt hinaus gegen Mainz zu.

Er lief die ganze Nacht durch einen dicken Wald, und da er gegen Morgen auf eine Wiese kam, wodurch ein Bach floß, legte er sich ins hohe Gras, ein wenig zu schlafen. Kaum aber hatte er ein wenig geschlafen, als er durch ein großes Geschnatter erweckt wurde; er guckte sich um und sah einen Storch mit großen langen Beinen auf der Wiese anmarschiert kommen, und hinter ihm drein liefen viele viele Kinder, die sich um den Storch herumstellten, und ihre Lektion hersagten.

Der Storch schrie: A-B: ab, B-A: ba, – Abba, und sofort schrieen es ihm die Kinder immer nach, und wenn eins nicht ordentlich antwortete, schlug er tüchtig mit seinem Schnabel drauf los, daß sie gewaltig schrieen.

Dem Mausohr machte das viel Vergnügen, und er fing auf einmal an laut zu lachen, worauf die Kinder auch lachten: so daß der Storch ganz böse ward und tüchtig auf sie schlug; da fingen die Kinder alle an zu schreien: „Dort sitzt einer, der macht uns lachen.“ – Da lief der Storch so schnell gegen den Prinzen Mauseohr, daß er über ihn stolperte und hinfiel, worüber die Kinder wieder sehr lachten; darüber ward der Storch nun dermaßen unwillig, daß er gewaltig zu klappern anfing und eben dem Prinzen Mausohr einen rechten Schlag mit dem Schnabel geben wollte; dieser hielt ihm aber sein ABC-Buch vor, worauf ein großer Storch abgebildet war, und da der Meister Langbein dies sah, geriet er in die größte Verwunderung und machte die lustigsten Sprünge um den Prinzen Mausohr. „Herr Storch!“ sagte nun Mausohr, „sind Sie nicht böse auf mich, daß ich gelacht habe, aber es hat mich ein Gräschen in der Nase gekitzelt, und ich will Ihnen auch mein ABC-Buch schenken, auf welchem Sie so schön abgebildet sind.“ Der Storch war hierüber sehr vergnügt und gab den Kindern Spieltag, die das kaum gehört hatten, als sie schnell und lustig in den Wald fortliefen.

Nun unterredete sich der Storch recht artig mit Mausohr; dieser fragte ihn, wer ihn dann zum Schulmeister gemacht habe, und der Storch erzählte ihm: sein

Vater sei hier im Lande auch Schulmeister gewesen, und sein Groß- und Urgroßvater auch; denn da er den Leuten die Kinder bringe, so müsse er sie ihnen auch unterrichten; denn die Bauern hierherum seien nie zu Haus und immer in der Fremde, Korn zu schneiden, so hüte er einstweilen das Dorf, das hinter dem Walde liege, und führe die Wirtschaft, sonntags predige er auch. Dann ließ er sich von Mausohr das ABC-Buch explizieren und hatte eine große Freude daran.

Nun fragte Mausohr ihn noch: „Bester Herr Schulmeister! wie machen Sie es denn, daß die Kinder Ihnen gehorchen?“ „Ei,“ sagte der Storch, „dahinten am Bache, da steht ein Rohrgarten, welcher mir gehört, den hat mein Urgroßvater noch gepflanzt, und wenn ich mir von dem Rohr eine Pfeife schneide und darauf pfeife, müssen mir alle Kinder nachlaufen, wohin ich will.“ – „Könnten Sie mir wohl für mein ABC-Buch so eine Pfeife schenken?“ sagte Mausohr. – „Mit Vergnügen“, sagte der Storch und lief fort und brachte ihm bald eine sehr schöne Pfeife, worauf Mausohr sich empfahl und ihm versprach, wenn er glücklich von seiner Reise zurückkehre und sehe, daß er die Kinder aus dem ABC-Buch gut unterrichtet habe, wolle er ihm einen warmen Weck mitbringen; worüber der Storch vor Freuden wieder hoch in die Höhe hüpfte und ihn mit großem Geklapper verließ.

Mausohr steckte seine Pfeife sehr vergnügt in seine Mütze, denn er trug eine hohe Mütze von weißen Mäusepelzen, und ging munter auf Mainz los.

Unterwegs wünschte er seine Pfeife zu probieren, als er auf eine Wiese kam, wo ein Gänsejunge und ein Gänsemädchen Hirsenbrei miteinander aßen. Er tat aus der Ferne nur einen Pfiff auf seiner Pfeife, als sie ihren Brei verließen und auf ihn zu rannten.

Nun, dachte er, will ich die bösen Mainzer Kinder, die meinen Vater und meine Mutter ausgepfiffen haben, so auspfeifen, daß sie mir nimmermehr hineinkommen sollen; und indem er so dachte, setzte er ein Bein so schnell vor das andere, daß er die Türme der Stadt bald vor Augen sah.

Nun konnte er sich vor Unwille auch gar nicht mehr halten und marschierte munter in die Stadt hinein. Wie wunderte er sich aber, daß er keinen Menschen auf der Straße fand. Alles war wie ausgestorben; da kam er an eine Kirche und hörte gewaltig drin singen und Orgel spielen; er horchte am Schlüsselloch und sah alle Weiber drin, und hörte sie singen:

Dank und Preis!
Fort sind die Mäus!

Da schob er ganz leise den Riegel vor die Kirchentüre und ging an eine andre Kirchentüre und horchte wieder, da sangen alle Männer drin:

Dank und Preis!
Fort sind die Mäus!
Der Müller hat im Turm gesessen,
Da haben ihn die Mäus gefressen.

Da schob Mausohr wieder den Riegel vor die Türe, und kam endlich an eine noch weit schönere Kirche, da klangen Pauken und Trompeten drin, und als er durchs Schlüsselloch sah, erblickte er den König und alle Hofherrn darinnen, und es war da ein gewaltiger Spektakel mit Singen und Klingen, und er hörte die Worte singen:

Dank und Preis!
Fort sind die Mäus!
Der Müller hat im Turm gesessen,
Da haben ihn die Mäus gefressen.
Der Rattenkahl nebst Frau Mama,
Juheisasa!
Die hängen an dem Galgenpfahl!
Ein sauber Paar!
Der Herr bewahr
Uns vor solchen Bräutigamen!
Amen! Amen!

Als Mausohr nun dieses vernommen, war sein Zorn und Unwille aus der Maßen groß; aber er machte doch keinen Lärm, und schob den Riegel, wie überall, auch hier vor die Kirchentüre; schrieb aber noch mit einem Stückchen Kohle an die Mauer:

Wer vor dem Wirt
Die Rechnung macht,
Der hat geirrt,

Wird ausgelacht;
Singt nur im Chor!
Den Riegel vor
Das Kirchentor
Schiebt Mauseohr.

Nun ging er nach dem Schloßplatz hin, und je näher er kam, je stärker hörte er ein Geschrei und Gepfeife. Nun trat er um die Ecke herum: da sah er den ganzen Platz voll Kinder mit Pfeifen und Schreien den hohen Galgen umgeben, an dem, wie er glaubte, seine Mutter und sein Bruder hingen, und da fing er heftig an zu weinen.

Als er mit seiner hohen Husarenmütze unter die Kinder trat, welche auch allerlei bunte Sonntagsmützen, aber doch keine solche auf hatten, versammelten sich viele um ihn und fragten ihn: wo er herkäme und wer sein Vater sei, und wo er die schöne Mütze her habe und warum er weine. Da nahm sich Mausohr zusammen und sprach: „Kennt ihr denn nicht die Petersau?" – „O ja!" schrieen alle Kinder, „die liegt gleich da unten im Rhein." – „Nun, da bin ich her; ich bin des Peters von der Petersau sein Sohn und heiße Peterchen, und mein Vater ist König von der Petersau; er macht dieselben Petermännchen, um die man sich Äpfel, Nüsse und Birnen kaufen kann."

„Ach!" sagten die Kinder, „da möchten wir auch sein und uns die Taschen mit Petermännchen füllen; aber wo hast du denn die schöne hohe Pelzmütze her, macht die dein Vater auch?" – „Ja wohl!" sagte Mausohr, „da ist kein Kind bei uns, das nicht eine solche Mütze hat und noch viel schönere, mit goldenen Quasten und einem Federbusch drauf; dies ist nur meine ordinäre Reisemütze." – „Ei! da bist du ja sehr glücklich!" sagten die Kinder, „warum hast du denn geweint?" – „Geweint", sagte Mausohr, „habe ich vor Zorn über die Leute, die da am Galgen hängen, die euch so vielen Schaden getan; ei potz tausend! die haben schöne Mäusepelze an, da könnte mein Vater euch allen Mützen davon machen, wenn er sie auf der Petersau hätte."

„Hört einmal, ihr Knaben!" sagte da ein Schornsteinfegerjunge, „wenn uns nur die Mädchen nicht verraten, die Kerls mit den Pelzen wollte ich bald herunter haben, und dann nimmt sie Peterchen mit zu seinem Vater und läßt uns Mützen daraus machen." – „Ei! ihr wollt uns immer als Verräter ausschreien," sagte da ein Schulmeisters-Töchterchen, „und ihr seid es doch, die ihr uns neulich verraten habt, da wir dem Küster die Birnen von dem Baume geworfen haben;

wir tragen auch gerne Pelzmützen, und wenn ihr uns auch welche machen lassen wollt, so soll keine Seele was davon wissen." – „Ja ja, gewiß nicht!" schrieen alle die andern Mädchen. – „Was sollen wir aber sagen," versetzte der Schornsteinfegerjunge, „wenn uns die Eltern fragen, woher die Mützen und wohin da die Pelznickel gekommen sind?" – „Ei!" sagte das schlaue Mägdlein, „wir sagen, die Pelznickel seien fortgeflogen, und die Mützen wären vom Himmel herab geregnet; wissen die Eltern doch auch nicht, wo die Mäuse hergekommen."

„Ja ja!" schrieen da alle, „so geht es an, herunter! herunter mit den Pelznickeln!" Und mit einem Sprung kletterte der Schornsteinfegerjunge den Galgen hinan und wollte sie schon abschneiden und herunter plumpsen lassen; aber Mausohr schrie ihm zu: „Lieber! laß sie nicht so hart fallen, daß der Pelz nicht zerreißt; habt ihr keinen Wagen, auf dem wir sie nach dem Rhein fahren können, wo ein Kahn steht?" – „Da neben unterm Schloßtor steht dem König sein kleiner goldener Gartenwagen, auf dem er sich täglich von zwei großen Hunden im Garten herumfahren läßt," schrie das Söhnlein des Leibkutschers, „den wollen wir holen, er ist sehr leicht", und somit liefen gleich einige nach dem Wagen.

In wenigen Augenblicken stand er unter dem Galgen; der Schornsteinfegerjunge schnitt zu, und alle beiden Figuren fielen so schön gerade hinein, daß sie wie lebendige Menschen zu sitzen kamen; so oft aber eine herunterfiel, schrieen alle Kinder *Viktoria!* und Mausohr drückte die Augen zu; denn er glaubte noch immer, es sei seine Mutter und sein Bruder, und das Fallen könne ihnen weh tun. „Nun fort an den Rhein!" schrie Mausohr; die Knaben zogen, die Mägdlein drückten, Mausohr ging voran.

Als sie ans Wasser kamen, stand hinter einem Busch der hochzeitliche Kahn mit schwarzen Wimpeln; er ließ die Strohmänner drauflegen, spannte die Segel auf; die Kinder standen in einem langen Kreis am Wasser hin; da alles zur Abfahrt fertig war, ergriff Mausohr mit einer Hand das Steuer, mit der andern nahm er seine Pfeife aus der Mütze und sagte: „Nun, ihr Mainzer Knaben und ihr Mainzer Mägdlein! weil ihr denn diesen Ehrenleuten, die hier im Kahne ruhen, so manch Liedchen gepfiffen, will ich euch wieder eins pfeifen; kommt mit! kommt mit! damit mein Vater euch das Maß zu den Pelzmützen nehmen kann"; und somit begann er ein Liedchen auf seiner Pfeife, indem er vom Land abfuhr, zu blasen, so wunderbar lustig und traurig, daß die Kinder erst alle an zu lachen und zu weinen und endlich zu tanzen begannen, und sich immer mehr und mehr an das Wasser drängten und endlich gar hineinsprangen und drin herumwalzten; und immer ferner fuhr Mausohr mit dem Kahn, und die Kinder sprangen immer lustiger ins Wasser; anfangs hielten sie noch die Kleiderchen in die Höhe, um sie nicht naß zu machen, bald stand ihnen das Wasser bis an den Hals, und dabei sangen sie beständig mit dem beweglichsten Ton:

Ach Gott und Herr im Himmelreich!
Ach liebster Vater und Mutter mein!
Wir armen Kinder allzugleich,
Wir müssen sterben in dem Rhein!
Ach Hilfe! Hilfe! Hilfe!

Ach Peterchen, Herrn Peters Sohn,
Des Königs von der Petersau,
Du nimmst gar teuren Mützenlohn,
Du nimmst das Maß gar zu genau,
Ach Peter! Peter! Peter!

Ach hätten nun und nimmermehr
Die Mützen wir gesehen an;
Du rächest dich auch gar zu schwer,
Du falscher, böser Petermann!
Ach Mütze! Mütze! Mütze!

Die Pfeife bläst du gar zu mild,
Die Pfeife bläst du gar zu wild;
Die Erde weicht, das Wasser schwillt
Und uns mit Nacht die Augen füllt,
Ach Pfeife! Pfeife! Pfeife!

Mausohr blies aber immer heftiger zu, und schon sah man von den meisten Kindern nichts mehr als ihre Hüte und Hauben, und der Gesang ward stets schwächer, denn es ertranken immer mehrere.

Das große Geschrei lockte die schöne Ameley herbei, welche sich krank gestellt hatte, um, während der König und alle andern Leute in der Kirche waren, am Ufer spazieren zu gehen und, indem sie den Rhein hinuntersah, ihren traurigen Gedanken an den geliebten Müller Radlauf nachzuhängen. O wie erschrak sie da, als sie die vielen Kinder sah, die wie unsinnig in den Rhein hineintanzten, und alle waren schon drin, außer ein kleines hübsches Mägdlein, Ameleychen genannt, das sie aus der Taufe gehoben hatte; dies hüpfte noch allein am Ufer herum und schürzte schon sein Röckchen und streckte sein Füßchen gegen das Wasser, um hineinzupatschen; da wollte die Prinzessin es noch geschwind an dem Röckchen zurückziehen, aber in demselben Augenblick stimmte Mausohr ein neues Lied auf der Pfeife an, das so durchdringend lautete, daß auch die schöne Ameley zu tanzen anfing und mitsamt dem kleinen Mägdlein in den Rhein versank. – Lebt wohl, ihr armen Kinder! Gott erbarme sich eurer! Ihr habt schwer für die Treulosigkeit des bösen Königs und euren Mutwillen gebüßt.

Mausohr steckte nun seine Pfeife wieder in seine Mütze und ließ seinen Kahn ruhig den Rhein hinabtreiben; rings um ihn her war der Fluß mit allerlei bunten Hüten und Mützen bedeckt, und mitten drunter schwamm die Haube der schönen Ameley die man wohl an dem goldnen Krönchen und dem Perlenstrauß, der drauf war, erkennen konnte. Da aber Mausohrs Schiff durch die Segel schneller getrieben wurde, verlor er bald die Stadt und die langsamer schwimmenden Hüte und Hauben aus den Augen.

Als Mausohr sich nun auf seinem Kahne, wie er glaubte, mit seiner Mutter und seinem Bruder Rattenkahl allein sah, vergaß er alle andern Gedanken und nahte sich den geliebten Leibern seiner Anverwandten, um sie einmal wieder recht herzlich anzusehen.

Er trat zu seiner Mutter hin und sprach: „Ach liebste Frau Mutter! wie ist Euer schönes Angesicht so weiß wie Papier geworden, und Ihr habt ja einen Schnurrbart von Kienruß!" – Nun nahm er eine Hand voll Wasser, um ihr die Augen zu waschen; aber wie erschrak er nicht, als ihr von dem Waschen die Augen ganz ausgingen, und als er endlich entdeckte, daß beide Figuren gar keine Menschen, sondern nur Strohpuppen waren, die man mit papierenen Gesichtern in die Pelzkittel eingesteckt hatte. „Ach! so bin ich doch betrogen!" schrie Mausohr, „und ist all meine Mühe und Arbeit umsonst gewesen!" und kam er unter mancherlei Klagen an jene Insel bei dem Bingerloch an, wo seine rechten Eltern, ohne daß er es wußte, begraben waren.

Da er nun lange nichts gegessen und getrunken hatte, wollte er sich bei den vielen Brombeeren, Himbeeren und Haselnüssen erquicken, die da in großer Menge auf der kleinen Insel wuchsen. Kaum aber hatte er ein paar Schritte durch das Gebüsch getan, als er ein wunderliches Klappern hörte, und zugleich sah er einen hohlen Kürbis wie eine Glocke an einem Haselnußstrauch hin und her schwanken. Da er nun niedersah, erblickte er zu seiner großen Verwunderung den alten Rattenkönig, der das Glöckchen mit den Vorderpfoten gar emsig zog. Sie sahen sich beide zugleich, und mit einem Sprunge schwang sich der Rattenkönig voller Freude an dem geliebten Prinzen Mausohr hinauf, den er seit seiner Geburtsstunde gar genau kannte, und der ihn immer zu Trier, als er noch bei der verstorbenen Königin als Staatstier lebte, mit Zuckerbrot gefüttert hatte.

„Ei! wie kommst du hieher?" fragten sie sich beinahe beide zugleich. Unter vielen verwirrten Freudenbezeugungen erzählte Mausohr: wie er, um Mutter und Bruder zu rächen, alle Mainzer-Kinder ins Wasser gepfiffen hätte, und wie er jetzt sich doch mit den Strohpuppen betrogen sehe. „Mein teurer Prinz!" sagte der Rattenkönig, „sieh! ich bin hier ein Eremit geworden, dort neben steht meine kleine Einsiedelei von Baumrinden gemacht, und eben da du kommst, läutete ich ein paar Mäuse und Ratzen, die ich von meinem Volke errettet habe, zusammen; wir wollten eben am Grabe deiner Mutter und deines Bruders singen, da kömmst du recht zu gelegener Zeit" – und somit führte er den verwunderten Mausohr an den Ort, wo Radlauf jene beiden begraben hatte.

Unter bittern Tränen hob Mauseohr den Stein in die Höhe und sah seine Mutter und seinen Bruder fein ordentlich mit ihren Kronen daliegen; er pries den frommen Müller tausendmal selig, daß er so ehrlich an seinen Verwandten gehandelt habe, und dann schimpfte er wieder auf den Mainzer König, der an allem dem Elend schuld sei.

„Ja wohl," sagte die Ratze, „ihm ist alles Böse zu gönnen, und wenn nur seine Tochter, die schöne Ameley, vor ihm gerettet wäre, wollte ich gar nicht mehr an ihn gedenken."

„Die schöne Ameley hat gute Ruh," sagte Mausohr, „die war schuld an allem, und sie liegt nun im Rhein mit all den übrigen Kindern, ich habe sie noch zuletzt hineingepfiffen." – Da die Ratze dies hörte, geriet sie in große Traurigkeit und Wehklagen wegen dem frommen Müller Radlauf und stellte dem Mausohr die Sache so beweglich vor, daß er auch zu weinen begann; da die Sache aber nicht mehr zu ändern stand, so beschlossen sie endlich, den Leichnam der Königin und Rattenkahls auf dem Schifflein nach Trier zu bringen, an ihrer Statt aber die Strohpuppen in die Grube zu legen und die Grabschrift zu verändern, damit der Müller, wenn er zurückkäme, wisse, was vorgefallen sei.

Nun brachte Mausohr erst seine Mutter und dann seinen Bruder auf das Schiff; dann legten sie an ihrer Statt die Strohpuppen hinein, den Grabstein aber drehte er um und schrieb darauf:

Prinz Mauseohr von Trier
Fand Mutter und Bruder hier
Und fuhr sie auf dem Kahn
Den Rhein hinab, die Mosel an,
Nach Trier, wo sie jetzt ruhen.
Nun liegen in der Truhen
Zwei Strohpuppen in Mäusebalgen,
Er holte sie vom Mainzer Galgen
Und pfiff die Mainzer Kinderlein
Zur Strafe alle in den Rhein.
Beschlossen ward im Himmelsrat,
Was er aus Kindesliebe tat;
Ach frommer Radlauf! ihm verzeih,
Weiß Gott, die schöne Ameley
War auch dabei,
Der Gott genad;
Kömmt Zeit, kömmt Rat!

Nachdem er diese Grabschrift verfaßt hatte, ging er, das Schifflein mit allerlei grünen Gesträuchen zu schmücken; der Rattenkönig aber läutete nochmals mit seiner Kürbisglocke, und da ohngefähr ein Zwanzig Ratten und Mäuse zusammengekommen waren, teilte er das Säckchen Mehl, das ihm Radlauf zurückgelassen hatte, redlich unter sie aus, und rief die ältesten unter ihnen hervor, zu denen sagte er: „Ich übergebe euch nun auf längere Zeit die Regierung meines Reichs, da ich schon alt bin und nicht weiß, ob ich von meiner Reise wieder zurückkomme.“ Sodann rief er alle die Paare hervor, die miteinander haushalten wollten, legte ihnen ihre Pfötchen ineinander und sprach: „Haltet fein Haus zusammen, und alle eure Kinder haltet dazu an, die schreckliche Niederlage, die der König von Mainz unter eurem Geschlecht angerichtet hat, zu rächen; lebt wohl und haltet euch wie ehrliche Ratten und Mäuse.“

Nun begab sich der Rattenkönig mit Mausohr auf den Kahn und sie fuhren mit gutem Wind nach Trier. Man war wegen der plötzlichen Flucht des kleinen Prinzen dort noch in der größten Bestürzung, als er plötzlich an der Stadt landete. Mit ungemeiner Freude und Trauer empfing man ihn und die Leichen der verstorbenen Herrschaften, denen man ein schönes Grab baute und oben drauf ein kleines goldnes Haus für den Rattenkönig, wo er immer von Mausohr mit Zuckerbrot gefüttert wurde; denn er wollte sich gar nicht von der alten Königin trennen, so sehr liebte er sie.

Mausohr ward nun, weil er so viel Klugheit und Tapferkeit gezeigt hatte, einstimmig zum König ausgerufen, und das erste, was er tat, war, daß er alle Zurüstungen zum Kriege machte, um den König von Mainz noch härter zu strafen.

Wie die Mainzer Bürger ein großes Wehklagen erhoben und vor des Königs Schloß zogen, und wie dieser eine neue Treulosigkeit beging.

Nun wollen wir aber einmal wieder nach Mainz sehen, was alle die Leute und der König und die Königin anfangen, die Mausohr in die Kirchen eingeriegelt hatte. Als der Gottesdienst aus war, wollten die Leute nach Haus zum Mittagessen gehen; aber da war die Türe fest zu. Man pochte, man probierte alle Schlüssel; nichts half; schon zankten die Leute auf die Kinder und nahmen sich vor, wenn sie erst heraus wären, die Kinder recht zu strafen, denn niemand anders konnte den Riegel vorgeschoben haben als die Kinder, weil alle übrigen Leute mit eingeschlossen waren.

Es war ein entsetzliches Lamentieren, die Köchinnen schrieen alle: „Ach Gott! der Braten wird uns verbrennen!“ Die Mütter schrieen: „Unsere Kinder werden verhungern!“ Die Königin klagte: „Wer wird meine Katze füttern und meinen Papagei?“ Der Prediger aber, der von der Kanzel gerade durchs Fenster in seine Küche sehen konnte, und dessen Köchin Helene auch in der Kirche war, sah, daß der Entenbraten, der am Spieß steckte, schon vom Feuer ergriffen wurde, und schrie in voller Herzensangst: *“Potz Element! d'Ent' brennt, Helen', wend' d'Ent' um!“* Da meinten die Leute, er hätte Latein geredet, und sagten, er solle jetzt nur deutsch reden, wie sie hinauskommen könnten. „Ach ja,“ schrie die Köchin Helene, „Herr Pfarrer! wenn ich nicht hinauskann, so kann ich die Ente nicht umwenden, und die Ente muß verbrennen.“

Endlich hängte sich einer an das Glockenseil, kletterte bis ans Kirchenfenster hinauf, ließ sich mit dem Seil hinaus und machte den Riegel draus auf. Nun drängte sich alles aus der Kirche hinaus, und mit großer Verwunderung las man:

Den Riegel vor
Das Kirchentor
Schiebt Mauseohr.

Nun wußte kein Mensch, wer Mausohr sei. Die Leute aus den andern Kirchen kamen auch heraus, und wie verwunderten sich alle, als jeder dem andern erzählte: „Ei, wir waren auch eingesperrt, wir auch"; dann liefen die Leute nach ihren Kindern auf dem Schloßplatz; aber der war leer, und die Puppen am Galgen waren verschwunden; der König suchte die Prinzessin, die war auch nicht da; die Leute liefen nach Haus und suchten nach den Kindern, die waren nirgends zu finden, und immer ward die Angst der Menschen größer, wo die Kinder möchten hingekommen sein. Da fanden sie endlich die Pfeifen der Kinder in der Rheingasse alle an die Erde geworfen, und nun zogen sie dieser Spur mit der größten Furcht nach, und als sie an den Rhein kamen und des Königs Gartenwagen allein am Ufer fanden, und die vielen Hüte und Hauben hin und wieder im Wasser herumschwammen, und in dem Sande die Fußstapfen der Kinder ganz deutlich ins Wasser führten: da brach ein allgemeines Wehklagen und Jammern unter den Müttern und Vätern aus, und man hörte nichts anders, als: „Ach mein blondes Trautchen! mein süßes Annemariechen! mein schwarzes Gretchen! mein braunes Stinchen! ach meine goldne Bärbel! mein Zuckerpüppchen! ach sie ist ertrunken! ach mein fromm Charteschen! meine schöne Borgel! ach mein flinker Hannes! mein runder Tonerl! mein Goldfritzel! mein kluger Franzel! ach mein lustiger Martin! mein Severin! ach mein Maxfritzl! mein weißer Wenzel! mein gutes Karlemännchen! mein dickes Dominikuschen! meine Herzgundel! meine Bettine! mein Atschekinkel! mein Madlenchen! mein blauäugiges blondes süßes Bendickchen! mein Kattel! mein Melinenhühnchen! ach ertrunken! ertrunken! ach das Kind war so fromm! ja es konnte schon so schön beten und stricken! ach! der Junge konnte schon buchstabieren, er konnte schon Messe dienen!" Und so jammerten sie und rangen die Hände und weinten und fischten die herumschwimmenden Mützen ihrer Kinder zusammen und küßten sie und erzählten sich abwechselnd die Tugenden ihrer verlornen Kinder.

Nachdem sie mehrere Stunden so am Ufer in unsäglichen Leiden vergeblich ihre Schmerzen ausgesprochen hatten, kehrte sich ihr Unwille desto gewaltiger gegen den König, den sie durch seine Treulosigkeit an Radlauf als den Urheber aller ihrer bisherigen Leiden ansahen, und die einbrechende Nacht konnte sie nicht bewegen, nach Hause zu gehen; denn die guten Leute glaubten, sie könnten nie wieder von der Stelle, wo ihre Kinder zugrunde gegangen waren.

Der König hatte indessen auch alle Winkel nach der schönen Ameley aussuchen lassen, und als er endlich durch seine Boten das Unglück der ganzen Stadt vernommen hatte, hielt er sich ganz still; denn er fürchtete den Unwillen der Bürger, und er hatte auch recht. Endlich schickte er einen alten Geistlichen, die Leute zu trösten und zu ermahnen, daß sie nach Hause gingen; aber er wurde nicht sehr freundlich aufgenommen, denn alle schrieen ihn an: wenn er nicht so lange gepredigt hätte, würden sie eher aus der Kirche gekommen sein und hätten ihre Kinder noch erretten können.

Endlich zwang der Hunger die armen Leute doch nach Hause zu gehen, denn sie hatten den ganzen Tag noch nichts gegessen; aber wie wurden sie von neuem betrübt, als sie nun in ihre Häuser traten, wo ihnen sonst die Kinder entgegengesprungen waren; als sie in die Stuben traten und die kleinen Stühle und Spielsachen einsam herumlagen; als sie endlich in die Kammer traten, um zu Bette zu gehen, und die lieben Kinder ihnen die Hände nicht boten, nicht ihr Abendgebet mitbeteten, als die kleinen Betten und Wiegen leer neben ihnen standen; ach! da ward kein Bissen ohne Tränen von ihnen genossen, kein Schlaf kam über ihre Augen. Bange griffen zu allen Stunden der Nacht die armen Mütter in die leeren Wiegen, um sich von ihrem Verluste zu überzeugen, und als sie gegen Morgen ermüdet einschliefen, träumten sie von ihren Kindern, wie sie in den Wellen herumgeschleudert würden über Felsen und Steine hin und in die Mühlräder hinein; andere träumten, sie wären noch da, und wenn sie plötzlich erwachten, sahen sie, es war nur ein Traum, und erweckten die Nachbarn von neuem mit ihrem Jammergeschrei.

So begann ein neuer Unglückstag, und viele andere würden ebenso traurig gewesen sein, wenn nicht eine neue Qual die armen Mainzer überfallen hätte. Alle Donnerstag war gewöhnlich Kornmarkt in der Stadt, wo Bäcker und Hauswirte sich ihr Brotkorn kauften, das die Bauern aus der Gegend zu Markte brachten.

Der Tag war wieder herangekommen und alle Bäcker und Bürger gingen mit ihren Säcken auf den Platz, um zu kaufen; aber da war kein einziger Bauer mit Korn gekommen.

Sie wußten nicht, was das zu bedeuten habe, bis auf einmal eine Menge Bauern von allen Orten kamen, aber auch mit leeren Säcken, sie wollten Korn kaufen; „denn", sagten sie – „die Mäuse haben bei uns alle Felder verwüstet; wir haben keine Ernte gemacht, und wenn wir kein Korn kriegen, können wir nicht wieder säen." Da sie aber sahen, daß hier auch nichts zu kaufen war, ward die Sorge bald heftiger, und alles Volk schrie bald laut: „Hungersnot! Hungersnot! zum König! zum König! der hat noch alle Speicher voll" – und so zogen nun ein Menge Leute vors Schloß und riefen: der König solle heraus auf die Galerie kommen.

Als er nun nach langem Rufen herauskam, rief er ganz unwillig herunter: „Was will das Gesindel? Kann ich niemals Ruhe haben? Ich glaubte, da ich nun meine unvernünftige Tochter verloren habe, ich könnte endlich mal ein Glas Wein in Frieden trinken; aber da macht die Bagage schon wieder Spektakel." Nun schrieen ihm die Leute hinauf: sie wollten Korn haben; durch ihn seien die Mäuse in das Land gekommen, die auch kein Hälmchen auf dem Felde verschont hätten, und nun solle er ihnen auch Korn zur Aussaat und zum Brot geben. Der König antwortete: „Warum habt ihr nicht besser gewirtschaftet; das Korn, das ich aufgespeichert habe, das ist für mich und meine Soldaten." Da schrieen die Leute: „Deine Soldaten sind unsere Söhne, wegen ihnen werden doch nicht ihre Eltern verhungern sollen." Da schrie der König wieder herab: „Wenn ihr den sechsfachen Preis bezahlen wollt, sollt ihr jeder einen Sack voll haben" damit schlug er das Fenster zu. Die Leute aber wurden ganz wild und unsinnig und warfen ihm Steine ins Fenster und schrieen: „Mache uns Brot draus!" Da ließ der König ihnen sagen: sie sollten so viele Bürger in das leere Stadtkornhaus senden, als hineingingen, und allen denen wolle er Korn geben; da drängten sich die Leute fast zu Tod in das Haus und standen sie so dicht bei- und übereinander, daß kein Apfel darin auf den Boden fallen konnte; als sie nun alle drin waren, ließ der König die Tore des Kornhauses schließen und die Brücken drum herum aufziehen; denn das Haus war gebaut wie ein festes Schloß und rings mit Wassergräben umgeben, um es gegen Feuergefahr und Diebstahl zu sichern. Nun ließ er ringsherum noch Soldaten stellen, und die halbe Stadt hatte er so unbarmherzig zum Hungertode eingesperrt.

Tag und Nacht jammerten und wimmerten die armen Leute drin, daß es zum Erbarmen war, vor Hunger und Elend, und am zweiten Tag ließ ihnen der König einige Brote hineinwerfen, um die sie aus Hunger einander zu Tode schlugen. Und als die übrigen Leute vor dem Schlosse auf den Knien lagen und um Erbarmen für die armen Gefangenen baten, rief der König ihnen vom Fenster herab: „Hört ihr denn nicht, wie meine Kornmäuse im Kornhause pfeifen! Soll ich euch auch zu den andern sperren, weil ihr mir die Ohren so voll schreit!" – und so gingen die Leute voll Angst und Verzweiflung wieder nach Haus.

Von der guten Frau Marzibille und ihrem lieben Ameleychen, von dem Weißmäuschen und dem Goldfischchen.

Unter den Armen war auch eine gute Frau, die Marzibille hieß; ihr Mann war ein armer Fischer, der auch mit im Kornhaus eingesperrt war, und hatte sie ein sehr schönes Töchterchen gehabt, das Ameleychen hieß und mit den andern Kindern ertrunken war, gerade dasselbe Kind, welches Prinzessin Ameley ihr aus der Taufe gehoben hatte, und welches dieselbe am Rhein zurückhalten wollte, als sie auch versank.

Die arme Marzibille kam traurig nach Haus, steckte ihre Lampe an, kniete an ihren kleinen Hausaltar und flehte unter heftigen Tränen zu Gott um Barmherzigkeit für das Elend der ganzen Stadt und für das ihrige.

Als sie so eine zeitlang geweint und gebetet hatte, hörte sie etwas neben sich pfeifen, und da sie sich umsah, saß ein kleines weißes Mäuschen neben ihr, das sie gar wohl kannte; es war zahm, und ihr kleines Ameleychen, als es noch lebte, hatte immer mit ihm gespielt; seit dem Tod des Kindes aber hatte sie in ihrem Schmerz nicht mehr auf das Tierchen geachtet. – Kaum hatte sie das Mäuschen angesehen, als auch ein kleines Goldfischchen lebhaft in dem Wasserglase schnalzte, in welches Ameleychen es gesetzt hatte, dem es von selbst, als es einst am Rhein spielte, in den Schoß gesprungen war.

„Ach Gott! ach Gott!" sagte Marzibille, „ihr lieben kleinen Spielkameraden meines armen Ameleychens, ihr habt wohl rechten Hunger; ach! mein Kindchen ist nicht mehr da, das euch immer fütterte, mein Mann sitzt im Kornhause und ist vielleicht auch schon verhungert, und ich selbst habe nichts mehr als diese harte Brotrinde; denn das Fischen hilft nichts mehr, die Leute wollen keine Fische mehr essen, seit die Kinder alle ertrunken sind; ich kann es ihnen auch nicht verdenken, denn ich könnte keinen Fisch mehr essen, wenn ich auch verhungern müßte, aus Angst, ich möchte ein Fingerchen in dem Fische finden, das er vielleicht meinem armen Kinde abgebissen hätte; aber wartet, ich will meine Brotkruste mit euch teilen; solange ich nicht Hungers sterbe, sollt ihr es auch nicht, weil ihr so schön mit meinem seligen Ameleychen gespielt habt." Da sie aber die harte Brotrinde eben zerbrechen wollte, richtete sich die kleine Maus sachte in die Höhe und sagte: „Frau Marzibille! hör Sie mich an" – und das Fischlein steckte den Kopf aus dem Wasser und sagte auch: „Frau Marzibille! hör Sie mich an" – da war die gute Frau sehr erschrocken, erholte sich aber endlich und sprach:

„Weißmäuschen! sprich du zuerst, weil du mich zuerst angepfiffen" – und das Weißmäuschen sagte:

Gute Werke, guter Lohn;
Gott im hohen Himmelsthron,
Der den Menschen schuf aus Erden,
Ließ die kleine Maus auch werden.

Wer in allgemeiner Not
Mit den Tieren teilt sein Brot,
Wer mitleidig und geduldig,
Dem sind Dank die Tiere schuldig.

Suche nach in meinem Loch,
Vielen Weizen hab ich noch;
Weil ich mir für harte Jahre
Immer reichlich etwas spare.

Ameleychen gab mir Brot,
Ameleychen ist nun tot,
Und du teilst die harte Rinde,
Weinst mit mir ob deinem Kinde.

Lasse, Mutter, nun mich frei,
Führ ich Glück der Stadt herbei;
Gib mich frei, Frau Marzibille,
Dir zu lohnen ist mein Wille.

Also sprach die kleine Maus recht schön deutlich und stammelte nicht einmal, und Frau Marzibille konnte sich der Tränen nicht enthalten, als das Mäuschen so artig von ihrem lieben ertrunkenen Töchterchen sprach. „Mein liebes Weißmäuschen!“ sprach sie, „herzlichen Dank für deine Dankbarkeit; ich will deinen Weizen annehmen und kleine Kuchen daraus backen und, wo die Not am größten ist, auch andern davon geben; deine Freiheit kannst du nehmen, wenn du willst; du bist bei mir ein liebwerter Gast gewesen, und wenn du mich wieder besuchen willst, und ich lebe noch, so will ich dir alles Liebe antun, was ich kann; aber ich möchte dir noch etwas auf die Reise mitgeben, wenn ich nur was hätte!“ Da suchte die gute Marzibille überall herum, endlich fand sie an dem Weihnachtsbaume Ameleychens eine kleine Zuckerbrezel hängen, die gab sie dem weißen Mäuschen, und aus vier Haselnußschalen machte sie ihm vier kleine Schuhe unter seine Pfötchen, und so lief die Maus klipper klapper ab.

Nun wendete sich Frau Marzibille zu dem Goldfischchen in dem Glase und sprach: „Was hast du, kleines Fischchen, der armen Marzibille denn zu sagen? Ach! ich weiß es wohl, Ameleychen hat dich ganz besonders lieb gehabt, weil du ihm einstens am Rhein freiwillig in den Schoß gesprungen bist.“ Da sprach das Goldfischlein also:

Ich bin aus dem Rhein gesprungen
Deinem Kinde in den Schoß,
Als es süß ein Lied gesungen,
Ward zu ihm mein Wunsch so groß:

Daß ich aus den blauen Wellen
Zu dem blonden Engel sprang,
Und wir wurden Spielgesellen,
Zeit und Weil war mir nicht lang.

Aber jetzt die Stunden schleichen,
Und ich sehne mich zur Flut,
Wo dein liebes Ameleychen
Mit den andern Kindern ruht.

Sieh, ihm fehlen dort Bekannte,
Und es wird gar blöde sein;

Aber ich hab viel Verwandte
In dem alten grünen Rhein.

Ameleychen will ich lehren,
Wie es sich verhalten muß;
Lasse drum mich wiederkehren
Zu dem Kinde in den Fluß.

Wenn ich Ameleychen finde
Und es ist gesund und rot,
Komm ich wieder her geschwinde,
Bringe Trost dir in der Not.

Wenn ich es gestorben finde,
Leg ichs in ein Marmorgrab;
Halt von deinem blonden Kinde
Alle bösen Hechte ab.

Sonntag früh komm du gegangen
Auf die Stelle an den Rhein,
Wo das Kind mich hat gefangen,
Rufe nur dem Goldfischlein.

Und sogleich ich zu dir schwimme
Durch die grüne Flut geschwind,
Und dir saget meine Stimme
Von dem blonden lieben Kind.

„Ach Goldfischchen! Goldfischchen!“ sagte Marzibille, „du bist doch gar zu treu und gut; gleich will ich dich in den Rhein tragen; ach! wenn es möglich wäre, daß Ameleychen noch lebte, daß ich es jemals wiedersähe, – aber ich möchte ihm doch etwas mitschicken: ein weiß Hemdchen, Halstuch und Strümpfe und sein Sonntagsröckchen; kannst du ihm das wohl bringen?“ – „O ja,“ sagte der Goldfisch:

Leg nur einen Stein hinein,
Wirf es nach mir in den Rhein.

Und nun packte die gute Marzibille ein schön Hemd, Strümpfe und das Sonntagsröckchen und ein Paar schöne neue rote Schuhe zusammen und legte ein Zettelchen dazu, darauf stand:

Lebst du noch,
So bete fromm;
Bist du tot,
In Himmel komm;
Bitt die lieben Engelein,
Daß auch ich bald komm hinein;
Dieses ist der einzge Wille
Deiner treuen Marzibille.

Und nun trug sie schnell das Fischlein mit dem Glas an den Rhein, warf es mit einem Lebewohl hinein und dann das Bündelchen, und rief ihm noch tausend Grüße hintennach an das blonde Ameleychen und ging hoffnungsvoll nach Haus.

Von der Gesandtschaft Weißmäuschens zum Rattenkönig und Prinz Mausohr nach Trier und deren Kriegszug.

Nun aber müssen wir uns auf den Weg machen und dem Weißmäuschen nachlaufen, damit wir erfahren, ob es Wort hält und was für Mittel es ergreift, die armen, verhungerten Leute in der Stadt zu erretten. Zuerst lief es bis nach Bingen, wo die Insel im Rhein liegt, und ließ sich von einer Wasserratze über den Fluß nach der Insel bringen. Da war nun eine große Freude unter den vielen Freunden und Anverwandten, die es da hatte, und jeder wollte ihm eine Ehre antun; denn Weißmäuschen war von hohem Adel, wie die weißen Mäuse alle sind.

Da Weißmäuschen hörte, daß der Rattenkönig sich nicht mehr auf der Insel aufhalte, sondern in Trier sei, nahm es bald von seinen Freunden Abschied und begab sich schleunigst nach Trier, mit dem Rattenkönig zu sprechen.

Es war mitten in der Nacht, als es in dieser wundervollen alten Stadt ankam. Es hatte auf der Insel erfahren, daß die Königin in einem prächtigen Tempel begraben liege, der drei Kirchen übereinander enthielt, und in der untersten sei das Grab, und darauf das Haus des Rattenkönigs. Es lief also so lange in der Stadt herum, bis es die hohe schöne Kirche erblickte. Bald hatte es ein Loch gefunden, wodurch es in die Kirche konnte, und sogleich lief es die schönen marmornen Treppen hinab, die so weiß waren wie es selbst, und befand sich in einer schönen Kapelle, in deren Mitte das silberne Grabmal des Prinzen Rattenkahl und seiner Mutter bei dem Schein von vier großen alabasternen Lampen herrlich glänzte.

Als Weißmäuschen rings um das Grabmal herumlief, fand es eine silberne Wendeltreppe, durch welche es auf die Höhe des Grabmals kam; hier lag der Prinz Rattenkahl und seine Frau Mutter der Länge nach aus Gold gegossen, ganz natürlich, als wenn sie schliefen; über ihnen war eine silberne Laube mit goldenen Blättern, voller Blumen und Früchte von allerlei bunten Edelsteinen, daß es heller flimmerte als der volle Sternenhimmel; und dieses war die Wohnung des Rattenkönigs, der auf einem schwarzen Samtkissen, das in dem Schoße der goldnen Königin lag, eben sanft schlummerte. Aus der einen Hand der Königin pflegte er zu fressen, und in ihrer andern Hand hatte sie einen Becher, aus dem er trank.

Als Weißmäuschen mitten in dieser Herrlichkeit stand, dergleichen es niemals gesehen, ward es von dem Glanze ganz berauscht und wußte nicht, auf welche Art es den schlafenden Rattenkönig wecken sollte. Aber eine goldene Harfe lag zu Füßen der Königin, weil sie sehr dies Saitenspiel zu ihrer Lebzeit geliebt, und da Weißmäuschen diese Harfe näher besehen wollte und unbehutsam mit seinen Schuhen von Haselnußschalen über die Saiten lief, klimperte die Harfe; sogleich entschloß es sich nun, ein hübsches Lied zu singen und dazu die Harfe spielen zu lassen, damit es den alten Rattenkönig auf eine bescheidene Weise erwecke. Es sang also, indem es hin und her tanzend die Saiten erklingen machte, wie folgt:

Wach auf! wach auf, mein Herr und König!
Aus deinem Schlaf, aus deinem Traum;
Erheb dein Ehrenhaupt ein wenig
Und gebe meinen Bitten Raum;
Hörst du, wie die Saiten tönen
Durch der Laube goldnes Schimmern:
Also wimmern,
Also stöhnen
Viele Männer, viele Frauen,

Die zum Sternen-Himmel schauen
Ohn Vertrauen
Und auf deine Hülfe bauen.

Als Weißmäuschen dies gesungen hatte, erwachte der Rattenkönig ein bißchen und sagte halb im Traum: „Ei Frau Königin, Ihro Majestät singen wie ein Violenengel; o darf ich bitten, noch ein Stückchen" – und somit drehte er sich auf die andere Seite und entschlief wieder fest. Da sang Weißmäuschen weiter:

Du träumst von Ihro Majestäten,
Ich singe von der Hungersnot;
Erwache! sei recht schön gebeten,
Verschaff den armen Leuten Brot;
Aus der Königin goldnen Händen
Ißt und trinkst du nach Verlangen;
Die Elenden
Schwer gefangen
Müssen all vor Hunger sterben,
Hungernd müssen ihre Erben
Auch verderben;
Lasse Gnade sie erwerben!

Hier erwachte der Rattenkönig wieder ein bißchen und sagte schlaftrunken: „Ich danke recht schön; ich nehms für empfangen an; ich habe erst einige Zuckerbretzeln zu mir genommen; ich habe keinen Appetit mehr" – und drehte sich wieder herum und legte sich aufs Ohr und entschlief von neuem.

Weißmäuschen wollte schier verzweifeln, den verschlafenen Rattenkönig zu erwecken; als es plötzlich ein Geräusch in der Kirche hörte und Fackelschein aus der obern Kirche herunterfallen sah. Es irrte sich auch nicht und versteckte sich geschwind hinter die Krone der Königin, als der junge König Mausohr im Schlafrock von weißem Mausepelz die Treppe herabkam; er hatte eine Schlafmütze von grauem Mausepelz auf, und die Krone oben drauf, was recht gut ging; denn sie war ihm bei seiner Jugend noch zu weit und hing ihm sonst gewöhnlich um den Hals auf die Schultern. Den Szepter hatte er der Quer im Maul; denn er hatte in der einen Hand die Fackel, in der andern die Kirchenschlüssel; und da er an das Grabmal kam, zupfte er den Rattenkönig am

Schwanze, daß er erwachte und sich die Augen rieb. „Mein liebster Freund!" sagte König Mausohr, nachdem er den Szepter in den Gürtel gesteckt, „wer singt denn hier so beweglich und spielt die Harfe dazu? Mir hat es die Schildwache gemeldet, die oben vor der Kirche steht, und da ich geschwind herzugelaufen, habe ich auch noch ein Stückchen vom Lied gehört, das gar betrübt von lauter Hunger und Kummer lautete."

Nun machte der Rattenkönig, der sich endlich von seinem Schlaf erholt hatte, dem Mausohr tausend Entschuldigungen, daß er ihn so im Bett fände, daß er ihn vor Schlaf nicht gleich erkannt, und sagte ihm hierauf: es sei ihm auch, als habe er im Schlafe singen und harfen gehört; er habe aber geträumt, die hochselige Königin Mutter spiele ihm ein Lied zur Harfe und wolle ihn hierauf zum Essen nötigen, da er doch gar keinen Appetit habe; da aber die Schildwache und Mausohr das Singen auch gehört hätten, müsse es wohl etwas anderes als ein Traum sein, und könne er gar nicht begreifen, was es nur in aller Welt sein möge.

Mausohr sagte hierauf laut, daß das Gewölb widerhallte: „Wer du auch seist, der, mit seinem Gesang über das Elend unglücklicher Menschen klagend, die Ruhe der Toten nächtlich feiert, laß den König Mausohr von Trier deine Klagelieder von neuem hören, oder zeige dich ihm, er wird dir helfen; denn er hat ein menschliches Herz, und hier bei der Ruhestätte seiner verehrten Mutter und seines geliebten Bruders kann er keinen Unglücklichen ungetröstet von sich lassen."

Als Weißmäuschen hörte, daß Mausohr so gnädig war, schlüpfte es aus der Krone heraus und sang, indem es auf der Harfe herumtanzte, folgendermaßen:

Schön Dank! Schön Dank, Herr Mauseohr!
Weil ihr mir also gnädig seid,
Komm ich aus meinem Loch hervor
Und sing zur Harfe Euch mein Leid.
König Hatto legt die armen
Mainzer, wenn sie Brot verlangen,
Ohn Erbarmen
Fest gefangen,
Spricht dann, wenn sie hungernd schreien:
Ei, wie mich die Mäuse freuen!
Herr! ich fleh, woll sie befreien;
Gott wird dir auch Trost verleihen.

Als Mausohr und der Rattenkönig sich erst genug über das kleine artige Weißmäuschen verwundert hatten, ließen sie sich alles von ihm erzählen, und es ließ sich das nicht zweimal sagen, und sagte ihnen, was es nur wußte von Ameleychen und der frommen Fischerin und von der Not der armen Mainzer; auch schenkte es dem Rattenkönig das Zuckerbretzelchen, das ihm die Fischerin mitgegeben; es hatte es zu diesem Zwecke aufgehoben. Der Rattenkönig dankte ihm und hängte es zum ewigen Angedenken an die gute Frau in die goldne Laube, über dem Grabmal, mitten unter die schönsten Edelsteine, wo es noch bis auf den heutigen Tag zu sehen ist.

Nun überlegten Mausohr und der Rattenkönig, wie den Mainzern am schnellsten zu helfen sei, und Mausohr sprach: „Wenngleich die Mainzer geholfen haben, meine selige Frau Mutter und meinen Bruder zu verspotten: so sind sie durch den Verlust ihrer Kinder, die ich im ersten Zorn in den Rhein gepfiffen habe, doch wohl schon zu hart bestraft; ich will mit meinen Soldaten hinmarschieren und den bösen König absetzen und die Gefangenen befreien."

Hierauf sprach der Rattenkönig: „Ich will eine neue Armee von Ratten und Mäusen hinschicken, die sollen den König und die Königin allein anfallen; die Pfeife hat er damals in den Rhein werfen lassen, und er soll sie deswegen diesmal nicht von sich vertreiben können; nun mache dich sogleich auf und zeige den noch übrigen Mäusen und Ratten auf der Insel bei Bingen an, sie sollen morgen abend alle bei Rhense auf dem Königsstuhl sich versammeln, ich werde auch dort eintreffen; wir wollen einen Kriegszug tun, der glücklicher ausfallen soll als unser letzter."

Nachdem das Weißmäuschen diesen Auftrag erhalten, küßte es dem Rattenkönig die Pfote und bat sich die Erlaubnis aus, auch dem König Mausohr die Hand zu küssen. Dieser erlaubte es und schenkte ihm eine goldene Schnupftabaksdose mit seinem Portrait mit Brillanten besetzt. „Ach!" sagte Weißmäuschen, „sie ist ja gar zu groß; wenn ich einmal Hochzeit halte, will ich drin schlafen, hebt mir sie auf!" – „Nun das will ich," sagte Prinz Mausohr, „aber hier hast du was, was du gleich mitnehmen kannst" – und nun nahm er einen brillantenen Hemdknopf aus seinem Hemdärmel und band ihn dem Weißmäuschen um den Hals, worüber es eine große Freude hatte, und unter tausend Danksagungen, nachdem der Rattenkönig es aus den goldenen Händen der Königin hatte essen und trinken lassen, seinen Abschied nahm, um die Befehle auf die Insel bei Bingen zu bringen.

Der Rattenkönig begab sich gleich in die Stadt und pfiff alle Mäuse und Ratten zusammen und schickte welche aufs Land, die auch pfeifen mußten, und mit Anbruch des Tages hatte er schon über eine halbe Million Mäuse beisammen. Damit sie nun, wo sie durchmarschierten, dem Lande nichts schaden sollten, wurden als Proviant eine ungeheure Menge von Kürbissen ausgehöhlt und mit Weizen angefüllt, und vor jeden zwölf Mäuse oder vier Ratten gespannt. Und so ging der Kriegszug in schönster Ordnung fünfzig Mann hoch, immer 2500 in einem Regiment, mit einer Spitzmaus an der Spitze als General. Diesen Spitzmäusen war befohlen, dann und wann zu pfeifen, damit man sich in der Nacht nicht verirren möchte. Der Rattenkönig selbst ritt auf einem Iltis und hatte vier Irrwische vor sich hergehen, die ihm leuchteten.

So ging der Zug nach Rhense bei Koblenz auf den Königsstuhl, wo die Versammlung sein sollte.

Dieser Königsstuhl ist eine steinerne runde Galerie mit Bänken ringsherum, auf acht Säulen ruhend, wohinauf eine Treppe führt. Es kamen vor alten guten Zeiten die Leute da zusammen, die gerne einen König gehabt hätten, und zählten, wie die Kinder im Spiel, mit lustigen Reimen nach Silben untereinander ab, wer König im Reich sein solle, und alles ging dabei unter offenem Himmel ganz deutsch weg. Nachher aber hat man dem Reich den Stuhl vor die Türe gesetzt und, da man den Wirt nicht zahlen können, ihm den Stuhl auf Abbruch in die Zeche gegeben; der hat ihn dann in sein Wirtsschild gemalt. – Gerade wie die ehemals lebendigen Staatstiere später in die Wappen gemalt worden sind.

Um diesen Königsstuhl nun versammelte sich das Kriegsheer des Rattenkönigs, und er ritt auf seinem Iltis mit den vier Irrwischen hinauf; er fand das Weißmäuschen und seine Leute von der Binger Insel schon oben auf der Bank herumsitzen, und nachdem sie sich bewillkommt hatten, begannen sie zu beratschlagen, wie man dem König von Mainz am schnellsten beikommen könnte. Nach langem Hin- und Herüberlegen gab Weißmäuschen folgenden Rat, der auch einstimmig angenommen wurde. Es sprach also: „Soviel ich auf meiner Reise gehört habe, sollen morgen die Bauern um Mainz herum dem König sechs Dutzend Melonen für seinen Hofstaat und vierundzwanzig Dutzend Kürbisse für seine Soldaten nach Mainz in sein Magazin liefern, und für jede Melone, für jeden Kürbis, der fehlt, hat er geschworen, einem Bauern den Kopf abschneiden zu lassen; denn die Hungersnot ist bereits so groß, daß er nichts mehr zu essen hat als Melonen und Kürbisse, welche hier herum häufig wachsen. Die Pferde, die Hunde und die Katzen, was sehr gut für uns ist, sind bereits alle gegessen, und der König ist uneinig mit der Königin, weil sie eher als die Staatskatze, die uns allein gefährlich ist, ein Stück von sich selbst zum Braten hergeben will. Diese Melonen und Kürbisse nun liegen hier in der Gegend aufgehäuft, und ich meine, es sollten sich, noch in dieser Nacht, in jede Melone ein Dutzend Braver von unsern Leuten hineinbeißen, und in jeden Kürbis drei oder vier Dutzend von unsern freiwilligen Tapfern, so würde dadurch morgen um zwölf Uhr schon eine große Armee von uns nach Mainz auf Wagen ankommen; denn diese Früchte werden mit Vorspann von Menschen, weil alle Pferde verzehrt sind, im Trab nach Mainz gefahren. Da der König aber niemand in sein Magazin läßt, aus Mißtrauen, es möchte ihm etwas gestohlen werden, so werden wir nach der Ablieferung ganz allein mit ihm sein und ihn anfallen können."

Dieser scharfsinnige Rat des Weißmäuschens wurde sogleich mit vielem Beifall angenommen, und man rief die Freiwilligen auf, hervorzutreten, die auch in solchem Überfluß hervortraten, daß man die Hälfte abweisen mußte; ja die große Armee hatte nicht einen einzigen Feigen, der sich weigerte, für das Wohl der Menschheit in Melone, Kürbis oder Gurke zu kriechen. Nachdem sich nun immer die besten Kameraden dutzendweise zusammengerottet hatten, wurden sie nach den rings gelegenen Dörfern kommandiert, und beordert, sich vor Tage noch in die aufgehäuften Früchte einzubeißen; welches auch in der besten Ordnung geschah, so daß die Bauern sie vor Tag, ohne eine andere Verwunderung, als daß ihnen die Früchte etwas schwerer schienen als gewöhnlich, auf ihre Karren luden und gegen Mainz fuhren.

Weißmäuschen bat sich nun Urlaub vom Rattenkönig aus, nach Mainz zur frommen Fischerin zu laufen und durch sie die armen Bürger unterrichten zu lassen, daß ihnen bald würde geholfen werden; der Rattenkönig entließ es mit tausend Segenswünschen und zog selbst mit seinem übrigen Heere ruhig gegen Mainz hin. Um den Jakobsberg zogen sie aber mit einem großen Umweg herum, weil es dort nicht sicher sein sollte, denn die Kundschafter hatten gemeldet, daß von jeher ein Postillon dort ermordet worden sei.

Wie es dem bösen König Hatto und seinen Soldaten in dem Mainzer Kornhause so übel erging und wie er sich auf die Rheininsel bei Bingen flüchtete und dort mit seinen Mainzer Freimaurern den Mäuseturm erbaute.

Weißmäuschen lief nun so geschwind, daß es um sechs Uhr morgens schon wieder unter der leeren Wiege Ameleychens saß. Die Fischerin war eben aufgestanden und verrichtete unter Tränen und Seufzern ihr Morgengebet auf ihrem Betstuhl und sagte unter andern: „Ach gütiger Himmel! nun ist Weißmäuschen schon vier Tage fort; ach Gott! erhalte es und bewahre es vor Unglück und sende es mir bald mit Trost und Hülfe zurück."

Als sie diese Worte ausgesprochen hatte, sah sie, daß sich die Wiege Ameleychens hin und her bewegte, und erschrak nicht wenig darüber; sie sprang hin und glaubte, ihr liebes Kind läge vielleicht wieder drin. Aber die Wiege war noch leer wie zuvor, und sie sprach traurig zu der Wiege:

Schaukle nicht, du leere Wiege!
Als ob schlummernd das geliebte
Ameleychen in dir liege,
Das mich niemals nicht betrübte,
Das ich niemals wieder kriege,
Das ich also zärtlich liebte;
Schaukle nicht, du leere Wiege!

Wenn du schaukelst, leere Wiege!
Denk ich, daß nun in dem Rheine
Ameleychen schaukelnd liege,
Daß die Flut an harte Steine
Ihm sein blondes Haupt anschlüge,
Und ich weine, weine, weine:
Schaukle nicht, du leere Wiege!

Aber es war Weißmäuschen, das hatte an der Wiegenschnur gezupft, um die Fischerin aufmerksam zu machen, und es sprach zu der guten Frau:

Fischerin! Fischerin! ruhig nur,
Weine nicht, weine nicht, Hülfe naht,

Weißmäuschen zog an der Wiegenschnur,
Hülfe bringt es und Trost und Rat.

Nun hüpfte Weißmäuschen unter der Wiege hervor, der frommen Fischerin in den Schoß, die sich vor Freude gar nicht zu fassen wußte; und nachdem es der guten Frau tausend Fragen der Freude und des Wiedersehens beantwortet hatte, erzählte es ihr: daß heute einige tausend Mäuse gegen den bösen König in seinem eigenen Magazin erscheinen würden, daß auch morgen früh gewiß der König Mausohr von Trier mit seinem Freicorps in der Stadt sein würde, daß er Brot und Fleisch und Wein die Menge mitbringe. Es komme nun alles darauf an, daß man die ganze Stadt heimlich davon unterrichte, damit sie dem bösen König auf keine Weise Hülfe brächte; um zwölf Uhr würden die Bauern mit den Früchten da sein, und nach Tisch würde der Anfall auf den König losgehen. „Und nun", sprach es, „kömmt es auf dich an, als auf eine kluge fromme Frau, diese Nachricht schnell und so zu verbreiten, daß sie hinreichend bekannt und doch den Soldaten und dem König verborgen bleibt." – „Gleich will ich mich aufmachen", sprach die Fischerin, „und es in der Frühkirche den Leuten verkünden; es soll alles gut gehen; in einer halben Stunde bin ich wieder hier."

Die Fischerin ging nun nach der Kirche, da machte soeben ihr Nachbar, der Barbier, Meister Schrabberling, seinen Laden auf und rief der guten Fischerin: „Einen guten Morgen, Frau Nachbarin! hat Sie wohl ein Stückchen Seife? Ich armer Mann habe gestern abend aus Hunger mein letztes Stückchen Seife gegessen, und nun kann ich heute niemand rasieren!" – „Ich will Euch etwas vertrauen," sagte die Fischerin, „das wird den Leuten sanfter tun als Seife, und wenn Ihr es ihnen unter dem Rasieren erzählt, werden sie vor Freude lachen und weinen, wenn Ihr sie gleich mit stumpfen Messern trocken rasiert" – und nun erzählte sie dem Barbierer, was ihr Weißmäuschen befohlen, und der Barbierer hüpfte vor Freude, sagte es allen seinen Gesellen, und machte sich sogleich mit ihnen auf, es allen Leuten heim Rasieren zu erzählen. Als nun die Fischerin ein paar Häuser weiter ging, machte gerade der Perückenmacher, Meister Rupferling, seinen Laden auf und grüßte sie: „Guten Morgen, Frau Fischerin! ach! kann Sie mir nicht eine Hand voll Mehl und einen Löffel Butter schenken? Ich habe gestern abend aus Hunger all meinen Puder und Pomade aufgegessen, und weiß nicht, wie ich heute die Leute frisieren soll." Da sprach die Frau: „Meister Rupferling! ich will Euch was erzählen, das wird den Leuten kühler tun als Puder und Pomade, wenn Ihr es Ihnen unter dem Frisieren wiedererzählt;

und sie werden vor Freude lachen und weinen, wenn Ihr Ihnen auch die Haare ausrauft und ihnen die Haarnadeln in das Fleisch stecht" – und nun erzählte sie dem Perückenmacher alles, was Weißmäuschen befohlen, und Meister Rupferling hüpfte vor Freude den Laden hinaus durchs Fenster und rief seinen Gesellen und sagte es ihnen wieder; und nun liefen sie mit ihren leeren Puderbeuteln, die Nachricht zu verbreiten. Noch erzählte sie es dem Meister Kneterling, dem Bäcker, der eben kleine Brote, so groß wie Pfeffernüsse, aus Kleien gebacken ans Fenster legte, und dann dem Meister Hackerling, dem Fleischer, welcher einige Würste heraushängte, die er aus alten ledernen Hosen und Schuhen zusammengehackt hatte; hierauf kam sie an den Laden des Schusters, Meister Kneiperling; er kaute an einem Stück von einem alten Schmierstiefel, so hungrig war er; dann kam sie zu Meister Meckerling, dem Schneider, er hatte gerade das letzte Horn seines alten Ziegenbocks, den er aus Hunger bereits aufgegessen, mit Wasser zum Feuer gesetzt, um eine Fleischbrühsuppe zu kochen; dem erzählte sie es auch, und so einem nach dem andern.

Da sie nun in die Kirche kam, worin es ganz dunkel war; denn das Öl in der Lampe und alle Wachslichter waren bereits aus Hunger von dem Pfarrer verzehrt, erzählte sie es einer Frau neben ihr und diese einer andern und immer so fort, bis es die ganze Kirche wußte.

Als sie nun wieder nach Haus ging, war die Geschichte schon so in der Stadt verbreitet, daß man es ihr wieder an allen Ecken erzählte; doch tat alles sehr heimlich, und merkte man es nur an den fröhlichen Gesichtern, mit denen sich die Leute grüßten, daß Gott den armen Leuten Hülfe bringe.

Endlich kam die Zeit, daß die Bauern mit den Früchten zum Schlosse einfuhren. Der König zankte und schimpfte, daß sie so spät gekommen; aber sie entschuldigten sich mit der Schwere ihrer Früchte. Der König freute sich darüber; denn er glaubte, sie seien schwer, weil sie besonders gut und reif wären. Ja wohl waren sie reif und voll lebendiger Kerne! – Nachdem sie alle richtig abgezählt und in das Magazin aufgehäuft waren, zogen die Bauern wieder nach Haus, und der König verschloß sich allein in sein Magazin, um alles nachzuzählen. Da er aber eine Melone essen wollte, wunderte er sich über ihren seltsamen schwarzen Stiel; denn es hing hinten ein Mäuseschwanz heraus. Er wollte ihn abreißen, aber sieh! da zog er die ganze Maus heraus, und die elf übrigen stürzten unter lautem Pfeifen nach. Als die andern dies Pfeifen hörten, stürzten sie haufenweise aus allen Melonen und Kürbissen, und es war recht entsetzlich, wie sie alle über den König herfielen und ihn zerbissen; zudem kugelten die bewegten Melonen und Kürbisse über ihn her, und er konnte sich gar nicht mehr helfen; er schrie und schlug und rief Hülfe; aber es regte sich kein Mensch. Endlich konnte er die Türe erreichen; aber die Mäuse stürzten ihm alle nach, und als er durch den Schloßhof lief, wo sich die Bürger versammelt hatten, erschraken sie fast vor ihm, so schwarz war er mit Mäusen bedeckt; aber kein Mensch wollte ihm helfen. Er eilte vor das Zimmer der Königin und schrie: sie solle ihm um Gotteswillen die Staatskatze ein wenig leihen; diese aber hatte sich eingeschlossen und rief zum Schlüsselloch heraus: „Nein, ich leihe sie dir nicht, du willst sie wie den Staatsvogel auffressen.“ Da kroch er aus Verzweiflung in einen großen leeren Adlerkäfig. Der Adler, welcher der Staatsvogel eines Landes gewesen, das er dem seinigen einverleibt hatte, und der hier das Gnadenbrot aß – denn hier hatte er einige Ruhe –, den hatte er gestern bereits zum großen Unwillen der Königin aufgezehrt, welche mehr auf Herkommen hielt. Das Gitter war sehr eng, und mußten sich erst die kleinsten Mäuse aussuchen, welche durch die Öffnungen des Drahtes konnten. Da dieser Käfig an einem offnen Fenster des Schlosses stand, konnten ihn alle Leute sehen; aber sie lachten ihn aus und gönnten ihm die Strafe seiner Grausamkeit. Er schrie laut nach seinen Soldaten, die um das Kornhaus herumstanden, wo die armen hungernden Bürger drin waren; sie kamen anmarschiert, aber hinten ihnen drein kamen auch schon die Gefangenen, die aus dem Kornhaus gebrochen waren, als es die Soldaten verließen. Die ganze Stadt war in Bewegung; ein Hagel von Steinen bedeckte die Soldaten von allen Seiten, und man ließ ihnen keinen andern Weg offen, als in das Kornhaus zurück, wo sie nun anstatt der armen Leute eingesperrt wurden, die jetzt von den übrigen umarmt und mit den Lebensmitteln erquickt wurden, die man in Menge aus dem offenen Kornhaus holte.

Der König aber kam von neuem in Not; denn nun waren die kleinsten Mäuse zusammengetreten und drangen in den Käfig ein, und als er seine Untertanen um Hülfe anflehte, riefen sie ihm zu: „Gedenke, wenn wir hungernd im Kornhause wimmerten, da sagtest du: Ei wie meine Kornmäuse pfeifen; jetzt versuche auch, wie die hungrigen Kornmäuse beißen.“ – Als aber der König so im Käfig sich gegen die kleinen Mäuse wehrte und um sich schlug, fiel der König vom Fenster in die Stube zurück, und er fing an, sich in dem Käfig herumzurollen, wodurch er ziemlich frei von seinen Feinden wurde, weil sie Gefahr liefen erdrückt zu werden; er rollte sich bis vor den Saal der Königin und flehte von neuem so wehmütig um die Staatskatze, daß sie sich endlich erbarmte und zur Türe heraustrat. Als sie ihren Gemahl von Mäusen umringt in dem Käfig liegen sah, sprach sie: „Ihro Majestät haben sich dies Elend durch Dero Treulosigkeit, Geiz und Grausamkeit selbst zugezogen, ich kann Ihnen aber mit der Staatskatze nicht dienen; es ist gegen alle Schicklichkeit, dieses Familientier nach seinem Naturstande zu gebrauchen." Der König bat sie um Gotteswillen, ihre Weisheit auf ein andermal zu sparen und ihm nur jetzt zu helfen; er begehrte von ihr, sie möchte ihn aufs Wasser bringen und mit ihm auf die Insel nach Bingen fahren, wo er, vom Rhein umgeben, gewiß von seinen Verfolgern frei sein würde. Sie rollte nun den Käfig in ihre Stube, in welche die Mäuse wegen der Staatskatze sich nicht hineingetrauten, und fragte aus dem Fenster das Volk, ob sie ihr und ihrem Gemahl freien Abzug nach der Binger Rheininsel gestatten wollten; so wollte er ihnen Freiheit und Ruhe und so viele Konstitutionen zugestehen, als sie Lust hätten zu verbrauchen. Aber es müßten einige Maurer mitfahren und ihm dort einen Turm bauen.

Das Volk, welches froh war, ihn loszuwerden, gestand ihm alles zu und ließ ihn hundert von den eingesperrten Freischützen als Maurer mitnehmen. Und daraus sind nachher die Freimaurer geworden.

Sie rüsteten sogleich ein Schiff aus, füllten es mit Lebensmitteln, und die Königin wälzte ihren Gemahl, während sie die Staatskatze trug, in dem Käfig die breiten steinernen Schloßtreppen herunter, daß der böse Schelm ach! und weh! schrie; und so wälzte sie ihn mit dem Fuße stoßend durch die ganze Stadt, mitten durch das Volk, welches ihm zurief: „Diese Bewegung ist dir gut zur Verdauung, denn du hast alles selbst gegessen und uns hungern lassen." Endlich kollerte er auf dem Landungsbrette zum Schiff hinauf und von da plumps noch einen bösen Fall ins Schiff hinunter, welches unter den Verwünschungen der ganzen Stadt mit ihm und seinen Freimaurern den Rhein hinuntersegelte.

Nun verteilten die Mainzer die gefundenen Vorräte untereinander, und jedes führte seinen armen gefangen gewesenen Gatten, Vater oder Bruder nach Haus, um ihn zu bewirten und zu pflegen; und da es Abend und dunkel wurde, zogen sich die Mäuse wieder zur Stadt hinaus, dem Rattenkönig entgegen, um ihm zu berichten, wie übel zugerichtet der böse König Hatto nach der Binger Rheininsel geschifft sei.

Der Rattenkönig erhob nun die Mäuse, die sich bei dieser Gelegenheit mit Ruhm bedeckt hatten, eine nach der andern in den Adelstand und gab der einen freie Erlaubnis, sich die Parmesanmaus zu nennen und künftig die Parmesankäse eines gewissen Krämers zu benagen; einer andern gab er den Namen Edamermaus, einer andern Limburger-, einer dritten Schweizermaus, Bisquitmaus, Marzipanmaus usw.; jeder auch die Anweisung auf irgend einen Ort, wo sie sich an den Speisen ihres Namens sattfressen könnte; und nun entließ er sie für diesmal, weil sie ihren Teil getan hatten.

Mit der übrigen Armee zog er nach Bingen auf den Rochusberg, um zu überlegen, wie man dem König auf der Insel beikommen sollte, weil man gegen die Staatskatze gewisse völker- und naturrechtliche Rücksichten zu beobachten hatte. Er sah die Freischützen des Königs die ganze Nacht schon beschäftigt, bei dem Schein der Fackeln Steine an dem Rüdesheimer Felsen zu brechen und zu sammeln, um den Turm für den König zu bauen, und dies ergrimmte ihn um so mehr, weil dort ehedem seine Wohnung gewesen; aber er wollte doch gegen die Staatskatze die Schicklichkeit nicht verletzen, damit sie allein den Vorwurf trage, einen falschen Schritt oder vielmehr Sprung in das Hochzeitschiff gegen ihn getan zu haben, was gegen alle herkömmliche Unverletzbarkeit gewesen, und so sah er denn ruhig zu, wie man den Turm gründete und baute.

Wie es dem Prinzen Mausohr in dem Feldzug mit seinen tapfern Soldaten erging.

Als die Mainzer die erste Nacht geruht hatten, zogen sie den frühen Morgen dem Prinzen Mausohr entgegen, und Weißmäuschen eilte ihnen voraus.

Der gute General, welchem Prinz Mausohr vor seiner ersten Reise nach Mainz einen Wink vom Krieg fallen lassen, hatte diesen nicht hinter den Spiegel gesteckt, sondern diesen Wink vielmehr an die große Sturmglocke und an die Kriegsfahne gehängt. *Rattenkahl und seine Mutter!* war Parole und Zapfenstreich geworden. Da die Vaterlandsliebe damals in ihren besten Jahren war, ließ sich kein Landeskind, ohne an Heimweh zu sterben, außer Landes gebrauchen, und man hatte deswegen ein großes Freicorps von Überläufern angeworben, erstens weil sie von selbst kamen, und zweitens weil man durch ihr Überlaufen gewiß war, daß sie von der Stelle zu bringen seien. Diese Helden bestanden meistens aus Lalenburger und Schildaer Freiwilligen und einem Rest Kochemer Landsturm; auch aus Gaskonien waren viele Messerträger dabei, berühmt und gefährlich wegen ihrem Aufschneiden. Man hatte diese alle in Ketten gelegt, um sie wilder zu machen. Wenn nun die Wildesten aus den Ketten herausbrachen, legte man diese in stärkere Bande, und da brachen die Stärksten wieder heraus, die man wieder anschmiedete, und die, welche dann zum drittenmal herausbrachen, das waren die rechten Leute und wurden mit Ehren überhäuft. So hatte man einen Extrakt des Heldenmuts in wenigen Leuten, und sie brauchten so keine breiten Wege und machten nicht so vielen Staub als die vielen Leute; es war dieses eine schöne Erfindung, ist aber, wie vieles Alte, wieder abgekommen.

Diese Kerntruppe wurde auch erstaunlich gelehrt, Tag und Nacht stand der Oberprofoß, wovon nachher das Wort Professor gekommen, bei ihnen im Kerker, lehrte sie die verschiedenen Sprachen von Trier bis Mainz sprechen und die verschiedenen Weine durch Beschreibung, der Nüchternheit halber, kennen; der Tambourmajor lehrte sie heldenmäßige fürchterliche Stellungen, nach alten Heldenfiguren, die noch an allen Ecken standen; auch die Kunst, selbst im Schlaf mit gestreckten Beinen und martialischem Schnarchen einen gewaltigen Eindruck zu machen, erlernten sie, was gegen nächtliche Überfälle eine unfehlbare Waffe ist; dann lehrte sie, abwechselnd mit der Kunst resolut zu sterben, der Feldprediger den Umgang mit Menschen und Vieh, und der Staatstrompeter gab Unterricht, sich mit Aufblasen ein Ansehen zu geben, in der Eile die schönsten Proklamationen selbst zu machen und in Chören abzusingen. Der General selbst gab Unterricht in der Weltgeschichte aus dem gehörnten Siegfried, der schönen Magelona, der Genovefa, den vier Haimonskindern u.s.w., und da sie nun ausmarschierten, las man ihnen auf dem Marsche die Schwabenstreiche, das Lalenbuch und die Schildbürger vor, und Komma und Punktum wurde mit Trommel und Pfeife dazwischen bemerkt.

In solcher tiefsinnigen Gelehrsamkeit marschierten sie, einer hinter dem andern, um kein Aufsehen zu machen, auf den kleinen Fußpfaden, ohne weiteren Unfall, als daß der Trommelschläger einigemal *semicolor* statt *duo puncta* und einmal Fragezeichen statt Ausrufungszeichen trommelte, wodurch große Unordnung in den Marsch kam, weil sie das linke Bein mit dem rechten verwechselten.

In einem solchen zerstreuten Augenblick kamen sie in die Gegend, wo eben der Storch Langebein seine Schuljungen zusammenklapperte; da glaubten sie, der Tambour schlage *et cetera*, was das Zeichen zum allgemeinen Davonlaufen war. Mit ungemeiner Genauigkeit wurde dieses Manöver ausgeführt. Meister

Langebein mußte, um nicht über den Haufen gerannt zu werden, in die Lüfte fliegen, und da sie seinen roten Schnabel für einen feurigen Kriegskometen hielten, so liefen sie in forcierten Märschen. Nun schlug zwar der Prinz Mausohr selbst *Parenthesis* und *Claudatur*; aber vergebens; er stand allein auf der Wiese und Meister Langebein kam vor ihm niedergeflogen.

Obschon nun der Storch Langebein sich aus den Lüften herabließ, so gab ihm doch Prinz Mausohr an Herablassung nichts nach; denn er drückte ihn Allerhöchst zärtlich an sein Herz, wobei der Storch den Schnabel auf den Rücken legte und mit zugedrückten Augen einen respektvollsten Klapperlispel ergehen ließ. Es war dieses eine Gruppe von der größten Anmut und Wirkung und ist nachher von den Bildhauern, Tänzern, Kunstbäckern und Hundepantomimen oft mit Beifall wiederholt worden. Langebein legte aber früh genug seinen Schnabel wieder in die erste Position, um nicht ein Opfer dieses schönen Augenblicks zu werden; denn Mausohr drückte stark, und die vielen blanken Knöpfe, Schnallen und Zieraten auf seiner Brust machten einen etwas starken Eindruck auf Langebeins hagere Brust, so daß ihm das Übermaß seiner Empfindung nächst gefährlich ward. Es wäre zwar ein beneidenswerter Tod gewesen, aber der Titel als Kommerzienrat war auch nicht zu verachten; denn diesen gab ihm Mausohr sogleich, da er ihn aus seinen Armen entließ; jedoch unter der Bedingung, ihm wieder eine solche Versammlungspfeife, wie das erstemal, zu bringen. Der Herr Kommerzienrat war gleich auf den Beinen, und Mausohr setzte sich auf die Trommel, welche der Tambourmajor bei dem allgemeinen Fluchtmanöver weggeworfen hatte. Diese Situation im Feldzug Mausohrs beschreibt eine schöne Stelle in dem Heldenbuch mit folgenden Worten:

Der Held auf seiner Trommel sitzt,
Im schicksalvollen Wiesengrund,
Die Mütze sinnt, das Kopfloch blitzt,
Zum Pfeifen spitzet sich der Mund.

Durch wenig Interpunktion,
Durch plötzliches *et cetera*
Und große Subordination
Kam seinem Heer die Flucht zu nah.

Kommerzienrat! Kommerzienrat!
Die Sammelpfeife bring heran,
Und zeige dich mit schneller Tat
Als Favorit und Untertan.

Es spricht der Held und läuft der Storch,
Die Pfeife lockt vom Heldenmund,
So süß, so milden Klang, horch! Horch!
O schicksalsvoller Wiesengrund.

Rings aus dem Moor, rings aus dem Sumpf
Zieht kühn heran die Heldenschar
Und stellet sich mit schwarzem Stumpf
Schön uniform von unten dar.

Die Pfeife lockt sie in den Bach,
Und gleich stehn alle unbewegt,
Weil schnell des Storches Trommelschlag
Parenthesis Claudatur schlägt.

Dieses Lied sagt alles. Die Kriegskunst Mausohrs übertraf sich selbst, er pfiff einen Generalpardon und eine Proklamation und eine Höchste Zufriedenheit in schöner Abwechslung durcheinander und schloß mit einem Triller von Gehaltszulage, als sie in dem Bache standen, mit allgemeinem Beifall. Diese Finale war um so kühner, weil sogleich die ganze Heldenschar mit vorgehaltenen Mützen aus dem Bache heraus wollte, um die erhöhte Gage zu fassen. Aber hier zeigte sich das Talent des Kommerzienrats Langebein, den Augenblick zu benützen, im höchsten Glanz. Er hatte sich während dem Pfeifen Mausohrs die Trommel auf den Rücken gehängt, beugte seinen Schnabel darauf hin und trommelte mit solcher Kraft *Parenthesis* und *Claudatur*, daß das Heer, wie in Klammern festgebannt, im Bache stehen blieb; so machte er sein früheres unglückliches *et cetera* wieder gut. – Mausohr degradierte nun den Tambourmajor wegen falscher Interpunktion und stellte dem Corps den Kommerzienrat als Reichserztambour vor. Langebein hatte während dieser neuen Standeserhöhung so seine eigenen Gedanken und Nahrungssorgen und schaute etwas links ins Gras, fuhr auch mit dem Schnabel nach einem kleinen Tierchen, das er in die Luft schleuderte, um es bequemer im Niederfallen aufzuschnappen; aber Mausohr, für Mäusestimmen ungemein reizbar, hörte früh genug den Schrei des Weißmäuschens: „Hilf! Hilf! Mausohr!“ Er warf sogleich seine Pelzmütze in die Luft, welche dem Meister Langebein sich durch den Schnabel spießend über den Kopf fiel und ihn ungefährlich machte. Während nun Weißmäuschen, das zu den Füßen Mausohrs gefallen war, sich ein wenig von seinem Schrecken erholte und dann dem Prinzen auf die rührendste Weise für seine Rettung dankte, bemühte sich der Storch umsonst, die Pudelmütze vom Kopfe zu kriegen, denn der Schnabel war ihm durchgespießt, und konnte er weder klappern noch sehen, und lief wie toll auf der Wiese herum und stolperte und schüttelte mit dem Kopf. Endlich kamen die Kinder und machten ihrem Herrn Schulmeister, nachdem sie sich lange über seine schöne Perücke erfreut hatten, die Pudelmütze wieder los.

Weißmäuschen erzählte dem Prinzen den ganzen Sieg der Mäuse in Mainz, und daß ihm nichts mehr zu tun übrig sei, als in die Stadt zu ziehen, deren Bürger ihm schon mit den Schlüsseln entgegenkämen, um sie als König in Besitz zu nehmen. Auch sagte Weißmäuschen, er würde gut tun, seine Soldaten hier im Lande zurückzulassen, da wenig zu essen in Mainz sei und an keinen Widerstand zu denken; doch möge er sogleich mit ihm gehen, denn die Mainzer Abgesandten seien kaum eine halbe Stunde weit mehr von hier, und sei zu fürchten, die Freude würde getrübt werden, wenn die armen Leute hier die Kinder sähen; denn da sie durch ihn ihre Kinder verloren, würde der Anblick dieser Kleinen eine traurige Erinnerung in ihnen erwecken.

Mausohr wollte eben den Vorschlägen Weißmäuschens seinen Beifall geben, als der *Salvo Titulo* Storch, der einige Zeitlang verdrießlich im Hintergrunde gestanden, vor ihn trat und bitter klagte, daß er durch den Wurf mit der königlichen Pelzkappe um alle Reputation und Respekt vor seiner Schuljugend gekommen. Mausohr sagte aber:

> Rittertum giebt Königshand,
> Königskappe giebt Verstand;
> Setz die Kappe auf das Ohr,
> Kommandier mein Heldencorps!

– und setzte ihm die Mütze feierlich vor der Armee auf mit dem Befehl, in ihrer Position ruhig bis auf weitere Ordre zu weilen und in stiller Haltung durch die darin befindlichen Blutigel ihr Blut für das Vaterland fließen zu lassen, was ihnen versprochen sei; zugleich aber dadurch ihren allzugroßen Mut für den Frieden abzukühlen und als brauchbare Staatsdiener zurückzukehren. Dem neuen Kommandant sollte als Proviant für den Mann täglich ein Frosch und eine Handvoll Brunnenkresse vergütet werden. Leider war später die falsche Beschuldigung im Umlaufe, sie hätten über den andern Tag mit einer Heuschrecke vorliebnehmen müssen. Aber der Herr Kommerzienrat fanden es unter ihrer Würde, auf solche niedrige Verleumdungen zu antworten. Als Studium ward der Festungsdienst in Wasserpositionen angeordnet, und auch die Preisfrage aufgegeben, mit einem halben Sold als Belohnung den eigentlichen Ort auszumitteln, wo jeder Schwabenstreich zuerst geschehn ist. Als Mausohrs Willen mit großem Beifall angehört worden, schlich er sich, unter bitterlichen Abschiedsseufzern seiner Helden mit Weißmäuschen wie eine Katze vom Taubenschlag davon, herzlich froh, seine tapferen Soldaten, die ihm auf dem kurzen Marsch so viele Arbeit gemacht, nicht nötig zu haben.

Die Wagen mit Lebensmitteln waren der Armee schon vorausgegangen, und er fand sie zwei Stunden vor Mainz, wo er gerade noch soviel Zeit hatte, sich auf einen Wagen voll Sauerkraut zu setzen, als schon die Mainzer Abgesandten ihm entgegenkamen. Um sich aber doch, da er so ganz allein und ohne Armee kam, einiges Ansehen zu geben, ließ er den ganzen Zug der Viktualien sich folgendermaßen ordnen: er selbst saß auf einem ungemein großen Schinken, der auf einem Wagen voll Sauerkraut lag, und dieser Wagen war mit Guirlanden von allerlei Würsten und Schinken umgeben und von acht der schönsten Mastochsen gezogen. Auf beiden Seiten standen zwei Wagen voll Erbsenmus, und weiter zwanzig Karren voll Brot, und dann noch unzählig viele Kälber, Kühe, Schweine u.s.w.

Dem angenehmen Geruch dieser Delikatessen zogen die armen hungernden Abgesandten entgegen. Sie bestanden aber: zuerst aus dem Fischer und seiner frommen Marzibille, aus dem Barbier Schrabberling, dem Friseur Rupferling, dem Schuster Kneiperling, dem Fleischer Hackerling und dem Schneider Meckerling. Ach! welche Gefühle von Ehrfurcht und Liebe hatten sie bei dem Anblick des Sauerkrauts und der Würste und des Prinzen. Sie übergaben ihm die Schlüssel der Stadt, und nachdem sie sich etwas an seiner Pracht sattgegessen, folgten sie seinem Zug nach Mainz; dort spannten ihm die Einwohner sogleich seine Ochsen aus, die sie schlachten ließen, und zogen ihn selbst in die Stadt.

Alle Lebensmittel wurden verteilt, die Soldaten auf ihr Ehrenwort aus dem Gefängnisse entlassen und, da sie es selbst begehrten, alle zu Nachtwächtern degradiert zu Ruhe gesetzt, worauf allgemeines Schmausen und Gesundheittrinken begann. Nachdem diese Feierlichkeiten vorüber, machte Mausohr den Bürgern bekannt: da all ihr Unglück aus der Treulosigkeit des Königs gegen seine nun entschlafenen Anverwandten und gegen den Müller Radlauf herrühre, so wolle er damit anfangen, dieses gut zu machen. Er begehre also, daß vor dem Schloß, wo der Galgen gestanden, eine Pyramide aufgerichtet werde; auf der einen Seite sollte seiner Eltern, auf der andern des Müllers, auf der dritten der Ameley und der Kinder Untergang, auf der vierten der Errettung der Stadt durch die Mäuse gedacht werden. Er selbst nahm die Stadt nur in Besitz, bis der Müller Radlauf, der verschwunden sei, wieder erscheine; der solle sodann ihr König sein.

Die Bürger waren sehr erfreut darüber und schrieen: Vivat! Den folgenden Tag legte Mausohr den Grundstein zur Pyramide, teilte den Bauern Saatkorn aus und zog sodann wieder von den Bürgern begleitet zu dem Storch und zu seiner Armee, wo ihn die Bürger unter tausend Segenswünschen verließen.

Vierzehn Tage war er weggewesen, und wie war er von der Kriegszucht seiner Armee gerührt, da er sie alle miteinander noch auf derselben Stelle im Fußbad begriffen fand, wo er sie gelassen. Das Blutbad hatte ungemein gewirkt, und war ihre Tapferkeit so gemäßigt, daß sie ordentlich miteinander sprachen und gegeneinander über die schwere feuchte Position fluchten, daß es eine Art hatte. Der Prinz kommandierte sie nun selbst aus dem Wasser heraus; aber sie antworteten durch einen Trompeter, daß sie sich nicht eher ergeben würden, bis ihnen das Schnupftuch in der Tasche brennte; sie hätten während der vierzehn Tage solche Fortschritte in der Subordination gemacht, daß diese Festung, die ganz unter Wasser sei, und wo ihre Füße bis an die Waden eingegraben seien, nicht eher übergeben werden könne, bis alle Laufgräben zum Laufen eröffnet und ein Loch geschossen sei, durch das man entwischen könne.

Der Prinz hatte nun nebst dem P. T. Storch von neuem seine Not; er konnte sie auf keine Art aus ihrer eingebildeten Festung herauskriegen; endlich ließ der ehemalige Schulmeister durch die Kinder das Bächlein oben abdämmen, und sie standen bald im Trocknen; dann ging der Prinz und steckte mit seiner Tabakspfeife einem nach dem andern das Schnupftuch in der Tasche an, und sodann zogen sie auf eine ehrenvolle Kapitulation hin, wo sie Lust hatten, um die aufgegebene Preisfrage ruhig auszuarbeiten. Der Prinz dankte Gott, daß er seine braven und großen Helden los ward, und zog auch nach Trier zurück. Von diesen ausgezeichneten Helden sind nachher alle die vielen Burgen und Türme am Rhein und an der Mosel erbaut worden, denn sie hatten Abscheu gegen das Wasser erhalten.

Nun wollen wir aber sehen, wie weit der König Hatto mit seinem Turme gekommen. Aber der ist bereits fertig und steht mitten auf der Insel; der König und die Königin sitzen in ihrer Kammer und lachen den Rattenkönig aus, der sie auf dem Rochusberg ruhig beobachtet. Dann und wann zeigt die Königin dem Rattenkönig die Staatskatze zum Fenster hinaus und ladet ihn höhnisch zum Besuch. Aber der Rattenkönig rümpft die Nase und bleibt in seiner Haltung.

So stehen die Sachen, als Hatto sagt: „Nun muß unser Turm einen Namen haben; ich will, er soll Mausturm heißen, weil er mich von den Mäusen gerettet." – „Nein," sagte die Königin, „der Name würde der Staatskatze, welche die Mäuse haßt, verdrießlich sein, laß das „s" weg und nenne ihn Mauturm, weil die Katze durch ihr Mauen die Mäuse abhält." Das wollte der König nicht, sie zankten sich, und als er sagte, die Katze sei solcher Ehren gar nicht wert, seit sie durch ihren Sprung ins Hochzeitschiff ein großes Unglück veranlaßt habe, schwieg die Königin und begab sich, da es Nacht war, hinab, setzte sich auf das Schiff und fuhr den Rhein weiter hinab und baute sich ein Schloß bei St. Goar, das sie die Katze nannte und worauf sie ruhig fortlebte.

Als der Rattenkönig durch seine Schildwachen erfuhr, daß die Königin mit der Staatskatze fort sei, ließ er sogleich seine ganze Armee in der Nacht von den Wasserratten nach der Insel übersetzen, und nun rächte er den Spott des Königs Hatto, der umsonst nach seiner Gemahlin und der Staatskatze schrie, bitter. Er stürmte von allen Seiten den Turm, und ehe es noch Abend geworden war, hatte er den König samt allen seinen Leuten aufgefressen. Nun ließ er die Mäuse, die von der Insel waren, drauf zurück und begab sich mit den übrigen wieder nach Trier, wo er sie entließ und seine Wohnung auf dem Grab der alten Königin wieder einnahm. Um der Königin von Mainz aber auf ihrem Schlosse die Spitze zu bieten, ließ er auf der andern Seite, dem Schlosse Katz gegenüber, ein Schloß bauen, dem er den Namen Maus gab, und das er mit Mäusen und einigen von des Königs Mausohr da herumstreifenden Kriegsstudenten besetzte. Beide Schlösser sind noch bis auf den heutigen Tag zu sehen.

Wie das Goldfischlein wieder zum Vorschein kam und was es von dem alten Vater Rhein und den Kindern erzählte.

Als die Mainzer Bürger sich durch Essen und Trinken ein wenig herausgefüttert hatten und mit der Pyramide fertig waren, wurden sie durch die Inschrift derselben wieder gar sehr an den traurigen Verlust ihrer Kinder erinnert und waren wieder gar sehr betrübt. In solchen traurigen Gedanken lag auch an einem Sonntagmorgen Marzibille und der Fischer im Bett und sprachen von ihrem Ameleychen. „Ach!" sagte der Fischer, „was die Sonne so schön über dem Rhein aufgeht; gehen wir hinaus und rufen dem Goldfischchen, vielleicht bringt es heute Nachricht." Sogleich machten sich beide auf, füllten das Glas des Fischchens mit frischem Wasser und streuten Brosamen hinein, und nun gingen sie, da die ganze Stadt noch schlief, an den Fluß und setzten sich an die Stelle, wo das Fischchen vor einem Jahr dem Ameleychen in den Schoß gesprungen war, und nun rief Marzibille:

Sonnenschein
Überm Rhein,
Goldfischlein
Im Wellenschein,
Sag geschwind
Wie der Wind,
Ob mein Kind
Wolle oder Seide spinnt!

Siehe, da machte das Wasser einige Ringe, und hopp! sprang das Goldfischlein der Fischerin in das Glas, das sie auf dem Schoß hatte, und sprach:

Seide, Seide, Seide
Spinnt dein Kind voll Freude;
In dem Sonntagskleide
Sitzt es auf dem Wasserschloß
In des alten Rheines Schoß;
Spielt ihm in dem grünen Bart
Mit den kleinen Händen zart;
All die andern Kinder sitzen
Rings und tun die Ohren spitzen,
Weil der alte Wassermann

Märchen schön erzählen kann;
Und die fromme Prinzessin
Sitzt im Kreise mittendrin;
Ameleychen läßt euch grüßen
Recht von Kopf bis zu den Füßen,
Danket euch für Rock und Schuh,
Für das Hemdlein auch dazu!

Als der Fischer und die Fischerin diese Worte des Goldfischchens gehört hatten, waren sie ganz außer sich vor Freude; sie liefen geschwind mit dem Goldfischlein nach Hause, deckten ihr Tischchen mit einem weißen Tuch, stellten das Fischlein drauf und setzten sich beide dazu, und nun sprach Marzibille: „Erzähle, Fischchen, erzähle"; aber da kam Weißmäuschen auch unter der Wiege hervor und sprang voller Freuden herum, daß das Goldfischchen wieder da war, und sie ließen das Weißmäuschen auf den Tisch springen, und da saß es ganz aufmerksam, und sie hörten alle drei zu, was das Goldfischchen erzählte:

„Als Ihr mich in den Rhein warft, Frau Marzibille, und das Bündelchen Kleider hinter mir drein, kamen gleich ein paar große Hechte herangeschwommen und glaubten, die roten Schuhe wären was zu fressen; ich schlüpfte aber in den einen Schuh und hörte, wie sie sagten:

Das ist wieder nur ein Klumpen
Bunter Lumpen,
Mag den Kindern wohl gehören,
Die wir täglich lachen hören,
Die wir gar zu gerne fräßen,
Wenn sie nicht im Schlosse säßen.

Und nun schwammen sie fort; ich war voller Freude, daß ich gehört hatte, die Kinder säßen in einem Schlosse und lachten; doch blieb ich in meinem Schuhe sitzen und lauerte weiter. Sieh, da kamen ein paar dicke Rheinkarpfen anspaziert, ein paar alte Leutchen, sie hatten graues Moos vor Alter auf dem Kopfe wachsen; da sagte die Karpfin zum Karpfen:

Alterchen! das wär so was,
Zieh das Jäckchen an zum Spaß,

Ich will in das Hemdchen schleichen,
Daß wir so den Menschen gleichen,
Und dann schwimmen wir zum Schloß.
Machen tolle Sprünge groß,
Und die Kinder werden meinen,
Daß wir seien, was wir scheinen:
Ich ein Mädchen, du ein Bübchen;
Und sie werden dann, mein Liebchen!
Zu uns vor die Türe kommen,
Daß wir werden aufgenommen;
Dann paß auf, wie ich dann schnappe,
Einen Jungen mir ertappe,
Du ein Mägdlein magst erwischen,
Jeder soll sich eines fischen.

Der alte Karpfen war ganz bereit zu der Maskerade, die ihm sein närrisches Weib vorschlug; sie half ihm in das Jäckchen und schlüpfte selbst in das Hemd und dann schwammen sie lachend, von vielen andern Fischen verfolgt, den Rhein hinunter. Nun wäre mir das eine schöne Gelegenheit gewesen, mit ihnen nach dem Wasserschloß zu kommen; aber ich wollte die schönen roten Schuhe nicht zurücklassen, und auch ängstlich war es mir, daß sie mit Ameleychens Kleidern auf und davon gingen. Als ich kaum einige Minuten nachgedacht hatte, was ich anfangen sollte, siehe, da ging der Mond auf und ergoß sein erquickendes Licht von den Rebenhügeln hinab bis auf den Grund des Rheines, und die Flut schimmerte unter und ober mir wie ein fließender Smaragd, meine goldenen Floßfedern schimmerten, und die roten Schuhe, in denen ich steckte, glänzten wie eine Koralle; es war mir durch und durch wohl und selig; da rauschte etwas mit den gelben Wellen des Mainstromes an mich heran, und bald erkannte ich eine heitere Schar von Nymphen. Es zogen voraus zwei schöne mutige Jünglinge, der Weiße Main und der Rote Main, die kräftigen Söhne des Fichtelberges; sie schwammen mit verschlungenen Armen und sangen ein Doppellied, um sie her gaukelten viele schöne Nymphen, ihre Gespielinnen, Geliebten und Bräute: die freudige Rodach, die freundliche Itsch, die lustige Baunach, Lautenbach und Ellern, dann; die edle Nordgauerin, die Regnitz, mit ihren Gespielen, der kunstreichen Pegnitz, der Wiesent und Aysch, weiter die kluge Saale und die sinnreiche Sinna, dann die spielende Lohr und die berauschte Tauber, und zuletzt die liebliche Nidda; alle diese rauschten, mit

Weinlaub, Früchten, bunten Wimpeln, Harfen und Hörnern geschmückt, um die beiden Jünglinge, singend und klingend, mit lautem Jubel in den mondglänzenden Rhein. Als sie über mir waren, sangen sie alle miteinander:

Himmel oben, Himmel unten,
Stern und Mond in Wellen lacht,
Und in Traum und Lust gewunden
Spiegelt sich die fromme Nacht.

Welch entzückend laues Wehen!
Blumenatem! Traubenduft!
Wie die Felsen ernsthaft sehen
In des Widerhalles Kluft!

Rhein, du breites Hochzeitbette!
Himmelhohes Lustgerüst!
Wo sich spielend um die Wette
Stern und Mond und Welle küßt.

Und nun sangen die Brüder, der Weiße und Rote Main:

Aus dem alten Fichtelberge
Rauscht zu dir das Brüderpaar,
Im Gestein die klugen Zwerge
Machten uns manch Märlein klar.

Mit uns ziehen zu dir nieder
Viele Nymphen schön und klug,
Und wir bringen alte Lieder,
Alte Märchen dir genug.

Rhein, du hast uns eingeladen
In dein grünes Wasserschloß
Zwischen jauchzenden Gestaden
In den kühlen Felsenschoß.

Und wir wollen jenen Kindern,
Die du drin gefangen hast,

Märchen singend, bald vermindern
Ihres Heimwehs bittre Last.

Und nun sangen die Nymphen eine nach der andern:

Freundlich bin ich, Rodach heiß ich,
Roter Röslein manchen Strauß
Von gebückten Büschen reiß ich,
Teil' sie frommen Kindern aus.

Ich bin heimlich, heiße Itsche,
Wenn, wo Dorn und Schlehe blüht,
Still ich durch die Felsen witsche,
Lausche ich der Hirtin Lied.

Baunach, Lautenbach und Ellern
Sind wir, bringen Kiesel rund,
Die wir in den Felsenkellern
Ausgesucht hübsch glatt und bunt.

Ich bin edel, heiße Regnitz,
Stamme aus dem Nordgau her,
Aysch und Wiesent und die Pegnitz
Tragen meine Gaben schwer.

Aysch bringt rote Pfaffenhütlein,
Wiesenblümlein Wiesent bringt,
Und manch Märlein und manch Liedlein
Wissen wir, das lieblich klingt.

Ich, die Pegnitz, sinnreich heiter,
Bring den Kindern Spielerei:
Trommeln, Pfeifen, Puppen, Reiter
Führ aus Nürnberg ich herbei.

Arche Noä, Gänsespiele,
Pfefferkuchen, buntes Wachs,

Bilderbücher, ei wie viele!
Und manch Liedlein von Hans Sachs.

Ei! die Kindlein werden lachen
Über all den lieben Tand,
Breit' ich erst die schönen Sachen
Ihnen aus im klaren Sand.

Heisa! lustig! Rockenstube,
Jahrmarkt, Niklas, heilger Christ,
Freu dich, Mägdlein, freu dich, Bube,
Alles hier beisammen ist.

Ich die kluge Saale heiße,
Bin ein Nixchen wunderbar,
Stell verwandelt mancherweise
Bald als Kind, als Greis mich dar.

Sinnreich bin ich, Sinna heiß ich,
Wandle durch den Erlenwald,
Und vom Erlenkönig weiß ich
Auch manch Lied, das rührend schallt.

Rauschend durch die Mühlen spring ich,
Spiele gern und heiße Lohr,
Von dem Müllerburschen sing ich,
Der sein treues Lieb verlor.

Tauber heiß ich, Reben schwing ich
Trunken in dem Taubergrund,
Und den Kindern Tauben bring ich,
Um die Hälse golden bunt.

Und ich heiße Nidda, Nidda,
Im Gebüsch versteck ich mich,
Rufe immer: Nit da, nit da,
Mit den Kindern neck ich mich.

Und nun sangen sie wieder alle zusammen:

Seid gegrüßt, ihr Rebenhügel!
Seid gegrüßt, ihr Felsenstein!
Die ihr unter Gottes Flügel
Also süß geschlummert ein.

Felder, Korn und Blumen tragend,
Hirtenflöten, einsam klagend,
Hohe Türme, Glocken schlagend,
Kirchlein, Schloß, am Felsen ragend.

All ihr hochgeherzten Helden,
Die zu Bacchus Hochaltar
Sich zum blauen Spiegel stellten,
Seid gegrüßt von unsrer Schar!

Und nun wollten sie eben selig den Rhein, der unter dem blauen Sternhimmel wie eine herrliche Gruft voll Edelsteinen hinaus schimmerte, hinabziehen, als die beiden Brüder Weiß-Main und Rot-Main die roten Schuhe, in denen ich lauschte, bemerkten und niedertauchend also sangen:

Aber sieh da! auf dem Grunde,
Wie das schimmert, sieh doch zu!
Ei potz tausend! ein paar bunte,
Neue, rote Kinderschuh!

Ei! die nehm ich mir geschwinde,
Ehre leg ich damit ein,
Schenke sie dem frömmsten Kinde,
Das ich finde bei dem Rhein.

Da nahmen sie die roten Schuhe mit, und ich versteckte mich ganz vorn in der Spitze des Schuhes, damit sie mich nicht etwa herausjagen sollten, und so rauschte ich mit ihnen den Strom hinab, noch immer besorgt, wo der alte Karpfen und seine Frau mit dem Jäckchen und dem Hemde möchten hingekommen sein. Als wir an dem Bingerloch ankamen, wo der Rhein einen tiefen Strudel macht, tauchten die Nymphen unter und wir sahen einen hellen grünlichen Schein, und je tiefer wir kamen, je heller ward es, und endlich erkannten wir schon einige Lichter, und nun standen wir vor einem durchsichtigen gläsernen Haus; rings war es von unzähligen Fischen umgeben, die dem Lichte nachgezogen, und mit den Nasen an den glatten gläsernen Wänden herumschnupperten und nicht hineinkonnten; da pochten nun die Jünglinge Weiß-Main und Rot-Main leise an, und es fragte ein alter Wassermann drin:

Ei wer klopfet? wer ist draus?
Wer klopft an dies stille Haus?
Wo die Kindlein alle schlafen,
Träumen von den Wolkenschafen;
Seid ihr es, ihr tollen Fische?
Wart! wenn einen ich erwische!

Aber nun antwortete der Main:

Tu auf! tu auf die grüne Tür!
Der rot und weiße Main ist hier
Mit vielen holden Wasserfrauen,
Sie wollen nach dem Rheine schauen,
Sie bringen seinen Kinderlein
Manch Lied und schöne Spielerein.

Nun kam der alte graue Wassermann heraus, der da Torwächter war, und sprach:

Wie viel seid ihr, daß ich zähle,
Daß kein Fisch herein sich stehle.

Nun sprachen die zwei Brüder:

Wir zwei Brüder, vierzehn Frauen,
Sechzehn sind wir, du darfst trauen.

Nun sprach der Wassermann, indem er einen nach dem andern hereinließ und mit einem Ruder die Fische, die sich herzudrängten, zurückstieß:

Leise! Leise! plätschert nicht,
Wecket mir die Kinder nicht,
Die da rings in gläsern Wiegen
In dem süßen Schlummer liegen;
Wenn ihr alle seid herein,
Räume ich euch Betten ein.
Ihr kommt wohl zur rechten Zeit,
Von hier sind gereiset heut
Erst der Neckar und die Lahn,
Ich weis' euch die Betten an,
Wo sie lagen ausgestrecket,
Sie sind alle frisch gedecket.
Leise! leise! plätschert nicht;
Weckt den Vater Rhein mir nicht;
Er da in der Mitte lieget,
Und nachdem er eingewieget
Ameleychen hold, ein Kind,
Selbst jetzt stille Träume spinnt;
Folget mir in einer Kette,
Stoßet nicht an jenes Bette
Auf korallenroten Füßen,
Goldsand füllt die blauen Kissen,
Ameley, die Prinzessin,
Schlummert drin.

Und nun schlüpften die Jünglinge und Nymphen, eines nach dem andern, bei dem Wassermann zur Türe hinein, und er zählte sie alle. Sieh! da kam auch ein siebzehnter und ein achtzehnter; aber der wachsame Wassermann erwischte die beiden bei den Ärmeln, und da blieb ihm das Jäckchen und Hemdchen in den Händen, und der alte Karpfe mit seiner listigen Frau kriegten eine solche Ohrfeige mit dem Ruder, daß sie sich auf den Rücken legten, was bei uns Fischen ein Zeichen des Todes ist.

Nun könnt ihr euch gar nicht denken, welche Herrlichkeit da zu sehen war; die Nymphen machten einen halben Kreis und gaben nur mit Winken sich ihr Entzücken zu verstehen. Wir waren unter einem gläsernen Gewölbe, und über uns sahen wir das Gewässer mit Millionen bunter Fische, die sich mit ihren glänzenden Schuppen an das Glas anlegten und mit ihren Goldaugen hereinsahen, so daß die ganze Decke wie tausend Regenbogen durcheinander schimmerte; wo sich die Fische wegbewegten, sah man wieder zwischen wunderbaren Felsen die Sterne und den Mond durch die dunkle Flut leuchten, es war nicht zu beschreiben wie schön. Ja, wenn aller blaue Himmel eine Wiese wäre, und alle Sterne bunte Blumen, und alle Wölkchen Lämmer, und der Mond ein Schäfer, und die Sonne ein goldener Brunnen, und die Morgenröte eine erwachende Hirtin, und die Abendröte ein ermüdeter Jäger, und die Liebe zöge wie ein Lüftchen durch die Blumen und bewegte sie, und die bunten Bänder der Hirtin spielten in ihr, und die Locken des Jägers wehten in ihr, und der goldene Brunnen spränge und ergöße sich durch die Wiesen, und die Lämmer tränken aus ihm und der Schäfer stellte einen bunten Stab in den Brunnen vor die Augen der Lämmer, und alles wäre selig, und ihr läget unschuldig wie euer Ameleychen in der Wiege und sähet alles das im Traum: so wäre es doch nicht halb so schön, als was ich da sah."

„Nun, nun," sagte der Fischer, „du machst es auch gar zu schön; Fische bleiben doch Fische, und Wasser Wasser." – „Ach!" sagte Marzibille, „es ist mir nur lieb, daß es schön ist; ich wollte, es wäre noch tausendmal schöner, wegen Ameleychen, das nun einmal dort ist; aber erzähle fort, Goldfischchen! ich vergehe vor Ungeduld, von meinem lieben Kinde zu hören."

„So sah es aus, wenn man über sich sah," fuhr Goldfischchen fort, „ein solcher Himmel lag über Ameleychen und den übrigen Kindern. Aber als ich hinabsah, da ging mir das Herz erst auf, und wäre ich schier vor Freuden aus dem roten Schuh gesprungen! Rundherum ging eine breite Stufe nach der andern hinab, und auf allen standen im Kreis herum eine Wiege, ein Bettchen am andern, und wir sahen in einen offenen Himmel von tausend schlummernden Kindergesichtern; auf der einen Seite des Kreises schlummerten alle Mägdlein, auf der andern alle Knaben. Tief unten aber stand auf der einen Seite ein schönes Bett von lauter Korallen, darauf schlummerte die Prinzessin Ameley; auf der andern Seite stand ein Bett von Felsenstein mit Goldsand gefüllt, darauf schlief der alte Vater Rhein, ein gar ehrwürdiger, großer und starker Greis, sein langer grüner Schilfbart hing von seinem Lager herab über eine artige gläserne Wiege, und, ach Frau Marzibille! wer schlummerte in dieser Wiege?" – „Ach mein blondes Ameleychen", schrie die Fischerin und weinte vor Freude.

„Ja, Ameleychen schlummerte da", sagte Goldfischchen, „und lächelte im Traume und hatte rote Bäckchen, wie hier, und hatte seine Händchen gefalten, wie hier, und seine Kleiderchen lagen ordentlich und reinlich zusammengelegt auf dem kleinen Schemel, der bei seinem Bette stand, wie hier."

„Ja, es war immer ein gutes und frommes Kind", sagte jetzt der Fischer und weinte auch.

Was das Goldfischchen weiter von den Wundern erzählt, die es bei dem alten Vater Rhein gesehen.

„Nun aber", fuhr Goldfischchen fort, „muß ich euch auch noch sagen, woher das Licht kam, welches das ganze Gewölbe angenehm erleuchtete: rechts von dem Bette des Vaters Rhein und gerade in der Mitte des Bodens war eine große und runde Öffnung mit einem goldenen Gitter umgeben; es führten Stufen hinab, und unten sah man rings eine Menge Bogengänge nach allen Seiten hin laufen, aus deren jedem ein anderer Glanz heraus schimmerte: grün, rot, blau, gelb, violett, kurz alle möglichen Farben, und als die Nymphen den alten Wassermann fragten, woher dieser wunderbare Schimmer komme, sagte er:

An diesem wunderbaren Ort,
Da ruht der Nibelungen Hort;
Um ihn geschah wohl mancher Mord;
Hier liegen Schilder, Helm und Ringe,
Manch goldnes Heft, manch gute Klinge,
Kleinode und viel andre Dinge,
Der Frauen Zier, der Helden Wehr
Ruht da, viel tausend Zentner schwer,
Und streut das bunte Licht umher.

Da fragte der Weiße Main:

Was heißt das: Nibelungen Hort,
Um den geschah so mancher Mord?
Erklär mir, Wassermann, dies Wort.

Da sagte der Wassermann:

Es ist ein Schatz, der hier versenket,
Der Rhein des selbst nicht mehr gedenket,
Wer ihm denselben Schatz geschenket;

Doch leben noch vier alte Greise,
Macht ihr zu ihnen eine Reise,
So werdet ihr hierin gar weise.

Der erst edieret an der Spree,
Er sagt, der Schatz kam über See,
Er heißt der Doktor Hagene.

Der zweit notieret an der Iser,
Wer ist weitläufiger als dieser?
Und Docen vom Docieren hieß er.

Der dritt und viert sitzt an der Fuld',
Grimm heißen sie, doch voll Geduld
Studieren sie an einem Pult.

Willst einen um den Schatz du fragen,
So werden alle vier dir sagen,
Daß sie ihn nicht in Rhein getragen.

Und werden drei von ihnen sterben,
So wird der viert die Weisheit erben,
Den ganzen Schatz und alle Scherben.

Da fragte der Rote Main:

Sag besser uns, wohin die Gänge
Gewölbet auf der Säulenmenge
Zuletzt noch führen in der Länge?

Da sagte der Wassermann:

Die sieben Bogengänge führen
Zu sieben reinen goldnen Türen,
Die sieben Treppen dann berühren.

Und diese Treppen auf sich winden,
Bis sie in einem Saal verschwinden,
Dem sieben Kammern sich verbinden.

Im Saal auf siebenfachen Thronen
Sitzt Lureley mit sieben Kronen,
Rings ihre sieben Töchter wohnen.

Frau Lureley, die Zauberinne,
Ist schönes Leibs und kluger Sinne,
Hoch hebt sich ihres Schlosses Zinne.

Von innen aus der Maßen fein,
Von außen schroff ein Felsenstein,
Umbrauset von dem wilden Rhein.

Sie ist die Hüterin vom Hort,
Sie lauscht und horchet immerfort,
Und höret sie ein lautes Wort,

Singt, tut ein Schiffer einen Schrei,
So ruft die Töchter sie herbei,
Und siebenfach schallt das Geschrei
Zum Zeichen, daß sie wachsam sei.

'Das ist recht wunderbar', sagte der Weiße Main, 'ich will dich aber nicht fragen, wer die Frau Lureley eigentlich ist, und warum sie alles siebenfach hat, und wie sie zu dem Wächteramt gekommen; du möchtest mich wieder zu deinen vier weisen Meistern schicken.' – 'Ach!' sagte der Wassermann, 'die wissen auch gar nichts von ihr; Frau Lureley ist viel älter als diese Herren, obschon jeder von ihnen ein paar hundert Jahre älter ist als der andere. Frau Lureley ist eine Tochter der Phantasie, welches eine berühmte Eigenschaft ist, die bei Erschaffung der Welt mitarbeitete und das allerbeste dabei tat; als sie unter der Arbeit ein schönes Lied sang, hörte sie es immer wiederholen und fand endlich den Widerhall, einen schönen Jüngling, in einem Felsen sitzen, mit dem sie sich verheiratete und mit ihm die Frau Lureley zeugte; sie hatten auch viele andere Kinder, zum Beispiel: die Echo, den Akkord, den Reim, deren Nachkommen sich noch auf der Welt herumtreiben. Doch das wird euch Frau Lureley selbst erzählen, und zwar siebenmal, wenn ihr sie darum fragt. Jetzt aber ist Schlafenszeit, hier oben seht eure Kammer, morgen früh um fünf Uhr müßt ihr aufstehen, und dem alten Rhein ein Morgenlied singen.'

'Ja', sagte der Rote Main, 'aber lasse uns zuerst unsere Geschenke zu den Füßen des alten Rheins und auf die Betten der Kinder herum legen, damit sie morgen beim Erwachen sich recht freuen.'

Nun spazierten die Nymphen in einer Linie rings an den Kreisen der schlummernden Kinder herum und legten ihnen allerlei Blumen, bunte Steine, Muscheln, Kränze, Sträußer, und die Pegnitz ihnen tausenderlei schöne Spielereien auf die Betten. Je tiefer wir kamen, je näher kamen wir zu Ameleychen, je heftiger pochte mir das Herz, und endlich waren wir an der Wiege; der Wassermann sagte leise: 'Dies ist das frömmste liebste Kind hier', und legte die den Karpfen abgenommenen Kleider auf den Schemel, der an der Wiege stand; der Main stellte die roten Schuhe, worin ich saß, auch dazu, die Pegnitz legte ihm die schönste Puppe in die Arme, und jede Nymphe gab ihm das beste, was sie hatte; und dann zogen sie alle miteinander in die Hohe und schwammen in die Grotten, die ihnen angewiesen waren. Der alte Wassermann sagte jeder gute Nacht und machte die Türe zu; dann riegelte er auch nochmals die obere Türe des ganzen Schlosses zu, drehte sich um und segnete das ganze Haus, und schlüpfte auch in ein Felsengewölb, wo er schlief."

„Ei! Ei!" sagte der Fischer, „mein lieber Goldfisch, du machst einem das Leben recht sauer und hältst einen lange hin, bis du auf den Punkt kömmst, ob wir unser Ameleychen auch je wieder zu sehen kriegen; sonst sagt das Sprüchwort: stumm wie ein Fisch; bei dir könnte man sagen: geschwätzig wie ein Fisch."

„Ach lieber Petrus!" – so hieß der Fischer – sagte Marzibille, „laß ihn nur ruhig fortreden, ich höre ihn gar gern, ich gehe jeden Schritt und Tritt mit ihm und denke mir, daß Ameleychen das alles erlebt hat, und ich hoffe, wenn die Kinder so heil und gesund und in so guter Pflege sind, Gott wird sie uns noch einmal wiederschenken; erzähle, Goldfischchen, erzähle!"

„Ja, Gott wird sie euch wiederschenken," sagte Goldfischchen, „darüber seid ruhig, und verzeiht mir, daß ich das Herz so voll habe, daß ich euch dies gleich zu sagen vergessen, und laßt ihr mich nun ohne Unterbrechen fortreden, so sollt ihr bald hören, wie eure Kinder zu retten sind. – Als nun der Wassermann zur Ruhe gegangen war, war ich es allein, der wachte; das Kristallwasser, welches das Schloß anfüllte, ward immer ruhiger, die ganze Herrlichkeit ober mir war klarer zu sehen; ich hörte rings die Herzen all der Kinder pochen, und sah, wie das Wasser über ihrer Brust leise davon zitterte; ach! ihr könnt nicht denken, wie mir freudig und selig zu Mute war, als ich Ameleychens Herz pochen hörte und das Wasser über seiner Brust zittern sah; ich konnte mich nicht mehr halten, ich schlüpfte aus meinem Schuh heraus, und schwamm in das bewegte Wasser über Ameleychens Herz, und ruhte so lange in der von ihrem Leben bewegten Flut mit unendlicher Liebe. Als ich so stillestand und das liebe Gesichtchen betrachtete, bewegte Ameleychen seine Lippen und sprach im Traume: 'Ach, liebe Mutter! ich bin recht erschrocken, ich bin ins Wasser gefallen; aber es ist recht schön hier; ich bin bei frommen Leuten, meine Pate, die gnädige Prinzessin, ist auch hier; Mutter, komm doch auch.'„

Als die Fischerin dieses hörte, fing sie heftig zu weinen an, und schrie: „Ja, ja, ich will kommen; drum hat es mich immer so hinuntergezogen, wenn ich am Rhein ging, du hast mir gerufen" – und nun wollte sie zu der Türe hinauslaufen und sich ins Wasser werfen; aber Petrus hielt sie beim Rock zurück und sagte: „Bleib sitzen, Marzibille! und laß den Fisch ausreden; hernach, wenns nötig ist, springe ich mit in den Rhein." Marzibille umarmte den guten Petrus, da er dies gesagt, und sie saßen mit verschlungenen Armen bis zum Ende der Erzählung.

„Mich rührte diese Rede wie euch," sagte Goldfischchen, „und als über ein Weilchen das Kind wieder sagte: 'Goldfischchen! Goldfischchen! wenn du hier wärest, das wäre ein herrlich Leben für dich und für mich' – da war ich so über die Rede erfreut, daß ich näher zu ihm schwamm und mich zwischen es und die Puppe an sein liebes treues Herzchen legte."

„Hat es denn von mir gar nicht gesprochen?" fragte Weißmäuschen traurig.

„Warte nur ein bißchen," sagte der Fisch, „gleich kömmt auch die Reihe an dich. Ich schlummerte an einer so lieben Stelle und erwachte nicht eher als durch den Druck von Ameleychens Hand. Die Sonne ließ eben ihre ersten Strahlen in den Rhein niedersinken, der wie ein fließendes Gold zitterte; man sah die Felsen oben und die Städte und die Berge und die Menschen und die Schiffe; man sah an der Felswand das ganze Haus der Frau Lureley hinauf bis an den blauen Himmel, wo die Vögel hin und her schwebten; man sah den Reiher niederstürzen und einen vorwitzigen Fisch holen; ein Schifflein zog oben, und darauf fuhren zwei Knaben, der eine freudig mit braunen Haaren, der andere traurig mit schwarzen Haaren. Als sie an dem Fels waren, riefen sie:

Lureley! Lureley!
Es fahren zwei Freunde vorbei.

Und nun sang der Schwarze:

Am Rheine fahr ich hin und her
Und such den Frühling auf;
Mein Sinn so leicht, mein Herz so schwer,
Wer wiegt sie beide auf?
Der Mond gehet unter,
Die Liebe geht unter,
Das Schiff zieht hinunter,
Wer hält sie auf?

Und Frau Lureley rief siebenmal zurück:

Wer hält sie auf?

Und dann sang der Braune:

Die Sonne geht auf,
Wonne, Wonne, still in Schauern
Dich umfangen, frische Luft;
Sinnend auf die Strahlen lauern,
Spielend in dem Morgenduft;
Lieben und geliebt zu werden
Ist das Einzige auf Erden,
Was ich könnte, was ich dächte, was ich möchte,
Daß es mir nur könnte werden,
Lieben und geliebt zu werden.

Und nun sprach Frau Lureley ihm siebenmal zurück:

Lieben und geliebt zu werden!

und sie schwammen hinab. – Darüber nun war Ameleychen aufgewacht, und hatte mich bemerkt und nahm mich voller Freude in die Hand, wodurch ich auch erwachte. Ihr könnt gar nicht denken, wie das Kind mich herzte und drückte, und es fragte gleich nach der Mutter und dem Vater, und auch nach dir, Weißmäuschen, und ich erzählte alles, was ich wußte, und kaum hatten wir eine halbe Stunde gesprochen, so rauschte der Rote und Weiße Main und die übrigen Nymphen aus ihren Grotten und begannen ein Morgenlied, worauf der alte Vater Rhein und die Kinder sich alle regten und die Augen wischten. 'Geschwind', sagte Ameleychen zu mir, 'verstecke dich in meine gläserne Wiege, wo du alles hören und sehen kannst; denn es dürfen keine Fische hier herein; auf die Nacht, wenn alles schläft, rede ich wieder mit dir' – und nun steckte sie mich in die Wiege, an eine bequeme Stelle, wo ich alles belauern konnte. Als die Kinder rings erwachten und ihre Spielsachen fanden, entstand ein allgemeiner Jubel. Alle schrieen: 'Das Christkindchen war da, der heilige Niklas war da!' Alle Knaben zogen auf Steckenpferden mit Trommeln und Pfeifen am Bette des alten Rheins vorüber. Alle Mädchen kamen mit ihren Puppen und Blumen an das Bett der Prinzessin Ameley; dazwischen sangen die Nymphen das Morgenlied, und man hörte den Gesang der Lerchen, die über dem Wasser die Sonne begrüßten, die durch den ganzen Himmel voll Unschuld und Freude niederstrahlte. Da aber Ameleychen dem Vater Rhein seine Spielsachen zeigte und dabei in neuen hübschen Kleidern und in den roten Schuhen hübsch geputzt dastand, fragte er: 'Ei Ameleychen, wo hast du denn die Kleider und die roten Schuhe her?' Da sagte das liebe Kind: 'Die waren schon lange mein, die Mutter hat sie immer in unserem großen Schranke aufgehoben, sie hat sie mir gewiß herabgeschickt'; und nun kamen die Nymphen und die beiden Brüder Main herab, und nachdem sie der alte Vater Rhein begrüßt hatte, spielten die Nymphen mit den Kindern; aber der alte Rhein, der Rote und der Weiße Main, die Prinzessin und Ameleychen blieben beisammen. Der Main erzählte, wie er die Schuhe gefunden, und wie der Wassermann dem Karpfen die Kleider abgenommen; siehe! da fand Ameleychen einen Zettel in der Tasche ihres Rockes, den ihr Frau Marzibille hineingelegt, und gab ihn der Prinzessin zu lesen:

Lebst du noch, so bete fromm,
Bist du tot, in Himmel komm;
Bitt die lieben Engelein,

Daß auch ich bald komm hinein.
Dieses ist der einzge Wille
Deiner treuen Marzibille.

Als Ameleychen dies hörte, fing sie heftig an zu weinen, und rief immer: 'Ich will sterben, ich will in den Himmel zu meiner Mutter'; auch die Prinzessin weinte sehr, und der alte Rhein war sehr gerührt über Eure Mutterliebe, Frau Marzibille! und die beiden Brüder Main lobten Euch sehr. 'Ach', sagte die gute Prinzessin, 'wenn wir nur die gute Frau könnten wissen lassen, daß Ameleychen noch lebt.' – 'Ich weiß nicht, wie es anzustellen ist', sagte der alte Rhein; 'ja, wenn Radlauf, der Müller, wiederkäme; ich kann mit den andern Leuten nicht sprechen.'

Als die Prinzessin den Namen Radlaufs, ihres Bräutigams, hörte, weinte sie von neuem sehr heftig, und der alte Rhein tröstete sie und sprach: 'Schöne Ameley! ich bin es, der Euch zuerst in seine Arme geführt, ich werde Euch wieder mit ihm vereinigen; und wenn es auf Erden nicht sein kann, so werde ich ihn zu Euch herabbringen, wenn er wiederkömmt, seid ruhig; aber wie fangen wir es denn an, der guten Frau Marzibille Nachricht zu geben? Die großen Fische sind zu grob und zu dumm, die kleinen würden leicht unterwegs von den großen gefressen, und überdies, weil Frau Marzibille eine Fischerin ist, werden die Fische nichts mit ihr zu tun haben wollen.' – 'Ach', sagte Ameleychen, 'ich weiß wohl ein Fischlein, das gehört mir; es ist mir selbst in den Schoß gesprungen, es steht auf unserem Blumenbrettchen in einem Glase zu Hause bei meiner Wiege, wenn das hier wäre; es ist gar klug und fromm, und würde gewiß die Botschaft ausrichten.' – 'Närrisches Ameleychen!' sagte der Rhein, 'wenn es hier wäre, so wäre uns freilich geholfen; aber wie solls herkommen?' – 'Freilich', sagte Ameleychen, 'es kann nicht kommen, es dürfen ja gar keine Fische herein.' Da sagte der Rhein: 'Wenn es hier wäre, es sollte mir lieb sein, weil es fromm ist und dir gehört, und uns dienen könnte.' – 'Nun, da ist es!' sagte Ameleychen und hob seine Decke auf und legte mich dem alten Rhein in den Schoß. Er fragte mich freundlich, wie ich hereingekommen, und die Brüder Main lachten, als sie hörten, daß sie mich in den roten Schuhen hergetragen, und nun mußte ich alles erzählen, was ich von Mainz wußte. Als ich von der Hungersnot und der Verzweiflung der Eltern um ihre Kinder erzählte, weinten die Prinzessin und Ameleychen, und bald stimmten alle Kinder mit in die Trauer ein, und der alte Rhein und die Nymphen wurden auch sehr betrübt, und da die Prinzessin ihn sehr bat, er sollte den armen Eltern doch die Kinder wiedergeben, sprach er: 'Alles zu seiner Zeit; was sollen sie mit den Kindern, da sie selbst kaum Brot für sich haben? Wenn der Müller Radlauf wiederkömmt und König von Mainz ist, und wenn ich kein einziges Märchen mehr weiß, um es den Kindern zu erzählen, dann soll er mir eins erzählen, und dafür will ich ihm auch seine liebe Braut wiedergeben, und dann soll mir einen Tag um den andern eine gute Mutter aus Mainz ein Märchen erzählen, und dafür will ich ihr immer ihr Kind wiedergeben, bis sie alle droben sind; und du, Fischchen! schwimme zurück und grüße die Frau Marzibille, und sage ihr, was du gehört, zum Trost.' Alle dankten nun dem alten Vater Rhein für sein Versprechen: ich aber bat mir die Erlaubnis aus, solange dazubleiben, bis die Brüder Main wieder nach Hause zögen, damit ich in ihrem Schutz vor den Raubfischen sicher hierherkäme, und das wurde mir zu meiner und Ameleychens großer Freude erlaubt. Nun erzählten während der vierzehn Tage, die ich dort war, die Flüsse die artigsten Märchen, die sie wußten, und die Nymphen sangen allerlei schöne Lieder dazu, wobei alle Kinder sehr vergnügt zuhörten. Da sie aber alle nichts mehr wußten, nahmen sie Abschied und brachten mich wieder her und schwammen nach Franken zurück. Das ist alles, was ich weiß; Ameleychen läßt euch viel tausendmal grüßen."

Der Fischer und die Fischerin sagten dem Goldfischchen viel tausend Dank für die freudige Botschaft und taten ihm alles Liebe an, und da sie ihm sagten, wenn es wieder in den Rhein wolle, so wollten sie es hintragen, sagte das Goldfischchen: „Ich will jetzt bei euch bleiben, bis der Radlauf kömmt, dann will ich geschwind zurück und Ameleychen die nahe Hilfe anzeigen" – womit auch die beiden guten Leute ganz zufrieden waren.

Nun dachten sie daran, wie sie auf alle Weise die Nachricht des Goldfischchens den andern Bürgern zum Trost bekannt machen wollten, und gingen gleich in die Kirche und beteten, und nach der Kirche setzten sie sich in den Kirchhof in den Sonnenschein und luden die andern Bürger und Bürgerfrauen zu sich ein und erzählten ihnen alles. Da ward die Freude und der Jubel allgemein in der ganzen Stadt, und abends war Illumination und Freitheater und Ball und aller möglicher Spektakel.

Wie Radlauf von seiner Reise zurückkehrt und König von Mainz wird.

Nun aber wollen wir uns wieder einmal an den Müller Radlauf erinnern, der mit dem Testament des Herrn von Starenberg in den Schwarzwald zu dem Grubenhansel gezogen war; was ihm aber da begegnet ist, wird er hernach selbst erzählen; ich darf jetzt nichts anders sagen, als daß er gerade wieder in der Nacht zu Hause ankam, ehe Goldfischchen zur Frau Marzibille zurückkehrte.

Es war abends um sechs Uhr, als Radlauf mit den zwölf Rittern, die ihn zurückbegleiteten, auf dem Berg aus dem Wald herausritt; er sah den Rhein zu seinen Füßen, und die hellen Tränen standen ihm in den Augen; er drehte sich zu den Rittern um und sprach: „Meine lieben Getreuen! wenn ich gleich jetzt euer Fürst bin, so kann ich doch nicht anders: ich muß wieder Müller sein, wenn ich den herrlichen Rhein sehe und die Mühle klappern höre, wo ich meine schöne Ameley zuerst gesehen. Lieben Ritter! schlaget euch hier im Walde ein Lager, indes ich allein hinabgehe, meine Heimat begrüße und dem alten Rhein wieder ein Willkommen singe; morgen früh sehe ich euch wieder." Da antworteten die Ritter: „Herr! wir tun nach Eurem Befehl", und sie stiegen ab und schlugen sich ein Lager. Radlauf aber legte seinen Helm und Panzer ab und zog seine Müllerkleider an und nahm einige schöne Kränze mit, die er unterwegs geflochten hatte, und so stieg er ruhig den Berg hinab; er war sehr gerührt, wieder in seiner Heimat zu sein, und je näher er seiner Mühle kam, desto lauter pochte sein Herz; aber wie wunderte er sich, da er den bekannten Fußweg ging und seine Mühle nicht fand, denn er wußte nicht, daß sie König Hatto hatte abbrechen und in den Turm verbauen lassen. Das Rad lag umgestürzt an der Erde, und was ihm bei demselben begegnete, wird er später selber erzählen.

Wie er fortging, trat er plötzlich ins Wasser, das die Ruinen seines Hauses umspielte; mit Mühe zog er sich heraus und kletterte auf den Mühldamm, und so traurig er über den Verlust seiner Mühle war, so erquickte ihn doch der Anblick des herrlichen Stromes, und er sang:

Wie klinget die Welle!
Wie wehet der Wind!
O selige Schwelle!
Wo wir geboren sind.

Du himmlische Bläue!
Du irdisches Grün!

Voll Lieb und voll Treue,
Wie wird mein Herz so kühn!

Wie Reben sich ranken
Mit innigem Trieb,
So, meine Gedanken,
Habt hier alles lieb.

Da hebt sich kein Wehen,
Da regt sich kein Blatt,
Ich kann draus verstehen,
Wie lieb man mich hier hat.

Ihr himmlischen Fernen!
Wie seid ihr mir nah;
Ich griff nach den Sternen
Hier aus der Wiege ja.

Treib nieder und nieder,
Du herrlicher Rhein!
Du kömmst mir ja wieder,
Läßt nie mich allein.

Meine Mühle ist brochen
Und klappert nicht mehr,
Mein Herz hör ich pochen,
Als wenns die Mühle wär.

O Vater! wie bange
War mir es nach dir,
Horch meinem Gesange,
Dein Sohn ist wieder hier.

Du spiegelst und gleitest
Im mondlichen Glanz,
Die Arme du breitest,
Empfange meinen Kranz.

Kaum hatte er ausgesungen, so entschlief er, und im Traume erschien ihm der alte Rhein und sagte ihm nichts als: „Willkommen, König von Mainz! ziehe in die Stadt, du wirst Segen über sie bringen, kehre heut abend bei dem Fischer Petrus ein, und er wird dir sagen, was du sollst." – Als nun Radlauf erwachte, sah er, daß die Sonne schon hoch am Himmel stand; er blickte nach seiner Mühle, die war nicht mehr da; er blickte nach der Binger Insel, da stand ein hoher Turm darauf; er erkannte seine Heimat kaum wieder, und da er über die Wiese ging, stand sie voller Rittersporn und Kaiserkronen und Königskerzen. Betrübt sah er in den Schutt seines Hauses, und indem er einen Stein aufhob, warf er ihn in den Boden und sprach:

Ein Müller war ich,
Ein Fürst bin ich,
Ein König werd ich;
Ich werfe den Stein,
Hier wohne der treuste Mann am ganzen Rhein.

Und somit ging er zu seinen Rittern, legte seine Rüstung wieder an und zog mit ihnen gen Mainz; und als sie abends um zehn Uhr durch das Tor ritten, war es gerade, da man die Stadt illuminiert hatte. Alles jubelte und schrie: „Vivat der König Radlauf!" und keiner wußte es, daß er es war. Da er durch das Rheingäßchen ritt, kam er vor ein kleines Haus, da war über der Tür ein Bild illuminiert, darauf stand ein Mühlrad, worauf zwei Kronen lagen, und viele Kinder standen drum herum; über den Kronen aber war geschrieben:

Ich harr und hoff
Auf dich, Radlof!
Kommt er herbei,
Wird Ameley,
Die in dem Rhein,
Frau Königin sein,
Und Ameleychen
Der Flut entsteigen;
Ich harr und hoff
Auf dich, Radlof!

Als Radlauf dies las, pochte er an, und da ein Mann ihm aufmachte, fragte ihn dieser: „Was wollt ihr vom Fischer Petrus?“

„Bei ihm wohnen“, sagte Radlauf und trat ein und gab sich zu erkennen, und alles war im Hause voll Jubel. Die Ritter banden ihre Pferde vors Haus, und die kleine Stube war so voll, daß man sich nicht regen konnte. Nun erzählte Frau Marzibille dem Radlauf alles; aber er fragte das Goldfischchen selber aus und weinte vor Freude, als er hörte, daß Ameley noch lebe.

Da nun die zwölf Pferde die ganze Straße versperrten, so sammelten sich die Menschen immer mehr, und endlich ward der Lärm so groß, daß Gezänk entstand und die Leute auf den Fischer schimpften; da trat Radlauf heraus und sprach: „Seid ruhig, ihr Leute! der König Radlauf ist hier.“ Kaum hatte er dieses gesagt, als alles Vivat schrie, und alle Menschen drängten sich herbei, und Radlauf stieg zu Pferd, und die Ritter auch, und sie ritten durch die ganze Stadt und das Volk huldigte ihm.

Am andern Morgen ward er gekrönt und hielt eine schöne Rede und sagte unter anderm: „Nun, lieben Bürger! wollen wir vor allem daran denken, die Prinzessin Ameley und die übrigen Kinder bei dem Vater Rhein auszulösen; wer soll ihm das erste Märchen erzählen?“ Da schrieen ein paar alte Judenweiber: „Ich, ich, mein Nathan ist ein wahrer Daniel, meine Rachel ist ein Wunderkind!“ Die andern Leute schrieen alle: „Der König Radlauf!“

Nun sagte Radlauf: „Ich danke euch; ihr zwei Judenweiber sollt wegen eurer Nasenweisheit die letzten sein, und ich schlage vor, daß jeder seinen Nachfolger in der Erzählung nennen soll, und nenne ich dann nach mir den Fischer Petrus, der euch viel Gutes erwiesen.“

Alles war damit zufrieden, außer den zwei Judenweibern.

Nun sagte Radlauf: „Jetzt gehet hin und besinne sich jeder auf eine Geschichte; ich will mich auch besinnen. Das Wappen dieses Landes sei von nun an ein Rad, weil ich ein Müller war. Morgen früh bei Sonnenaufgang kommt an den Rhein, da will ich mein Märchen erzählen, und ihr könnt gleich eure Königin empfangen, denn wir sehen sie gewiß sogleich wieder; der Rhein hält Wort; gut Nacht!“

Alles legte sich schlafen, außer den Zimmerleuten; die schlugen einen Thron am Rhein auf und schmückten ihn mit Blumen und Bändern; und eigentlich schlief niemand viel, denn alle besannen sich auf Märchen. So ging die Nacht hin.

Kaum graute der Morgen, so versammelte sich das Volk; aber die ersten schon, welche Petrus und Marzibille waren, fanden den Platz nicht leer, denn Radlauf hatte die ganze Nacht, von seinen zwölf Rittern umgeben, auf dem Thron gesessen und mit Sehnsucht des Tags erwartet. Als alles versammelt war, erzählte Radlauf folgende Geschichte:

Das Märchen von dem Hause Starenberg und den Ahnen des Müllers Radlauf

Radlauf erzählt, wie er den Kohlenjockel, den Kautzenveitel und den Grubenhansel fand, auch von der alten Mühle und den zwölf Mühlknappen und wie er mit dem Leichenzug des schwarzen Hans vom Wasser verschlungen wurde.

Lieben Männer und Frauen von Mainz, vor allem muß ich euch erzählen, wo ich so lange gewesen bin; nun höret also:

Schon seit mehreren Jahren hatte ich einen schönen schwarzen Starmatz in einem Käficht auf meiner Mühle; er war mir von freien Stücken zugeflogen und war gleich so vertraut mit mir gewesen, als kennten wir uns von Kindesbeinen auf; wenn ich in meiner Mühle herumging, hüpfte er mir von einem Sack zum andern nach; wenn ich aß, saß er auf meinem Tisch. Nie beschmutzte er etwas; wenn ich ihm abends den Käficht nicht verschlossen, fand ich ihn morgens oft dicht neben meinem Kopfe auf meinem Bett sitzen. Kurz, er war voll Freundschaft zu mir, und sozusagen verständig wie ein Mensch; nur eine Eigenschaft aller übrigen Staren vermißte ich an ihm, die Lust zu schwätzen; nie ließ er einen Laut von sich hören, ich mochte ihm vorplaudern, vorpfeifen, sein Schnabel blieb verschlossen. Wenn ich manchmal gar zu sehr in ihn drang, sich doch vernehmen zu lassen, oder wenn ich ihn gar einen recht dummen stummen Vogel nannte: glaubte ich ihm traurig seufzen zu hören und sah ihn den Kopf schütteln. So hatte ich mich ganz an sein Wesen gewöhnt, und wir verstanden uns vollkommen. An dem Tag aber, da ich meine geliebte Braut Ameley aus dem Wasser zog und in meine Mühle führte, war mein schwarzer Hans auch ganz ungewöhnlich traurig; er hing die Flügel und den Kopf, als sollte er sterben. Die Prinzessin machte in der Stube und ich in der Kammer den Küchenzettel; wie erschrak ich nicht, als mein Vogel plötzlich anfing zu sprechen; er sagte mir, daß er der Fürst von Starenberg sei, und daß er die Prinzessin Ameley noch einmal sehen wollte und dann sterben; dabei sah er so vornehm aus und hatte eine so adelige melancholische Miene, daß ich ihm meinen Respekt nicht genug bezeigen konnte; ich öffnete ihm die Türe, er ging zu der Prinzessin Ameley, sagte ihr abermal, er sei der junge Fürst von Starenberg und wolle nun sterben; dabei zog er vor ihren Augen eine goldne Nadel, die er unter dem Flügel trug, hervor und stach sie sich durchs Herz, daß sie vor Schrecken ohnmächtig niedersank. Wir rupften und brieten und aßen den liebenswürdigen Selbstmörder unter bittern Tränen, und ich habe ihn nie vergessen können.

Als ich nun glücklich hier aus des bösen Königs Kerker entkommen war, fand ich auf meiner Mühle einen Mehlsack, worauf mir des seligen Herrn von Starenberg Hochwohlgeborne Gnaden ihren letzten Willen geschrieben; ich sollte mit diesem Sack und dem Siegelring, den ich im Käficht fand, nach dem Schwarzwald gehen und mich bei dem Grubenhansel als seinen Erben melden; und dahin machte ich mich nun auf den Weg, und daher komm ich nun zurück. Nun hört aber zu.

Nach vielen Tagereisen sah ich endlich ein dunkles waldiges Gebirge wie eine Gewitterwolke vor mir aufsteigen; je näher ich kam, je höher ward es; nun kamen mir eine Menge Bauernwägen mit Holz entgegen; ich fragte einen nach dem andern, ob dies der Schwarzwald sei. „Ja“, sagten sie. „Wo wohnt denn der Grubenhansel?“ fragte ich; das wußte aber keiner.

Ich ging nun bergan; da krochen arme Weiber und Kinder unter den Bäumen herum und suchten sich Reiserholz zusammen. „Ihr guten Leute, wo wohnt der Grubenhansel?“ Sie wußten es nicht. Ich ging in einer wilden Waldschlucht an einem Bächlein hinauf; da grasten Ziegen, und Kinder saßen dabei und schnitzten Kienspäne. „Ihr Kinder, wo wohnt der Grubenhansel?“ Aber kaum, daß ich diese Worte gesagt, flohen sie mit großem Geschrei vor mir in die Gebüsche.

Ich zog immer weiter in den Wald; es ward immer dichter und wilder und stiller. Da hörte ich eine Weiberstimme singen; ich ging auf sie los; sie suchte

Arzneikräuter und grub Wurzeln, und war eine Frau von etwa fünfzig Jahren; ich fragte sie freundlich, wo der Grubenhansel wohne. Sie lachte mir ins Gesicht und sprach: „Das weißt du gewiß so gut als ich, du willst meiner nur spotten" – und so oft ich ihr auch versicherte, daß ich es nicht wisse, sprach sie immer wieder: „Du willst mich zum Narren halten, wer wird das nicht wissen."

Unwillig über sie ging ich tiefer in den Wald; da kam ich auf einen offnen Platz, wo Kohlen gebrannt wurden; ich suchte rings herum nach dem Köhler, konnte ihn aber nicht finden; endlich hörte ich etwas schluchzen und weinen; die Stimme kam aus einem hohlen Baum. Als ich nahe hinzutrat, fand ich einen alten greisen Mann, wohl siebzig Jahre alt, in dem Baume stecken; er drehte das Gesicht weg, so daß er mich nicht sah, und schrie immer: „Kautzenveitel! schlag den Kohlenjockel nicht mehr."

Mit vieler Mühe überzeugte ich ihn, daß ich der Kautzenveitel nicht sei und ihn auch nicht schlagen wolle; und da der alte wunderliche Mann endlich aus dem Baum herausgekrochen war, sperrte er vor Erstaunen über mich das Maul auf.

Ich fragte ihn, warum er weine. „Ach!" sagte er, „mein Vater hat mir Schläge gegeben." – „Wer ist den Euer Vater?" sagte ich. „Ich bin der Kohlenjockel," erwiderte er, „mein Vater ist der Kautzenveitel." Hierauf fragte ich ihn, wo der Grubenhansel wohne. „Eine Stunde von hier", sagte er. „Führt mich doch zu ihm", sprach ich. „Behüte Gott!" erwiderte er, „wenn mich mein Vater erwischte, daß ich spazieren ging, er schlüge mir Arm und Bein entzwei." Nach diesen Worten lief er an seinen Kohlenhaufen und arbeitete ängstlich.

Höchst verwundert über dieses alte Kind ging ich tiefer in den Wald; selten erblickte ich ein wenig blauen Himmel über mir; die Eiche deckte mit ihren breiten Armen alles zu, aber die Vögel sangen und schrieen laut durcheinander, und es gellte ihr grelles Pfeifen von den Felsen ringsum zurück.

Nun bemerkte ich hie und da Sprenkel und Dohnen und sonst allerlei Schlingen gestellt, in denen sich verschiedene Vögel gefangen hatten; dann kam ich an einen Vogelherd; dann an eine Krähenhütte; zuletzt aber an einen ziemlich hohen blätterlosen Baum, auf welchem ein so entsetzlich großer Eulenkauz saß, daß ich ihn vor Schrecken kaum ansehen konnte.

Die Vögel groß und klein: Auerhahnen, Birkhähne, Kraniche, Trappen, Fasanen, Tauben und alle Arten Singvögel flogen um das Ungeheuer herum und schrieen es an; wenn sie sich aber auf den Baum setzten, der mit Vogelleim bestrichen und mit vielerlei Schlingen behängt war, waren sie gefangen; und wie erschrak ich nicht, als der große Eulenkönig einen Arm mit ordentlichen Fingern unter dem Flügel hervorstreckte und nach den gefangenen Vögeln griff.

Ich tat vor Schrecken einen lauten Schrei, worauf der Kauz mich bemerkte und zusammenfahrend mir entgegenrief: „Nun, nun, Bengel! erschreck die Leute nicht so; du jagst mir ja alle Vögel hinweg." Nach diesen Worten kam das Untier den Baum herabgeklettert; meine Angst war nicht klein, und ich wollte eben entfliehen; aber die Frau, die ich früher Kräuter suchen sah, trat mir in den Weg: „Ha, ha, Landsmann! bist du auf dem Weg?" sagte sie mir, und somit wendete sie sich gegen den großen Kauz, den ich nun in der Nähe als ein steinaltes Männchen erkannte, das aus einem Kittel von Eulenfedern herausguckte.

Sie küßte ihm die Hand und sprach, indem sie ihm einen Bündel Wurzeln und Kräuter gab: „Guten Abend, lieber Großpapa Kautzenveitel! Der Papa Kohlenjockel läßt seinen untertänigen Respekt vermelden und schickt Ihnen hier die verlangten Kräuter *herbas* und die Wurzel *radix*; er läßt Euch nochmals recht sehr um Verzeihung bitten, daß er dem lieben Großpapa ungehorsam war und die Kräuter erst heut geschickt; ach! er hat den ganzen Nachmittag geweint, weil ihn der liebe Großpapa geschlagen; ach! ich bitte recht sehr für ihn um Verzeihung" – und dabei schmiegte sich das Weib an den Alten, wie ein schmeichelndes Kind, und strich ihm den Bart.

Er sagte nun zu ihr: „Ja, ja, ich weiß schon, wenn er etwas angestellt hat, schickt er dich immer, Abbitte zu tun, du Schmeichelkatze! weil er weiß, daß ich dir, du närrische Wurzelgrete! nichts abschlagen kann; nu geh nur hin und sage dem Vater, es solle alles gut sein; da bring ihm den Braten mit" – und somit gab er ihr einen Trappen und einen Kuß; sie nahm den Vogel wie eine Puppe auf den Arm, küßte dem lieben Großpapa die Hand und ging singend ab.

Ich war ganz stumm vor Verwunderung über diese Leute und stand dem Kautzenveitel gegenüber, der ganz ruhig die Kräuter betrachtete und dazu sang: „Was man doch mit seinen Kindern für tausenderlei Sorg und Plage hat" – dabei schlug er einen langen Triller wie eine Nachtigall, und als er fertig war, sagte er: „Was willst du?" – „Ach Gott!" sagte ich, „ich möchte gern zum Grubenhansel; können mir der Herr Kautzenveitel nicht sagen, wo er wohnt?" – „Tölpel," erwiderte er, „ich werde doch wissen, wo mein Papa wohnt; übrigens ist es gut, daß Ihr dahin wollt, so könnt Ihr ihm die Kräuter mitnehmen, und ich brauche nicht selbst hinzulaufen; der gute Mann fängt an und kömmt in die Jahre, und hat immer etwas zu predigen; solchen Leuten kann man nichts recht machen; er hat mich gestern erst geschlagen, und drum hab ich den Kohlenjockel heut früh recht ausgeklopft; denn Kinderzucht muß sein in dieser argen Welt; geht nur immer den Pfad nach, hier habt ihr die Kräuter, vermeldet ihm meinen gehorsamsten Respekt." Als er dies gesagt, wendete er sich von mir und kletterte wie eine wilde Katze in ein paar Sprüngen den Baum hinauf, wozu er sang: „Ich bin erst hundert Jahre alt, unschuldig und nichts weiter." Ich ging mit meinen Kräutern schnell fort, denn der Kautzenveitel machte mir angst und bang.

Als ich eine halbe Stunde durch die bewachsenen Felsen durchgezogen war, rauschte mir ein kleiner Fluß entgegen, an dem sich der Weg verlor; ich wußte nun nicht mehr wohin, auch getraute ich mich nicht durchzuwaten, weil das Wasser reißend und tief war; die Sonne war bereits untergegangen, nur an den höchsten Baumgipfeln hing noch ein wenig Glanz, und es wurde sehr schaurig im Wald; ich setzte mich nieder und holte ein Stück Brot aus der Tasche und gedachte schon mein Nachtlager hier in der Wildnis zu halten. Das Rauschen des wilden Flusses zu meinen Füßen, die Ruhe und Einsamkeit erinnerten mich an den Rhein und an Ameley und ich sang mir ein Abendlied:

Weit bin ich einhergezogen
Über Berg und über Tal,
Und der treue Himmelsbogen,
Er umgiebt mich überall.

Unter Eichen, unter Buchen,
An den wilden Wasserfall
Muß ich nun die Herberg suchen
Bei der lieb Frau Nachtigall,

Die im brünstgen Abendliede
Ihre Gäste wohl bedenkt,
Bis sich Schlaf und Traum und Friede
Auf die müde Seele senkt.

Und ich hör dieselben Klagen,
Und ich hör dieselbe Lust,
Und ich fühl das Herz mir schlagen
Hier wie dort in meiner Brust.

Aus dem Fluß, der mir zu Füßen
Spielt mit freudigem Gebraus,
Mich dieselben Sterne grüßen,
Und so bin ich hier zu Haus.

Echo nimm dir recht zu Herzen
Und erlern die Melodei
Meiner Freuden, meiner Schmerzen:
Ameleya! Ameley!
Blühet stolz, ihr Königskerzen,
Ameleya! Ameley!

Als mir das Echo vom jenseitigen Ufer diese Worte immer entgegenrief, fand ich ein solches Vergnügen an der Wiederholung dieses Namens, daß ich ihn wohl eine halbe Stunde lang in süßer Träumerei bald leiser aus tiefster Seele, bald laut aus voller Kehle durch die Stille der Einsamkeit ertönen ließ, und mein Herz wuchs mir dabei in der Brust, als wolle es sie zersprengen.

Nun stieg der volle Mond über den Bäumen herauf, und es war mir, als sei es das Antlitz meiner lieben Ameley, und meine Wirtin, die liebe Frau Nachtigall, begann von neuem süßer als je zu locken; und fest entschlossen, dem Mond so lang ins Auge zu schauen, bis ich entschlief und morgens erwachend ihn in die Sonne verwandelt sähe, sang ich, um zwischen Mond und Sonne, diesen zwei leuchtenden Bergen, in die wundervolle Gruft der Träume niederzusteigen, folgende Strophen:

Wunderinseln, selge Augen,
Die ein liebes Antlitz sehn
In dem Monde untertauchen,
In der Sonne auferstehn.

Sonn und Mond, ihr lichten Hügel,
Schließet ein die irdsche Kluft,
Und das Leben senkt den Flügel
In des Traumes Zaubergruft,

Wo die Tiefe sich entsiegelt
Und die Liebe frank und frei

In der ganzen Seele spiegelt
Ameleya! Ameley!

Hierauf gab das Echo eine wunderliche Antwort, es sang nämlich:

Heiapopeia, Heiapopei
Ei ja, Ei ja, Ei! Ei! Ei!
Welch ein einerlei Geschrei!

Hierüber verwundert sprang ich auf und sah auf dem jenseitigen Ufer einen langen alten Mann mit einem großen weißen Bart stehen, der ihm wie ein Wasserfall über die Brust herabwallte; er hatte einen Stock, oder vielmehr einen ziemlichen jungen Baumstamm, in der Hand, und da er mich erblickte, sagte er: „Liebster Freund und Gönner, du verführst ja einen gewaltigen Lärm mit deinem Wiegenliede; es kann ja weder Mensch noch Vieh vor deinem ewigen Heiapopeia schlafen; das währt ja schon eine geschlagene Stunde; ich glaube, wenn man mir vor hundertzwanzig Jahren, da ich noch ein Kind war, dergleichen vorgesungen hätte, ich wäre noch nicht aufgewacht. Wer bist du aber, und was suchst du hier?“ Da sagte ich ihm, daß ich zum Grubenhansel wollte und nicht über den Fluß könnte.

Auf diese Worte ging der Alte schnurstracks durch das Wasser auf mich zu, nahm mich wie ein leichtes Bündel unter seinen Arm und trug mich nicht nur durch das Wasser zurück, sondern auch ein gut Stück weiter bis vor seine Hütte, wo er mich mit den Worten niedersetzte: „Nun bist du bei dem Grubenhansel, nun richte deinen Auftrag aus.“ Er führte mich bei der Hand in seine Wohnung, die in einem Felsenkeller bestand, dessen Wände mit den wunderbarsten Kristallen, Edelsteinen, Gold- und Silbererzstufen ausgelegt waren, welche von der Beleuchtung einer Lampe so herrlich durcheinander schimmerten, daß einem das Herz lachte.

Ich gab ihm die Kräuter des Kautzenveitels, wobei er sehr auf diesen zankte und ihn einen naseweisen, faulen Jungen nannte; sodann gab ich ihm meinen Mühlknappenbrief und den Sack, worauf der schwarze Hans sein Testament geschrieben, und kaum hatte er dies gelesen, als er mich scharf anblickte und mich dann mit großem Ungestüme umarmte. „Ach, Gott sei Dank!“ sagte er, „so sehe ich doch endlich ein Kind meines lieben unglücklichen Ur-Ur-Ur-Urenkels bei menschlichem Leibe; nun kann ich doch endlich hoffen, des langweiligen

Lebens loszuwerden und einmal zu sterben.“ Dabei lachte er und weinte er und trocknete sich die Tränen immer mit seinem Barte ab. „Ach, Gott!“ sagte ich, „Ihr wäret also mein Ur-Großältervater?“ – „Ja,“ erwiderte er, „und morgen sollst du meinen Vater sehen; das ist erst ein respektabler Mann, gegen den bin ich nur ein junger Aufschößling zu nennen.“

„Liebes Ahnherrchen!“ sprach ich mit inniger Angst, „wann hat es denn ein Ende? Wird der mir denn auch einen Vater zu zeigen haben?“ – „Ach!“ erwiderte der Alte, „das kann er nicht, er ist eine arme Waise seit seiner frühesten Jugend; aber jetzt mußt du schlafen gehen, und zwar in deiner Mühle, in deines Vaters Mühle, in meiner Mühle. Morgen früh hole ich dich; komme mit, es ist kaum hundert Schritte von hier; ich war erst vor sechzig Jahren drin, und es wird noch alles in Ordnung sein; doch muß ich bitten, alles so zu machen, wie es einem rechtschaffenen Müllerburschen zukömmt.“

Ich war so erstaunt, daß ich, ohne ein Wort zu reden, mitging. Er führte mich einen steilen Weg hinab, und neben uns brauste der Strom. Da führte er mich durch einen Garten, in dem die ungeheuersten Eichen standen, in eine Mühle, die meines Vaters Mühle am Rhein wie zwei Tropfen Wasser glich, und hier sagte er mir gute Nacht und verließ mich.

Da stand ich nun allein in einem wildfremden Hause; kein Licht hatte ich, und sollte doch zu Bette gehen. Nachdem ich ein paar Minuten stillegestanden, wurde es mir, als sei ich zu Hause am Rhein; ich ging links an den kleinen Schrank, wo dort das Feuerzeug stand, und siehe da! ich fand den Schrank, ich fand das Feuerzeug; schnell schlug ich Licht und ging mit dem brennenden Schwefel nach der Stelle, wo am Rhein die Lampe an einen Pfeiler hing; ich fand den Pfeiler und die Lampe; aber es war kein Öl drinnen, ich steckte daher einen Kienspan an, und wie das Licht um mich herleuchtete, sah ich alles, alles rings um mich: Treppen, Räder, Mühlbeutel, Türen und Hausrat wie zu Hause; ja der Mondschein fiel durch einen Spalt der Stubentüre auf den Hausflur wie zu Haus; ich eilte in die Stube selbst: da stand der Tisch, der Stuhl, das Bett wie zu Haus. Ich war wie in einem Traum und eilte nun noch hinaus auf den Mühldamm, um zu sehen, ob denn auch der Rochusberg mir gegenüberstehe und ob ich denn wirklich am Rhein sei. Alle kleinen Gänge und Stufen bis zu dem Damm waren dieselben. Gegen mir über war ein Berg mit einem hochgetürmten Schloß; es war aber nicht die Rochuskapelle, und vor mir breitete sich der weite Spiegel eines Sees aus, und es war der Rhein nicht; doch machte die Gegend mir einen ähnlichen Eindruck, nur stiller, einsamer, weiter und ernsthafter. Lang saß ich und sah in die grünen Wellen des Sees, den Mond und die Sterne an; aber die Augen sanken mir, ich vergaß ganz, wo ich war, und ging in meine Stube zurück, betete und legte mich aufs Bett.

Ich hatte die Gewohnheit zu Hause, indem ich mich niederlegte, an der Klingel zu ziehen, um meine Mühlbursche zu erwecken, und so griff ich denn auch hier im Dunkeln nach der bekannten Schelle, fand sie, klingelte und legte mich nieder.

Kaum aber hatte ich wenige Minuten gelegen, so hörte ich ein verwirrtes Plaudern und Lärmen in der Mühle, das mich nicht wenig ängstigte. „Kunz, steh auf!" schrie einer, „die Reihe ist an dir; fülle den Trichter auf!" – „Ei, Dietz!" schrie der andere, „du hasts verschlafen, du bist dran." – „Martin! Martin! das ist ein dummer Spaß," rief ein anderer zornig, „das hast du getan, mich so in Haare einzuwickeln." Endlich schrie ein anderer: „Was ist das? Die Mühle steht ja still! Wartet, ihr Schelme, wenn das Meister Radlauf merkt!" Und so ward das Gespräch immer heftiger, und bald ward es ein lautes Getös und Schimpfen.

Ich geriet darüber in eine wunderliche Unruhe, weil ich geglaubt, die Mühle sei ganz unbewohnt; da ich nun endlich meinen Namen Meister Radlauf hörte, ermannte mich und, trat mit dem Licht an die Türe und rief heraus: „Nur die Räder sollen in der Mühle lärmen, die Knappen aber fein ehrbar und züchtig sein; tretet alle herein und sagt mir euern Streit, damit ich Gerechtigkeit handhabe." Kaum hatte ich dies gesprochen, als zwölf wunderbar alte Männer zu mir hereintraten, ich erstaunte aber kaum so sehr über dieselben, als sie selbst über einander und über mich; ja sie waren vor Schrecken über die langen grauen Bärte, die sie hatten, und über ihre alten Gesichtszüge ganz außer sich und gerieten endlich in eine solche Angst, daß sie wie die Kinder weinten. Mit Mühe brachte ich es endlich dahin, daß einer von ihnen für alle die andern folgendermaßen sprach:

„Liebster Meister! wir müssen wohl erschrocken sein, und wundert es mich, daß Ihr selbst nicht bestürzter erscheint; seht uns an, wir sind durch Hexerei grau und alt geworden; gestern tanzten wir auf der Kirchweihe alle andern Bursche nieder; wir waren die letzten auf dem Platz, und alle Mägdlein gaben uns den Preis und banden uns die Bänder von ihren Mützen um die Hüte; ach Gott! noch höre ich das Hackbrett zimpern und den Dudelsack summen; noch ist mir, als wenn der Tanzboden sich mit mir umdrehte, und nun, da wir durch Eure Klingel erweckt wurden, finden wir uns alt, müd, verdorrt und verrunzelt und in unsere langen grauen Bärte verwickelt; und seht den Jammer nur an! Seht hier den Kirmskuchen, den wir gestern frisch mit nach Hause brachten, er ist so hart als unsere Mühlsteine; da jeder erwachend nach seinem Kuchen griff, bissen sich mehrere die alten Zähne aus und schlugen dem andern ein Loch mit dem Kuchen in den Kopf, weil jeder glaubte, der andere habe ihm einen Schabernack angetan. Ach! und Ihr selbst, Meister! seid so ganz ruhig, als sei nichts geschehen; seht Euch doch einmal näher an; Ihr habt ja eine ganz wunderliche Tracht auf dem Leibe und habt die Haare zugestutzt, wie ich mein Tage nichts gesehen."

Ich sagte ihm, daß dies bei mir zu Lande am Rhein die gewöhnliche Kleidung der Müller sei, daß sie im Gegenteil Jacken anhätten wie mein seliger Vater, als er vor vierzig Jahren an den Rhein gezogen. „Euer seliger Vater?" sagte der alte Knappe verwundert, „vor vierzig Jahren an den Rhein gezogen? Das ist wieder wunderbar gesprochen, Euer Vater ist ja frisch und gesund und hat gestern auf der Kirmes mitgetanzt; er war sein Lebtag nicht am Rhein; er ist noch nie von seiner Köhlerhütte weggekommen." Nun ward mir endlich der Wirrwarr zu groß, und ich sagte, um sie loszuwerden: „Schweigt und tut eure Pflicht, bringt die Mühle in Gang, der Tag wird alles erklären." Aber lange ward ich sie nicht los, sie stürzten schnell wieder herein und versicherten mich, der Teufel müsse sein Spiel mit der Mühle gehabt haben, denn es seien ganz dicke Bäume quer durch das Mühlrad von der entgegengesetzten Felsenwand durchgewachsen und das Rad sei halb verfault. Unter solchen Klagen und Verwirrungen brach der Tag an, die Schwalbe begann in dem Nest zu schwätzen, und ein frischer kühler Wind strich über den See und kräuselte seine Wellen, und wie es heller ward, begrüßten die alten Mühlknappen alles um sich herum mit neuem Erstaunen. Der eine sah das Korn aus dem Mühltrichter herauswachsen, der andere sah ein Loch im Dach, die Säcke waren vermodert und geplatzt; der Wind, der durch die verfallene Mühle gestrichen war, hatte die Körner durch die ganze Gegend geweht, und rings um die Mühle standen dichte Ährenfelder; vor allem aber ward ihr Schrecken groß, als sie statt der beiden wachsamen Hunde vor der Mühle zwei glänzende, von Regen und Sonne weißgebleichte Gerippe in den Hütten an Ketten liegen sahen. Da fühlten sie zuerst tiefer, daß es seit gestern wohl lange her sein müsse, und als sie in den Stall kamen und die sechs Esel des Müllers auch nichts mehr waren als Gerippe, durch deren Rippen Distelstöcke, die sie sonst gefressen, frei durchwuchsen, brachen sie in ein lautes Jammern aus. Als ich so ihren seltsamen Klagen zuhörte, sah ich den Grubenhansel herankommen und hoffte, daß er diese närrischen alten Knappen zur Ruhe bringen würde. Als sie ihn erblickten, schrieen sie alle: „Ach, Urgroßväterchen, was seid Ihr gealtert seit gestern!" – Er aber hieß sie schweigen, grüßte mich freundlich und bezeugte eine große Freude, daß ich meinem Vater so ähnlich sei; hierauf wollte er gleich mit mir fort, um mich zu seinem Vater zu bringen; die Knappen aber wollten ihn nicht loslassen und drangen darauf, er müsse ihnen sagen, wie sie zu den Bärten gekommen und wie sie so alt geworden.

„Meine lieben Kinder!" sagte er, „seit vierzig Jahren ist keine Seele in der Mühle gewesen, und ihr habt einen guten Schlaf gehabt; der Jüngling, der hier vor euch steht, ist euer Meister Radlauf nicht; es ist dessen Sohn, den er am Rhein erzeugte und der seit gestern diese Mühle erst betreten. Vor vierzig Jahren ist Meister Radlauf hier von der Mühle verschwunden, und ihr habt wegen naseweiser Reden, die ihr auf der Kirchweihe geführt, bis heut geschlafen."

„Was wir geredet, muß der Wirt noch wissen", sprach der eine; „wir waren alle bei Verstand, da wir es sagten; wir haben nichts gesagt, was wir nicht verantworten könnten, nichts, worüber man einen vierzig Jahre lang um das liebe Leben bestiehlt." „Was haben wir gesagt, das nicht recht wäre?" schrie ein anderer; „um das, was wir gesagt, laß ich mir kein graues Haar wachsen, viel weniger einen grauen Bart, wie wir ihn alle haben." – „Jawohl!" schrieen sie alle durcheinander und machten ein ungeschicktes Geschrei und sagten, sie wollten hin und dem Wirt, der sie gewiß verschwätzt habe, die Fenster einschlagen. „Geht hin," sprach der Grubenhansel, „ihr werdet euch verwundern; doch wenn ihr unterwegs die schöne Bäuerin wieder begegnet, die vor vierzig Jahren oder gestern, wie ihr meint, die Erdbeeren in dem Walde suchte und eurem Meister in die Mühle trug, so seid gewarnt, nicht wieder schlechte Reden zu führen." – „Aha, die ist es also, die uns eingewiegt", sprach einer der Kecksten unter ihnen; „so war sie doch eine Hexe und hat den Herrn ins Unglück gebracht; als wir sie sahen, saß sie in einem Bache, es war am Sonnabend; ich hörte in dem Schilf was rauschen; ich dachte, da es Abend war, vielleicht ein wildes Entennest da auszuheben, und schlich heran: da merkte ich im Mondschein zwischen dem grünen Schilf die hübsche Jungfer sich im Bad erkühlen, und von der Brust herab war sie eine –" Kaum hatte er so weit gesprochen, als die Sonne sich verfinsterte, eine Wolke von schwarzen Staren senkte sich über die Knappen nieder, und die schrieen und hackten dermaßen auf sie ein, daß sie sich gar nicht erwehren konnten und mit großem Angstgeschrei in die Mühle flohen und die Türe zumachten; aber die Stare stürzten von allen Seiten durch die Öffnungen der zerfallenen Mühle ihnen nach und quälten sie so, daß ihr Lamentieren mich rührte und ich den Grubenhansel bat, ihnen zu helfen. „Ei," sagte dieser, „Ich kann den Staren nicht gebieten; aber du selbst kannst sie wohl zur Ruhe bringen, hast du doch den Käficht, worin der schwarze Hans gelebt, und seine Gebeine bei dir; fordere sie laut auf zum Leichenbegängnis." Da trat ich auf einen Mühlstein und rief mit lauter Stimme:

Ihr schwarzen tapfern Kriegsgesellen,
Ich bitt den Kampf jetzt einzustellen;
Du schwarz gefiedertes Gewitter,
Hör an den rheinischen Leichenbitter;
Ich komme, um euch einzuladen
Zur Totenfeier Ihro Gnaden,
Des Starenberger schwarzen Hans,
Der mit dem Mute eines Manns
Aus treuer Lieb, vor wenig Wochen,
Das Herz am Rhein sich abgestochen;
Im Käficht, den ich bei mir trage,
Durchlebt' er seine letzten Tage;
Seht! hier in diesem Schächtelein
Trag ich sein edeles Gebein;
Laßt ab vom Kampf, es ist genug,
Und folgt mir mit dem Leichenzug!

Kaum hatte ich diese Worte laut und vernehmlich ausgesprochen, als unter den Staren ein wehklagendes Geschrei entstand, als ob sie sich untereinander den betrübten Todesfall erzählten; und sodann sammelte sich der ganze Schwarm, hob sich in die Höhe, schwenkte einmal mit dem Klagegeschrei durch die umliegende Gegend und kam wohl noch einmal so groß zurück, und soeben wollte er über meinem Haupte niedersinken, was mir bei aller ihrer guten Meinung doch bange machte. Aber der alte Kautzenveitel und der Kohlenjockel kamen den Berg herunter zu uns, und die Stare blieben vor dem Kautzenveitel in einer ehrerbietigen Entfernung; der Grubenhansel zankte seinen Sohn, den Kautzenveitel, daß er so spät gekommen sei, und dieser zankte wieder seinen Sohn, den Kohlenjockel, daß er ihn so lange habe warten lassen. Hierauf stellte mich der Grubenhansel dem Veitel als Urenkel, dem Jockel als Enkel vor und erzählte ihnen, warum ich hier sei, bat sie auch beide, dem Leichenbegräbnisse des schwarzen Hans zu folgen.

„Wer ist denn dieser schwarze Hans gewesen?“ sagte Kautzenveitel, „daß so viel Lärmen um ihn ist.“ – „Ein Star“, sagte der Grubenhansel mit solchem Nachdruck, daß der nasenweise Kautzenveitel sich nicht weiter zu fragen getraute.

Hierauf ordnete der Grubenhansel den Leichenzug an. Die zwölf alten Mühlknappen mußten herauskommen und taten es mit großer Angst vor den Staren. Der Grubenhansel aber beruhigte sie und gab ihnen Befehl, sogleich das Boot, welches bei der Mühle lag, mit dunklen Tannenzweigen zu schmücken und sich selbst zwölf junge Stämme als Ruder abzuhauen. Sie griffen rasch zu, und während der halben Stunde, die sie damit zubrachten, suchten wir das ganze Leichenbegängnis zu ordnen. Zuerst zog ein Schwarm Stare, jeder mit einem Tannenzweiglein im Schnabel; hierauf folgte ich mit einer jungen Tanne, woran der Mehlsack mit dem Testament des Hansen als eine Fahne befestigt war; hierauf folgte wieder ein Schwarm Stare, jeder mit einer reifen Kornähre im Schnabel; und hierauf folgte der Grubenhansel, der auf seinem langen Bart, den er wie ein silbernes Kissen zusammengelegt hatte, das Schächtelein mit den Gebeinen des Verewigten trug, und auf seinen Schultern saßen zwei Stare, von welchen einer ein Myrten-, der andere ein Lorbeerzweiglein im Schnabel hatte; hinter ihm kam wieder ein Schwarm Stare, welche Thymian und Rosmarin und allerlei Würzkräuter trugen; dann folgte der Kautzenveitel mit dem Käficht, der offenstand und in welchem ein Star, den Kopf unter den Flügel steckend, als ein Bild des Todes saß; hierauf folgte wieder ein Schwarm Stare, jeder mit einem Wachholderästchen; und nun kam der Kohlenjockel, er trug das Freßtröglein des Hansen, ein alter Star saß darauf und hatte den Siegelring im Schnabel; den ganzen Zug aber beschlossen die noch übrigen Stare, die überhaupt in so ungeheurer Menge den Zug umgaben, daß dadurch alles schwarz und trauernd aussah. Anfangs wollten die Stare alle zu Fuß gehen; es ging aber zu langsam von der Stelle; sie mußten also an ihrer bestimmten Stelle fliegen. Da nun die alten Knappen den Kahn bereitet hatten, begaben wir uns hinein; die leidtragenden Vögel umgaben uns teils, teils saßen sie auf der Tannenlaube des Schiffes; und wer das Schiff vom Lande gesehen, mußte es wohl für einen lebendigen Trauerwagen halten, so war es in die Trauerfarbe gehüllt; auch machten die Stare mit ihrem Flügelschlag einen solchen Wind, daß das Schiff mit vollen Segeln den breiten See durchschnitt.

Als wir in der Mitte des Sees waren, stieg eine dunkle Wolke über dem entgegengesetzten Schloßberge auf, welche sich donnernd über den Himmel verbreitete; zugleich begann sich der See zu bewegen und immer heftigere Wellen zu schlagen; umsonst bemühten sich die zwölf alten Knappen mit angestrengtem Rudern das Boot noch hinüberzuführen; der Gegenwind hielt uns immer zurück. Da es zu regnen begann, so steckte ich das Schächtelein mit den Gebeinen des schwarzen Hans und seinen Käficht und Siegelring in den Testamentsack, und dachte in der drohenden Todesgefahr ununterbrochen an die liebe Ameley, und meine Trauer war, daß, wenn ich ertrinken sollte, es nicht am Rhein sei, daß ich nicht in ihrer Nähe umkommen sollte.

Während dem schwankte unser Schiff immer heftiger, und die Stare, das Wetter scheuend, stiegen mit lautem Geschrei in die Höhe und stürzten durch die noch schwärzere Luft nach dem Ufer; wir waren in diesem Augenblicke einigen Felsen sehr nah, zwischen welchen der See einen heftigen Wirbel bildet, und indem die rudernden Knappen von denselben mit Gewalt ablenken wollten, schrien sie laut auf: „Ei sieh da! da ist die schöne Hexe wieder, die uns so lang schlafen gemacht.“ Ich wendete meine Augen nach dem Fels, da sah ich eine wunderschöne junge Frau sitzen; ganz schwarz ihr Röcklein, weiß ihr Schleier, blond ihre Haare, und in tiefster Trauer; sie weinte heftig, und kämmte ihre langen Haare. Die Knappen aber hörten nicht auf, sie zu verhöhnen; da ward der Sturm immer heftiger; das Schiff ward mitten in den Strudel geworfen und begann sich wie eine Spindel zu drehen.

Der Hansel, der Veitel und der Jockel waren bis jetzt ganz ruhig gewesen; nun aber, da sich das Schiff so drehte, wurden sie ausdermaßen vergnügt und sangen folgenden Reim:

Lustig, lustig, rundum herum
Geht das Schifflein quer und krumm,
Donner! lieber Donner! brumm,
Sonst wär alles stumm und dumm.

Lange haben wir gesessen,
Kraut und Wurzeln viel gefressen,
Neue Jahre ausgemessen,
Alte Jahre viel vergessen.

Frühling, Sommer, Herbst und Winter,
Kindes-Kindes-Kindes-Kinder
Kamen alle Jahr geschwinder,
Wurden dennoch niemals minder.

Lustig, lustig, rundum herum,
Donner! lieber Donner! brumm,
Welle, wirf das Schifflein um,
Daß uns geht die Zeit herum.

Auf einmal tat es einen Schlag, ich hielt meinen Sack mit beiden Händen fest, und das ganze Boot wurde von dem Strudel hinabgeschlungen.

Wie Frau Lureley mit ihren sieben Töchterlein ihn zu seinem Urvater, dem Mondenschäfer Damon, fährt, und wie dieser nebst den andern Altvätern begraben wird; wie er seine Mutter findet und die Rückreise antritt.

Als ich hinabgesunken, stand ich in einer grünen Laube von Wasserbinsen geflochten; die vier Pfähle, worauf sie ruhte, waren vier Korallenbäume; rings herum standen sieben Wasserlilien, und auf jeder saß eine sehr traurige Jungfrau; in der Mitte aber saß dasselbe holdselige Weib, das ich auf dem Felsen gesehen hatte, als unser Boot unterging. Ich war in ihren Anblick ganz verloren, sie aber schien mich nicht zu bemerken und sang also –

Frau Lureley:

Es fahren die Lebenden über den See,
Sie bringen den Toten nach Haus;
Es hebt sich ein Wetter am Berg in die Höh,
Der Wind macht die Wellen so kraus:
Töchterlein, Töchterlein Herzeleid!
Was hast du gesponnen so lange Zeit?

Herzeleid:

Ich habe gesponnen manch Kissen reich
Von Gold und Seide und Samt,
Drauf liegt des Helden Haupt gar weich,
Dem dieses Haus entstammt.

Frau Lureley:

Töchterlein, Töchterlein Liebesleid!
Was hast du gesponnen so lange Zeit?

Liebesleid:

Ich habe gesponnen drei Särge breit,
Drei Särge von Elfenbein,
Sie stehen und harren schon lange Zeit –
Drei Greise steigen hinein.

Frau Lureley:

Töchterlein, Töchterlein Liebeseid!
Was hast du gesponnen so lange Zeit?

Liebeseid:

Ich habe gesponnen von Gold so rot
Ein Herz im dunklen Haus;
Der treu gestorben den Liebestod,
Des Beinlein füllen es aus.

Frau Lureley:

Töchterlein, Töchterlein Liebesneid!
Was hast du gesponnen so lange Zeit?

Liebesneid:

Ich habe gesponnen zwölf Mühlstein rund –
Zwölf Mühlstein im dunkeln Haus,
Die wider die Liebe geschworen den Bund,
Zwölf Knappen füllen sie aus.

Frau Lureley:

Töchterlein, Töchterlein Liebesfreud!
Was hast du gesponnen so lange Zeit?

Liebesfreud:

Ich habe gesponnen den Perlenkranz
Gesponnen den Perlenstrauß,
Der schmücket die holde Braut zum Tanz,
Der schmücket die Liebste zu Haus.

Frau Lureley:

Töchterlein, Töchterlein Reu und Leid!
Was hast du gesponnen so lange Zeit?

Reu und Leid:

Ich habe gesponnen die goldne Kron,
Die Krone im dunklen Haus,
Die reichet dem Vater zu Dank der Sohn
Und ziehet den Pelzrock ihm aus.

Frau Lureley:

Töchterlein, Töchterlein Mildigkeit!
Was hast du gesponnen so lange Zeit?

Mildigkeit:

Ich habe gesponnen drei Krönelein,
Drei Krönelein im dunklen Haus,
Zu schmücken die artigen Söhnelein,
Goldfischlein und weiße Maus.

Als sie so gesungen hatten, stand die schöne blonde Frau auf und sprach zu mir: „Nun, lieber Radlauf, komm!“ – und da nahm sie mich mit einer überaus holdseligen Miene an der Hand und führte mich durch die Wellen, die wie zwei Mauern von Kristall fest neben uns hinliefen; vor uns aber ging erst Herzeleid mit ihrem schöngestickten Samtkissen, dann Liebesleid, neben der die drei Elfenbeinsärge herschwammen, ihr folgte Liebeseid mit einer goldnen herzförmigen Kapsel, Reu und Leid mit einer goldnen Krone, Mildigkeit mit drei kleinen Kronen, Liebesfreud mit Perlenkranz und Perlenstrauß. Dann ging ich an der Hand des lieben blonden Wasserfräuleins, und hinter uns ging Liebesneid mit einer Rute und trieb die zwölf Mühlsteine wie eine Herde Schafe vor sich her. Bald kamen wir an einen Felsen, der sich auftat, und nun stiegen wir viele Treppen hinan, bis wir in einem gewölbten Saale ankamen; da stand ein großer Tisch von gewachsenem Erz, und oben an dem Tisch saß ein uralter Mann; er stützte sein bleiches Angesicht auf seine zwei Hände, seine Ellenbogen ruhten auf dem Tisch, sein silberweißer Bart war durch den Tisch durchgewachsen und glänzte wie Asbest, seine Augenbrauen waren auch sehr lang, und seine Augen sahen unter ihnen durch eine große blitzende Brille wie zwei traurige Gefangene hervor; er hatte einen Schäferrock an von dem zartesten Lammfell, einen breiten goldgelben Schäferhut auf, auf dem die Fürstenkrone befestigt war, und um seinen Nacken hing ein Lamm, dessen Beine über seine Brust zusammengebunden waren; in seinem Arm lehnte ein hoher weißer Schäferstab; an seiner Seite hing ein Dudelsack von einem schwarzen Bocksfell; neben ihm saß ein zottiger Schäferhund mit seiner Laterne im Maul. – Er war ganz still und schien mit offnen Augen zu schlafen; zu seiner Rechten saß der Grubenhansel in seinem Knappenhabit, dann saß der Kautzenveitel in seinem Eulenwams, und dann der Kohlenjockel in seiner Kohlenjacke; alle in derselben Stellung, alle ganz still; die zwölf Knappen aber saßen ringsum auf der Erde mit dem Rücken an die Wand gelehnt.

Erstaunt über diesen Anblick wollte ich fragen, ob dieser alte wunderbare Schäfer mein ältester Ahnherr sei, und ob alle meine andern Urväter hier tot seien oder nur schliefen. Aber die liebe blonde Frau Lureley hielt mir den Mund zu und winkte mir mit dem Finger, zu schweigen; hierauf begann sie mit einer hellen Silberstimme zu singen:

Heil dem, der die Zeit erfüllet,
Der die ewgen Maße mißt
Und die Pein mit Schlaf umhüllet,
Wenn die Schuld versühnet ist.

Damon, der den Fluch gewecket,
Blicke auf und schlafe ein,

Auf die Kissen ausgestrecket
Bettet dich Frau Mondenschein.

Hans, der treulos auch mißtrauet,
Blicke auf und schlafe ein,
Dir ward auch ein Sarg gebauet.
Dich begräbt Frau Edelstein.

Veit, dein Trug kam an die Sonne,
Blicke auf und schlafe ein,
Dir ward auch ein Sarg gesponnen,
Dich begräbt Frau Federschein.

Jockel, der nicht Wort gehalten,
Blicke auf und schlafe ein,
Dich legt wie die andern Alten
In den Sarg Frau Feuerschein.

Während diesem Liede ging Frau Lureley an dem Tische umher und stieß die vier Alten an: da erwachten sie, sahen sich einander und die Frau Lureley und mich gar innerlich freudenselig an und lächelten und weinten und nickten mir freundlich und küßten mich der Reihe nach auf die Stirne; und auch ich mußte heftig weinen; dann aber sang Frau Lureley wieder, und alle sangen mit:

Heil dem, der die Zeit erfüllet,
Der die ewgen Maße mißt
Und die Pein mit Schlaf umhüllet,
Wenn die Schuld versühnet ist.

Und unter diesem Gesang schliefen die vier wundersamen Greise einer nach dem andern wieder ein und sanken mit ihren Häuptern auf den Tisch nieder. Nun tat sich hinter ihren vier Sesseln die Felsenwand in vier Türen auf, und vier schöne wunderbare Frauen, jede mit einem Gefolge von seltsamen Jungfrauen kamen herein. Hinter dem Stuhle des Urahngroßvaters Damon trat eine schlanke Frau mit schneeblonden Haaren auf; sie hatte einen schneeweißen Schleier an, der sie ganz bedeckte bis auf ihre silbernen Schuhe, ihr Angesicht glänzte wie der Mond, und um die Stirne hatte sie einen Kranz von weißen

Nachtviolen mit einer Menge von Johanniskäfern besetzt; sie ging auf meine Führerin zu, und sie grüßten einander folgendermaßen –

Frau Mondenschein:

Grüß dich Gott, Frau Lureley fein!
Mit deinen sieben Töchterlein;
Ich möchte gern wissen,
Ob fertig die samtenen Kissen?

Ihr antwortete Frau Lureley:

Schön Dank, schön Dank, Frau Mondenschein!
Mit deinen sieben Jungfräulein:
Mit Palmenkätzchen und Spinnenseil,
Mit Blumenfädchen und Schneckenpfeil,
Mit Mottenflügel, Johannislicht,
Altweibersommer vergeß ich nicht.
Die Sammetkissen sind bereit
Von meinem Töchterlein Herzeleid.

Hierauf nahm Frau Mondenschein nebst ihren Mägdelein die samtnen Kissen; sie schnitt dem alten Mondschäfer den Bart mit einer silbernen Schere vom Tische ab, und sie legten dann den alten Herrn auf die Kissen und trugen ihn stille zu ihrer Türe hinaus. Nun nahte sich die Frau, die hinter dem Grubenhansel stand, meiner Führerin; sie war auch sehr schön, aber doch eines ernsthafteren Anblicks als Frau Mondenschein; ihre Haut war schneeweiß, ihre Haare schön goldfarb; ihre Augen schillerten ins Grüne; Mund und Wangen waren lichtrot; groß war sie nicht, aber ungemein rüstig und fest in ihren Bewegungen; auch trug sie eine Schürze von Goldstoff und einen Brustharnisch von geschlagenem Gold mit Edelsteinen besetzt; ihr Kopf aber schimmerte von tausendfarbigen Edelsteinen; sie nahte sich mit ihren sieben Begleiterinnen der Frau Lureley und sprach –

Frau Edelstein:

Grüß dich Gott, Frau Lureley fein!
Mit deinen sieben Töchterlein;

Ich möchte gern berichtet sein,
Ob fertig der Sarg von Elfenbein?

Da antwortete ihr Frau Lureley:

Schön Dank, schön Dank, Frau Edelstein!
Mit deinen sieben Erdfräulein:
Zinnober, Naphtha und Asbest,
Quecksilber, die keine Ruhe läßt,
Spiesglanz und auch Marienglas,
Kobold, die lacht ohn Unterlaß.
Nimm hin den Sarg, er steht bereit
Bei meiner Tochter Liebesleid.

Nun nahm Frau Edelstein einen von den drei Särgen, die bei der Jungfrau Liebesleid standen, und legte dann mit Hilfe ihrer sieben Mägdelein den Grubenhansel hinein, worauf sie mit demselben durch die Türe hinwegzogen.

Die Frau, welche hinter dem Kautzenveitel stand, hatte schöne braune Locken und blaue lustige Augen; ihr ganzes Wesen war fröhlich und leicht und sanft und heftig zugleich; sie hatte einen Mantel von lauter Pfauenfedern an, und in jedem Ohre einen Kolibri hängen; auf dem Kopfe trug sie einen roten Kranz von Vogelbeeren, der, mit glänzenden Federn umsteckt, eine Krone bildete. Sie sprach zu Frau Lureley –

Frau Phönix Federschein:

Grüß dich Gott, Frau Lureley fein!
Mit deinen sieben Töchterlein;
Ich hätte gern von dir Bescheid,
Ob mir auch ward ein Sarg bereit?

Da antwortete ihr Frau Lureley:

Schön Dank, schön Dank, Frau Federschein!
Mit deinen sieben Luftfräulein:
Mit Pfauenauges Farbenblitz,
Mit Reiherbusch und Schwalbenwitz,
Mit Turtel, Flämmchen, Nachtigall

Und Schwanenliedes Trauerschall.
Nimm dir den Sarg, er steht bereit
Bei meiner Tochter Liebesleid.

Frau Phönix Federschein empfing nun den zweiten elfenbeinernen Sarg von Jungfer Liebesleid, legte mit ihren Luftfräulein den alten Kautzenveitel hinein und zog mit ihm zu ihrer Türe hinaus.

Nun war nur noch die Frau hinter Kohlenjockels Sitz übrig; aber sie füllte mit ihrem Gefolge doch die ganze Stube aus; denn sie waren meistens von einer lebendigen Art und konnten mit Geräusch und Hin- und Herzucken gar nicht zur Ruhe kommen. Sie hatte hochrote Locken, die ihr wie Flammen um das bewegliche Köpfchen spielten; ihr Antlitz glänzte wie eine Sonne, und blaue Adern schossen wie Schlangen unter ihrer weißen Haut hin und her, und war sie so hastig und lebendig, daß man ihr das Herz unter ihrem Röcklein von Asbest hüpfen sah. Sie stürzte auf Frau Lureley zu und sprach –

Frau Feuerschein:

Grüß dich Gott, Frau Lureley fein!
Mit deinen sieben Töchterlein;
Nun sag mir gleich, sag mir geschwind,
Wo ich den Sarg bereitet find?

Da antwortete ihr Frau Lureley:

Schön Dank, schön Dank, Frau Feuerschein!
Mit deinen sieben Glutfräulein:
Mit Flämmlein und mit Fünklein klein,
Mit Lichterloh und Ascherlein,
Mit Hitzenblitz und Rußerauch
Und Fräulein Kohlenschwärzel auch.
Der dritte Sarg steht dir bereit
Bei meiner Tochter Liebesleid.

Da fuhr Frau Feuerschein mit ihrem Gefolge schnell auf den Sarg los; sie faßten den alten Kohlenjockel und legten ihn hinein und eilten mit ihm ihre Türe hinaus.

„Diese alten Herren haben nun alle ihre Ruhe," sagte Frau Lureley, „und nun muß ich den zwölf frechen Mühlknappen, die mich so oft verhöhnt und verraten haben, auch ihren Lohn geben"; da befahl sie ihrem Töchterlein Liebesneid, welche die zwölf Mühlsteine bereitet, sie sollte vor jeden dieser Knappen einen der Steine hinwälzen. Liebesneid trieb die Steine vor sich her, und vor jedem Knappen blieb einer stehen. Da sprach Frau Lureley:

So viel Narren, so viel Kappen;
Auf, ihr alten frechen Knappen!
Fahret durch die breiten Kragen,
Die ihr sollt wie Ratsherrn tragen,
Setzt euch um den Tisch herum,
Sinnt und denkt und bleibet stumm.

Nach diesen Worten fuhren die zwölf Knappen mit ihren Köpfen durch die Löcher der Mühlsteine durch und setzten sich wie zwölf Ratsherren mit breiten Kragen um den Tisch ganz stockstill herum, als hätten sie eine große Sorgenlast auf den Schultern. Nun zog Frau Lureley mit mir und ihren sieben Töchterlein durch die Türe hinweg, durch welche Frau Mondenschein gegangen war. Wir traten in eine schöne Kirche von wunderbar künstlicher Bauart; sie bestand aus fünf Kapellen, die in der Gestalt eines Kreuzes aneinander gebaut waren. Die mittelste war höher und aus ihr überschaute man die vier andern. Die Kapelle in der Mitte war ganz dunkelblau und mit einem Schimmer von Mondenschein durchgossen; denn die Kuppel von blauem Glas war von einem vollen Monde und vielen Sternen erleuchtet; ihr Boden war mit lebendigen Blumen besät und schien ein zarter Rasen zu sein. Lämmer von Alabaster lagen um einen marmornen Sprudelquell, der zu den Füßen eines künstlichen Felsens von Blumen umwachsen murmelte; in diesem Felsen aber lag in einer Höhle der Leib des Mondenschäfers mit dem Samtkissen, die mit Thymian und Würzkräutern ausgefüllt waren, und man konnte den alten Herrn sehr wohl durch einige Kristallscheiben, die vor der Höhle angebracht waren, betrachten; auf dem Felsen aber ruhte ein Schäfer von Marmor; er hatte eine Flöte und einen Hund neben sich und schien über dem Gemurmel der Quelle in angenehmen Träumen entschlummert; über dem Eingange dieser Kapelle aber standen folgende Worte:

Hier ruht Damon, der gute Hirt, der
erste Fürst von Starenberg, er verlangt
nichts mehr zu wissen.

Die Kapelle gegen Mitternacht war ganz finster, und Wände und Kuppel waren mit unzähligen Erzstufen, Edelsteinen und Mineralien bedeckt, und der goldene Sarg, worin der Grubenhansel lag, stand unter einem Gebäude von Kristall, auf dem ein Bergknappe saß von gediegenem Gold, der mit einem silbernen Grubenlichte auf dem Kopfe einen wunderbar zauberischen Schimmer über die funkelnden Wände warf; über dem Eingang dieser Kapelle standen die Worte:

Hier ruhet Johannes, der emsige Bergmann,
zweiter Fürst von Starenberg, er verlangt
nichts mehr zu wissen.

Hier traten wir in die Kapelle gegen Morgen; sie war ganz eine große Laube von Marmor in durchbrochener Arbeit, und die Räume zwischen den Zweigen und Blättern waren mit durchsichtigen roten und saferanfarbigen Edelsteinen ausgefüllt; von außen aber war die Kapelle mit unzähligem Rankengewächs umzogen, und man glaubte, wenn man in der Mitte stand, in einer von der Morgenröte durchschimmerten Laube zu stehen; in der Mitte der Kapelle stand in einem goldenen Käficht von der schönsten Arbeit der Sarg, in welchem man den Leichnam des Kautzenveitel in seiner Vogelstellertracht ruhen sah; über dem Käficht aber erhob sich ein silberner Baum mit goldnen Blättern und Vogelbeertrauben von Rubin. Mitten in diesem Baume saß ein Jüngling von Alabaster mit einer Eule auf der Hand, und alle Zweige des Baumes waren mit den schönsten und künstlichsten Vögeln bedeckt, die aus mancherlei Federn und Edelsteinen bunt zusammengesetzt waren. Über dem Eingang der Kapelle aber stand:

Hier ruht Veit, der Vogler, dritter Fürst
von Starenberg, er begehrt nichts mehr
zu wissen.

Hierauf betraten wir die Kapelle gegen Mittag; sie war aus glänzenden Schlacken erbaut und mit mancherlei Schmelzwerk ausgeziert; ihre Kuppel bestand aus feuerfarbenem Glase, durch das die Sonne in wunderbarem Glanze hereinstrahlte; in der Mitte stand der Sarg des Kohlenjockels, von goldenen Flammen umgeben, und über ihm stand ein Jüngling von Erz, der in den Händen ein Becken voll lebendigen Feuers trug – über dem Eingang standen die Worte:

> Hier ruht Jakob, der Köhler, der vierte
> Fürst von Starenberg, er verlangt nichts
> mehr zu wissen.

Alle diese Kapellen war ich an der Seite der schönen Frau Lureley durchwandelt, und nun traten wir in die letzte gegen Abend. Sie war von weißem Marmor und ruhte auf goldnen Säulen, welche Garben vorstellten; in der Mitte durchfloß sie eine lustige Quelle, die ein silbernes Mühlrad trieb, das, mit harmonischen Schellen behängt, ein liebliches Getön hervorbrachte; sonst war noch kein Sarg hier und kein anderes Bild, auch keine Inschrift stand über dem Eingang. Als die blonde Frau hereintrat, ward sie sehr traurig und weinte, und sagte zu mir: „Radlauf, gib mir die Gebeine des schwarzen Hans." Ich gab sie ihr, sie benetzte sie mit ihren Tränen, legte sie in die goldne herzförmige Kapsel, die ihr Mägdlein Liebeseid gesponnen hatte, und hängte sie über dem Rade an einer silbernen Kette auf, die von der Decke herabhing. In dem Augenblick stürzte ein ungeheurer Schwarm von Staren mit durchdringendem Geschrei durch die offne Kuppel der Kapelle, und Lureley sprach zu ihnen:

„Die Tage der Rache sind zu Ende, ihr treuen Diener eures unglücklichen Herrn! Geht auf den Hof des Schlosses, ich will euch seinen frommen Sohn vorstellen." Nach diesen Worten hoben sich die Stare von dannen, und sie sprach zu mir: „Mein teurer Radlauf, erschrecke nicht über das, was ich dir sagen werde, unterbrich auch nicht meine Rede mit Worten und Fragen und Ausrufungen; sobald du redest, muß ich dich verlassen, und du zerbrichst ein Werk, was dich und mich beglücket; reiche mir deine Hand, umarme mich, o komm an mein Herz, ich bin deine Mutter." Hier schloß sie mich in ihre Arme; Schauer und Entzücken nahmen mir die Sinne; aber sie benetzte mein Antlitz mit dem Quell, und mir ward unendlich wohl – dann fuhr sie fort: „Der schwarze Hans, den wir hier begraben haben, ist dein Bruder; hier diese Kapelle ist die Grabstätte deines Vaters, noch ruht er nicht hier, noch lebt er, du wirst ihn noch einmal umarmen; noch mehr Geschwister hast du, du sollst sie alle sehen; in wenigen Stunden muß ich dich verlassen; drum bleibt mir nicht die Zeit, dir alles zu erklären, was dich heute mit Erstaunen erfüllt; aber bald sehe ich dich wieder, und du lernst mich kennen; jetzt folge mir, daß ich dich deinen Untertanen vorstelle, die dich erwarten."

Stumm und erschüttert, mehr durch ihre Erzählung, als durch ihr Gebot zu schweigen, folgte ich ihr in der Begleitung ihrer sieben Jungfrauen. Wir gingen aus der Kirche hinaus; auf schönen reinen Treppen stiegen wir zu heiteren Terrassen, mit mancherlei Bildsäulen und schönen Gefäßen, aus denen Wasser sprudelte, geschmückt; so gelangten wir durch geräumige Vorsäle in prächtig geschmückte Gemächer, die, bequem und vornehm aneinander gereiht, auf bunten Teppichen durchwandelt wurden, bis sie auf einer großen Marmorgalerie wieder zu Tage liefen. Von diesem Standpunkte übersah man den grünen Spiegel des Sees und das jenseitige Waldgebirge, das sozusagen erst die Folge dieser Säle beschloß; aber, hinausgetreten auf den Balkon, erblickte ich den Hof des Schlosses und die ihn umgebenden Gärten und Terrassen mit einer Menge von Menschen bedeckt, die mit Hüten und Tüchern wehend einem freudig stürmenden, jauchzenden Meere glichen, das mit tausend Wogen des Jubels an mein bestürztes Herz schlug und immer: „Heil! Heil! unserm Fürstensohne, Heil! Heil! seiner Mutter!" rief. Die liebe blonde Mutter aber sprach zu mir: „Sage, mein Sohn, an wen gedenkst du jetzt, du, der kummervoll und arm war und jetzt mit allem weltlichen Entzücken berauscht ist?" Da sprach ich: „Daß der Vater lebt, ist mir lieb; daß ich meine Mutter sehe, ist mir süß; aber ich wollte, ich wäre am Rhein und dieses Schloß wäre meine Mühle und dieses Volk wäre der Rhein; Ameley wäre in seinen Wellen, ich stürzte hinein, trüge sie in meinen Armen auf die Wiese ans Ufer und sähe in ihre holdseligen Augen; ach! das wäre süßer als alles." Darauf sprach meine Mutter: „Du bist der treueste Mann, und glücklich, die dich liebet; bald sollst du sie wiedersehen." Dann sprach sie zu dem Volke: „Rüstet das Land und das Schloß, in wenigen Tagen kehret euer Herr zurück." Somit wendeten wir uns um und gingen durch die Gemächer, über die Treppen, durch die Kirche, hinab in das Gewölbe, wo die zwölf Knappen um den Tisch saßen wie Ratsherrn. „Nun", sagte Lureley, „muß ich dich verlassen, bitte dir eine Gnade aus, bald sehe ich dich wieder." Ich wußte über all der Herrlichkeit nicht, was ich begehren sollte, und da ich die zwölf alten Knappen so gewaltig besorgt sitzen sah, sagte ich: „Verzeihe diesen armen Schelmen und lasse sie deiner Milde genießen, und schenke sie mir zur Begleitung, daß ich nicht so einsam nach Hause ziehen muß." Da umarmte sie mich und küßte mich und verschwand; ich aber wußte nichts mehr von mir, ein wunderbarer Schlaf befiel meine Augen.

Vom Tanz der Frau Mondenschein, und wie sie ihren sieben Töchterlein ihre und des Mondenschäfers Geschichte und den Fluch der Frau Aglaster erzählt.

Als ich erwachte, lag ich am Eingang eines Waldes in dem Schatten einer sich weitausstreckenden Eiche, und um mich her standen zwölf ehrbare Ritter; dieselben, die mich hieher zu euch geleiteten, ihre Rosse standen an den Bäumen umher gebunden; sie grüßten mich als Fürsten von Starenberg und fragten: „Wohin geht unser Weg?" Ich sagte: „Wir ziehen zum Rhein" und somit bestiegen wir unsere Rosse und zogen fröhlich durch die gesegneten Täler hinab.

Als am Abend die Sonne hinabsank über einem spiegelglatten Landsee, machten wir halt an einem bequemen Ort; ich befahl meinen Gefährten, das Lager zu rüsten und das Abendbrot zu bereiten; ich selbst aber wollte gehen, mich in den schimmernden Wellen des Sees badend zu erquicken und meiner teuren Ameley zu gedenken. Trauernd schlich ich am Ufer durch die düstern Erlen dahin, entkleidete mich auf dem Rasenufer einer kühlen Bucht und tauchte mein sehnsüchtiges Herz in den labenden Spiegel des Sees. Schon war die Sonne hinabgesunken; das Lied der Vögel verstummte; ein leiser Wind trieb die Wellen kräuselnd gegen meine Brust; der Abendstern stand lächelnd über dem jenseitigen Berg; eine wehmütige Lust durchdrang mein Herz bei dem Klange einer Hirtenflöte, die in der Gegend über die Wiesen hinspielte.

„O süße Ameley!" rief ich aus, und indem ich meine Arme in den Wellen ausbreitete, als wollte ich sie an mein Herz schließen, und diese Bewegung oft wiederholte, begann ich zu schwimmen und richtete meinen Weg nach einer anmutigen Insel, die von Erlen umgeben in der Mitte des Sees lag. – Hier setzte ich mich in den Arm einer hohen Weide, die sich gekrümmt über das Ufer des Sees vorlehnte und ihr zartes Laub in die Wellen senkte, wie eine Jungfrau, die sich weinend ihre Locken wäscht; und ganz eingeschleiert von den dichten Blättern des Baumes schaute ich trauernd bald über die Fläche des Sees, auf der schon der bleiche Mond und die Gestirne sich spiegelten, bald über die entschlummernden Blumenglocken der Insel, die einen von Büschen geschmückten weiten Rasenplatz bildete; so ward ich Zeuge eines reizenden Schauspiels.

Die Frau Mondenschein, die ich mit ihren sieben Mägdlein in der Gruft gesehen, wandelte über die Wipfel der Bäume daher; die Zweige, die sie berührte, schimmerten mit silbernem Glanz, und die Nachtigallen begannen in den Büschen zu singen und schienen mir immer Ameleya! Ameleya! zu rufen.

Als aber die wunderbare Frau mit ihren Gespielen auf den Grashalmen und Blumenkelchen hinwandelte, erwachten die Heimchen und begannen ein süßes vertrautes Geschrille; die Quellen murmelten traulich und das Echo zitterte das träumende Luftgeräusch wieder; die Mägdlein aber umgaben einen schönen grünen Rasen, und in ihrer Mitte schwebte Frau Mondenschein und sang also –

Frau Mondenschein:

Nochmals laßt mit zarten Füßen
Uns im Tau die Kreise ziehn,
Nochmals uns die Blumen grüßen
Und dann von der Erde fliehn;

Von der Erde, die betrogen
Unser helles leichtes Herz,
Uns vom Lichte abgezogen
Zu der Tiefe finsterm Schmerz.

Reihet, reihet, meine Schwestern!
Und ich sing mein irdisch Weh;
Ach! vierhundert Jahr wie gestern
Ich mir heut verschwunden seh.

Nun tanzten die sieben Mägdlein um sie her, und eine jede tat, was ihres Amtes war. Spinnenseil trug einen silbernen Rocken, von dem sie feine Fäden zog und damit den Tanzplatz umgab. Dazu sang sie:

Spinnenseil:

Daß kein Kobold ungeladen
In der Elfen Tanz eingeh,
Zieh ich einen Silberfaden
Jetzt von Blum zu Blum im Klee.

Spinnerin bin ich, Fädlein spinn ich;
Weberin web ich, rings umschweb ich

Unsern Tanz so fein und sinnig
Rings mit sichrem Netz umgeb ich.

Schneckenpfeil aber war mit Bogen und Pfeilen wie eine rüstige Jägerin bald hier, bald dort und wies eine Menge von Fledermäusen, Nachtschmetterlingen, Eidechsen und andern unbequemen Gästen, die der Glanz der Frau Mondenschein herbeilockte, mit ihren Pfeilen zurück, wozu sie sang –

Schneckenpfeil:

Eines kräftgen Käfers Zange
Ist mein Bogen; Spinnenseil
Drehte Fäden mir zum Strange,
Und ich schieß den Schneckenpfeil;

Pfeile spend ich, von uns wend ich
Eidechs, Kauz und Fledermaus;
Alle blend ich, alle send ich
Witzig spitzig bald nach Haus.

Die dritte Jungfrau aber, welche Mottenflügel hieß, schweifte von Blume zu Blume und sammelte den Tau und bestreute mit seinen Perlen den Rasen um Frau Mondenschein her, wie man die Tanzböden gegen den Staub zu besprengen pflegt; ihr Gesang aber lautete also –

Mottenflügel:

Ich bestehl im Tal am Hügel
Alle Blümelein im Traum,
Schüttle Perlen von dem Flügel
Hier in unsres Spieles Raum.

Perlen setz ich, leis benetz ich
Unsre Au mit kühlem Tau,
Daß ihr Füßlein nicht verletz sich
Mondenschein, die zarte Frau.

Palmkätzchen, die vierte Jungfrau, trug allerlei weiche Blütenflocken, zarten Flachs und Flaum herbei und breitete Teppiche zum Sitze der Frau

Mondenschein aus; auch verstopfte sie die Glocken der Blumen aus einer übertriebenen Sorge, sie möchten vom Tanze bewegt läuten und die nächtliche Feier verraten; bei welchem Geschäfte sie folgendermaßen sang –

Palmkätzchen:

Flachs von fauler Dirnen Rocken,
Flaum von zarter Knaben Kinn
Stehl ich, streue weiche Flocken
Unter eure Füße hin.

Weit her schlepp ich euch den Teppich,
Daß ihr nicht zerreißt die Socken
An dem Eppich – Wolle stepp ich
Ins Geläut der Blumenglocken.

Die fünfte Jungfrau, Blumenfädchen, sammelte allerlei Wohlgerüche, die sie auf einem Rauchfaß, das sie in Gestalt einer Rose in der Hand schwenkte, auf dem Tanzraum mit folgendem Gesange verbreitete –

Blumenfädchen:

Ich umschweb die Blumenkelche,
Raube ihnen süßen Duft,
Schwenke, daß das Fest hoch schwelge,
Dann mein Rauchfaß durch die Luft.

Ich bin luftig, Rose ruft mich,
Mir winkt Lilie, seufzt Viole,
Rings süß duftig mach die Luft ich
Euch ums Haupt und um die Sohle.

Ihr folgte in emsigem Geschäfte die sechste Jungfrau, Johannislicht; sie zündete rings im Gras und in den Büschen kleine schimmernde Lichter an, machte kleine Laternen aus den Kelchen der Glockenblume und ließ eine Menge leuchtender Funken die verschiedenen Kreise des Tanzes, wie ein Feuerwerk auf dem Teppich der Nacht, hinschweben, wobei sie also sang –

Johannislicht:

Ich begleite mit Gefunkel
Eure Füße auf dem Plan,
Zünde rings im Nachtesdunkel
Tausend bunte Lampen an.
Es umgrenze und umglänze
Duftberauscht und mondlichttrunken
In dem Lenze unsre Tänze
Glühend der Johannisfunken.

Die siebente Jungfrau, der fliegende Sommer, auch Altweibersommer genannt, brachte einen schönen Schleier heran und reichte ihn der Frau Mondenschein, die ihn traurig anlegte, wozu sie sang –

Altweibersommer:

Frühling war ein lustger Freier,
Sommer ernst ein Ehemann,
Herbst webt schon den Witwenschleier,
Und der Winter legt ihn an.

Jungfraun lauern hinter Mauern
Unterm Schleier auf den Freier;
Witwen trauern und bedauern
In dem Schleier Totenfeier!

Als Frau Mondenschein den Schleier angelegt hatte, tanzten die Jungfrauen um sie her, und die Heimchen grillten im Takte, wozu Frau Nachtigall bald lustig schmetterte, bald in süßen Klagen zu zerfließen schien; endlich aber verstummte die Musik, und die Tänzerinnen wurden ruhig, der Mond trat hinter die Wolken, die leichten Frauen warfen allein einen milden Schein auf Blumen und Gras, aber keinen Schatten; da sprach Frau Mondenschein also:

„Meine lieben Mägdlein, jetzt ist die Stunde, wo ich euch endlich erzählen kann, was mich schon vierhundert Jahre lang so traurig macht; mein Leid ist vorüber, morgen ist alles vergessen, morgen bin ich wieder jung, neu und glücklich.

Vor vierhundert Jahren hatte ich noch keine Gesellinnen, ich war einsam und allein und wandelte sehnsüchtig und träumend hier auf dieser Insel umher, die mir besonders lieb war; aber sie war damals noch keine Insel, der Raum zwischen hier und dem jenseitigen Ufer war ein wildes Felsental, und hier war eine anmutige Bergwiese. Viele Jahre besuchte ich diesen einsamen Fleck und badete mich nachts in dem Brunnen, der dort am Fels hinter den Erlen quillt. – Als ich einst traurig über meine Einsamkeit in dem Bade saß, bekam ich plötzlich eine Gesellschafterin. Frau Echo, die lange in dem Felsen geschwiegen hatte, erwachte plötzlich und sang mir die Melodie einer Hirtenflöte ins Ohr, die vom jenseitigen Ufer ertönte; lange lauschte ich entzückt ihren Tönen und weinte, als sie leiser, immer leiser wieder verstummte. Ich, die nicht wußte, wo der süße Klang herkam, irrte und suchte rings umher; sieh! da eilte am Rande dieser Wiese mir ein silberweißes Lamm entgegen; ihr könnt euch denken, wie ich entzückt war, einen so lieblichen Gespielen in meiner Einsamkeit erhalten zu haben. – Ich pflegte und liebkoste mein Lamm, als wenn es mein Brüderchen wäre; führte es zur Weide, wo das Gras am zartesten, die Kräuter am gewürzigsten waren, und hatte meine Freude viele Tage mit ihm. Seit das Lamm bei mir war, sang mir Frau Echo täglich das Flötenlied vor, und ich bemerkte, daß mein kleiner Gespiele dann immer sehr unruhig ward und sehnsüchtig blökte. Auch stellte sich nun Frau Nachtigall ein und sang mit Frau Echo um die Wette, und so entschlummerte ich einstens hier auf dem Hügel, das Lamm in meinem Arm, in seligen Gedanken.

Ich mochte kaum einige Minuten geschlafen haben, als das Lamm plötzlich sich aus meinen Armen riß und vor mir herstürzte; auch ich sprang auf, denn neben mir stand ein junger Schäfer, schön und freundlich; das Lamm war ihm entgegen gesprungen, und eine fröhliche Herde tummelte sich auf der Wiese umher. Er grüßte mich freundlich und sagte mir, das Lamm, das sich neulich von seiner Herde verloren, habe ihn hieher gelockt, und er danke mir, daß ich es so gütig gepflegt. Wir wurden bald bekannt; er verließ mich am Morgen mit dem Versprechen, am Abend wiederzukehren. Mit Sehnsucht erwartete ich den Abend, Damon kehrte zurück, wir erzählten uns Märchen, sangen uns Lieder, flochten Kränze und waren selig, oft hatte er mich besucht; bald aber kam die Stunde, daß er mich nie mehr verlassen sollte. Als wir einst hier am Hügel nebeneinander eingeschlummert waren – es war schon gegen Morgen, und die Sonne trat schon hinter den Bergen hervor – erweckte uns ein heftiges Geräusch; wir sahen die Herde erschreckt vor uns herstürzen und folgten ihr ängstlich nach dem Rande dieser Wiese; denn über uns war ein großer Bach entsprungen, der sich wild zu dem Felstal hinabstürzte; er schien uns boshaft zu verfolgen; ich hätte zwar leicht entschweben können, aber mein Damon war mir zu lieb, und ich wollte ihn nicht verlassen; blindlings folgten wir der Herde, die sich in eine weite Felsenhöhle flüchtete.

Kaum waren wir hineingetreten, als von dem Sturm der Schafe aufgestört eine Wolke von Staren über uns her zu der Höhle hinausflog; wir faßten uns fest in die Arme, um nicht umgeworfen zu werden. So von den blökenden Lämmern umdrängt hatten wir uns kaum eine Weile erholt, als plötzlich über die Höhle und ihren Ausgang nieder das Wasser in das Tal stürzte und den Ausgang verschloß. 'Damon', sagte ich, 'wie ist dir? Wir sind gefangen.' Er aber antwortete: 'Mir ist wohl in dieser festen Burg mit kristallner Türe; an deiner Seite bin ich wie ein König; diese Lämmer sind ein liebes lenksames Volk, und ich will uns ein Trostlied spielen.' Da setzte er seine Hirtenflöte an die Lippen und spielte ein wundersüßes Lied, das Frau Echo aus geheimen Gängen der Höhle wiederholte und das rauschende Wassertor und das Blöken der Lämmer begleiteten: da sagten wir uns, wir wollten immer beisammen bleiben. Das niederstürzende Wasser mehrte sich, und wir mußten uns in der Höhle einrichten, so gut als wir konnten. Damon fand einige anliegende Gewölbe und trieb die Schafe hinein; viele Kräuter wuchsen am Eingang, und Laub hing von überhängenden Büschen herein; der Wassersturz drängte die Zweige herab, und Damon als ein treuer Hirt streifte das Laub ab und sammelte die Kräuter und machte Bündelchen daraus, um die Schafe in Hungersnot zu fristen; sie leckten dazu das Salz, das an den Wänden ausgeschlagen war. Er selbst nährte sich von den Stareneiern, die in vielen Nestern an der Felsenwand waren. So lebten wir einige Tage, und das Sonderbare unsrer Lage gefiel uns noch immer wohl.

Am dritten Morgen hatte Damon soeben in der düsteren Höhle aus einem besonders schönen Neste ein Ei genommen, als wir bemerkten, daß der Wassersturz vor dem Eingang dünner geworden war und einen Durchgang bildete; schnell eilten wir hinaus und sahen in eine ganz veränderte Gegend: das Felsental ringsum hatte sich in einen See verwandelt, ein Regenbogen stand über uns ausgespannt, und Tauben schwebten über den Spiegel.

'Sieh da!' sagte Damon, 'der Himmel selbst will, daß wir beisammen bleiben – , diese Höhle ist eine Insel geworden, ohne Schwimmen kann ich mit der Herde nicht mehr hinüber. Der Ort schickt sich gut zu meiner Nahrung, auf diesem Eiland esse ich mein Ei', und somit knickte er das Ei, das er in der Hand hatte, an einer scharfen Stelle des Felsens, brach es in zwei Hälften und schlürfte es aus.

Kaum aber hatte er dieses getan, als eine schwarze Wolke den Himmel bedeckte und mit einem wimmernden Geräusch nahte, und sieh! es war der große Starenschwarm, der über uns her mit stürmender Hast in die Höhle kehrte. Die geflügelte Windsbraut riß uns mit in die Höhle, und Damon warf sich vor ihrem Ungestüm platt an den Boden in einen Winkel; ich ahndete wunderbare Dinge und berührte Damon mit meinem Fuß, auf daß er entschlummern und nicht hören möge, was er nicht ändern konnte, und er sank in einen tiefen Schlaf.

Mit wildem Geschrei flatterten die Vögel durch die Höhle hin und her und wehklagten über ihre zerstörten Nester, und ergrimmt hackten sie sich in die Wolle der Schafherde fest, die geängstigt unter Geblök aus der Höhle herausstürzte und sich über den Hügel zerstreute; und da die größere Anzahl der Stare sie verfolgend die Höhle verlassen hatte, kam ein größerer Vogel, der ein Krönchen auf seinem Haupt hatte, heftig gegen mich angeflogen; erst umschwebte er mich mit großem Wehgeschrei und holte dann die zwei halben Eierschalen, die vor dem Eingang auf dem Felsen lagen, legte sie auf einen Steinvorsprung vor sich nieder und brach in folgende Worte aus:

Weh! weh! Frau Mondenschein!
Was tat ich Ihr zu Leide,
Daß solche Not und Pein
Ich Ärmste durch Sie leide!
Mein Ei! mein Wunderei!
Zerbrochen und verzehret!
Der Staren Bau zerstöret!
O höre mein Geschrei,
O Cisio Janus, steh mir bei!

Schwärmerin! Härmerin!
Bleicherin! Schleicherin!
Schweigerin! Schmachterin!
Trachterin! Heuchlerin!
Schmeichlerin! Träumerin!
Säumerin! Hehlerin!
Stehlerin! Grüblerin!
Lieblerin! Rührerin!
Verführerin! Sehnerin!

Gähnerin! Tränerin!
Scheinerin! Meinerin!
Schläferin! Schäferin!
Weh! weh! mein Wunderei!
O Cisio Janus, steh mir bei!

Und so setzte sie in ihrer Starensprache immer mit Wehklagen und Schmähworten abwechselnd ihr Hilfsgeschrei nach *Cisio Janus* fort. Mich jammerte das arme betrübte Mutterherz, ich unterbrach sie nicht in dem ersten Ausbruch ihres Wehs; aber ich ergoß meine tröstendsten Strahlen durch die Höhle. Die Sonne war untergegangen, die Sterne traten am Himmel hervor und besahen sich verwundert in dem neu entstandenen Wasserspiegel; es war, als drängten sie sich dicht zusammen, und als schaue einer dem andern über die Schultern. Und sie blitzerten so frisch, frei und freundlich, als gefielen sie sich wohl. Da schaute ich den schlafenden Damon mit meinen tiefsten Augen an, und er verstand meinen Willen. Träumend ergriff er seine Hirtenflöte und spielte eine ungemein rührende Melodie. Nach einer kleinen Weile milderte sich schon das Klaggeschrei der Starenkönigin, und bald war es nur ein einzelnes Schluchzen und Seufzen; so oft sie aber wieder die zerbrochene Eierschale betrachtete, schrie sie von neuem: 'Mein Ei! mein Wunderei! *O Cisio Janus*, steh mir bei!' und begann eine neue Reihe von Schmähworten gegen mich, die sich aber immer milderten, und ich hörte zuletzt gar das Wort Trösterin von ihrem Schnabel erklingen; worauf sie ganz verstummte, und aufmerksam mit gewendetem Kopf wie andere Stare zuhörte, als wolle sie ein Lied lernen; viele andere Stare kamen leise hereingeschlüpft und setzten sich hie und da wie studierende wißbegierige Männchen umher und drehten den Kopf bald links, bald rechts, fingen auch an hie und da ein Endchen der Liederweise nachzupfeifen.

Wie wird mir? Wer wollte wohl weinen,
Wenn winkend aus wiegendem See
Süß sinnend die Sternelein scheinen,
Werd heiter, weich, weiter, du wildwundes Herz.

Komm, Kühle, komm, küsse den Kummer
Süß säuselnd von sinnender Stirn;

Schlaf, schleiche, umschleire mit Schlummer
Die Schmerzen, die schwül mir die Seele umschwirrn.

Flöß flehend, du Flötengeflüster,
Mir Himmel und Heimat ans Herz,
Leucht lieblich und lispele düster
Und fächle, daß lächle im Schlummer der Schmerz.

Sieh! sind schon die Sonnen gesunken,
Glück glimmet in Abendlichts Glut,
Und Finsternis feiert mit Funken,
Licht locket ins Leben das liebende Blut.

Wir wanken in wohnsamer Wiege,
Wind weht wohl ein Federlein los,
Wie's wehe, wie's fliege, wie's liege,
Fein fiel es und spielt es dem Vater im Schoß.

Bis hieher hatte die Starenkönigin, sich beruhigend, mein Trostlied angehört, als sie aber die letzte Strophe nachschwätzen wollte, brach ihr Leid wieder aus, und sie sagte, nur weniger heftig als im Anfang:

'Weh! mein Ei! mein Wunderei!
So grausam zu zerbrechen,
Vom Federlein dann sprechen,
Das fortgeflogen sei.
So könnt ein jeder sprechen;
Und eines Schäfers Magen
Nennt Sie des Vaters Schoß!
Frau Mondschein, ich muß sagen,
Der Unterschied ist groß,
Die Ähnlichkeit kurios!

'Ich danke Ihr für das schöne Trostlied, es hat mir bis auf den seltsamen Schluß ganz wohlgetan; aber ich weiß wohl, der Mondschein erlaubt nicht, etwas genau zu unterscheiden. So wisse Sie denn, ich bin die Starenkönigin Aglaster, und Ihr tölpelhafter Schäfer hat mit diesem Ei die Hoffnung der Welt, den künftigen

Regenten des Starenvolkes, vernichtet. Es war dieses Ei aber ein Schicksalsei, gar wunderbar gezeichnet, und wenn erst Herr *Cisio Janus* kommt, der wird Ihr schon auslegen, was der Schäfer getan hat.'

Ich erwiderte hierauf: 'War es ein Schicksalsei, so hat Damon ein Schicksal mit sich verbunden. O ihr edles schwarzgefedertes Starenvolk, willst du deiner Königin Sohn dienen, wo er auch sei?'

Auf diese Frage erhob sich ein allgemeines Geschrei der Stare: 'Das wollen wir, das wollen wir!' – 'Wohlan', fuhr ich fort, 'so gehorchet ihm in dem edlen Schäfer Damon, mit welchem sich dieses Schicksal verbunden hat, was wahrlich ein Schicksal zu nennen ist, ein unabänderliches, unverschuldetes und recht gutes; denn ihr werdet in ihm einen weisen und milden Regenten haben, und in mir, seiner Braut, eine wohltätige Mutter. War es eurer guten Königin Aglaster nicht vergönnt, aus diesem Schicksalsei einen Starenprinzen zu brüten, so hat mir der Himmel doch verliehen, euch alle in Menschen zu verwandeln, was ihr in euren Voreltern gewesen, und ich will euch gründen ein Land Staren, und ihr sollet Weizen und Korn bauen und Weinbeer essen in alle Ewigkeit.'

'Weinbeer! Weinbeer! Vivat Prinz Damon!' schrie das Starenvolk nun allgemein. Frau Aglaster aber war ganz anderer Meinung, sie schüttelte mit dem Kopf und sagte: 'Ich habe mich hinreichend überzeugt, daß man eher bei Menschen Starenverstand als bei den Staren Menschenverstand findet, und so wäre es besser, Damon würde ein Star und verbände sich mit mir, die eine arme Wittib ist, euch zu regieren.'

Über diesen Vorschlag lachte und schrie das ganze Volk; sie sagten, das hieße vom Pferde auf den Esel kommen, und schrieen fortwährend: 'Vivat Weinbeer, Weizen und Menschenverstand!'

Da war die ganze gute Stimmung der Frau Aglaster vorüber, und sie rief wieder heftig: 'Mein Ei! Mein Wunderei! Komm, *Cisio Janus*, steh mir bei!' Ich aber sagte: 'Ei was, es fällt kein Sperling vom Dach ohne Gottes Willen' – und wollte mich entfernen; da erwiderte sie: 'Vorhin spracht Ihr von einem Federchen, jetzt ist es schon ein Sperling; aber es ist hier von einem Schicksalsei und einem Nest die Rede, das kein Dach ist.

Höret, höret!
Es ist leicht, ein Ei zu kauen;
Aber was im Ei gelebt,

Läßt sich nicht so leicht verdauen;
Denn es wird sein Ziel erschauen,
Was da lebet, was da schwebt.
Weh! mein Ei! mein Wunderei!
Janus, Janus, Cisio!
Ach und Oh!
Steh den Witwen und Waisen bei!

Höret, höret!
Äußrer Faden abgerissen
Spinnt sich weiter innerlich,
Und der leicht verschluckte Bissen
Wird nach Wissen und Gewissen
Einst auch wieder äußerlich.
Weh! mein Ei! mein Wunderei
Janus, Janus, Cisio!
Ach und Oh!
Steh den Witwen und Waisen bei.

Höret, höret!
Dieses Leben, das im Eichen
Ihr verzehrtet, war bestimmt
Nach der Schale Wunderzeichen,
Viel Verkehrtes auszugleichen,
Was nun andre Wege nimmt:
Weh! mein Ei! mein Wunderei!
Janus, Janus, Cisio!
Ach und Oh!
Steh den Witwen und Waisen bei.

Ein Geschick habt ihr verschlungen,
Schien es gleich nur Starenei;
Was sein Flügel hätt geschwungen,
Was sein Schnabel hätt gesungen,
Das ist darum nicht vorbei:
Weh! mein Ei! mein Wunderei!
Janus, Janus, Cisio!

Ach und Oh!
Steh den Witwen und Waisen bei.

Was dem Star war zu verzeihen,
Neugier, Glanzsucht, Plauderei,
Wird manch Menschenherz entzweien,
Daß es muß zum Himmel schreien,
Weh um die Verräterei!
Weh! mein Ei! mein Wunderei!
Janus, Janus, Cisio!
Ach und Oh!
Steh den Witwen und Waisen bei.'

Während Frau Aglaster mit aller traurigen Majestät, deren ein kinderlos verwitwetes gekröntes Starenhaupt fähig ist, diese prophetische Weheklage ausseufzte, hörte ich mehrmals ein entferntes Stöhnen wie eines Mannes, der auf mühsamem Wege begriffen ist, und bei diesem Stöhnen ward ihr Ruf immer heftiger. Scholl wollte ich fragen: Wer ist nur der *Cisio Janus*, der so lange ausbleibt?! – Da sagte sie, als wisse sie meine Frage schon: 'Sparen Sie die Frage, hier ist er schon.'

In diesem Augenblick kam ein Mann herein, der mich arme Frau Mondenschein, welche damals eine gar schüchterne Braut war, in eine ungemeine Verlegenheit setzte; es wurde mir, als kenne er mich durch und durch in allen meinen vier Vierteln, alle meine Konjunktion, Komplexion, Temperament und Leidenschaft. Es wurde mir ganz kurios zumute; denn es war mir, als schaue mir der Herr *Cisio Janus* bis in das feinste Strählchen meines Innern hinein. Ihr wißt wohl, wie einem zu Mute wird, wenn man eben sehr superfein und engelrein wie Edelstein und Elfenbein und Heiligenschein in der Nähe werter Freunde sich zieret, und es tritt der Hofmeister herein, der einen abgestraft; der Hausarzt, der einem den Buckel, die schiefe Hüfte, die hohe Schulter vertrieb und Inneres und Äußeres eingerichtet hat; der Zahnarzt, Nägel- und Hühneraugen- und Starstecher, der einen repariert hat; oder die Kleiderhändlerin, die einem den Prachtanzug gebracht hat, oder die Näherin käme und sagte: 'Das Hemd ist gar nicht mehr zu flicken', und breite es vor jedermann aus, und dergleichen menschliche Haushaltungsfälle, die einem das Blut in die Wangen treiben."

„O ja, wir wissen schon, wir wissen schon, es ist zum Sterben!" riefen die Fräulein. „Aber wie geschah das durch den fatalen Herrn *Cisio Janus* so? Wie sah er denn aus? Wer ist er? Wie wußte er das? Lebt er noch? Könnte er jetzt wiederkommen? Ach, wenn er doch säße, wo der Pfeffer wächst!" So fragten alle die Hoffräulein durcheinander und drängten sich ängstlich an Frau Mondenschein heran, als sei der Herr *Cisio Janus*, der alles wisse, schon in der Nähe.

Frau Mondenschein lächelte über die Besorgtheit ihrer Dienerinnen, und mit ihrem Lächeln kam eine innige süße Ruhe über sie alle, und sie waren wieder zufrieden; das artige Mäulchen, das sie im Lächeln machte, erinnerte mich an die freundliche Prinzessin Ameleya, wie sie sich so lieblich umschaute, da ich armer Radlauf ihr die nasse Schleppe trug nach ihrer Errettung aus der Rheinflut, damit sie ihr nicht so an die Beine schlagen sollte.

„Beruhigt euch ganz," fuhr Frau Mondenschein fort, „Herr *Cisio Janus* lebt nicht mehr; ihr werdet hören, wie es ihm ergangen." Ich zog mich, als ich Fußtritte hörte, etwas hinter den Schäfer Damon zurück, und siehe! da trat ganz außer Atem ein Mann herein, nicht jung und nicht alt; er sah aus wie einer, der alle Tage anders ist und doch immer einerlei, wie einer, der ewig fortfährt und am Ende wieder von vorn anfängt. Sein Mantel hatte drei Bahnen, sein Rock hatte drei Bahnen, sein Hemd hatte drei Bahnen, seine Hosen hatten drei Bahnen; jede dieser zwölf Bahnen war von anderer Farbe und in vier gleiche Felder geteilt; jedes dieser Felder wieder in sieben Feldchen, und jedes dieser sieben Feldchen in vierundzwanzig halb helle und halb dunkle Würfel; alle diese kleinen Felder auf den Kleidern des Herrn *Cisio Janus* waren mit den Todesanzeigen vieler berühmten Leute besteckt, deren Geister ihn jährlich einmal am bestimmten Tage besuchten. Wenn dieses besonders ausgezeichnete Leute waren, so waren die Anzeigen von roter Farbe. Alles dieses beobachtete er mit der größten Pünktlichkeit und war von oben bis unten und überall mit unzähligen Merkzeichen besetzt. Er hatte an jeder der zwölf Bahnen ein anderes Ordenszeichen hängen und folgte reihum dem Einfluß dieser großen Herren; sie waren wie die zwölf Himmelszeichen. Was mir aber ganz ärgerlich war, ist, daß er mein Porträt unzähligemal bald ganz voll und rot, bald halb Profil, bald ganz Profil, bald rabenschwarz wie Knöpfe auf seine Kleider genähet hatte, und daß diese Knöpfe keineswegs allein auf der Brust, sondern überall herumsaßen; er sah aus, als ob er wunder was für vertraute Bekanntschaft mit mir hätte. Er hatte einen Wuchs wie ein Kerbholz, Beine wie ein Meßzirkel, Arme wie ein Zollstock;

sein Gesicht war wie eine Sonnenuhr und die Nase wie der Zeiger; seine Perücke war in zwölf Locken um die Stirne frisiert, welche zwölf Stundenzahlen vorstellten, sein eines Auge sah immer nach dem Schatten, den seine Nase warf, und das andere sah bald die Leute an, mit denen er sprach, bald irrte es auf den vielen Zeichen seines Gewandes umher, meistens aber schaute es nach den Sternen durch eine Brille, die er gewöhnlich trug, oder ein Sehrohr, das er am Hut befestigt hatte. Dieser Hut aber war ganz abenteuerlich; er drehte sich und rauschte wie ein Bratenwender und der Lauf der Gestirne bewegte sich daran, aber nicht allerdings ganz richtig, und da er behauptete, daß dieses ganze Werk nur eine Fortsetzung seines Gehirns sei, welches er mit seinen Gedanken bewege, pflegte er sehr bös zu werden, wenn man sagte, es scheine doch aufgezogen zu sein wie eine andere Uhr, denn sein Haarbeutel gehe ja wie ein Perpendikel und wozu denn die langen Schnüre niederhingen mit den Gewichten? Er sagte aber, dieses seien die Bleigewichte, an denen das Gleichgewicht von Europa regiert werde, und der Haarbeutel sei das von ihm erfundene *perpetum mobile*, was ihm aber nie geglaubt worden ist. Auf seiner einen Schulter saß ein Hahn, und in der rechten Hand führte er einen langen hohlen Stab, worauf eine kreischende Wetterfahne befestigt war, die ihm aber auch als Sehrohr diente. Auf seiner Schnupftabaksdose war ein Kompaß, und in ihr selbst war Schneeberger Schnupftabak, jedoch weit mehr kleine weiße Erinnerungspapierchen, um dies und jenes nicht zu vergessen. Er schnupfte sie immer mit dem Tabak, und wenn er nieste, stoben sie wie Schneeflocken um ihn her. Zu seiner seltsamen Kleidung gehörte noch, daß er hinten über dem Haarbeutel eine Schlinge befestigt hatte, woran er sich, wenn er ruhte, an die Wand hängen ließ, und außerdem war der seltsame Mann mit weißem Papier durchschossen, worauf allerlei Zinsen und Schulden, Geburts- und Sterbefälle aufgekritzelt waren. Man sollte meinen, das alles müßte sehr geraschelt haben; aber nein, er tat alles Schritt vor Schritt und zu seiner Zeit, darum kam er auch gleich auf den Ruf der Frau Aglaster; denn er hatte die Reise schon aus den Sternen gesehen und sich zur gehörigen Zeit auf den Weg gemacht.

Jetzt könnt ihr euch den seltsamen, bunten, krausen, schnurrenden, perpendikelnden Mann denken, der doch ganz stille, leise und pathetisch war; aber sein Diener, der ihm mit einer Papierlaterne leuchtete, war nicht weniger wunderlich; er hieß Schneppermann, und was sein Herr an Kleidern zuviel hatte, das hatte er zuwenig. Sein Kleid lag ihm so dicht auf dem Leib, daß der Hundertste hätte glauben sollen, er hätte gar keines an; er hatte wunderbare

Manieren und ließ sich nie von der Seite sehen. Wie man nach ihm schaute, trat er einem mit dem ganzen Leib entgegen, spreizte die Füße und streckte die Arme kreuzweis auseinander. Eine ganz besonders künstliche Einrichtung aber an ihm war, daß an sehr vielen Stellen seines Leibes Schnüre befestige waren, an deren Enden auch eines der Ordenszeichen hing, die sein Herr anhangen hatte, und wenn sein Herr ihn rief, stiegen diese Zeichen mit den Schnüren in die Höhe, und es war, als ob ein Pfau ein Rad schlägt. Er war übrigens, obwohl man alle seine Adern hüpfen sah, ein gelassener Mensch und ohne viele Worte; denn er sagte nichts, als: Gut lassen, oder: Bös lassen, was soviel hieß als: Ja, Ihro Wohlweisheit, oder: Nein: Ihro Wohlweisheit. – Seine Papierlaterne war auf einem Stabe befestigt, an welchem eine Tasche voll Schröpfköpfe, Lanzetten, Aderlaßschneppern und vielen weißen und roten Binden hing.

Das sind die Leute, die in die Höhle traten. Eben wollte Frau Aglaster ihm ihre ganze Leidensgeschichte vorerzählen, aber er nahm sogleich das Wort und sagte:

'Es ist mir nur allzu bekannt, daß alle Aspekte und Konjunkturen und Konstellationen ihrer Nativität auf den Gipfel einer gefährlichen Entscheidung gekommen waren in diesen Tagen, und ich habe bereits alles vorausnotiert. Ich war immer der treueste Diener ihres hohen potentatischen Hauses und Resident und Geschäftsträger derselben bei den hohen himmlischen Häusern und dem Tierkreis des Herrn Sternenreichs, was die mich bedeckenden vielen hohen Orden rühmlich beweisen. Ich habe die geheime, treulose, intrigante Politik des mit der Hohen Pforte nicht umsonst so nahe verwandten Mondhofs gegen die hohen und lauteren Ansprüche Allerhöchst Dero Stammes gründlich mit meinen Augen und sonstigen Hilfsmitteln ausgemittelt und mir zum voraus dargestellt und dessen gefährliche Insinuationen immer früh genug entlarvet, um derselben nachteilige Wirkungen zu evitieren. Bei Hochderoselben Geburt waren bekanntlich die Aspekte für Dero hohes Haus ganz ungemein bedrohlich; es ergab sich aus den Gestirnen Dero Temperaments-Komplexion als von den tragischsten Ereignissen begleitet; ja es ergab sich, daß durch Hochderoselben vermutlichen Nachkommen ein gänzlicher Umsturz des königlichen Hauses erfolgen könne. Es ward daher in einem hohen Familienrat beschlossen, Hochderoselben Eigenschaften: Neugier, Hang nach blinkenden Gegenständen, Plauderei und vor allem hoch fliegende Gesinnung, für Dero Stamm unschädlich zu machen, und so wurden Hochdieselben durch meine ungemeinen Bemühungen und Konnexionen bei dem feindlichen Mondhofe durch denselben selbst in einen Starenvogel mit Beibehaltung königlicher Würde verwandelt und einem melancholisch gewordenen hochgebornen Forstjunker Picus de Mirandola Hochdero königlichen Hauses anvertraut, auf daß er Hochdieselben hier in den Schwarzwald, als eine Dero nunmehriger Persönlichkeit entsprechende und von Dero Heimat genugsam entfernte Gegend, bringen sollte. Dieser ausgezeichnete, nur etwas überspannte Mann ist Hochdero Person nur allzu bekannt; Dero Trauer als Witwe ehret sein Angedenken.'

Hier unterbrach Frau Aglaster die lange Staatsrede des *Cisio Janus* mit einem rührenden Schluchzen, wobei sie die Flügel betrübt niederhangen ließ und auch alle anwesenden Stare piepten und jammerten, welche einfache Naturstimmen wunderbar mit dem geschraubten Staatsstil des *Cisio Janus* zusammenstimmten.

Cisio Janus fuhr fort: 'Des hochseligen Herrn Gemahls Picus de Mirandola ernste Gesinnung, seine großen Naturstudien, seine früherlangte Doktorwürde und gekrönte Preisschrift von der Einheit der vier Elemente, seine gelehrten Würden als wirkliches Mitglied der fruchtbringenden Gesellschaft der Erde, korrespondierendes Mitglied der atmosphärischen Gesellschaft der Luft, begleitet mit dem Orden der Windrose, assekuriertes Mitglied der Akademie des Feuers, Inhaber des Phönixordens, schwimmendes Mitglied der Akademie des Wassers mit dem Orden der Arche Noah und dem Ehrenzeichen des gekrönten Mühlrades, alles dieses, verbunden mit einer entschiedenen Neigung, unverehelicht zu bleiben, entsprachen ganz der Wahl seiner Person zu Allerhöchst Dero Exilsvollstreckung. Aber man hatte desselben gefährlich poetische überspannte Richtung und Hang zum Mystizismus und seine gefährliche Hinneigung zur Politik des Mondes nicht erwogen. Es zeigte sich hier das alte Sprichwort im vollen Maße als wahr:

Des Gestirnes Schicksalszwirn
Kannst du höchstens nur verwirrn;
Endlich kommt er an die Sonnen,
Ist er noch so fein gesponnen.

Man hatte Hochdieselben hier in diese Höhle bringen lassen, weil hier damals keine Stare waren, und so einer etwaigen Neigung Hochderoselben, zur Ehe zu schreiten, begegnet war. Der Hochselige Herr Picus de Mirandola gewann aber zu Hochderoselben liebenswürdigen Eigenschaften eine große Zuneigung; er wollte Dieselben nie mehr verlassen; er überließ sich hier in der Höhle seinen ferneren Studien, und das trügerische Kabinett des Mondes trieb ihn mit seiner scheinheiligen Influenz endlich so weit, daß er durch geheimnisvollen Selbstmord sich in einen Staren verwandelte und mit Hochderoselben das Ehebündnis schloß. Das hier anwesende edle Volk der Stare verdankt dieser Verbindung seine Anwesenheit allhier, aber auch die allgemeine Klage über vorliegendes zerbrochenes Schicksalsei; er selbst ward von einem ausgesendeten königlichen Kammerjäger, um diese Konjunkturen zu vermeiden, welche ich vorausgesehen, aber leider zu spät, erschossen; das Schicksalsei war schon gelegt, und es blieb dem Kammerjäger nichts übrig, als die Quelle über den Eingang zu leiten, um das Ausbrüten des gefährlichen Schicksalseies zu stören. Dieses gelang, aber zum Schaden, denn durch die List der Frau Mondenschein geschah der Handel mit dem Schäfer, der das Ei verschluckte und das Schicksal mit demselben, welchem nun ferner abwendend zu begegnen unserer geringen Einsicht obliegt. Es wird daher vor allem nötig sein, die zurückgelassene Schale zu inspizieren und *ad acta* zu legen, nach gehöriger Vergleichung mit meinem einschlagenden Notizen aus dem Gestirn.' Indem griff er mit der einen Hand nach der Eierschale und mit der andern nach einem spitzigen Messerchen, und da er etwas auf seinem wunderlichen beschriebenen Rock nachsehen wollte und diese Hand dazu brauchte, nahm er das Messer in den Mund; er besah das Ei und die Zeichen seines Rockes vergleichend ganz tiefsinnig. Indes nahte die Zeit, daß ich, Frau Mondenschein, mich verändern sollte, ein Moment, wo meine Gewalt so groß wird, daß selbst das Meer meiner Schleppe folgt. Das Aderlaßmännchen fühlte die Veränderung in allen seinen Adern und lispelte schon die Worte: 'Bös lassen, bös lassen!'; die Räder auf dem Kopf des *Cisio Janus* fingen an sich zu drehen, der Hahn auf der Schulter streckte den Hals; alle diese vielen Konjunkturen vereint mit der Beschauung der Nativität des Schicksalseies spannten den Mann aufs äußerste; er stand wie erstarrt, während alles zu ihm Gehörige bewegt zitterte. Ich aber sah der Frau Aglaster scharf ins Gesicht; sie hatte die Worte des *Cisio Janus* mit Trauer und Erbitterung gehört; die Art, wie er von ihrem verstorbenen Picus de Mirandola gesprochen, die Eröffnung, daß er durch ihren Stamm beiseite geschafft worden, daß man den Untergang ihres Eies durch den Wassersturz beabsichtigt, alles das und vor allem ihr dringendes Geschick trieben sie auf den äußersten Punkt der Verzweiflung; aber sie verriet sich nicht und sprach folgende Worte:

Mein Volk! du hast gehört,
Ich bin zum Weh geboren;

Ein Opfer für mein Haus,
Hab ich den Wald erkoren;
Prinzessin ward zum Star,
Doch Picus folgt' mir nach,
Der euer Vater war,
Der also weislich sprach;
Er fiel durch ein Geschoß
Aus meines Stammes Hand,
Und auch mein letzter Sproß
Den Tod durch diese fand.
Nun rief um Hülfe ich
Den *Cisio Janus* an,
Der hat gar grausamlich
Mir weh im Herz getan.
Mir bleibet keine Wahl,
Geht, folgt dem Schäfer ihr,
Ich ende meine Qual
Als eine Heldin hier.
Hört meinen letzten Spruch,
Mondschäfer! Euren Stamm
Ich jetzt mit ernstem Fluch
Zu Starenart verdamm:
Neugier und Sucht nach Glanz,
Leichtsinn und Plauderei,
Der Tiefsinn meines Manns
Bei Kind und Kindskind sei;
Bis einst ein später Erbe
Als Star wie ich so edel sterbe.

Bei diesen Worten schrie das Aderlaßmännchen: 'Gut lassen, gut lassen!' und der Hahn krähte mit lautem Schrei. Aber Frau Aglaster stürzte sich mit ausgebreiteten Flügeln mit solcher Heftigkeit gegen das Angesicht des schielenden *Cisio Janus*, daß sie ihr edles Herz auf der Lanzette durchspießte, die er im Munde hatte, und mit dieser in seine Weste tot hinabsank, die er eben aufgeknöpft hatte.

Alles dieses geschah in einem Augenblick, doch störte es den Herrn *Cisio Janus* gar nicht, er lächelte und las, die Weste zuknöpfend, von derselben folgenden Reim ab:

'Gut Aderlassen auf den Schreck
Die Königin bringt zu dem Zweck!

ist eingetroffen'; dann sagte er zu den wehklagenden Staren: 'Beruhigen sich die Fräulein und Junker einstweilen und hören meinen ferneren Bericht über meine Erkenntnisse, insofern sie die hochselige Frau Aglaster und deren Dependenz betreffen; denn das Verfahren meines respektiven Hofes ist allerdings offen und scheuet das Licht nicht.'

Erstens meine Aufmerksamkeit und schnelle Abreise für Frau Aglaster:

Bös Eierlegen groß Gefahr
Für Mensch und Fisch und Katz und Star.

Verspätete Ankunft:

Mit dichten Stiefeln versehe dich,
Der Wassermann geußt heftiglich.

Eingetretene hohe Unfälle:

Groß Schicksal für gekröntes Haupt,
Der Mutter wird das Kind geraubt.

Unmaßgeblich schon erwähnte Folgen:

Gut Aderlassen auf den Schreck.
Die Königin bringt zu dem Zweck!

Das Schicksalsei betreffend:

Die Sterne schreiben ihre Schrift,
Wenns auch ein kleines Ei betrifft.

Nun aber schreite ich zur Erklärung der wunderbaren Signatur des Schicksalseies selbst'; und damit zeigte er auf der Eierschale hintereinander abgebildet und erklärte folgende Figuren.

'Erstens eine Viertelmondscheibe und ein Schäferstab dabei:

Des Mondscheins letztes Viertel noch
Verliebt sich in den Schäfer doch,
Die Schäferin kommt hoch in Flor,
Die Menschen schiert, der Schaf sonst schor.
Er bleibt vom Mondenschein behext,
Bis durch den Tisch der Bart ihm wächst.

Hierauf eine Reihe Figuren, die ferneren Nachkommen betreffend; erstens: Der Mondschäfersohn verbunden mit einer Erdentochter bedeutet durch einen Edelstein:

Ein Kind im Schäfermond geboren
Liebt Glanz und Stein herauszubohren;
Die Habsucht treibt es in den Grund,
Die Neugier bricht den edlen Bund.

Weiter der Enkel und seine Braut durch einen Vogel abgebildet:

Ein Kind im Erdenmond geboren
Spitzt nach der Luft die feinen Ohren;
Die Neugier und das Erdenlicht
Sucht Vogelflug, bis Treue bricht.

Weiter der Urenkel und seine Braut als Feuer abgebildet:

Ein Kind im luftgen Mond geboren,
Mit Feuer und mit Erd verschworen,
Bringt Land und Leut in Brandgefahr,
Neugier verbrennt sein Mutter gar.

Weiter der Ururenkel und seine Braut als Mühlrad abgebildet:

Ein Kind im Feuermond geboren
Geht in dem Wasser schier verloren;
Neugier, Leichtsinn, Verräterei
Aus altem Stamm wird werden frei.

Das Mühlrad, ein Star mit einer Linie durchzogen, eine weiße Maus und ein Fisch. Ich sehe wunderbare Dinge in den Sternen:

Wunderzeit, wenn Ratz und Katz
Geleiten einen Schatz zum Schatz
Wohl auf des alten Rheines Flut,
Es wird dann alles werden gut;
Glück, dann hält deines Rades Lauf
Der Brautkranz und die Krone auf.
Freiwillig stirbt ein edles Haupt,
Dem Müller wird die Braut geraubt,
Aglasters Fluch erfüllet sich:
„Bis einer edel stirbt wie ich."
Es giebt die Luft sich selbst den Tod,
Es läuft die Erd nach Zuckerbrot,
Das Wasser schlüpft in rote Schuh,
Das Feuer nur allein hat Ruh,
Vermählet mit der Quellen Flut
Tuts krankem Vieh und Menschen gut.
Groß Teuerung und Hungersnot,
Der Pfeffer ist voll Mäusekot,
Es lachet auf des Rheines Grund
Manch blaues Aug, manch roter Mund.
Der Müller ziehet über Land
Und trägt den Sarg in seiner Hand
Und legt zur Ruh der Väter Haupt,
Die Krone kehrt, die war geraubt.

Das sind nun die unfehlbaren Überschriften der zukünftigen Geschichte; aber ich verstehe die Katze und Ratze dem Schluß gegenüber nicht und zwar:

Die Katze ist ein dunkles Bild;
Sie scheinet auf die Ratze wild;
Sie kämpfen gegen, kämpfen für
Gleich wie zwei Advokaten schier.

Weiter findet sich noch hier in meinen Adspekten notieret:

Der Freund verändert die Natur,
Zu huldigen der Freundin nur;
Zum Sarge wird sein treues Herz,
Zu rächen den gerechten Schmerz.

Ich kann dieses nicht anders auslegen, als daß Frau Aglaster hier an meinem Herzen ruht, wie alle Interessen ihres königlichen Stamms.'

So weit hatte er gesprochen, als meine Zeit zu verschwinden auf dem letzten Punkt stand; da sagte ich zu Damon, vor die Höhle zu gehen und die Flöte zu blasen; er tat es, und alle Stare folgten ihm nach, ich aber trat dem *Cisio* entgegen und sprach:

'Ich will dir das von der Katze und dem Herzenssarge erklären'; ich berührte ihn mit meinem letzten Strahl, und der ganze zusammengeflickte schnurrende Mann mit all seinem Lauern und Haschen war in eine große Katze verwandelt, welche die verstorbene Frau Aglaster rupfte und aufzehrte. Das Aderlaßmännlein ritt auf derselben schnell davon als Kurier nach Hause, die Nachricht zu melden; erhielt aber ein so schlechtes Trinkgeld, daß er später Leibchirurg beim hinkenden Boten und endlich gar Blutigel geworden.

„Liebe Freundinnen!“ fuhr Frau Mondenschein fort, dieser Fluch der Frau Aglaster ist wahr geworden. Als die Königin so herrisch gestorben war, sprach ich zu ihren Untertanen: 'Nun begebt euch in diese Höhle, begrabet die Frau Aglaster, nach drei Tagen werden wir uns wieder sehen.'

Über diese Verhandlungen war es Nacht geworden, und da die Zeit herannahte, da ich, wie ihr wißt, mich verdunkle und immer kleiner werde, ja sogar durch ein wunderbar Geschick ein paar Hörner bekomme, eilte ich, mich vor meinem Geliebten zu verbergen, der mich nur in meinem vollen Glanze gesehen hatte, weil ich fürchtete, er möge mich dann weniger lieben. Ich erweckte meinen Damon und sagte zu ihm: 'Komm mein lieber Hirt, ich will dich zu meinem Vater führen und ihn bitten, daß er uns zu unserer Ehe seinen

Segen gebe.' Er folgte mir, nur fragte er oft: 'Wer ist dein Vater? wo wohnt er? ist es noch weit?' und schien überhaupt sehr neugierig geworden, was mich ängstigte, darum machte ich ihn wieder schlafen, und so hob ich ihn empor über die Gipfel der Berge zu meinem alten Vater, dem Mond, der hinter einer Wolke saß und allerlei alte abgetragene Monde und Sterne, die da in der Rumpelkammer lagen, musterte.

'Was machst du, Vater?' sagte ich. 'Ei', sprach er, 'mein Kind! ich suche mir unter den alten Invaliden einen aus, der mir die Sterne hüten könnte, wenn ich mich verfinstere.' – 'Da komm ich ja recht gelegen', sprach ich; 'seht, da bring ich Euch einen Hirten schön und tugendhaft; er wird Euch die Sterne gar wohl hüten.' – 'Aber um welchen Lohn', sagte mein Vater, 'wird er mir meine Sterne hüten?' Ich antwortete ihm: 'Um keinen geringeren Lohn, als der edelste Schäfer Jakob von seinem Herrn Laban genommen hat: um mich, um Eure Tochter.' Da lachte mein Vater und sagte: 'Ei! ei! weht der Wind daher; aber wo willst du mit ihm wohnen?' – 'Ich habe ihm schon ein Schloß erbaut, und Land und Leute soll er finden', erwiderte ich und erzählte meinem Vater alles; auch die Verwünschungen der Frau Aglaster. Hierauf riet er mir, meinem neuen Geliebten meine Abkunft zu verbergen und ihm unter der strengsten Strafe zu verbieten, daß er mir, wenn ich abnehme und im letzten viertel verschwinde, irgend nachforsche; das versprach ich ihm, und so gab mir der gute Vater seinen Segen, worauf er mir sagte, ich sollte mit ihm zu meiner Großmutter gehen, die er immer besuchte, wenn er sich verfinsterte. Während er sich zu dem Weg bereitete, weckte ich meinen schlafenden Damon, gab ihm einen Schäferstab in die Hand und zeigte ihm die Sterne, die er hüten sollte, mit dem Versprechen, in wenigen Tagen ihn wieder zu finden, worauf ich ihn verließ und meinem Vater zur Großmutter folgte.

Unterwegs erzählte mir der Mond, mein Vater, folgendes: 'Es ist lange, daß ich nicht bei der Großmutter war, und ich weiß gar nicht, ob sie noch lebt. Ich will dir nun auch sagen, warum ich nicht gerne zu ihr gehe. Es war im ersten Winter, den die Welt jemals erlebte, sehr kalt; ein junger zarter Knabe war ich, und da kam es mir ganz spanisch vor, so nackt wie ich bin, nachts die Laterne am Himmel herumzutragen; ich lief daher weinend zu meiner Mutter und sprach: „Mutter, macht mir einen warmen Rock, denn mich friert ungemein." – „Von Herzen gern", sagte meine Mutter, und nahm mir das Maß; ich war damals gerade im Zunehmen, und da ich wie Kinder keine Ruhe hatte, lief ich von meiner Mutter weg und schweifte mit meiner Sternenherde am Himmel herum;

aber die Kälte trieb mich wieder hin zu ihr, nach meinem Röcklein zu fragen. Sieh, da war ich unterdessen so groß geworden, daß ich gar nicht in den Rock hineinkonnte. Meine Mutter begann nun das Röcklein wieder aufzutrennen und die Nähte aller Orten auszulassen, damit der Rock mir passen möge. Ich konnte das aber nicht erwarten und lief ihr wieder davon zu meiner Herde. Sie nähte emsig manche lange Nacht bei dem Lichte eines Kometen, und da sie nun fertig war und ich ganz erfroren wieder nach Hause kam: sieh, da war ich wieder so dünn, schmal und blaß vom vielen Laufen geworden, daß das Röcklein wie ein Sack über mir hing, so daß ich bei jedem Schritt und Tritt stolperte. Darüber ward meine Mutter so verdrossen, daß sie mir verbot, je wieder ihr Haus zu betreten, sie jagte mich hinaus, und seitdem muß ich armer Schelm nackt und bloß am Himmel herumlaufen, bis jemand kommt und mir ein Röcklein tut kaufen. Du kannst daraus leicht abnehmen, daß die Großmutter ein bißchen verdrießlich ist und dich wahrscheinlich übel anfahren wird, besonders wenn sie etwas von deiner Liebschaft hört; aber mache dir nichts draus, die alten Leute sind wunderlich.'

Unter solchen Gesprächen kamen wir in den Tierkreis, über dem die Großmutter wohnte, und als wir endlich an ihr Haus kamen, das von außen wie ein alter Hühnerkorb aussah, pochten wir an; aber du mein Gott, was herrschte da drin eine Pracht! Alles spiegelte und blinkte, auf den Treppen war Sand von gestoßenen Sternen gestreut, alle Wände standen voll blanker Teller und Kannen; kurz alles war so aufgeputzt, daß man nicht wußte, wo die Füße hinsetzen. Wir pochten an vielen Türen; aber alle waren verschlossen, bis uns ein Geklimper und Gezänke in den Hof lockte; – da war ein merkwürdiger Spektakel; die zwölf Zeichen des Tierkreises standen umher und scheuerten und putzten an einer Menge von Monden, Sonnen und Kometen, daß ihnen die Finger bluteten. Meine Großmutter stand mitten unter ihnen; sie hatte einen Kamm in der Hand und kämmte einen großen Kometenschweif aus. Kaum hatte sie uns gesehen, als sie davonlief und dann eilig in einem andern Kleide wiederkam; die Haube hatte sie in der Bestürzung verkehrt aufgesetzt. Als sie nun meinen Vater erblickte und erkannte, fing sie gleich an zu zanken: 'Was! du unverschämter Bursch, laufst du immer noch nackend herum? du verlorener Sohn! Kömmst gewiß wieder um ein Kleid zu betteln, und was hast du denn da für eine gezierte Dirne bei dir?' – 'Liebe Mutter', sagte mein Vater mit Tränen, 'es ist meine Tochter, die Euch die Hände küssen will' – und nun ging ich hin und küßte der Großmutter den Saum ihres Gewandes, worüber sie sehr gerührt wurde und mich weinend an ihr Herz drückte, meinem Vater aber schenkte sie ein gestricktes Kleid, Hosen und Wams an einem Stück, welches man Leib und Seele zu nennen pflegt, und das sich nach seiner verschiedenen Größe in die Weite und Länge dehnte. Nun hieß sie uns erst recht willkommen, führte uns in ihre prächtigen Stuben und zeigte uns alle ihre Schätze. Da standen wohl viele hundert Monde und Sonnen und Sterne, alle blank wie Spiegel gescheuert; wohl an die hundert Zentner Kometen waren in Vorrat da, ein ganzer Speicher voll Nordscheinen, zwei Keller voll Sternschnuppen, jeder in ein Papierchen gewickelt; unzählige Hunderte von Irrwischen in Flaschen petschiert; was mich aber am meisten freute, einige hundert Dutzend der schönsten Regenbogen in nasses Stroh eingewickelt; kurz, da war alles vollauf.

Als wir diese Schätze hinreichend bewundert hatten, sprach sie: 'Ihr kommt heute gerade recht, denn meine Katze hat sich heute so viel geleckt und geputzt, daß ich gewiß Gesellschaft bekomme; drum habt ihr mich auch mit Putzen und Scheuern beschäftigt gefunden.' Hierauf klagte sie sehr über die Verderbtheit des Gesindes heutzutage, stellte Spieltische zurecht und räumte hie und da in der Stube auf.

Kleine Zeit darauf kamen vier alte Schwestern zu ihr, die ebenso gut geputzt waren wie sie. Sie bewillkommten sie mit unendlichen Komplimenten, und ihre Lieblingstierchen, die sie mit sich trugen, spielten miteinander. Die Großmutter stellte ihren Sohn als *Monsieur Mond*, mich, ihre Enkelin, als *Mademoiselle Claire de Lune* vor, und die Damen empfingen uns mit ungeteiltem Beifall; – nachher setzten sie sich an den Spieltisch und spielten Karten, wobei ich, die Langeweile zu vertreiben, die Damen etwas näher betrachtete.

Die eine hieß Frau Luft. Sie war sehr mager und leicht und durchsichtig gekleidet und pfiff ein wenig mit der Nase, was ihr Papagei, den sie auf dem Arme trug, nachmachte. Die andere hieß Frau Erde. Sie war eine Witwe, dick und fett, und hatte einen grasgrünen Rock mit Diamanten besetzt; sie mußte nicht ganz wohl sein, denn es rumpelte ihr oft im Bauch, worauf sie nieste und alle Gotthelf! sagten; auf ihrem Arm hatte sie einen Affen sitzen. Die andere hieß Frau Feuer. Sie hatte wenig Ruhe und wackelte immer hin und her; ihr Rock war von geschlagenem Gold und Asbest; alle Augenblick bat sie sich einen kühlen Trunk aus und leckte sich vor Hitze den Mund; in ihrem Schoß hatte sie einen Salamander sitzen, den sie sehr liebkoste. Die vierte Dame hieß Frau Wasser. Sie hatte ein Kleid von Binsen an, mit Perlen gestickt; bald war sie ganz ruhig und sanft, bald aber, wenn Frau Luft einen guten Trumpf machte, runzelte sie die

Stirne und wurde recht zornig; mit Frau Feuer aber konnte sie sich am wenigsten vertragen und fuhr ihr alle Augenblick übers Maul. Übrigens hatte sie einen schönen Goldfisch im Schoße, mit dem sie spielte; auch nahm sie alle Augenblick einen Vorwand, beiseite zu gehen: bald drückte sie der Schuh, bald war ihr nicht wohl, bald dieses, bald jenes.

So war die Gesellschaft, und ich merkte meinem Vater wohl an, daß er ebenso gern als ich im Freien gewesen wäre; denn er begann schon wieder zu wachsen, und seine Jacke war ihm doch unbequem. Nach dem Spiel wurde geschmauset, und endlich fing meine Großmutter an, davon zu sprechen, ob ich nicht Lust hätte, mich zu verheiraten. Ich ward über und über rot und sagte Ja, und mein Vater sagte: 'Darum kommen wir eben; ihr Bräutigam ist bei mir zu Hause und hütet mir die Sterne, ein munterer schöner Schäfer.' – 'Brav!' sagten die vier Damen, aber die Großmutter sagte sehr zornig: 'Was, brav! daraus wird nichts; ich bin noch ein bißchen reicher als sonst jemand, und werde meine Enkelin eher einem Schiebkärrner geben als solch einem Vagabunden, Poeten, Landstreicher, so einem Schäfer!' 'Ei, ei!' sagte Frau Erde, 'hat doch Apollo selbst die Schafe des Königs Admet gehütet.' – 'Und war doch Jakob ein Schäfer, der die Rachel am Brunnen sah', sagte Frau Wasser, und Frau Luft und Feuer stimmten ein und verteidigten meine Wahl.

Da ward meine Großmutter sehr zornig und sagte: 'Wohlan! so mögen Ihre Töchter, meine Damen! alle solche Mißheiraten tun; darum will ich den allmächtigen Jupiter bitten: ein Bergknappe, ein Vogelsteller, ein Kohlenbrenner, ein Müller mögen eure Nachkommen werden.' – 'Das soll ein Wort sein, ja, und Fürsten und Könige dazu!' schrieen die Damen aufstehend und in die Hände patschend. Da schrie die Großmutter: 'Fort! packt euch aus meinen Augen, Freunde sind wir gewesen!'

Mein Vater konnte sich nun nicht mehr halten; der Zorn hatte ihn so aufgetrieben, daß ihm ein Knopf von seiner Jacke gerade der Großmutter ins Maul sprang, die darüber in eine Ohnmacht fiel, und somit brach die Gesellschaft in allgemeiner Verwirrung auf, und ich eilte mit meinem guten Vater zurück auf die Himmelswiese, wo ich meinen Damon schlafend fand.

Mein Vater legte seine Hand in die meinige und sagte zu ihm: 'Du hast mir gedient, wie Jakob dem Laban, ich gebe dir meine Tochter; doch frage nie, wer sie ist, und wenn sie sich von dir entfernt, wolle nie wissen, wo sie hin ist.

Während der Zeit ihrer Abwesenheit hüte du redlich meine Sterne. Jetzt lebet wohl. Gott segne euch.'

Traurig nahm ich Abschied von meinem Vater und brachte meinen Damon wieder hinab auf die Erde. Kaum hatte er sie mit dem Fuße berührt, als er heftig zusammenfuhr, als erwache er plötzlich. 'Ach' sagte er, 'welchen seligen Traum habe ich gehabt!' Und nun erzählte er mir alles, was ihm geschehen war.

Ich aber hatte mich nicht auf dieser Insel, sondern auf dem Berge, wo jetzt das Starenberger Schloß steht, mit ihm niedergelassen und sagte ihm, daß ich seine Frau sein wolle, daß ich ihn aber nur in mondhellen Nächten besuchen könne, und daß ich mich das letzte Viertel des Monats ganz von ihm zurückziehen müßte; wenn er mir schwöre, mir nicht nachzuforschen, so wolle ich ihn und unsere Nachkommen mit Glück und Segen überhäufen. 'Ach', sagte er, 'wenn ich nur in der Zeit deiner Abwesenheit immer so selig träumen könnte wie heute, von einer so schönen Wiese, einer so herrlichen Herde, so will ich niemals in deiner Abwesenheit nach dir verlangen.'

Nun aber berief ich die Stare zusammen, welche sich alle in kräftige und gesunde Menschen verwandelt hatten und in langen Zügen den Berg heranwallten. Ich stellte ihnen meinen Gemahl als Fürsten von Starenberg vor; sie huldigten ihm, und nun ward der Grundstein zu dem Starenberger Schloß gelegt. Gold und Silber fanden sie die Menge in dem Berge, wo sie die Steine brachen, und bei unermüdeter Tätigkeit sah bald das Schloß glänzend und herrlich nieder in den Spiegel des Sees. Ich besuchte meinen Gatten alle Abend, sobald mein Vater an dem Himmel erschien, der eine rechte Freude über mein Glück hatte und unser Schloß recht freudig ansah.

Das erstemal, als ich ihn im letzten Viertel meines Vaters verlassen mußte, schlief mein Damon ein, und ich hob ihn an den Himmel, und er hütete unsere Sterne, bis mein Vater wieder selbst an sein Amt trat und ich meinen Gatten wieder besuchte, der mir mit Freuden erzählte, daß er abermals jenen schönen Traum gehabt habe.

So lebten wir glücklich; das ganze Land verschönerte sich, und am Ende des Jahres brachte ich meinem Damon einen Sohn, den wir Johannes nannten und der von nun an unsere Freuden sehr vermehrte.

Als ich nachts einmal erwachte, hörte ich eine Stimme bei seiner Wiege singen, und weil ich seine Wärterin sonst nie singen gehört, zog ich den Vorhang zurück und sah den Geist der Frau Aglaster, aber nicht in Starengestalt, sondern wie eine altfränkisch gekleidete weiße Frau mit einem Krönlein auf dem Haupte, neben der Wiege stehn. Sie hatte einen blitzenden Diamantring am Finger und funkelte dem Kinde damit vor den Augen, welches begierig die Hände darnach streckte; dazu sang sie gar beweglich:

Ein Kind, im Schäfermond geboren
Liebt Glanz und Stein herauszubohren,
Es lockt der Schatz im tiefen Grund,
Und Neugier bricht den treuen Bund!

Da fielen mir die Worte des *Cisio Janus* in der Starenhöhle ein, und ich sagte: 'Gnade Gott, Frau Aglaster!' sie aber sprach:

Tugend und Laster
Bringt seine Frucht;
Segen ist gesegnet,
Fluch ist geflucht;

und da verschwand sie. Die Leute hatten alle noch viel von der Starenart, die Wärterin hatte das Lied gehört, ich hörte sie es nochmals an der Wiege singen, ich verbot es und sendete sie fort, da kam es gar unter die Leute, und ich mußte es oft hören!

Als Johannes mehrere Jahre alt war, pflegte er mit den Arbeitern an dem Berg herumzulaufen, und besonders war er gern in den Steinbrüchen und freute sich, wenn die großen Marmorblöcke losbrachen und mit lautem Geprassel in das Tal niederstürzten; ja er hatte eine solche Freude an dieser Arbeit, daß er in den Nächten, wo ich abwesend sein mußte und Damon träumte, als hüte er die Sterne, sich heimlich wegschlich, mit einer Lampe in dem Steinbruch herumkletterte und alle Steine hinabrollen ließ, die er bezwingen konnte.

Eines Abends nun hatten die Steinbrecher einen ungeheuren Block schier bis zum Niederstürzen losgebrochen und verließen ihn, als es dunkel ward, mit den Worten: 'Lassen wir ihn, er wird heute nacht durch sein Gewicht schon von selbst losbrechen', und so gingen sie mit dem kleinen Johannes nach Haus.

Nun aber konnte dieser seiner Begierde, den großen Marmorblock losstürzen zu sehen, nicht mehr widerstehen, und kaum schlummerte alles im Schloß, als er mit seiner Lampe zurück nach dem Steinbruch schlich. Mit gespannter

Erwartung setzte er sich in eine Höhle neben den Block und hielt seine Lampe hervor, um den Block recht zu beleuchten, wenn er losstürze. Eine ganze Stunde hatte er gesessen, als die Glocke auf der Schloßuhr zwölf schlug und der Stein mit ungeheurem Geprassel niederflog und weit, weit in die Mitte des Sees stürzte, dessen Wellen mit ungeheurem Geräusch um ihn in die Höhe schlugen. Die Berge rings hallten wider, die Erde zitterte, und der kleine Johannes hatte ein namenloses Vergnügen an dem Lärm. Wie groß aber war seine Verwunderung, als er, da das Geräusch vorüber war, in seiner Nähe ein ängstliches Gewimmer hörte und, wo der Marmorblock niedergebrochen war, eine offene Höhle erblickte, in welcher einige kleine graue Weiblein ängstlich tiefer hineinflohen und eine kristallne Wiege verließen, in der ein wunderschönes Mägdlein schlief.

Neugierig trat der kleine Johannes an die Wiege, und da er nie ein anderes Kind gesehen hatte, verursachte ihm der Anblick die größte Freude. Die kühle Nachtluft, die in die Höhle drang, erweckte die Schläferin, und sie wollte weinen; aber da wiegte sie der kleine Johannes, und sie lächelte, worüber er eine unaussprechliche Freude hatte.

Kaum hatte er des Vergnügens einige Minuten genossen, als die kleinen grauen Frauen wiederkamen, die Wiege aufpackten und mit ihr tiefer in den Berg eilten. Johannes lief nach und gelangte endlich in eine schöne Kristallhöhle, wo eine hübsche alte Frau an einem erzenen Tisch saß und eine Menge Edelsteine vor sich hatte. Es war die Frau Erde, die ich euch schon bei meiner Großmutter beschrieben habe. Sie spielte mit ihrem Affen Schach, und alle die Figuren des Schachbretts waren lebendige Tierchen und machten allerlei artige Posituren.

Da die Wiege hereingebracht wurde, nahm sie ihr Töchterlein, Edelsteinchen genannt, auf den Schoß, und der kleine Johannes, den sie verwundert anschaute, nahte sich unbekümmert, spielte mit dem Kind, und Frau Erde gewann ihn lieb. Sie schenkte ihm eine Menge bunter Steine und führte ihn am Morgen selbst in Begleitung ihres Töchterleins an einer andern Stelle zu Tag. Die beiden Kinder umarmten sich zärtlich; Frau Erde verbot dem kleinen Johannes, von allem, was er gesehen, zu sprechen, und lud ihn ein, jede Nacht, wenn die Mutter abwesend sei und sein Vater schlafe, sie wieder zu besuchen, und gab ihm eine Wurzel, mit der er nur den Stein, wo er jetzt hinausgehe, berühren sollte, dann würde er sogleich wieder herein können.

Mein Söhnlein Johannes sagte uns kein Wort davon und ging wohl bis in sein sechszehntes Jahr alle Monate, wenn ich abwesend war, bei Frau Erde und ihrer Tochter zu Besuch. Als ihn aber Damon, sein Vater, einst bei einem großen Kasten voll Edelsteinen sitzen fand, und ihn erstaunt fragte, wo er alles dies her habe: wollte er es ihm nicht sagen, und als ich abends zu meinem Damon ging, fragte ich den Jüngling selbst aus. Aber auch mir verschwieg er die Quelle seiner Reichtümer. Ich ließ ihn nun nicht mehr aus den Augen, und da ich ihn nachts zu jeder Stunde auf seinem Lager fand, merkte ich wohl, daß er in der Zeit meiner Abwesenheit allein zu den Edelsteinen gelangen könnte, und bat daher meinen Gemahl, ihn am Ende des Monats, wenn ich mich entfernte, zu sich in sein Bett zu nehmen und die Türen wohl zu verschließen.

Wie ich befohlen hatte, geschahs; der Mond war im letzten Viertel, ich mußte meinen Damon verlassen; er legte sich nieder zu träumen, wie er meinte, aber er war eigentlich im Himmel und hütete an meines Vaters Stelle die Sterne.

Johannes ward sehr traurig, als er zu seinem Vater ins Bett mußte und die Türen fest verschlossen waren. Er konnte nicht hinaus, er weinte und klagte; Damon aber schlief fest. So ging die erste, die zweite Nacht hin, daß er nicht zu seiner Gespielin, der Tochter der Frau Erde, konnte; in der dritten Nacht aber hörte er ein erbärmliches Wehklagen unter dem Boden der Kammer. 'Johannes! Johannes! warum kommst du nicht zu mir?' rief das Fräulein Edelstein, 'bist du tot? fehlt dir etwas? O mein Johannes, komm zu mir!'

Da konnte sich der Jüngling nicht mehr halten, er zerriß den seidenen Faden, mit dem ihn Damon an seinen Arm geknüpft hatte, berührte mit der Wurzel den Boden, der sich öffnete, und stieg hinab zu seiner Gespielin.

Als Damon den Faden zerrissen fühlte, ließ er die Sternenherde laufen, wie sie wollte, erwachte und folgte seinem Sohn in das Gemach der Frau Erde.

Erstaunt sah ihn die edle Frau an; sie grüßte ihn als einen werten Gast, und schnell vergaß er über ihrer Freundlichkeit, daß er unsern Sohn Johannes, der neben ihm mit Fräulein Edelstein stand, über seine unerlaubte Entfernung strafen sollte; er dachte nicht mehr an das Hüten der Sternenherde, was er überhaupt nur für einen schönen Traum hielt. Er vergnügte sich ausnehmend und spielte mit dem Affen Trismegistus Schach, der ihn immer gewinnen ließ, um sein Vertrauen zu erschmeicheln. Als er am Morgen mit Johannes nach Hause kehren wollte, bat ihn Frau Erde, doch in der folgenden Nacht ja wieder zu kommen. Er versprach es, wenn er nur vermöge, sich des Schlafes zu enthalten, wobei er immer träume, eine wunderschöne Herde von glänzenden Lämmern zu hüten. 'Ach ja, ich kann mirs denken', sagte Frau Erde; 'aber so ihr kommen könnt, seid ihr willkommen.' Der Affe Trismegistus begleitete ihn zur Türe und sagte, indem er ihm von unten auf über den Rücken strich: 'Mein teurer Freund! schlaft bei Tag und kommt morgen wieder.'

Damon, nach Hause gekehrt, sank auf sein Lager und träumte lauter herrliche Dinge aus der Erde und kam nicht, des Mondes Herde zu hüten. Am folgenden Abend stieg er mit seinem Sohn abermals in die Gemächer der Frau Erde hinab und spielte mit dem schalkhaften Affen Schach. Dieser war ein ehemaliger Spion des *Cisio Janus* bei dem Forstjunker Picus in der Starenhöhle gewesen und war ganz im Bunde, Damon und seine Nachkommen irrezuführen. Als er Damon einen der folgenden Morgen zurückführte, sagte er ihm:

'Wir werden wohl bald die Freude Eurer Gesellschaft entbehren, weil die Heimkehr der Frau Liebsten nahe sein dürfte, nehmt hier diesen Erdspiegel von dem Putztisch der Frau Erde, sie läßt Euch dieses kleine Andenken durch mich überreichen; Ihr habt einen hohen Turm in Eurem Hof, wenn Ihr abends hinauf schlafen geht, stellt ihn vor Euch, so werdet Ihr sehen, was Eure Freunde und selbst Eure Liebste in ihrer Abwesenheit dann eigentlich treiben.' Dabei hauchte der Affe über den Spiegel und fuhr kurios darüber hin, als wolle er ihn putzen, und auch über den Rücken fuhr er Damon wieder ganz verkehrt.

Am folgenden Morgen ließ Damon unsern Sohn Johannes allein zur Frau Erde hinabgehen und setzte sich selbst auf den Turm, in den trügerischen Erdspiegel zu schauen, was ich in meiner Abwesenheit treibe.

Es war ihm ganz verborgen gewesen bis jetzt, daß ich das Kind einer anderen Welt, die Tochter des Mondmannes, sei. Er hielt mich für die Tochter eines Schäferkönigs jenseits der Berge. Nur aber sind die Schäfer bekanntlich sehr abergläubig, ja oft zu allerlei Zauberkünsten geneigt, und der Erdspiegel macht den, der hineinschaut, allen Kräften des Mondes, denen die Kreaturen unterworfen sind, besonders untertan.

Es nahte aber mein neues Licht, da ich bald mit zwei Lichthörnchen wieder erscheinen sollte: da legt die Schlange den Balg ab, da wachsen die Haare, Klauen, Nägel und Zähne, da legen die Hirsche die Hörner ab, und sprossen neue auf ihrer Stirne. Ich hatte viel zu tun; Damon hatte in den letzten Tagen die Sternenherde im Traum nicht gehütet; ein großer und ein kleiner Bär hatten sich in ihrer Nähe sehen lassen. Eilig nahm ich Pfeil und Bogen und die sieben Hunde meines Vaters und verjagte die wilden Tiere; ich fand auf der Jagd den Vater Mondmann schlafend, ich setzte mich auszuruhen neben ihn, schnitt ihm die Nägel und Haare, seifte ihn ein und rasierte ihn; dann machte ich seine Laterne zurecht, weil sie bald wieder sollte angezündet werden, ich scheuerte den Ruß ab, schneuzte den Docht mit den Fingern und füllte frisches Öl auf; jetzt aber begab ich mich mit euch, meinen Mägdlein, wie ihr wißt, in den Spiegel des Lichtsees, um den Ruß und Ölgeruch von mir abzuwaschen, und dann wieder blank und klar zu dem undankbaren Damon zurückzukehren. Ihr wißt, wer in dem Lichtsee badet, sieht alles, was auf Erden geschieht, und wer in den Lichtsee sieht, sieht sich auch selbst und erscheint sich dem Einfluß des Mondes unterworfen.

Damon sah mich im Bad, und ich sah ihn, als gucke er neugierig durch eine Hecke; da schrie ich und ihr alle über den frechen Sterblichen, und ich schleuderte Wasser nach ihm; da fühlte er sich allem tierischen Einfluß des Mondes unterworfen: er glaubte, daß er Hörner kriege wie die Hirsche, er glaubte, daß meine Hunde ihn jagten, und erwachend eilte er unter heftigen Schmähungen gegen mich von dem Turm herab in den Wald. Aber ihn verfolgten keine Hunde, ihn verfolgte das böse Gewissen.

Schon war er fliehend an einen Eingang der Wohnung der Frau Erde gekommen, als er mich Ärmste bleich und schwach von Anstrengung und Schrecken vor sich stehen sah; ich wollte ihn wie sonst immer freundlich in meine Arme schließen und ihn dann mit einer ruhigen Ermahnung verlassen; aber der Unglückliche stieß mich zurück und rief aus:

'Weich von mir, du heuchlerische Zauberin, Nachtjägerin, Waldbuhlerin! ich glaubte einer Hirtin und keiner Waldteufelin vermählt zu sein!'

Da rief ich aus: 'Weh, mein Sohn! mein Sohn Johannes! Ich scheide ewig von dir, treuloser Damon! Gehe hin zur Erde, dein Bart halte dich dort fest, bis ich ihn dir wieder löse.' Da stürzte Damon, die Springwurzel gegen den Felsen stoßend, heftig in den Berg, und der Affe warf ein großes Faß voll Schatten gegen mich um, das da stand, damit ich nicht hereinkommen sollte, und es entstand eine Mondfinsternis: sie ergoß sich über das Antlitz meines Vaters, des Mondmanns, der, mit Schrecken erwacht, seine zerstreute Herde zusammensuchte.

Verwundert und bestürzt lief Damon hinab zur Frau Erde, um sie um Rat zu fragen; sie schwatzte ihm allerlei vor, und indes er ihr zuhörte, wuchs ihm der

Bart durch den goldenen Tisch, und er konnte nicht mehr herauf. Da er immer lamentierte und klagte und weinte, und Frau Erde ihn nicht losmachen konnte, verließ sie ihre Kammer und ließ ihn allein sitzen, und hat ihn nachmals sein Sohn Johannes nur dann und wann besucht. Ihr habt den Treulosen selbst heut nach vierhundert Jahren dasitzen sehen, ihr habt gesehen, wie ich ihm neulich den Bart gelöst und ihn begraben. Weinend durchirrte ich noch einmal alle Gemächer der Starenburg und zog mich in tiefer Betrübnis hier auf die Insel, in die Höhle zurück, wo ich den Bund mit Damon geschworen hatte. Als ich an den Stein trat, worauf er das wunderbare Starenei zerschlagen, trat der Geist der Frau Aglaster als dieselbe weiße Frau mir entgegen, die ich an der Wiege meines kleinen Johannes hatte singen hören. Sie hatte die Schalen des Schicksaleies in der Hand und sagte mit traurigem Ernste zu mir:

Er bleibt vom Mondenschein behext,
Daß durch den Tisch der Bart ihm wächst.
Hört meinen letzten Spruch:
Mondschäfer! Euren Stamm
Ich jetzt mit ernstem Fluch
Zur Starenart verdamm,
Bis einst ein später Erbe
Als Star, wie ich, freiwillig sterbe!

Hierauf seufzte sie und verschwand.

Diese Worte machten mich schaudern, und ich wollte eben aus der Höhle fliehen, als ich ein unheimliches Schnurren hörte. Ich sah mich um, da sah ich den großen Kater, in welchen ich *Cisio Janus* verwandelt hatte, mich mit glühenden Augen anblicken und eine großen Buckel gegen mich machen.

'Hinweg!' schrie ich, 'auch du willst mein Leid verhöhnen', und eilte bestürzt zu meinem Vater, dem Mondmann; der tröstete mich und söhnte mich auch mit seiner Frau Mutter aus, welche mir hierauf euch, liebe Fräulein! zu Gespielinnen gab. Nun wißt ihr, warum ich damals immer so traurig war.

Die Gespielinnen der Frau Mondenschein hörten dieser Erzählung ihrer lieben Herrin ganz stille zu, und auch ich verlor kein Wörtchen. Nun aber begannen sie wieder zu tanzen und zu reihen, und da ich mich weit vorlehnte, um den schönen Tanz der Stammutter meines Hauses besser zu betrachten, lastete ich zu schwer auf die Schwäche des Astes, der mich trug, und er brach samt mir mit großem Geräusch herab, worüber die Elfen erschrocken die Flucht nahmen.

Schüchtern ging ich an die Stelle, wo sie getanzt hatten, und nahm den Schleier, den Altweibersommer gewebt hatte, zu mir; denn die Frau Mondenschein hatte ihn in eiliger Flucht liegen lassen, und er soll nun der Hochzeitsschleier meiner lieben Ameleya werden, wenn ich sie erst wieder habe.

So erfuhr ich den ersten Ursprung meines Stammhauses und die Geschichte des Mondenhirten Damon, den ich am Tische mit dem Barte angewachsen und nachmals in seinem schönen Grabe gesehen.

Aber schon graute der Tag, die Schwalbe schweifte mit ihrer silberweißen Brust über den Spiegel des Sees, der Morgenstern funkelte fröhlich über den Hügel, und meine Rosse begrüßten ihn wiehernd am jenseitigen Ufer. Ich wickelte den Schleier dicht zusammen, band mir ihn auf den Kopf in meine Locken fest, damit er nicht naß werden möge, und stürzte mich mit ausgebreiteten Armen in den See, dessen jenseitiges Ufer ich bald erreichte.

Schnell kleidete ich mich an, schwang mich auf mein Roß, so taten auch meine zwölf Begleiter, und sinnend über alles, was ich gesehen, legten wir in mäßigem Schritt eine Tagereise zurück.

Am Abend gelangten wir in eine wilde Gebirgsgegend, und ich gebot meinen Begleitern, auf einem schönen grünen Eichenplatz unser Nachtlager aufzuschlagen. Während sie damit beschäftigt waren, schritt ich in Gedanken etwas höher im Gebüsch, um in die dämmernde Landschaft zu schauen, als mir plötzlich in einem Hohlweg ein feiner, ehrbarer, alter Bauersmann entgegenschritt. Er war mit einem grauen Rock bekleidet, auf dem Hut hatte er eine schwarze Binde, am Hals ein weißes Feldzeichen, einen gelben Riemen um den Leib geschnallt, und rote Stiefel an seinen Füßen; in seiner Hand trug er zwei Lilienblumen auf einem Stiele gewachsen, die er sehr ernsthaft betrachtete, denn sie waren sehr schön und glänzend, die eine rot, die andere weiß, und gaben einen süßen Geruch von sich; in der andern Hand aber trug er eine Haselrute. Als ich ihm nahegekommen war, stand er plötzlich still. Ich sah, daß die beiden Blumen ihre Kelche auftaten und sich gegen mich wendeten und die Haselrute sich zuckend bewegte.

„Guten Abend! Vater!“ sagte ich; er aber sprach hastig zu mir: „Willkommen, willkommen, vieltausendmal willkommen! endlich hab ich dich gefunden; jetzt mußt du mir gleich den gelben Riemen aufschnallen und den grauen Rock ausziehen, und die roten Stiefel, der graue Hut, alles muß herunter, du bist es, du kannst es.“

Ich war höchlich erschrocken über den Alten, und glaubte, er sei wahnsinnig und könne mir Leides antun, darum wollte ich fliehen; er aber trat mir in den Weg und sagte: „So haben wir nicht gewettet, nur munter, schnalle den Riemen auf.“ Dazu hatte ich nun keine Lust und zog mein Schwert gegen ihn. – Er berührte dieses aber mit der roten Lilie, und sieh, es schmolz mir glühend nieder bis ans Heft, worüber ich sehr erschrak. „Sieh,“ sagte er, „das hättest du dir ersparen können; ich habe nicht umsonst so lange auf dich gewartet; munter den Riemen aufgeschnallt.“ – „Kannst du denn das nicht selber?“ sagte ich. „Nein,“ sprach er, „sonst brauchte ich dich nicht dazu.“ Ich mochte nun wollen oder nicht, ich mußte mich dran machen, ihn auszuziehen. Mit leichter Mühe schnallte ich den Riemen auf, zog ihm den Kittel aus; aber wie erstaunte ich nicht, da ich ihn darunter ganz in Gold und Edelsteinen geharnischt sah. Die roten Stiefel mußten auch herunter, der graue Hut, alles lag am Boden, und er stand vor mir wie ein funkelnder Götze. Sein ganzes Wesen war prächtig und herrisch. Eitel trat er etwas höher auf einen Stein und sprach: „Nun, mein Vortrefflichster, wie gefalle ich dir? Hier nimm den Haselstecken zum Lohn, er öffnet dir alle Felsen und geheimen Schätze; ich brauche die saure Arbeit nun nicht mehr, denn hier ruht der Stein der Weisen. Gold kann ich machen, ewiges Leben kann ich geben“ – und mit diesen Worten schlug er mit geballter Faust wider seinen Brustharnisch, daß es rasselte. „Lebe wohl du hast das Glück gesehen“, und somit wendete er sich und ging eilends den Berg hinan.

Aber wie ward mir angst und bange, als ich sah, daß ihm der graue Rock, der grüne Hut und die roten Stiefel eiligst nachliefen. Der ganze Kerl hatte mir etwas Schreckliches, Fatales und doch wieder Lächerliches. Froh, so leicht davongekommen zu sein, nahm ich auch meinen Weg zurück; aber ich mochte gehen wie ich wollte, ich konnte mich in den wilden Wegen nicht mehr zurechtfinden und entschloß mich endlich, da ich einen heimlichen Waldwinkel fand, hier den Tag abzuwarten. Ich setzte mich nieder, und um mein Haupt bequemer an einen Fels anzulegen, wollte ich einige Kräuter, die auf ihm wuchsen, mit der Haselrute des Alten, die ich noch immer in den Händen trug, herunterschlagen; kaum aber berührte ich den Stein mit der Haselrute, als er sich auftat und mir ein wunderbares Schauspiel zeigte. – Ich sah tief hinab wie in einen Keller; da liefen eine Menge grauer Männchen und Weibchen herum und schleppten allerlei Kisten und Kasten und Körbe und stellten sie in

Ordnung, gerade als wenn man in eine neue Wohnung gezogen ist und nun einräumt. Was sie aber trugen, war lauter Silber und Gold und Edelstein, und schien das da unten gemeiner als bei uns die irdenen Töpfe. Wenn sie ein wenig langsamer gingen, kam gleich ein alter Mann in einem blauen Rock und schrie:

Eilet, eilet, nicht verweilet,
Alles reinlich eingeteilet,
Hübsch nach dem Gewicht geleget,
Daß sich ja nichts wegbeweget;
Schweres unten, Leichtes oben,
Daß die Ordnung sei zu loben,
Wert nach innen, Glanz nach außen.
Machet nicht so lange Pausen.

Auf diese Worte liefen sie viel schneller und hatten bald alles in der schönsten Ordnung, nun aber sagte der Alte:

Und jetzt hauet eine Stufe,
Daß sich bildet eine Kufe,
Wo die Fräulein Edelstein
Mit den sieben Jungferlein
Sich bequemlich können pflegen,
Wenn sie in das Bad sich legen.

Darauf ging es an ein Gepicke und Gehacke und Gebohre, mit Meißeln, Schlegeln, Keilen und Bohrern; aber alles im Takte, daß es eine artige Musik war. In wenigen Minuten hatten sie ein tiefes Bad mit mehreren Stufen abwärts rein und glatt in den Boden des Gewölbes gehauen. Als sie fertig waren, rafften sie ihr Arbeitsgeräte zusammen und verschwanden mit dem Alten in der Wand des Felsens.

Nach einer kleinen Weile trat Frau Edelstein mit ihren sieben Fräulein ein, wie ich sie gesehen hatte in jenem Gewölbe hinter dem Stuhle des Grubenhansel stehen. Sie sah sehr betrübt aus und sprach –

Frau Edelstein:

Mägdlein, lasset mir zum Bade
Nun die frische Quelle los,

Daß ich mich des Staubs entlade
In der neuen Heimat Schoß;

Eine kämmet mir die Haare,
Eine salbt und eine schminkt,
Bis der Schmerz so vieler Jahre
In dem guten Bad ertrinkt.

Eine soll den Spiegel halten,
Eine trocknet mir den Leib,
Jede muß ihr Amt verwalten,
Singt dazu zum Zeitvertreib.

Kobold:

Aber was soll ich denn machen?
Ha! ha! ha!

Frau Edelstein:

Was du immer tuest: lachen.

Kobold:

Ha! ha! ha! ich lache ja.

Nun öffnete Fräulein Quecksilber die Röhre, und es stürzte ein heller Strom von Quecksilber in die Kufe bis zum Rand, wozu sie sang –

Quecksilber:

Rüstig, lustig stürze nieder,
Ohne Ruhe, ohne Rast,
Um der Herrin helle Glieder
Schmiege dich, du blanke Last,
Kecke Quelle, kalt und helle,
Feuerflüchtig undurchsichtig,

Schwer und schnelle, feste Welle,
Nun ists richtig, 's Bad ist tüchtig.

Kobold:

Potz Merkurius, wie lustig,
Ja das wußt ich,
Und ich lache
Zu der Sache
Ha! ha! ha!

Frau Edelstein wälzte sich in dem Bad hin und her, und als sie glaubte, daß es genug sei, kam Fräulein Asbest und trocknete sie ab mit folgenden Worten –

Asbest:

Mit dem Tüchlein klar gesponnen,
Fein gewebt in Starenberg,
Weiß gebleicht an Phosphor-Sonnen
Von dem klugen Meister Zwerg,
Ich dich reibe, daß dir bleibe
Auch kein Schmitzchen oder Ritzchen
Dir am Leibe, ich vertreibe
Jedes Spitzchen, jedes Kritzchen.

Kobold:

Ei Potz Blitzchen!
Wer gern tanzt, dem ist gut geigen,
Und was weiß, ist leicht zu bleichen,
Leicht zu trocknen, was nicht naß ist,
Leicht zu lachen, was ein Spaß ist.
Ha! ha! ha!

Als Frau Edelstein abgetrocknet war, stellte sie sich auf einer goldenen Stuhl, und Fräulein Naphtha salbte sie über und über wozu sie sang –

Naphtha:

In den heimlichsten der Grüfte
Kocht die Salb ein Feuergeist,
Und ich salb dir Fuß und Hüfte,
Daß dich heiße Glut durchreißt.

Wie es feuert, rasch gescheuert!
Mich entzückst du, Blitze schickst du,
Sei beteuert, glanzerneuert,
Funkelnd blickst du, dich erquickst du.

Kobold:

Mich erquickst du,
Denn zu deinen Heucheleien
Und zu deinen Schmeicheleien,
Die den Demant nicht polieren,
Ihn mit Eitelkeit folieren,
Muß ich lachen ha! ha! ha!

Frau Edelstein schimmerte nun sehr schön, sie setzte sich auf den goldnen Schemel, und Fräulein Spießglanz kämmte ihr die Locken mit ihren spitzen glänzenden Fingern, wozu sie sang –

Spießglanz:

Deine Locken ich durchstreife
Mit der Link und Rechten hier,
Glänzend wie Kometenschweife
Drehe ich die Flechten dir.

Sieh, ich schlinge helle Ringe,
Goldne Flöckchen, lichte Löckchen,
Und nun springe, lustig klinge
Wie ein Glöckchen, schönes Döckchen!

Kobold:

Ei du Geckchen!
Ei du zierlich Spinneröckchen;
Schlittenpferd und Kinderrassel
Machen nimmer solch Geprassel
Als du mit der Schellenkappe,
Daß dich nur kein Narr ertappe,
Ich muß lachen ha! ha! ha!

Wenngleich Fräulein Kobold ein wenig anzügliche giftige Bemerkungen machte, so hatte sie doch nicht ganz unrecht mit ihrem Lachen; denn Spießglanz hatte die Goldhaare der Frau Edelstein in tausend Schneckenhäuser, Korkzieher, Hobelspäne, Schlangen, Haken und Spirallinien gedreht, und wenn sie sich bewegte, gab ihr Haupt ein wunderbares Geräusch von sich. Nun aber trat Fräulein Zinnober herbei und schminkte die Frau Edelstein.

Zinnober:

Wie die Pupurrosen prangen
Neben weißer Lilien Schnee,
Schminke ich dir deine Wangen,
Die gebleicht von tiefem Weh.

Wie die spröden, scheuen, blöden,
Keuschen Frauen niederschauen
Mit Erröten, wenns vonnöten,
Kannst du schauen voll Vertrauen.

Kobold:

Selbst die schlauen,
Scham und Zucht entwöhnten Frauen,
Die es zahlen, kannst du malen,
Daß sie mit der Unschuld prahlen,
Leicht ists einen rot zu machen!
Ich muß lachen ha! ha! ha!

Nun wollte Frau Edelstein aber auch sehen, wie sie aussehe, und Fräulein Marienglas hielt ihr den Spiegel vor, daß sie sich von oben bis unten betrachten könne.

Fräulein Marienglas sang dazu:

Spiegle dich, du liebe Holde!
Wie der Schwan zum blanken See
Niederschaut im Abendgolde,
Ob er nicht sein Sternbild seh.

Schöne Frauen im Beschauen
Sich erquicken mit Entzücken,
Wie die Pfauen auf den Auen
Sich erblicken, schöner schmücken.

Kobold:

O ihr Pfauen!
Glanzgerüstet, goldgebrüstet,
Wollt auf eure Füße schauen,
Pfui der rauhen schwarzen Klauen!
Garstge Stimme, o wie schlimme!
Ich lob mir die Nachtigall:
Schlechtes Röcklein, süßer Schall,
Guter Name, Ehrendame,
Ich muß lachen
Über all dies Schönermachen,
Ha! ha! ha!

„Du hast wohl recht, Koboldchen," sagte Frau Edelstein, „all dieser Putz ist leerer Tand; aber ich mußte doch wieder einmal dran denken, mich wieder zu erneuern, und es ist mehr aus tiefer Traurigkeit als aus Freude, daß ich mich so schmücke; denn wisset, vor mehreren hundert Jahren habe ich in ähnlichem Schmuck hier gesessen, und ich beziehe dieses Haus zur Erinnerung. Kommt, setzt euch, daß ich euch erzähle, was mir hier geschehen ist." Nun setzten sich die Jungfrauen rings um das spiegelnde Bad auf die Stufen, und Frau Edelstein erzählte wie folgt:

„Als ich noch ein kleines Mägdelein war, lag ich nachts im Starenberg in einer kristallenen Wiege, die abgesondert von der Wohnung der Frau Erde, meiner Mutter, in einem einsamen Gewölbe stand. Einstens um Mitternacht, als ich über einem Märchen meiner Wärterinnen entschlafen war, tat es einen gewaltigen Krach, als wenn das Gewölbe einstürzte, zugleich wehte mich kalte Luft an, und da ich hievon erwachte, sah ich die Wand des Felsens niedergestürzt und hatte den wunderbaren Anblick des gestirnten Himmels. Meine Wärterinnen waren entflohen, und erschreckt von dem nie gesehenen Glanze der Sterne, wollt ich eben anfangen zu weinen, als ein schöner blonder Knabe an meine Wiege trat, mich liebkoste und wieder einwiegen wollte. Sein Anblick machte mir unbeschreibliche Freude; denn ich hatte bisher kein anderes Kind gesehen, und wie schrie und weinte ich, als meine Wärterinnen nun zurückkehrten und mich mit der Wiege nach der Stube meiner Mutter trugen; aber bald war ich getröstet, als ich sah, daß der Knabe auch in die Stube trat. Er sagte meiner Mutter auf ihre Frage, daß er Johannes, des Fürsten von Starenberg Söhnlein, sei, und sie gewann ihn lieb, schenkte ihm Edelsteine und lud ihn ein, uns alle Nacht zu besuchen, wenn seine Mutter abwesend sei und sein Vater schlafe. Dies geschah alle Monate einige Nächte lang, und er stellte sich immer richtig ein; denn die Mutter hatte ihm eine Springwurzel geschenkt, mit der er alle Felsen öffnen konnte.

So wuchsen wir wie Geschwister miteinander heran. Johannes war wie ein Kind in unserm Berg, er sah alle Arbeiten der Berggeister mit an und hatte eine besondere Liebe zu dem Geschäft. Vor allem aber hatte er eine große Freude an den Possen eines Affen, den meine Mutter hatte und der gewöhnlich mit ihr Schach spielte. Er hieß Trismegistus und war ein tiefsinniger, wunderlicher Gesell. Er machte alles nach, was er die Berggeister machen sah, und war dann sehr verdrüßlich, wenn wir ihn alle auslachten, daß er immer verkehrtes Zeug herauskriegte. Dieser Affe war anfangs sehr neidisch auf den kleinen Johannes, weil er sah, daß ich lieber mit diesem spielte als mit ihm; nachher aber ging er meinem jüngeren Freunde überall nach und schmeichelte ihm und diente ihm mit allerlei Handreichungen, wenn der kleine Johannes spielend mit den Berggeistern arbeitete.

So lebte ich in kindlicher Lust wohl sechzehn Jahre mit Johannes, als er plötzlich eines Abends ausblieb; ich konnte mir die Ursache nicht denken und war in größter Angst; ich zog durch alle Gegenden unter der Oberfläche des Berges hin und rief ihm mit den zärtlichsten Namen; er kam nicht.

Die folgende Nacht ging es mir ebenso, in der dritten endlich gelang es mir, die Gegend des Berges zu finden, über der sein Schlafgemach war. Er hörte mein Weinen und Klagen; die Decke öffnete sich, und er eilte in meine Arme; indem wir nach der Kammer meiner Mutter liefen, so erzählte er mir, daß sein Vater die vielen Edelsteine, die er von uns erhalten, gefunden und ihn sehr gedrängt habe, zu sagen, wie er zu solchen Schätzen gelangt sei, und daß er ihn, da er es seinem Versprechen gemäß verschwiegen, nachts, auf den Rat seiner Mutter, in sein Bett genommen und mit einem seidenen Faden an seinen Arm gebunden habe, den er aber auf mein Angstgeschrei zerrissen und so zu mir gelangt sei.

Kaum waren wir in die Kammer meiner Mutter gelangt, so trat sein Vater auch hinter uns ein und wollte ihn eben tüchtig auszanken; aber meine Mutter fiel ihm in die Rede, der Affe Trismegistus machte ihm tausend Kratzfüße, und er fand sich durch den Glanz der Edelsteine und besonders durch das Schachbrett meiner Mutter, worauf alle Figuren lebendig waren, so zerstreut und hingerissen, daß er dem kleinen Johannes nicht nur verzieh, sondern sich auch bei uns sehr wohlgefiel. Er unterhielt sich die ganze Nacht mit meiner Mutter und Trismegistus und verließ uns erst am Morgen; die folgende Nacht kam er wieder und so öfters.

Einstens, da meine Mutter krank war, unterhielt er sich mit dem Affen allein, der setzte ihm allerlei böse Grillen in den Kopf über die Gewohnheit der Frau Mondenschein, ihn monatlich einige Zeit zu verlassen, und gab ihm ein wunderliches Glas, wodurch er sie belauschen könne. Er ging mit dem Glase unruhig, früher als gewöhnlich, von uns. Nun erwartete ich in der folgenden Nacht ihn und Johannes nicht, der Mond schien wieder, und da kamen sie nie. Aber siehe da! da kamen sie beide, und der Vater war in großer Unruhe; er setzte sich zu meiner Mutter an den Tisch und klagte ihr sein Unglück, daß ihn seine Gattin seiner verbotenen Neugierde wegen verlassen und verflucht habe.

Der Besuch war meiner Mutter nicht ganz gelegen, denn sie war eben mit ihren geheimsten Arbeiten beschäftigt; sie ließ einen goldenen Tisch wachsen; nun bat sie zwar den unglücklichen Herrn, sich nicht darauf zu legen, aber in seinem großen Kummer vergaß er es, und sein Bart streifte auf den Tisch und wuchs ihm hinein, so daß er nicht mehr aufstehen konnte.

Meine Mutter verwies ihm nun ernstlich seine Neugierde und sagte ihm, daß es außer ihrer Macht stehe, ihm zu helfen; sie legte ihm ein Buch vor, in dem las er und heftig dabei weinte; endlich brach er in folgende Worte aus: 'Frau Erde!

ich fühle wohl, Ihr könnt mir nicht helfen; ich muß hier sitzen, bis der Fluch der Frau Aglaster und der Großmutter meiner Frau erfüllt ist. Nun aber rufet mir meinen Sohn Johannes, daß ich ihm die Regierung meines Volkes übergebe.' Johannes ward gerufen, er hörte das Unglück seines Vaters, er übernahm die Regierung; meine Mutter nahm ihm die Springwurzel; sie sagte ihm, nie mehr solle er uns sehen, denn sie sehe wohl, daß aus der Gemeinschaft der Geister mit den Menschen nur Treulosigkeit und Unglück erfolge. Meine und seine Bitten halfen nichts, ich mußte ihn lassen; eine Menge unbarmherziger Kobolde faßten ihn und führten ihn mit Gewalt an die Oberfläche der Erde.

Meine Trauer, meine Wehklagen halfen nichts, meine Mutter war unerbittlich und nahm sich vor, diesen Aufenthalt ganz zu verlassen. Ehe wir aber abreisten, wollte sie den vorwitzigen Affen Trismegistus noch bestrafen; man suchte ihn überall und konnte ihn lange nicht finden. Endlich, da meine Mutter in der geheimsten Kammer aufräumen wollte, wo sie das Gold machte und den Stein der Weisen liegen hatte, fand sie den Schelm ganz von oben bis unten vergoldet. Er war ihr über die Tiegel geraten und hatte sich so mit der Tinktur angestrichen. Erzürnt über ihn, sprach sie: 'Warte, du sollst deines falschen Schimmers niemals genießen, du unglückstiftender Verräter!' und somit zog sie ihm einen grauen Rock an, schnallte ihm einen gelben Riemen um und setzte ihm einen grünen Hut auf, zog ihm rote Stiefel an und sagte: 'So sollst du nun den gefangenen Mondenhirten bedienen, den du durch deine Schwätzerei ins Unglück gebracht, bis er einstens auf der Erde im schönen Grabe ruht; keiner soll dir den Gürtel lösen können, als der, der alle diese Schicksale löst, und ewig sollst du grübeln, forschen und nachäffen, und nie das Gold sehen, das dir doch näher ist als das Hemd!' Somit schleppte sie ihn zu dem festgewachsenen Mondenschäfer, legte ihn an eine Kette, setzte das Schachbrett zwischen beide, schloß den Berg zu und zog mit mir und allen den Ihrigen hierher in diesen Berg.

Johannes, der nun die Starenberger regierte, hatte mich so völlig vergessen als ich ihn. Das erste, was er tat, war, daß er sein ganzes Volk nach und nach zu Bergleuten verwandelte; er hatte vieles bei uns gelernt, und nun zog er Schachten und Gruben, wohl an die neun Jahre lang, in dem Berge hin und her. Aber alles war fruchtlos, da wir nicht mehr da wohnten.

Endlich wollten seine Leute nicht mehr arbeiten, denn der Berg war schon so untergraben, daß sie fürchteten, er möge einstürzen. Zornig verließen sie ihn mit der Versicherung, nicht mehr zu arbeiten, an einem Abend, und er blieb mit seinem Grubenlicht, Fäustel und Schlegel allein in dem Stollen.

Ängstlich durchirrte er alle die vielen Gänge, die er seit zehn Jahren hatte hauen lassen, und legte sich eben traurig an eine Felsenwand nieder, um zu schlafen.

Kaum war er entschlummert, als er ein Kettengerassel hörte; er wachte auf und lauschte. Sieh! da klang es hinter ihm an der Wand; mutig fing er an zu arbeiten, und je tiefer er drang, je lauter rasselte es; laut schrie er den Bergmannsruf aus: Glück auf! Glück auf! und: Glück auf! antwortete es ihm; noch wenige Minuten gearbeitet, und er stand in dem Gewölbe bei seinem Vater. Aber der sah ihn mit großen Augen an und lachte nicht und sagte kein Wort, wie ein Lebendigbegrabener.

Johannes gab sich alle Mühe, ihn mit seinen Liebkosungen zu ermuntern; aber er blieb stille und erstarrt und sah immer auf das Schachbrett, als sinne er über einen Zug.

Vor ihm saß Trismegistus und hatte die größte Freude über die Erscheinung des Johannes. 'Geschwind', sagte er, 'mach mir meine Kette los und lasse mich aus diesem langweiligen Loch heraus; der alte Herr spielt so langsam, er tut alle Jahre einen Zug, helfen kannst du ihm nicht; wenn ich übers Jahr wiederkomme und ihm einen andern Zug tue, ist es gerade hinreichend Gesellschaft für ihn; schnell führe mich hinweg, ich will dir auch bald auskundschaften, wo Fräulein Edelstein, deine Liebste, ist.' Johannes ließ sich von ihm verführen, er machte die Kette des Affen los, küßte seinen Vater, der es aber gar nicht zu bemerken schien, und verließ mit Trismegistus, der immer noch das graue Habit anhatte, die Gruft.

Als sie in der Stube des Johannes angekommen waren, sagte dieser: 'Nun, Trismegistus! halte Wort und sage mir, wie ich zu meiner Liebsten, der Fräulein Edelstein komme.' – 'Ja', sagte Trismegistus, 'aber du mußt mir vorher noch versprechen, mich hier auf deinem Schloß sicher und verborgen zu halten und mich zu ernähren, und daß du mir niemals zumutest, einen Schritt tiefer als die Oberfläche der Erde zu gehen, damit mir die Mutter deiner Liebsten nichts anhaben kann; denn hier oben kann sie mir nichts tun. Lasse mir daher einen Turm bauen, auf dem oben ein Gewölbe und ein guter Rauchfang ist, da will ich für mich und dich die Planeten observieren und allerlei chemische Laborationen vornehmen und mir die Zeit damit vertreiben. Wenn ich es nur so weit bringe, den grauen Rock loszuwerden, so solltest du sehen, daß ich leuchte wie Gold; die Frau Erde ist nicht umsonst so zornig auf mich, ich habe ihr die besten

Stückchen abgelernt.' Schnell ließ Johannes, der wegen seinem vielen Graben von seinem Volke der Grubenhansel genannt wurde, auf einem abgelegenen hohen Wartturm des Schlosses einen Rauchfang bauen und ihm alles einrichten, wie er es wollte, und als Trismegistus schon oben wohnte, drang er nun in ihn, ihm die Mittel zu lehren, wie er zu mir gelangen könnte. Worauf ihm der Affe sagte: 'Bester Grubenhansel! heute will ich es dir sagen, früher hätte es dich nichts genützt, denn heute nacht um zwölf Uhr muß die Wünschelrute geschnitten werden! Gehe hinab an den See, dort wirst du eine Weide finden, von welcher du dir eine kleine Rute schneidest; diese Rute in der Hand gehe so lange nach Norden, bis die Rute niederschlägt, dann wirst du nicht lange ohne dein Liebchen sein.' Johannes tat nach seinen Worten: er schnitt die Rute, er hielt sie vor sich und reiste bis hieher. Da schlug die Rute nieder, der Fels öffnete sich, und er sah mich hier auf dieser Stelle sitzen und weinen, wie ich jetzt hier sitze. Er rief meinen Namen aus, ich sah ihn und wir umarmten uns mit unendlicher Freude. Nun war es gerade um Weihnachten, wo meine Mutter die Wache bei dem Stein der Weisen hielt, weil um diese Zeit alle goldgierigen Menschen nach diesem Schatze trachten. Wir waren also sicher, nicht überrascht zu werden. Aber der Morgen brach an, und wir hatten in der Dunkelheit der Grube ihn nicht bemerkt; meine Mutter trat herein und fand uns beisammen.

Anfangs war sie heftig erzürnt; aber unser Bitten versöhnte sie, und sie gab mir endlich den Grubenhansel zum Gemahl mit der Bedingung, daß ich immer den siebenten Tag der Woche zu ihr kommen sollte, und daß er mir dann niemals folgen sollte, noch mich fragen, was ich zu verrichten hätte. Er versprach es, und ich folgte ihm in den Starenberg zurück, wo ich ihn immer am Sonnabend verließ und zu meiner Mutter ging, sonntags aber wieder kam.

So lebten wir einige Jahre, und ich gebar ihm einen Sohn, den wir Veit nannten. Trismegistus ließ sich nicht vor mir sehen und saß immer auf seinem Turm und destillierte. Mein Gemahl verriet ihn auch nicht, und wenn ich ihn fragte, was denn das für ein immerwährender Rauch sei, der oben aus dem Turme herausstieg, sagte er mir: 'Dieser Turm ists, von welchem mein Vater nach meiner Mutter, Frau Mondenschein, geschaut hat, und weil ich in meiner heimlichen Liebe zu dir die erste Ursache des Verbrechens war, so lasse ich jetzt einen ewigen Rauch, auf dem Turme aufsteigen, ein Opfer, um meine Frau Mutter zu versöhnen; ich räuchere da mit lauter Edelsteinen, dieselben, die du mir früher geschenkt.'

Aber Johannes betrog mich, denn in den Nächten, da ich abwesend war, ging er immer selbst auf den Turm hinauf, mit dem Affen zu laborieren; sie suchten den Stein der Weisen, welcher ewiges Leben gibt und alles in Gold verwandelt. Der Affe hatte meiner Mutter allerlei Kunstgriffe abgelernt, die er nun ohne Verstand und Zusammenhang auf alle mögliche Weise hintereinander folgen ließ, nur nie auf die rechte. Seine Hauptbemühung war immer, den grauen Rock und die Stiefel herunter zu kriegen; aber er konnte es nie zustande bringen; er versuchte es wohl hundertmal, sein Habit zu vergolden; kaum aber hatte er sich mit dem Metall überzogen, als alles wieder wie vorher grau und trübe wurde.

Schon war alles Gold des Schlosses zum Schornstein hinausgeflogen, und so viel ich dessen auch brachte, nie reichte es hin, und doch erfuhr ich nie, wo es hinkam. Mein Sohn Veit, der seinen Vater immer um Gold fragen hörte, schleppte nun alles an, was blinkte; aber immer lachte der Vater ihn aus; doch ließ sich der Knabe nicht irremachen und hatte eine große Leidenschaft zu wissen, was der Vater mit all dem Golde anfange. 'Vater', sprach er, 'was ist denn Gold?' – 'Es ist ein köstliches Metall', sagte der Grubenhansel; in demselben Augenblick fuhr der kleine Veit, der sehr naschhaft war, mit einigen Goldkörnern die auf dem Tisch lagen, in den Mund. Grubenhansel, in der Angst, er möge daran ersticken, öffnete ihm den Mund mit Gewalt und erblickte zu seiner größten Verwunderung einen goldnen blinkenden Zahn in seines Söhnleins Mund.

Es war gerade zur Zeit meiner Abwesenheit. Grubenhansel entdeckte seinen wunderbaren Fund dem Affen Trismegistus, und dieser geriet darüber in die ausgelassenste Freude. 'Geschwind bringet Euern Veit herauf', sagte er, 'er hat, was ich ewig suche, was uns allen hilft: animalisches Gold.'

Veit war eben einem schönen Pfau nachgeklettert, der ihn mit seinem goldschimmernden Hals reizte, und da die Sonne unterging, war dieser Vogel nach seiner Gewohnheit auf ein Dach geflogen, um ihr nachzuschreien. Eine kühle Luft erhob sich und spielte in den Federn des Vogels; schimmernde Tauben durchschnitten die Luft, und goldne Fische sprangen aus dem See, dem kühlen Abendwinde entgegen; ganz ungemein glückselig fühlte sich der kleine Veit neben seinem Pfau auf dem Dache; aber so oft er die Hand ausstreckte, dem Vogel eine Feder zu entreißen, flog dieser auf einen höhern Punkt, und Veit folgte immer weiter, bis endlich der Vogel in den Wald flog und seinen gierigen Blicken entschwand. Veit saß nun so hoch oben, daß er schwer herunterkonnte; aber es war ihm ganz wohl, und er hatte die größte Lust, oben zu bleiben, als er die Stimme seines Vaters im Hofe nach ihm rufen hörte. Er besann sich nicht lange, rutschte auf den Dächern nieder, lief wie eine Katze in den Dachrinnen, schwang sich von Giebel zu Giebel und sprang endlich heil und gesund vor den Füßen seines erschrockenen Vaters zu Boden.

Dieser nahm ihn verwundert über seine Geschicklichkeit mit sich auf den Turm, wohin ihm der Knabe gern folgte, weil er die Höhen liebte. Kaum hatte ihn der Affe erblickt, als er ihm auch den Mund mit einem silbernen Löffel aufmachte und ihm, noch ehe der Vater eine Einrede dagegen machen konnte, den goldnen Zahn unter heftigem Geschrei ausriß. 'Nun ist uns geholfen', sagte der Affe, 'mit diesem Zahn führe ich dich, Grubenhansel! in die Kammer, wo deine Frau jetzt den Stein der Weisen bereitet; wir überraschen sie, sie muß uns alles herausgeben, und wir sind die Herren der Erde und leben ewig.'

Grubenhansel ließ sich betören, er schlich mit dem zitternden weinenden Veit und Trismegistus herab. Den Knaben brachte er zu Bette und versprach ihm so viele Pfauen und Tauben, als er nur wollte, wenn er schwiege, und der Knabe gab sich zur Ruhe.

Als meinem Söhnlein der Zahn ausgerissen wurde, empfand ich denselben heftigen Schmerz in meiner Kinnlade und hörte sein Geschrei bis in die Tiefe der Erde. 'Ach!' sagte ich, 'meinem Kinde geschieht weh' – und ängstlich erwartete ich den Anbruch des Tages, um nach Hause zu kehren, als plötzlich der Grubenhansel und Trismegistus vor mir standen und letzterer hastig nach dem Stein der Weisen griff, der vor mir zwischen drei Lilien lag, einer blauen, einer roten und einer weißen. Aber ich stellte meinen Fuß auf den Stein, der sogleich in die Erde versank, und der gierige Affe riß nur die weiße und rote Lilie ab und entfloh wie ein Pfeil aus der Grube, weil er den Schritt meiner Mutter hörte.

Schon hatte ich meinen Gatten mit den bittersten Vorwürfen überhäuft, daß er seinen Schwur gebrochen, als meine Mutter, die Frau Erde, eintrat und mit ungemeinem Zorn den Johannes bei mir fand. 'Deine Herrlichkeit ist aus', sagte sie, 'du hast mit dem goldnen Zahn deinem Glücke die Wurzel ausgerissen; gehe und lebe, bis der Vater stirbt, den auch der Affe verführt hat.' Nach diesen Worten rührte sie ihn mit der Hand an die Stirne, und er vergaß alles, was ihm geschehen war, und schlief ein. Nun ließen wir ihn durch die Berggeister in einen der Stollen, die er gegraben hatte, zutage legen; wo er nachmals in einer Höhle bis vorgestern als ein Quacksalber und Laborant gelebt hat. Seinen Vater, der im Berge am Tische angewachsen, besuchte er dann und wann und spielte Schach mit ihm, wußte aber gar nicht anders, als er sei immer in der Grube gesessen und habe laboriert. Als er heute gestorben, habe ich ihn zu Grabe gebracht, ihr wart alle mit dabei, Gott gebe der armen Seele Ruhe!

Der Affe Trismegistus begab sich schnell nach seinem Turm zurück und stellte sich, als wenn er von gar nichts wüßte; er begann nun mit Hilfe der roten und weißen Lilie zu laborieren, kriegte aber nie etwas heraus. Noch mehrere Jahre lebte er auf der Burg, wurde aber endlich von meinem Sohne Veit, der ihn, seit er ihm den Zahn ausgerissen, tödlich haßte, vertrieben. Nun irrt er ewig in der Welt herum und sieht, wo er einen Narren findet, der mit ihm Gold macht, das heißt, zum Schornstein hinaustreibt. Seine Anstalten und Rezepte haben sich unendlich vermehrt. Zum Unglück kann er nicht sagen, was er will; er weiß es wohl, aber er nimmt immer ein Wort für das andere, und so kömmt nie etwas zustande, und seinen grauen Rock kriegt er nie herunter, denn er läuft ihm immer wieder nach."

„Hätte ich ihn hier im Bade," sagte Fräulein Quecksilber, „ich wollte ihn zwagen." – „Wie wollte ich ihn auslachen!" sagte Koboldchen.

Kaum aber hatten sie dies gesagt, als ich ein Gerassel in dem Busche hörte, ich sah den goldnen Affen in größter Angst daherlaufen, und Rock, Hut und Stiefel hintendrein. Jetzt holte ihn der Hut ein und sprang ihm auf den Kopf, jetzt hängte sich ihm der Mantel über die Schulter. Er lief in Todesangst immer in engeren Kreisen um mich und die Grube; jetzt waren ihm die roten Stiefel auf den Fersen, er warf die beiden Lilien in der Angst weg, um auf einen Baum zu klettern, der gerade über der Grube wuchs, in die ich schaute. Nun fuhren ihm die Stiefel an die Beine, der Gürtel sprang um ihn und schloß ihn mit dem Baume zusammen. Er lamentierte ganz erbärmlich, ich sollte ihn ablösen. Ich schnallte ihm den Riemen auf, und er plumpte in das Quecksilberbad hinab; da fielen die Jungfrauen über ihn her, rieben und walkten ihn wie die Hutmacher den Hutfilz, bis er wieder ein ordinärer Affe war, und ich sah, wie sie ihn an einer Kette fortführten und die Grube verließen.

Nun entschlummerte ich, und als ich erwachte, stand die Sonne schon am Himmel; ich nahm die Weidenrute und die beiden Lilien, die neben mir lagen, um meine Gesellen zu suchen, welche ich in kleiner Entfernung von mir schon zu Pferde fand. Schnell warf ich mich auf mein Roß und setzte meine Reise ruhig fort.

Wie Radlauf die Verjüngung der Frau Phönix Federschein ansieht und diese ihre Geschichte mit dem Kautzenveitel erzählt.

Schon kletterte die Sonne an den Baumstämmen hervor, ein kühler Wind spielte in dem Laub, die Vögel sangen ihr Morgenlied, und ich dachte an die arme geliebte Ameley. Als wir aber an den Mainstrom kamen, der den Wald durchschnitt, und keine Brücke vorhanden war, ließ ich meine Begleiter mit den Rossen den Fluß hinaufreiten, um eine Fährte zu suchen, ich selbst aber erreichte das andere Ufer schwimmend.

Von dem Strom durchnäßt, erstieg ich einen Fels, um mich der Sonne auszusetzen, und ward so der Zuschauer eines wunderbaren Schauspiels.

Auf der andern Seite des Felsens lag in einem Bergkessel ein Hügel, in dessen Mitte die höchste und mächtigste Eiche, die ich je gesehen, ihr Laubgewölk ausbreitete. Im Kreise um sie, am Fuße des Hügels, wie Diener um eine Königin, standen eine Ulme, eine Linde, ein Nußbaum, eine Birke, eine Eiche, eine Erle und eine Weide. Zu den Füßen der Eiche entsprang eine Quelle, die, von Felsen unterbrochen, in zwei Arme geteilt, von dem Hügel herabstürzte; der eine Arm bildete auf der rechten Seite des Bergkessels einen klaren Spiegelsee, der andere Arm durchschlängelte zur Linken den Rasengrund, der mehr einem Garten von wohlriechenden Gewürzkräutern, Blumen und Rosenbüschen als einem wilden Waldtale glich.

Ich saß auf einer hohen Felswand hinter Wachholdersträuchen und übersah den heimlichen schönen Waldgrund, ohne von dort aus bemerkt werden zu können. Jetzt aber erhob sich ein Lüftlein und regte die Gipfel des Hains auf, und eine Menge Vögel aller Art flogen hin und her, und trugen allerlei Kräuter und Reiser in Klauen und Schnäbeln auf den Gipfel der Eiche und schienen beschäftigt, ein großes Nest von den mannigfaltigsten wohlriechenden Hölzern und Kräutern zu erbauen. Der Mond lief noch nackt am Himmel herum, und der junge Tag, der aufstehen sollte, schämte sich vor ihm und errötete; nun aber zog der Mond ein weißes Hemd an und trat mit den Sternen hinter den himmelblauen Vorhang. Da machte sich die Sonne auf und hob ihr strahlendes Haupt über den Bergen empor, und wie sie den Rand der Wälder vergoldete, begann in der Linde die Nachtigall zu singen, und eine Weile drauf trat Frau Phönix Federschein, meine dritte Ahnfrau, unter der Eiche hervor und sang –

Frau Phönix Federschein:

Der Mai will sich so günstig
Inbrünstig beweisen,
Ich hörs an aller Vöglein Gesang.
Der Sommer kommt, vor nicht gar lang
Hört ich Frau Nachtigall singen.
Sie sang recht wie ein Saitenspiel:
Der Mai bald will
Den lichten Sommer bringen und zwingen
Die Jungfräulein, zu singen und springen.

Jedoch so sind die Kleider
Mir leider zerrissen,
Ich schäme mich vor andrer Mägdlein Schar,
Mit meinen Füßen geh ich bar,
Als wenn ich baden wollte;
Der Reif und auch der kalte Schnee
Tat mir wohl weh,
Ich will als Badgesellen bestellen
Die Jungfrauen an den hellen Waldquellen.

Komm! komm! lieb, lieb Agneta,
Margaretha, Sophia,
Elisabetha, Ameleya traut,
Sibylla, Lila, Frau Gertraut,
Kommt bald, ihr Mägdlein schöne,
Kommt, mich zu baden säuberlich,
Und schmücket mich;
O kommet! die Jungfrauen im Tauen
Mich baden und beschauen, ja schauen.

Kaum hatte sie dies Lied nach der Melodie der Nachtigall gesungen, als ihre sieben Fräulein aus den umstehenden Bäumen zu ihr auf den blumigten Rasengrund traten: Pfauenaug aus der Ulme, Nachtigall aus der Linde, Reiherbusch aus der Kastanie, Turtel aus dem Nußbaum, Flaum aus der Birke, Schwanenlied aus der Erle, und Schwalbenwitzchen aus der Weide. Sie hatten alle ihre Röcklein aufgeschürzt und trippelten um Frau Phönix, die in dem Quell stand, herum und wuschen ihr die Füße und schmückten sie. Als sie aber fertig waren, sagte Frau Phönix:

Ich bin Frau Phönix Federschein,
Begraben hab ich den Liebsten mein;
Mein Hals war goldgelb, licht und klar,
Mein Leib und Flügel purpurn war –
Der goldnen Kron auf meinem Haupt
Hat Trauer Licht und Glanz geraubt,
Nun sammeln mir die Vögelein
Weihrauch und Myrrhen und Spezerein,
Von edlem Holz wohlriechende Ästlein;
Sie bauen mir daraus ein Nestlein,
Darüber schwing ich mein Gefieder
Am Sonnenlichte auf und nieder,
Bis daß das Rauchwerk sich entzündet,
Die Flamme sich zur Höhe windet:
Dann laß ich mich herab zur Glut,
Verbrenne willig, wohlgemut.
Aus meiner Asche wird erstehn
Ein Würmlein, leuchtend anzusehn,
Woraus ich wieder rein und pur
Mich neu erschwinge zur Natur.
Nun saget mir, ihr Fräulein all!
Was euer Amt ist in diesem Fall.

Fräulein Pfauenaug sang nun, indem sie der Frau Phönix ihr Gewand ordnete:

Mit dem Tausend-Augen-Kranze
Ich auf deine Reize schau;
Mit der Federn Purpur-Glanze
Schmück ich dich, du holde Frau!

Ich erweck dir nach der Sonne
In dem Herzen die Begierde,
Denn so heller Farben Wonne
Leiht ihr Schein erst rechte Zierde.

Fräulein Nachtigall sprach zu ihr:

Ich, Frau Phönix! lehr dich singen:
Wenn dir will das Herz zerspringen,
Lehret dich Frau Nachtigall,
Gott zu grüßen tausendmal:

Auf der Eiche in der Spitzen,
Wenn die Flammen dich umblitzen,
Lehret dich Frau Nachtigall,
Gott zu loben tausendmal.

Fräulein Schwanensang, welche ein Lorbeerkrönchen trug, sagte ihr hierauf:

Sängerin ist sie, ich bin Dichter,
Dichte nur ein einzig Lied,
Mich begeistern Himmelslichter,
Wenn der Mond ins Wasser sieht.

Und ich will dies Lied dir sagen,
Das ich sterbend pfleg zu singen,
Wenn die Flammen um dich schlagen,
Dich im Feuer zu verjüngen.

Fräulein Fläumchen aber brachte eine Menge leichte Federkissen herbei und sprach:

Allen Vöglein ihre Wiege
Füttre ich recht weich und zart.
Daß die junge Brut nicht liege
In den Reisern rauh und hart.

Als Bettmeisterin die Kissen
Trag ich dir zum Feuerneste,
Leid wär mirs, wenn dir die Äste
Nur ein Federlein zerrissen.

Fräulein Schwalbenwitz nahte nun in ihrem grauen Sibyllenmantel und sagte:

Wenn die andern schlafend nicken
Les ich auf des Tages Stirn
Das Geschick, mit leisen Blicken
Winket mir das Nachtgestirn.

Traumausdeuter, weiser Meister,
Sing ich dir die künftgen Zeiten,
Wenn die wilden Feuergeister
In dem Neste um dich streiten.

Fräulein Turtel trat nun freundlich herzu und sagte zu ihrer Gebieterin:

Einst sang ich dir unverdrossen,
Wie der Pelikan sein Blut
Kinderliebend hat vergossen,
Zu erquicken seine Brut.

Nun reich ich, du Holde, Treue!
Dir den dunklen Witwenschleier,
Daß die Flamme dich erneue
In der glühen Totenfeier.

Fräulein Reiherbusch nahte zuletzt und sang:

Ich will dir die Flamme fachen
Mit der Flügel regem Schlag,
Daß sie freudig um dich lachen
Lichter als der junge Tag.

Wenn du schöner und belebter
Triumphierst in Jugendwonne,
Schwing ich dann den Federzepter
Vor dir hin durch Luft und Sonne.

Frau Phönix dankte ihnen allen und sagte: „Bis mein Scheiterhaufen bereitet ist, will ich euch noch erzählen, wer der Vogelsteller Veit war, den wir heute begraben haben, oder vielmehr, wie ich den jungen Fürsten Veit von Starenberg kennen lernte, sein Weib ward, und wie er mich betrogen hat.

Herr Johannes, der zweite Fürst von Starenberg, der ein leidenschaftlicher Bergmann war, blieb einst ungewöhnlich lange aus. In den ersten Tagen glaubte sein Volk, daß er in irgend einer Grube reiche Ausbeute müsse gefunden haben; denn sie wußten wohl, daß er in solchem Falle oft mehrere Tage ausblieb. Als aber endlich eine ganze Woche herumging und er noch nicht wiederkehrte, besorgte man, es möge ihn irgend ein Unglück in dem Bergwerke getroffen haben, und suchte ihn vergebens aller Orten.

Schon war Schloß und Land mit Trauer über seinen Tod erfüllt, als unter die Klagenden, die sich im Hofe versammelt hatten, ein seltsam gekleideter häßlicher Mann trat. Er trug einen grünen Hut, einen grauen gelbgegürteten Rock und rote Stiefel, und kam einen Turm herabgestiegen, auf den der Fürst immer allein zu gehen pflegte. Seine Erscheinung machte jedermann aufmerksam, weil ihn nie jemand gesehen hatte, und weil er aus dem geheimnisvollen Turme kam. Er sagte hierauf: 'Ihr Männer von Starenberg! Euer Herr und Fürst, mein großer Gönner und Freund, ist nicht mehr; ich war sein Astronom, heute nacht hab ich die Sterne beschaut und daraus gesehen, daß er nie wiederkehren wird. Nun aber ist euer künftiger Herrscher, der Erbprinz Veit, noch unmündig; wer aber kann besser sein Vormund sein als ich, der der vertrauteste Freund seines Vaters war. Wollt ihr nun mir dieses Amt anvertrauen, so will ich eure Bergwerke bauen, besser noch als vorher, ich will eure Livereien mit Gold und Silber bedecken, Lust und Herrlichkeit soll überall verbreitet sein; denn ich kenne alle Würzlein und Kräuter, alle Steine und Metalle, die Elemente sind mir untertan, und die Planeten habe ich alle an einem Fädchen.'

Während er so sprach und dabei die seltsamsten Grimassen machte, nahte sich der kleine Veit, an der Hand eines alten Vogelstellers, mit dem er sich viel abzugeben pflegte; er hatte einen schönen Distelfink auf der Hand und war guter Dinge. Die Starenberger empfingen ihren kleinen Fürsten mit aller Liebe eines treuen Volkes, und als sie ihm sagten, daß sein Vater gestorben sei, ließ er den Finken fliegen und begann heftig zu weinen, mehr aber aus Schrecken über den Trismegistus, den er, seit er ihm einen goldenen Zahn ausgebrochen hatte, tödlich haßte, als über den Tod seines Vaters; denn er war noch zu jung, um zu wissen, daß der Tod schrecklicher sei als der Zahnbrecher.

Von neuem erhob der graue Mann wieder seine Stimme und pries seine Kenntnisse und seine Gelehrsamkeit, und als er wieder sagte: 'Ich kenne alle Wurzeln und Kräuter', unterbrach ihn der alte Vogelsteller: 'Woran kennt Ihr sie denn?' Stolz erwiderte der Affe Trismegistus: 'Zeigt es mir nicht das Gesicht, so zeigt es mir der Geruch; zeigt es mir nicht der Geruch, so zeigt es mir der Geschmack.' Nun bückte sich der Vogelsteller zur Erde und sprach, indem er dem Affen etwas reichte, was er aufgehoben hatte: 'Was ist denn dies für eine Wurzel, Herr Doktor?' – 'Erstens muß es mir das Gesicht zeigen', erwiderte der Affe, indem er das Dargereichte von allen Seiten betrachtete. 'Das Gesicht zeigt es mir nicht; so muß es mir der Geruch zeigen' – nun roch er daran und fuhr fort: Der Geruch zeigt es mir auch nicht, so muß es mir der Geschmack endlich zeigen' und nun biß er hinein und reichte mit Stolz das Dargereichte dem Vogelsteller zurück, indem er hoffärtig sagte: 'Nehmt hin, mein Mann! Ihr seid betrogen, denn dies ist keine Wurzel, es ist getrockneter Affenmist.' – Kaum aber hatte er diese Worte gesagt, als man ihn allgemein auslachte, weil er den Kot so hoffärtig versucht hatte, und da der Vogelsteller sagte: 'Hat man mich mit dem Affenkot betrogen, so laßt euch, ihr Männer von Starenberg! nicht von dem Affen selbst betrügen', und als der kleine Veit noch dazu schrie: 'Ja, der Spitzbub hat mir meinen goldenen Zahn ausgebrochen', und ihm darauf einen Stein an den Kopf warf, gab er damit die Losung zu einem allgemeinen Steinhagel, mit welchem man den betrügerischen Affen Trismegistus zum Schloß hinaus verfolgte.

Als die Starenberger sich nach dieser Verrichtung wieder um den kleinen Veit gesammelt hatten, sagte dieser sehr verständig: 'Ich will mir meinen Vormund selbst aussuchen, und das soll niemand sein als mein lieber Vogelsteller hier, den ich am liebsten unter allen Leuten habe.'

Einstimmig ward der Vogelsteller nun als Vormund Veits und Landesverweser anerkannt und verwaltete dies Amt auch mehrere Jahre zu allgemeiner Zufriedenheit.

Der kleine Veit hatte bei ihm die glücklichsten Tage; er beschäftigte sich mit nichts als dem Vogelfang und mit Erziehung mancherlei Vögel. Bald aber war ihm dies nicht genug, er wünschte selbst zu fliegen. Anfangs machte er allerlei kindische Versuche, indem er sich seine Kleider mit Federn benähte und sich mancherlei Flügel an die Arme band; bald aber stiegen seine Versuche immer höher, und seine Einrichtungen wurden künstlicher. Endlich in seinem sechszehnten Jahre hatte er mit vieler Mühe ein paar Flügel zustande gebracht, von denen er sich ungemein viel versprach, und er war fest entschlossen, sie in der folgenden Nacht zu probieren; denn bei Tag wagte er es nicht, da ihn sein Vormund schon mehrmals wegen seinen lebensgefährlichen Versuchen gestraft hatte. Aber an selbem Morgen geschah ihm etwas, was seinen Versuch auf mehrere Tage verschob.

Ihr wißt, meine lieben Gespielen! daß wir, ich und ihr, durch den Willen des Geschicks alle vier Wochen die Gestalt von verschiedenen Vögeln während vier Tagen annehmen müssen und dann allen Schicksalen dieser Tiere unterworfen sind. Ihr wißt auch, daß wir dann keine größeren Feinde haben als die großen Raubvögel und besonders die Eule, die uns zur Nachtzeit nachstellt. Nun war ich zwar von meiner Mutter, Frau Luft, hinreichend gewarnt, mich in acht zu nehmen, aber die Jugend ist unvorsichtig.

Es war in einer mondhellen Nacht, und da Frau Eule das Licht scheut, dachte ich nicht, daß es so gefährlich sei, ein wenig spazieren zu fliegen; denn wenn ich gleich ein Vogel war, so war ich doch niemals als ein solcher geflogen, sondern mußte in diesem Zustand immer einsitzen.

Meine Frau Mutter, die Luft, regte sich nicht und schlummerte ruhig; ich hatte eine unendliche Begierde, einmal den Himmel zu durchschweifen, besonders weil ein großer Komet am Himmel leuchtete, und meine Mutter mir auf meine Frage, was das sei, gesagt hatte, es sei mein Bruder im Himmel.

Leise schlich ich mich aus meiner Kammer hier in die Eiche, breitete die Flügel aus und schwebte selig durch die Luft; ich kann euch mein Entzücken nicht beschreiben, wie ich so das schlummernde Antlitz der Erde mondbeleuchtet unter mir sah, wie mich die mondlächelnden Flüsse und Seen wie glänzende Augen anschauten, aller Duft der Wälder und Gärten mir ans Herz stieg, und wie die Nacht ihre blaue Sternendecke wie einen wunderbaren Traum über mich gespannt hatte. Jetzt schwebte ich über den glänzenden Türmen des Starenberger Schlosses und wollte mich eben, durch Ungewohntheit des Fluges ermüdet, auf dem höchsten dieser Türme niederlassen, als mich die Frau Eule, die auf ihm wohnt, bemerkte, mich mit ihren großen feurigen Augen ansah und mit dem Schnabel knappte. Da ergriff mich eine unbeschreibliche Todesangst, und wie ein Pfeil stürzte ich in einen naheliegenden Wald nieder; aber hier überraschte mich eine neue Gefahr. Ich stürzte in die Netze eines Vogelstellers, die mit Schellengerassel über mir zusammenschlugen.

Nicht lange sträubte und wehrte ich mich, als schon Veit von Starenberg, ein schöner blonder Jüngling, sich nahte und mich mit ungemeiner Freude aus dem Netze hervornahm. Er war ganz entzückt über meine Schönheit; nie hatte er so etwas gesehen; er liebkoste mich, gab mir Zuckerbrot und eilte noch in der Nacht mit mir nach dem Schlosse in sein Gemach. Sogleich ließ er seinen Vormund rufen und zeigte mich ihm; und auch dieser war ungemein erstaunt bei meinem Anblick, er konnte mich nicht nennen, er hatte nie geglaubt, daß ein Vogel von solcher Schönheit existiere.

Als der Alte nach seiner Kammer zurückgegangen war, legte mich Veit auf sein Kopfkissen, liebkoste mich und entschlummerte. Als der Tag anbrach, begann er seine Liebe und Freude mir von neuem zu bezeugen; er breitete meine Flügel aus, fütterte mich aus seinem Munde, und seine Freundlichkeit rührte mich so, daß ich ihn liebgewann und ganz zahm und vertraulich gegen ihn ward.

Drei Tage war ich so bei ihm, und schon nahte der vierte Tag, an dem ich wieder meine Gestalt annehmen sollte. Unbeschreiblich wuchs meine Angst, mich dann nicht zu Hause zu befinden; aber abends am vierten Tage wehklagte meine Mutter, die Frau Luft, durch alle Säle des Schlosses und ich zeigte mit den Flügeln schlagend eine ungemeine Begierde zu fliegen.

Dies erweckte dem jungen Fürsten auch seine alte Sehnsucht wieder; er sagte zu mir: 'Ja fliegen! fliegen! mein schöner Vogel, Fliegen ist eine Seligkeit! Gestern habe ich geträumt, ich flog an deiner Seite durch die Luft; und sobald ich es kann, wollen wir selig miteinander fliegen.'

Hierauf nahm er seine künstlichen Flügel und begab sich auf die Terrasse des Schlosses, befestigte sich die Maschine an den Schultern und stürzte jubelnd in die himmlische Freiheit. Ich blieb in der Stube versperrt und sah ihm durch die Fenster nach. Kaum aber bemerkte ihn Frau Luft, als sie gewaltig zu stürmen begann. Die Fenster des Schlosses zitterten, die Rauchfänge fielen herunter, Hagel und Schloßen schlugen die Fenster ein, es donnerte und blitzte, und da die Sternenherde des Mondes scheu wurde, warf er mit Steinen nach ihnen, deren einer das Fenster meines Gemaches zerschlug und mir so die Freiheit gab.

Die Luft, meine Mutter, empfing mich zürnend und trieb mich nach Hause zurück in schnellem Flug; aber ich war mehr um das Schicksal des armen Veit in dieser Nacht besorgt als um den Zorn meiner Mutter. Ich erzählte ihr viel von dem jungen Veit, und wie zärtlich er gewesen, und daß ich ihn liebe. Als ich aber meine Angst aussprach, wie es ihm auf seinem Fluge möge ergangen sein, hörten wir ein Wehgeschrei und Geflatter in der Luft. Wir schauten auf, und es war Veit, auf dem Punkt, niederzustürzen; ängstlich flog ich ihm entgegen, er rief: 'Hilf, hilf, mein Vogel!' aber meine Mutter riß mich zurück, und der gute Veit fiel hier in diesen Teich.

Es war gerade um die zwölfte Stunde der Nacht, wo ich wieder menschliche Gestalt annahm. Ich eilte nach dem Teich und reichte ihm die Hand. Als er zu Lande gestiegen, war seine erste Frage, ob ich nicht den wunderschönen Vogel gesehen, dem er soeben begegnet sei, und in dessen Lobeserhebung er kein Ende fand.

Meine Mutter, die Frau Luft, trocknete ihn, und wir lösten ihm seine zerrissenen Flügel aus. Er blieb einige Tage bei uns; meine Liebe war ungemein, und auch er liebte mich sehr; meine Mutter willigte in unsere Verbindung, und ich zog mit ihm als seine Braut nach Starenberg zur Hochzeit, bei welcher er schwören mußte, mich immer in der vierten Woche des Monats an einem einsamen Platz im Walde zu verlassen und, ohne mir nachzuforschen, mich nach vier Tagen wieder zu erwarten. Zugleich mußte er versprechen, dem Vogelfang und dem Fliegen gänzlich zu entsagen; welches er leichter schwur, als er es nachmals hielt.

Meine Mutter wollte die Hochzeit sehr feierlich haben; sie begleitete mich daher mit ihrem ganzen Hofstaat in Menschengestalt, und bei diesem Feste verrichteten folgende die Ämter:

Der Adelar, der führte mich zum Traualtar;
Der Dompfaff traute uns als Schloßpfaff;
Der Emmerling gab mir und ihm den Fingerring;
Der Rabe gab mir die Hochzeitgabe;
Der Vogelstrauß führt' wieder mich zur Kirch hinaus;
Der Goldfasan, der führte mich zum Tanzplan;
Der Auerhahn gab da alle Tänze an;
Der Reiher und der Geier, die spielten da die Leier;
Die Wachtel, die schlug den Takt drei Achtel;
Der Fliegenstecher kredenzte da den Hochzeitbecher;
Die Meise, die brachte manche Speis.;
Der Stiegelitz führt' nach dem Tanze mich zum Sitz;
Die Goldammer, die führte uns in die Brautkammer;
Der Habicht ging vor uns mit dem Nachtlicht;
Die Amsel gab mir das Nachtwamsel;
Die Taube, die reichte mir die Haube;
Der Grünspecht gab meinem Veit den Stiefelknecht;
Der Wiedehopf brachte uns den Nachttopf;

Die Schnepfe brach vor der Tür die Töpfe;
Und nach ihr sang Frau Nachtigall die ganze Nacht mit süßem Schall.

Mein lieber Veit aber war nicht recht fröhlich, und immer stak ihm noch der schöne Vogel im Kopf, den er gehabt hatte.

Ich durfte nicht sagen, daß ich es selbst war, und suchte seine Sehnsucht durch meine Liebe zu zerstreuen.

Am folgenden Morgen setzte er seinen Vormund, den alten Vogelfänger, ab, weil er ihm, wie er sagte, nicht acht auf den schönen Vogel gegeben hatte, und setzte hohe Preise aus, wer ihm den Vogel wiederbrächte. Nach drei Wochen verließ ich ihn mit meinem ganzen Hofstaat; wir gingen an einen einsamen Ort im Wald, er verließ uns, und wir kehrten in Vögel verwandelt hierher zurück. Nach vier Tagen kam ich allein wieder zu ihm, und wir lebten glücklich.

Nach einem Jahr brachte ich ihm einen Sohn, namens Jakob, den wir sehr liebten und wohl erzogen. Nur hatte er eine Eigenschaft, die uns sehr oft beunruhigte, nämlich eine große Freude am Feuer. Vielleicht, daß meine Eigenschaft, mich im Feuer zu erneuen, ihm diesen Trieb in seine Natur gebracht. Als Kind von wenigen Monaten schon lachte er immer beim Anblick des Lichtes und griff mit seinen Händchen nach der Flamme. Später steckte er jeden Span an, den er erwischen konnte, und mit dem Ofenheizer des Schlosses lief er von einem Kamin zum andern. Als Knabe war er nicht aus der Schmiede zu bringen, und auf einsamen Spaziergängen im Wald machte er sich immer ein Feuer an und sprang darüber und jauchzte beim Anblick der Flamme, so daß er, weil er oft berußt war, von uns den Spottnamen Kohlenjockel erhielt.

So lebten wir lange glücklich, aber alles hat sein Ende, und so endete auch unser Glück. Die Eule und der Kuckuck waren meine Feinde, um so mehr, da sie nicht waren zur Hochzeit geladen worden. Der Kuckuck aber besonders; denn dieser freche Stutzer hatte sich immer vergeblich um meine Liebe beworben.

Als ich nun einst in Vogelgestalt hier im Baume saß, lud meine Mutter, mich zu zerstreuen, eine große Gesellschaft von Vögeln zusammen und erklärte ihnen, daß nun fünfundzwanzig Jahre seit meiner Hochzeit verflossen seien, und daß sie sich nächstens einstellen sollten, dies Fest meiner Vermählung auf dem Starenberg abermal zu feiern.

Da drängte sich der Kuckuck plötzlich in die Gesellschaft, sprach allerlei Ungezogenheiten und erklärte, daß er auch dabei sein wolle, aber er ward einstimmig abgewiesen, und ich verbat mir seine Annäherung für immer; worauf er drohend und erzürnt die Gesellschaft verließ. Er begab sich nun zu der bösen alten Frau, der Frau Eule, und machte mit ihr den Plan, mein Glück zu vernichten, welches ihnen auch gelang.

Den ganzen Tag flog der Kuckuck um meinen Gemahl herum; er mochte gehn und stehn, wo er wollte, so schrie er ihm zu Kuckuck! Kuckuck! und ebenso saß er des Nachts vor seinem Fenster und schrie: Kuckuck! Kuckuck! Veit wußte gar nicht, was dies bedeuten sollte, und wurde, da dies den zweiten Tag ebenso fortwährte, endlich ganz unruhig darüber.

Am folgenden Abend ließ sich Frau Eule bei ihm anmelden, als eine alte Anverwandte seiner Frau, von der sie ihm Nachrichten zu bringen habe. Begierig ließ sie Veit zu sich herein; sie hatte eine tiefe Perücke aufgesetzt und hatte eine Pelzjacke an und bat ihn, das Licht auszulöschen, weil sie kranke Augen habe und den Schein nicht vertragen könne. Veit tat nach ihrem Willen. Nun sagte die Lügnerin folgendes: 'Lieber Herr Veit! Ihr dauert mich; seht, ich bin die Amme Eurer Frau, sie hat mich aber mit Undank verstoßen und ich muß mich nun kümmerlich mit Spinnen und Wahrsagen ernähren; und so komme ich, um Euch meine Kunst anzubieten und Euch zu fragen, ob Ihr denn gar nichts auf dem Herzen habt, was Ihr gern wissen wolltet.' – 'Ach!' sagte Veit, 'wissen möcht ich, was der Kuckuck will, der seit mehreren Tagen mir unaufhörlich zuruft.' Darauf erwiderte ihm Frau Eule: 'Mein lieber Veit! das ist ein böser Ruf; er sagt Euch, daß Eure Gattin Euch nicht liebt und in der Zeit ihrer Abwesenheit gar nicht an Euch gedenkt.' Veit wurde darüber sehr bestürzt und fragte die Frau Eule, wer denn der sei, über den er vergessen werde. Da sagte Frau Eule: 'Es ist jemand, den Ihr in Eurem Busen getragen, aus Euren Händen ernährt habt; es ist der, der Euch seit Eurer Hochzeit verlassen hat, es ist der schöne bunte Vogel, nach dem Ihr Euch so sehr sehnt; dieser ist ein Zauberer, den Ihr in dieser Gestalt gefangen. Ach! hättet Ihr ihn doch damals erwürgt und ausgestopft, es wäre Euer Glück gewesen.'

'Wie kann ich ihn denn wieder habhaft werden, den Bösewicht?' fragte Veit, worauf ihm die böse Frau Eule folgenden Anschlag gab: 'Ihr wißt, daß Eure Gemahlin in der dritten Woche, wenn sie morgen zu Euch kömmt, ihre silberne Hochzeit mit Euch feiern will, und daß sie deswegen ihren ganzen Hofstaat mitbringen wird; ihr müßt daher, ehe sie Euch wieder verläßt, auf dem Platz im Walde, wo sie von Euch geht, alle mit Netzen und Schlingen umgeben; ich weiß, daß ihr Freund sie dort immer im Gebüsche erwartet; ich will da lauern und ihn schon in die Schlinge hineintreiben, und dann mögt ihr tun was recht ist.' So sagte die böse Frau Eule und verließ meinen Gatten.

Am folgenden Tag kam ich wieder zu ihm mit allen meinen Hochzeitsgästen; Veit war ungewöhnlich heiter; die Feier der silbernen Hochzeit wurde veranstaltet; alles war voll Freude und Vergnügen. Wir tanzten die letzte Nacht noch im Freien, als ich plötzlich den Ruf des fatalen Kuckucks wieder hörte. Erbittert bat ich meinen Gatten, er möchte mir den widerlichen Vogel fangen und braten: 'Nein', sagte Veit, 'ich habe dir bei meiner Hochzeit geschworen, keinen Vogel mehr zu fangen, und nun will ich bei diesem meinen Schwur auch nicht verletzen, denn er ist ein Wahrsager.' Hierauf ward Veit ganz blaß und wieder rot vor Zorn, doch verstellte er sich wieder bald und ward ausnehmend vergnügt.

Als nun die Stunde herannahte, daß ich ihn verlassen sollte, sagte er mir spöttisch: 'Lebe wohl, wir werden bald hören, was der Kuckuck wollte.' Ich weinte über sein wunderliches Wesen und verließ ihn. Kaum aber hatte ich im Gebüsch meine Vogelgestalt wieder angenommen und wollte nach Hause eilen, als ich mich in Netzen, die über mir und meiner Gesellschaft zusammenschlugen, gefangen sah, wozu der Kuckuck gewaltig lachte.

Veit stürzte herein in das Dickicht, nahm mich aus den Netzen und sagte: 'Ha! verräterischer Vogel, nun sollst du mir nicht wieder entgehen; du bist es, der meine Gattin zum Unrecht verführt, du mußt sterben' – und somit eilte er durch den Wald zum Schlosse zurück, indem er mich unter dem Arm hatte und mich kniff und rupfte, daß ich laut jammerte. Frau Eule aber zerriß indessen mit ihren Krallen alle meine kleinen Hochzeitsgäste, außer dem Adler, der sie fest packte und aus den Netzen, die der Vogel Strauß zerbrach, fortschleppte.

Mein Sohn Jockel hatte seiner Gewohnheit nach bei dem Tanz die Beleuchtung und alles Feuerwerk besorgt, und da er eben einen Scheiterhaufen von allerlei wohlriechendem Holz, und um einen angenehmen Rauch zu machen, angesteckt hatte, fand ihn sein Vater, der mich unter dem Arm trug. Er warf mich im Zorn in die Flamme, immer in dem Gedanken, ich sei sein Feind. Meine Mutter, die Frau Luft, tobte auf mein Angstgeschrei durch den Wald, das Feuer schlug hell auf, und ich verbrannte. Wie erstaunte mein Gemahl, als ich mich aus der Asche schöner als vorher erhob und zu ihm sagte: 'Treuloser Veit! du hast deinen Schwur gebrochen, du hast dein eigenes Weib, dein Glück ermordet, ich verlasse dich auf ewig.'

Nun kam meine Mutter, der Adler brachte auch die Eule herangeschleppt. Meine Mutter befahl ihm, der Eule das Fell abzuziehen; er tat es, und nun hängte sie es meinem Gatten um und blies ihm dabei so heftig den Rauch ins Gesicht, daß er das Gedächtnis verlor, worauf sie ihm zuschrie: 'Nun gehe zum Kuckuck! Kautzenveitel sollst du heißen und ein Vogelsteller sein in Ewigkeit, bis dein Vater und Urgroßvater mit dir zur Erde gebracht sind.'

Veit lief nun bewußtlos in den tiefen Wald zum Kuckuck, ward ein Vogelsteller und wußte nichts anders, als daß er von jeher einer gewesen sei. Sein Vater Grubenhansel, der in der Nähe wohnte, nahm ihn in strenge Zucht, und hat er da wohl hundert Jahre gesessen, bis wir ihn heute begraben haben, wobei ihr alle zugegen wart."

So beschloß Frau Phönix ihre Geschichte, und nachdem sie eine kleine Weile geschwiegen hatte, sagte sie: „Wohlan! so der Scheiterhaufen fertig ist und die Sonne stark genug, ihn zu entzünden, will ich mich hinaufbegeben." Nun eilte Fräulein Flaum als Bettmeisterin zu dem Nest in der Krone der Eiche, mit dem die Vögel schon fertig waren, legte die Kräuterkissen hinein und ordnete es bequem. Fräulein Pfauenaug aber sah in die Sonne und kündigte an, daß sie kräftig genug sei, den Scheiterhaufen zu entzünden; worauf Frau Turtel der Frau Phönix das Antlitz verschleierte. Fräulein Paradies flog voran, ihr folgte Dichterin Schwanenlied und die Sängerin Nachtigall und die Frau Sibylle Schwalbenwitz, dann folgte Frau Phönix Federschein und hinter ihr Frau Turtel, Fräulein Flaum und Pfauenaug. Erst umkreiste der Zug das Nest, dann ließ sich Frau Phönix drin nieder, die Jungfrauen aber setzten sich rings jede auf ihre Baumspitze.

Fräulein Paradies fing an gegen das Nest zu wehen, das bald vom Glanz der Sonne entbrannte; dann ließ sie sich auch auf ihren Baum nieder; und strömte eine wohlriechende Luft durch die Gipfel der Bäume. Frau Phönix schwang sich nochmals empor, die Flamme des Nestes schlug hoch auf, sie stürzte sich hinein, und es ertönte folgender Gesang –

Frau Phönix:

In der Flamme wildem Streite
Atme ich nur milde Ruh,
Daß die Flamme züchtig mich entkleide,
Decken mich die linden, lieben, blauen Lüfte zu.

Chor der Sieben Fräulein:

Lasse, o Sonne!
Das Opfer gelingen;
Flammen der Wonne!
Durch schimmernde Schwingen
Zucket ihr trunken,
Hebet in Funken
Lachende Farben,
Die in dem seligen Tode erstarben,
Der sie durchglühte
Jetzt wie die Blüte,
Um sie zu zeitigen,
Schnell zu dem freudigen
Göttlich mitleidigen Lichte empor.

Frau Phönix:

Mich durchglühen süße Flammen,
Mich durchkühlet milde Luft,
Mir im Herzen dringen sie zusammen,
Wie versöhnte Feinde sich umarmen in der Gruft.

Chor der Sieben Fräulein:

Lasse, o Luft, dir
Das Opfer gefallen;
Sieh, wie voll Duft hier
Die Wolken aufwallen;
Weiherauch trinkst du,
Rauschend aufschwingst du
Flammenpaniere,
Daß hoch die Jugend im Tod triumphiere.

Frau Phönix:

O wie selig sind die Wunden,
Die das Wiedersehn erschließt;
Das Verlorne alles ist gefunden.
Und das liebe, ewge Leben mir das Herz durchfließt.

Schwanenlied:

Wenn die Augen brechen,
Wenn die Lippen nicht mehr sprechen.
Wenn das pochende Herz sich stillet
Und der warme Blutstrom nicht mehr quillet:
O dann sinkt der Traum zum Spiegel nieder,
Und ich hör der Engel Lieder wieder,
Die das Leben mir vorübertrugen,
Die so selig mit den Flügeln schlugen
Ans Geläut der keuschen Maies-Glocken,
Daß sie all die Vöglein in den Tempel locken,
Die so süße wildentbrannte Psalmen sangen:
Daß die Liebe und die Luft so brünstig rangen,
Bis das Leben war gefangen und empfangen;
Bis die Blumen blühten,
Bis die Früchte glühten,
Und gereift zum Schoß der Erde fielen,
Rund und bunt zum Spielen;
Bis die goldnen Blätter an der Erde rauschten,
Und die Wintersterne sinnend lauschten,
Wo der stürmende Sämann hin sie säet,
Daß ein neuer Frühling schon erstehet.
Stille wirds, es glänzt der Schnee am Hügel,
Und ich kühl im Silberreif den schwülen Flügel,
Möcht ihn hin nach neuem Frühling zücken,
Da erstarret mich ein kalt Entzücken –
Es erfriert mein Herz, ein See voll Wonne,
Auf ihm gleitet still der Mond und auch die Sonne.
Unter den sinnenden Denkern, den klugen Sternen,
Schau ich mein Sternbild an im Himmelsfernen;
Alle Leiden sind Freuden, alle Schmerzen scherzen.

Und das ganze Leben singt aus meinem Herzen:
Süßer Tod, süßer Tod
Zwischen dem Morgen- und Abendrot.

Schwalbenwitz:

Wahrlich, wahrlich, ich sage euch,
Himmel und Erde sind sich gleich.
Spricht der Himmel: Werde!
Da grünt und blüht die Erde.
Spricht die Erde: Sterbe!
Da wird der Himmel ein lachender Erbe.
Sterne sah ich blinken und sinken,
Den Mond in der Sonne ertrinken,
Die Sonne stieg in die Meere,
Ohne daß sich ein Fünklein verlöre.
Feuer und Wasser hassen sich
Erde und Wasser umfassen sich
Luft und Feuer entzünden sich,
Erde und Feuer ersticken sich,
Erde und Luft umkühlen sich,
Luft und Wasser umspielen sich,
Aber alles ist Liebe, Liebe, Liebe,
Und wenn sich alles empörte, verzehrte, verschlänge,
Daß gar nichts bliebe, bliebe doch Liebe
Die Hülle, die Fülle, die Menge.

Nachtigall:

Sehnsucht, Schwermut, Wehmut,
O wie schwüle Gefühle fühle
Ich im kleinen Herzen,
Daß ich stolz in Demut,
Recht im Glutgewühle
Mir den Mut erkühle
Und in bittern Schmerzen
Süß kann scherzen,

O du Liebeswiderspruch!
Stummes Echo, segensvoller Fluch,
Feuer, das erquicket, Luft, die ersticket
Wasser, das dürstend flehet,
Erde, die wie Luft und Feuer wehet.
O wie ist der Streit so geschwinde und gelinde,
Daß die Lust die Liebe finde, beide überwinde
Mit dem blinden Kinde Amor, der die Binde
Seiner Augen niederreißt im Siege,
Um zu schauen, wie die Lieb der Lust erliege,
Daß das Leben sich zu beiden schmiege,
Und er sieht, der Kampf ist nur die Wiege,
Daß die weinende Sehnsucht schwiege,
Und das neue Leben schaukelnd, gaukelnd
Zu den Sternen fliege.

Während die Dichterin Schwanenlied, die Sibylle Schwalbenwitz und die Sängerin Nachtigall so sangen, hatte sich der Leib der Frau Phönix in den Flammen verzehrt; nur ein kleines schimmerndes Würmlein lag, wie ein Rubin glänzend, in der dunkeln Asche, und in dem Augenblick, als Frau Nachtigall verstummte, verwandelte es sich von neuem in die Frau Phönix, die jubelnd, glänzender und schöner zum Glanz der Sonne emporstieg.

Alle die sieben Jungfrauen umkreisten sie mit Gesang, und dann eilten sie freudig über den Berg hin und entschwanden meinen Augen.

Da ich aber bemerkte, daß der Weihrauch von dem verbrannten Neste an den Zweigen der Eiche herabgetröpfelt war, stieg ich zu dem Tale herab und sammelte dessen eine Menge, um doch auch ein Andenken von meiner Urgroßmutter, Frau Phönix Federschein, zu haben.

Kaum hatte ich dessen eine hinreichende Menge gesammelt, als mich das Wiehern der Rosse, das durch die Felsen schallte, überzeugte, meine Gefährten müßten in der Nähe sein; ich folgte dem Bächlein, das unter der Eiche entsprang, und fand bei dessen Ausfluß in den Main meine Gefährten versammelt; ich bestieg mein Roß, und wir zogen durch das Gebirge weiter.

Wie Radlauf die Frau Feuerschein von ihrer Verbindung mit dem Kohlenjockel erzählen hört und nach Hause kömmt.

Es war, als habe sich an dem Feuer, worin sich Frau Phönix geopfert hatte, die Sonne selbst erhitzt; ihre Strahlen fielen ungemein heiß auf uns hernieder, die Luft war dick und schwül, Gewitter zogen sich rings zusammen; wir waren in einem wilden Waldgebirge, und ich ließ meine Gefährten in einer kühlen Felsenhöhle ihre Rosse einstellen und sich erholen. Mich selbst trieb die Sehnsucht, den Berg höher hinanzusteigen, ob ich vielleicht nicht die Gebirge meiner Heimat erblicken könne, die das Bett meines geliebten Rheins begleiten; denn das Land gewann mir ein heimisches Aussehen. Epheu und Reben kletterten an den Felsen hinan, und ich glaubte nicht ferne vom Altare des Bacchus zu sein.

Mühsam erstieg ich den Gipfel des eichenbewachsenen Berges, und als ich mich seiner Spitze nähernd aus den Stämmen hervortrat, sah ich einen Rauch aus einer Hütte aufsteigen. Aussicht aber hatte ich keine, weil der Wald rings hoch war.

Ich nahte mich der Stelle des Rauches und erblickte eine Öffnung gleich einem Kessel und hörte in der Tiefe ein Murren und Sausen; der Himmel aber verfinsterte sich, die Gewitter zogen eilig finstere Wagenburg um mich her, und indem sie tiefer sanken, als ich stand, und ihren Donner um mich rollen ließen, schien es mir, als sei ich allein auf einer Feste, die belagert würde.

Da nun der Rauch des Gipfels stärker wurde, auch dann und wann Flammen emporzuckten und glühende Steine emporflogen, so ward ich beunruhigt und wollte meinen Weg wieder hinab nehmen. Ich war zu diesem Ende kaum hundert Schritte durch den Eichenwald zurückgegangen, als ich auf eine Höhle traf, deren Eingang ganz aus Schlacken und verglasten Steinen bestand, die künstlich aufeinander verschmolzen schienen. Ich würde vorübergegangen sein, hätte ich nicht mehrere Stimmen darin flüstern hören.

Neugier und die Gewohnheit, seltsame Dinge zu sehen, lockten mich einige Schritte tiefer in die Höhle; bald fand ich ihre Wände von zuckenden Flammen angeschimmert, ich schlich leise vorwärts und erblickte Frau Phosphor Feuerschein, meine Großmutter, und ihre sieben Glutfräulein in einem runden Saale sitzen, der die Gestalt eines Backofens hatte. Sie saßen rings herum, eine jede hatte eine andere Arbeit vor. Frau Phosphor Feuerschein aber unterbrach plötzlich die Stille mit folgenden Worten –

Frau Phosphor Feuerschein:

Lange war mit stummem Grimme
Hier im Haus mein Schmerz verschlossen,
Aber da die Zeit verflossen,
Hört, Gespielen! meine Stimme.

Schon erschallt ein dumpfes Lachen
In des alten Berges Bauch,
Und es speien hagre Drachen
Aus dem Gipfel Glut und Rauch.

In der Tiefe Eingeweiden
Wütet schon mein eigner Schmerz,
Meine Leiden all zerschneiden
Jetzt des Berges kaltes Herz.

Schwefel, Kalk und Kohle schwitzet
Eingeengt in banger Wut,
In den Adern sich erhitzet
Der Metalle starres Blut.

Die verschiednen Geister drängen
Sich in banger Angst nach Luft,
Bald wird die Gewalt zersprengen
Dieses Trauerkerkers Gruft.

Wo der edle Wald jetzt kühlet,
Tobt dann Feuers Raserei,
Das schon summend aufwärts wühlet,
Und macht meine Seele frei.

Hört, wie rings die Felsenknochen
Krachen in dem alten Berg,
Hört, wie heult erhitzt im Kochen
Laut der faule Heinz, der Zwerg.

Und es werden glühe Felsen
Fliegen aus des Berges Schlund,
Die sich donnernd niederwälzen
In den sanften Wiesengrund.

Wo jetzt still die Hirsche grasen,
An der kühlen Epheuwand,
Werden Lavaquellen rasen
Nieder in das rhein'sche Land.

Wenn die Zornflut wird erkalten,
Klagen noch der fernen Zeit
Ihre schroffen Schreckgestalten
Meines Schmerzes Grimmigkeit.

Doch ich will hinab jetzt sinken
In der Nymphen Quellenhaus –
Und den Schwefelbecher trinken
Die versöhnten Quellen aus.

Ich versöhne meine Tränen,
Meine Glut und meine Wut,
All mein Stöhnen, all mein Sehnen
Mischend ihrem kühlen Blut.

Wenn ich mich mit ihr geselle
In des Berges tiefstem Schlund,
Sprudeln wir als Schwefelquelle
Heilend auf im Wiesengrund.

Krankes Weh soll dann genesen
In dem Feuer- und Wasserbund,
Die so lang getrennt gewesen,
Tuen so den Frieden kund.

Und dann eil ich zu dem Rheine,
Wo der Biber hat gebaut,

Daß ich liebend mich vereine
Wieder mit des Sohnes Braut.

Über diese Worte waren die Glutfräulein höchlich erfreut, und jede erzählte mit fröhlichem Ungestüm, was sie alles bei dem verheerenden Feuer tun wolle; zuerst tanzte und gaukelte Fräulein Flämmchen hin und her und ward bald lang, bald breit, wie eine mutwillige Zunge; sie sang –

Flämmchen:

Vor dir will den Weg ich bahnen,
Denn ich werde von den Hecken
Auf die Bäume deine Fahnen
Glühend in den Wind aufstecken.

Wie ein feurig Eichhorn klettern
Will ich durch die grünen Haseln,
Laß die Nüsse niederschmettern,
Daß sie glüh'nd am Fels zerprasseln.

Zu den Fichten will ich klimmen,
In den Eichen will ich stürmen,
Daß sie schrei'nd die Äste krümmen
Gleich verbrennenden Gewürmen.

Auf die hohen Zedertürme
Stecke ich den roten Hahn,
Und er schreit die wilden Stürme
Als Gehülfen bald heran.

Nun unterbrach Fräulein Fünklein das Lied des Fräulein Flämmchen, und indem sie aus ihrem Winkelchen hervorsprang und in tausenderlei schön verschlungenen Linien an der Erde hinlief, sang sie also –

Fünklein:

Auf dem Schlachtfeld lauf ich Fünklein,
Um die Toten zu begraben

Und mit meinem Feuertrünklein
Die Ermatteten zu laben.

Wenn du, Flämmchen! ausgelecket,
Satt im durstgen Ungestüme,
Wird dein Mut oft neu gewecket,
Wo ich emsig suchend glimme.

In dem dürren Laube irrend
Samml' ich der Zerstreuten Chor, –
Am Wachholderbusch aufschwirrend
Zuckst du, Flämmlein! neu empor.

Auch bin ich der rasche Flieger,
Auf des Windes leichtem Flügel
Trag ich, Flamme! dich als Sieger
Über Tal und über Hügel.

Nun unterbrach aber Fräulein Hitze das Fünklein ungestüm und machte sich so breit und dick, daß allen ringsum die Schweißtropfen auf die Stirne traten, indem sie sang –

Hitze:

Flämmlein! Fünklein! zu geschäftig
Preiset ihr hier eure Werke,
Sagt, was ist in euch denn kräftig
Als allein nur meine Stärke?

Ich kann ohne euch bestehen,
Ohne euch bleib ich doch heiß;
Aber ohne mich euch sehen
Laßt ihr nicht, ihr Naseweis.

Ich bin eures Schwertes Schneide,
Und wenn ihr so triumphieret,
Euch mit meinen Federn zieret,
Ist es nur, weil ich es leide.

Hierauf trat auch Fräulein Lichterloh auf und warf den beiden ersten ihre Eitelkeit mit folgenden Worten vor –

Lichterloh:

Ich bin es, die euch gestaltet,
Ei! ihr macht euch gar zu kraus,
Wenn ihr freudig euch entfaltet,
Sprecht ihr nur mein Wesen aus.

Häßlich wäre euer Treiben,
Nur ein Werk der Dunkelheit,
Nur ein schmutziges Zerreiben,
Gäb ich euch nicht Heiterkeit.

Was ist edel an dem Feuer,
Als daß es die Nacht zerbricht?
Dieses alte Ungeheuer
Unterliegt allein dem Licht.

Fräulein Rauch begann nun ihre Rede und ringelte und schlingelte sich durch das Gewölbe mit folgenden Worten –

Rauch:

Ich gleiche einer Riesenschlange,
Ringe über eurem Funkeln
Mich empor in schwarzem Drange,
Daß die Sterne sich verdunkeln.

Ist der Streit erst recht begonnen,
Wölb ich überm Glutgetümmel,
Wo ihr kämpft gleich wilden Sonnen,
Euch den eignen Wolkenhimmel.

Wie sich meine Fahnen schwenken,
Muß sich eure Wut auch drehen;
Flamme, willst du recht einlenken,
Nur auf mich, auf mich gesehen!

Als diese fertig waren, traten ganz bescheiden die zwei übrigen Fräulein, Kohlenschwärzchen und Äscherling, auf, die eine in Schwarz trauernd, die andere im grauen Bußröcklein. Sie sangen wie folgt

Kohlenschwärzchen:

Um euch trag ich noch die Trauer,
Kehren einst die scheuen Hirsche,
Fliehen sie in bangem Schauer,
Wenn ich unter ihnen knirsche.

Wenn der Wald hier ist verschwunden,
Dien ich zu willkommnem Troste
Armen, die mich aufgefunden,
In des Winters hartem Froste.

Einsam bleibe ich zurücke,
Ringsum öd und ausgestorben,
Gleich ich doch der Ehrenkrücke,
Die im Kriege wird erworben.

Äscherling:

Asche warst du, und zur Asche
Sollst du einstens wieder werden,
Wenn ich naschend dich erhasche,
Sprach der Herr zum Sohn der Erden.

Wenn im eitlen Triumphieren
Eure Schimmer all verglühten,
Werde ich allein regieren,
Einsam hier die Walstatt hüten.

Traure, Kohle, ich will büßen,
Und der Erde nacktem Haupt,
Dem ihr allen Schmuck geraubt,
Will ich seinen Schmerz versüßen.

Denn mit meinen scharfen Laugen
Will ich hier den Grund ausscheuern,
Daß zur süßen Lust die Augen
Sich die Wiesen schön erneuern.

Also rufe ich zurücke,
Was die blinde Wut verheerte,
Über meine graue Brücke
Treibt der Frühlingshirt die Herde.

Nun aber sagte Frau Feuerschein: „Gebet euch zur Ruhe, keine hat Ursache, sich zu brüsten, keine kann ohne die andere nicht bestehen, und mich verherrlichet ihr alle. Zum Lohn eures Diensteifers aber will ich meine traurige Geschichte erzählen, die einen so grimmigen Zorn in mir erregt hat, daß ich zu einem ewigen Angedenken dieses alte Felsenschloß zerstören und mich den Quellen, die in seinen Kellern hausen, vereinen will. Setzet euch ruhig um mich her, jede nehme ihre Arbeit vor." Jetzt setzten sich die Fräulein still und aufmerksam um Frau Feuerschein herum und verfertigten Irrwische, Feuerkugeln, feurige Drachen und allerlei solche leuchtende Sachen, sie aber erzählte wie folgt:

„Jakob von Starenberg hatte eine besondere Leidenschaft von Jugend auf, mit dem Feuer zu spielen, was er vielleicht von der Gewohnheit seiner Mutter, sich in den Flammen zu erneuern, mochte geerbt haben. Als sein Vater von dem Starenberg vertrieben war, war Jakob bereits in einem Alter von fünfundzwanzig Jahren und hatte den Beinamen des Kohlenjockels. Seinen Regierungsantritt feierte er mit unendlichen Illuminationen, die so herrlich von den Bergen in den See schimmerten, daß die Fische an der Oberfläche tanzten.

Solange er regierte, mußten rings auf den Bergen ewige Feuer unterhalten werden; er brannte sich zur Augenlust ganze Wälder an, und oft machte er sich ein Vergnügen daraus, abends in die Spinnstuben der Mägdlein zu gehen und mit einer Fackel ihnen den Rocken zu verbrennen. Als er einstens in der Nacht mit einer Fackel durch einen Wald lief und ihn mutwillig entzündete, ward die Hitze so groß, daß er fliehen mußte und nicht zurückkehren konnte. Seine Fackel erlosch ihm, und er sah bald einige Irrwische vor sich, denen er, als ihm ganz neuen Erscheinungen, begierig nachfolgte.

Unbekümmert, was seine Untertanen über seine Abwesenheit denken möchten, ruhte er bei Tag in der Wildnis und setzte seine Verfolgung der Irrwische bei Nacht fort, bis er endlich hieher in diese Burg gelangte, die mir von meiner Mutter damals angewiesen wurde, als mich ein kühner Sterblicher, Prometheus genannt, ihr raubte und mich zum Erdenfeuer machte. Hier saß ich einsam und trauerte über das Schicksal meines geliebten Entführers, den die Götter als einen Jungfrauenräuber an einen Felsen geschmiedet, als Jakob zu mir ermüdet und ächzend eintrat.

Er war ein schöner Jüngling, und ich knüpfte mein Schicksal an das seine. Er bat mich, ihm als seine Gattin nach Starenberg zu folgen; ich wollte dies aber nicht, um meine Freiheit nicht gänzlich aufzugeben, und machte den Bund mit ihm, daß er mich nie anders sehen sollte, als in mondlosen dunklen Nächten. Hierzu gab ich ihm einen Stein, mit dem er nur an den Stahl seines Brustharnisches zu schlagen brauche, so werde ich seinen Ruf hören und ihm erscheinen, und zugleich mußte er mir schwören, mich nie auf eine andere, gewaltsamere Art zu rufen.

Jakob ging den Bund ein, und wir lebten glücklich mehrere Jahre. Auch gebar ich ihm einen Sohn, Christel genannt, und eine Tochter Margaretha. Diese zwei Kinder spielten wie ihr Vater gern mit dem Feuer.

Ihr wißt, daß mein Liebling ein roter Hahn ist, der die Gabe hat, wo er hingesteckt wird, alles zu entflammen; diesen hatte Jakob durch vieles Bitten von mir erlangt, und er konnte sich bald mit seiner Lust, die Eigenschaft dieses seltsamen Tieres zu versuchen, nicht mehr bändigen.

Nun hatten die Kinder, während der Vater schlief, diesen Hahn heimlich in seinem eisernen Käfig an das Ufer des Sees genommen, in dem Gedanken, ihn zu waschen und zu baden, womit sie dem Vater eine große Freude zu machen hofften, denn seine Federn waren voll Ruß. Als aber der unvorsichtige Christel ihn auf den Schoß nehmen wollte, entbrannten seine Kleider, und er stürzte Hilfe suchend in den See. Der kleinen Margaretha verbrannte das Tier die blonden Locken, und sie floh geängstigt in den Wald, und indem sie sich im Laube wehklagend wälzte, um das grimmige Tier loszuwerden, fand sie der Einsiedler Berthold Schwarz, nahm sie zu sich, fing den roten Hahn ein und war ungemein erfreut über seine Beute. Dieser Einsiedler war mein Feind, er beschäftigte sich mit allen geheimen Künsten, um das Feuer zu bannen und zu besprechen, und die Einwohner des Landes umher suchten oft Hilfe bei ihm.

Wenn mein Gemahl ihnen mit seinen ausschweifenden Feuerbelustigungen das Dach über dem Kopfe ansteckte, dann wußte er mit wenigen Zaubersprüchen der Flamme bald Einhalt zu tun. Ihr könnt euch denken, wie froh der alte Feuerkünstler war, als er mein Kind und meinen roten Hahn in seiner Gewalt sah, die er beide sorgsam versteckte.

Als der Mond sich verfinstert hatte und Jakob mich durch das Anschlagen des Steines an seinen stählernen Harnisch zurückrief, wollte ich meine Kinder und meinen roten Hahn sehen, aber beide waren verschwunden.

Über die Nachlässigkeit Jakobs ergrimmt, raubte ich ihm den Stein und verließ ihn mit der Drohung, ihn nicht wieder zu sehen, bis er mir meine Kinder und meinen Vogel wieder verschafft. Jakob, über diesen meinen Ernst erbittert, dachte, da ich ihm verboten hatte, mich auf eine andere Art zu rufen als die gewöhnliche mit Stahl und Stein, daß es doch noch ein anderes Mittel geben müsse. Er forschte Tag und Nacht den Geheimnisse nach und ward endlich auch mit meinem Feind Berthold bekannt, der ebenfalls keine andere Absicht hatte, als mir zu schaden und auch dem Jakob, der das ganze Land mit seinen Feuerwerkereien verwüstete, das Handwerk zu legen. Jakob eröffnete ihm seine Verbindung mit mir und sagte ihm, wie ich ihm das Mittel geraubt, ihn zu sehen.

'Es gibt allerdings Mittel, sie wieder zu Euch zu zwingen', sagte Berthold, 'aber sie hat sie Euch entrissen, weil sie dadurch überrascht werden könnte; denn Ihr müßt wissen, wenn sie gleich sich mit Euch verbunden, so hängt sie doch mehr an ihrem früheren Freunde Prometheus, der, seit er sie geraubt, an einen Felsen geschmiedet seufzet, und wenn sie nicht bei Euch ist, sitzt sie bei jenem und tröstet ihn.'

Der Zorn meines törichten Gemahls ward dadurch auf das höchste gereizt, und er verlangte von Berthold, er solle mich herbannen, es koste, was es wolle. Berthold gab nun meinem Gemahl den roten Hahn und meine Tochter Margaretha zurück und forderte ihn auf, mit ihm zu arbeiten. Die kleine Margaretha mußte Kohlenpulver reiben, Jakob Schwefel darunter mengen, und Berthold mischte Salpeter dazu. Als sie aber in der besten Arbeit waren, flog der gierige Vogel, der lange gefastet hatte, auf das Gemenge, das er für sein Futter hielt; die Masse entzündete sich plötzlich, warf den Kohlenjockel und meine Margarethe weit zurück, und schleuderte den bösen Berthold hoch in die Luft, daß er tot niederschmetterte. Die Berge bebten, Türme stürzten ein, und der See trat aus seinen Ufern. Kaum hatte Jakob sich aus seiner Betäubung etwas erholt, als ich vor ihm stand und ihm zornig sagte: 'Du hast deinen Schwur gebrochen, du hast mich gewaltsam hergezwungen, so hast du mich denn in meiner ganzen Schreckensgestalt gesehen; gehe hin in den Wald mit deiner Tochter Margaretha, die mitgeholfen hat, mich zu betrügen, und sei, was dein Beiname dich nennt, der Kohlenjockel.' So zog er denn in den Wald, nicht weit von seinem Vater, dem Kautzenveitel, und war ein Köhler, bis das Schicksal dieses Stammes vor einigen Tagen durch meinen Enkel Radlauf den Zweiten entschieden ward.

Als ich nun meinen roten Hahn wieder eingefangen hatte und meinen Rückweg hieher nehmen wollte, sah ich meinen Sohn Radlauf am Ufer des Sees ohnmächtig liegen. Frau Lureley, eine Nymphe, saß bei ihm und suchte ihn ins Leben zu erwecken; ihr wißt, daß ich in Feindschaft mit den Wasserfräulein lebe, wir kamen in einen Streit um meinen Sohn, in dem sie mich heftig bedrängte, und der sich nur dadurch entschied, daß sie meinen Sohn zurück ins Wasser riß, wohin er ihr auch willig mit dem Ausruf folgte: 'Ein gebranntes Kind scheut das Feuer.'

Traurig, von meinem Gemahl und meinen Kindern verlassen zu sein, zog ich mich hierher in mein Schloß zurück und trauerte lange. Nun aber, da das Schicksal zu Ende gelaufen, da ich den Kohlenjockel begraben, will ich mich mit der Nymphe versöhnen, und nachdem ich dieses Haus der Trauer zerstört habe, als heiße Schwefelquelle auf ewige Zeiten in diesen Tälern Gesundheit und Wohlsein aussprudeln. Nun rüstet euch, machet ein Geräusch, alle Tiere und Menschen zu verscheuchen, die in der Nähe sind; denn ich will keinen verletzen. Heiß ist der Tag, meine Mutter, das Sonnenfeuer, hat große Gewitter um dies Felsenhaus gelagert, bald wird der Donner uns begrüßen, die Blitze werden mich suchen und küssen, lasset die Felsen erheben und murrend den Berg Feuer ausspeien, um meiner Mutter zu antworten.“

Dies sagte Frau Erdfeuerschein mit solchem finstern Ernst, und ihre Gespielinnen traten so ungestüm auf, ihr Werk zu beginnen, daß ich eilends die Flucht ergriff. Unter mir bebte der Boden, Bäume schlugen um mich nieder, rollende Felsen verfolgten mich, ich erreichte mein Roß mit Mühe, das ängstlich wieherte und unter mir wie ein Pfeil dahinflog. Bald hatte ich meine Gefährten erreicht, welche die Erschütterung des Berges auch bereits aus ihrem Schutzwinkel aufgeschreckt hatte, und wir eilten nun eine Strecke vorwärts, wo wir sicher die schrecklichen Zornäußerungen der Frau Feuerschein anschauen konnten. Donner und Blitz wechselten mit dem Geprassel des brennenden Waldes; eine heulende Feuersäule stieg aus dem Gipfel des Berges empor und stürzte dann wie eine Fontäne an allen Seiten des Abhangs in glühenden Strömen nieder, die alles entflammten, was sie berührten; zugleich bebte die Erde, ein dunkler Rauch bedeckte den Himmel, und der Sturm trieb Wirbel von glühender Asche vor sich her; der Anblick war entsetzlich und auch in einiger Ferne unbequem; darum führte ich meine Schar wieder in ein geschütztes Tal. Sieh, da trat mein Roß mit dem Huf auf die Wiese und sprang erschreckt beiseite. Ich sah Dampf an der Stelle aufsteigen und sich eine siedende Quelle ergießen. Es war also geschehen, was Frau Feuerschein versprochen, sie hatte sich also mit den Nymphen vereinigt. Ich folgte der Quelle bis zum Rhein, in den sie sich ergoß. Einige Biber, die da ihre Wohnungen hatten, verwunderten sich sehr, als sie das heiße Wasser schmeckten, und entflohen. Ich aber ließ meine Gefährten in einem Busche halt machen, entkleidete mich und stieg in den Rhein, wo die heiße Quelle sich der kalten Flut mischend angenehm erwärmt war, um der erste zu sein, der durch ihre Heilkraft gestärkt würde. Sodann nahm ich meinen Zug eilend den geliebten Strom abwärts nach meiner Mühle.

Wie Radlauf seine Mutter, Frau Lureley, auf dem Mühlrad sitzen sieht, wie sie ihm die Geschichte seines Vaters erzählt, wie er nach Mainz kömmt und seine Ameley erlöst.

Schon sah ich den Rochusberg und die dunkle Bergwand, wo der Rhein dem Anblick verschwindet; aber die Sonne sank, und ich suchte meine Mühle vergebens. Ich ging auf dem wohlbekannten Pfade über die Wiese und fand meine Mühle nicht mehr; der Mausturm ragte mir gegenüber, den ich auch nie gesehen hatte. Da ich aber noch einen Rest meines Mühldammes erblickte, schwamm ich hinüber und setzte mich drauf Ich schaute tief gerührt in den teuren Fluß und sang:

Weiß ich gleich nicht mehr, wo hausen,
Find ich gleich die Mühle nicht,
Seh ich dich doch wieder brausen,
Heilger Strom im Mondenlicht
O willkomm! willkomm! willkommen!
Wer einmal in dir geschwommen,

Wer einmal aus dir getrunken,
Der ist Vaterlandes trunken.

Wo ich Sonnen niedersenken
Sich zum Wellenspiegel sah,
Oder Sterne ruhig denken
Überm See, warst du mir nah.
O willkomm! willkomm! willkommen!
Wen du einmal aufgenommen,
Wen du gastfrei angeschaut,
Keiner Fremde mehr vertraut.

Ström' und Flüss' hab ich gesehen,
Reißend, schleichend durch das Land,
Aber keiner weiß zu gehen
Herrlich so durchs Vaterland.
O willkomm! willkomm! willkommen!
Schild der Starken, Trost der Frommen,
Gastherr aller Lebensgeister,
Erzmundschenk und Küchenmeister!

Ordensband der deutschen Erde,
Das der Weinstock um sie schlingt,
Wo am gastfrei deutschen Herde
Sie der Helden Wohlsein trinkt.
O willkomm! willkomm! willkommen!
Andre Flut kann mir nicht frommen,
Denn an deinem Ufer lauschen
Wein und Liebe, die berauschen.

Weines Feuer, Liebestreue,
Männerkraft und Jungfraun-Zucht,
Daß mein Herz sich recht erneue,
Hab ich wieder euch besucht.
O willkomm! willkomm! willkommen!
Echo schlag die Freudentrommen,

Daß der Vater Rhein auch höret,
Wie ich bin zurückgekehret.

Laut ich durch die Felsen schreie:
Tauche, alter Flutgott, auf,
Sage, ist lieb Ameleye
Noch getreu und recht wohlauf?
Daß willkomm, willkomm, willkommen
Sie nun, die mein Herz beklommen,
Mich in ihre Anne schließe,
Wie einst hier auf dieser Wiese.

Sag, wer hat den Turm gebauet,
Der so finster aus dem Duft
Von der kleinen Insel schauet,
Auf des Rattenkahles Gruft?
Nicht willkomm, willkomm, willkommen
Scheint er mir dahin gekommen,
Wie ein finstrer böser Riese
Steht er in dem Paradiese.

Wer hat mir so bös zerbrochen
Hier mein gutes Mühlenhaus,
Daß mein Rad nicht mehr kann pochen
In des Stromes Lustgebraus?
Nicht willkomm, willkomm, willkommen
Schein ich mir hier aufgenommen;
Seit ich bin ein Fürst geworden,
Stößt mich aus der Müllerorden!

Ich mochte aber singen und rufen, der alte Rhein hörte mich nicht. Als ich mich nun traurig umwendete und nach dem Platze sah, wo ehedem meine Mühle gestanden, sah ich dort meine Mutter, die schöne Lureley, mit ihren sieben Jungfräulein auf einem umgestürzten Mühlrad sitzen.

Meine freundliche blonde Mutter saß auf der Mitte des Rades, die sieben Jungfräulein aber auf den sieben Speichen. Anfangs war ich scheu, heranzutreten; aber sie sah nach mir und winkte mir mit ihrem Schleier, da trat ich zu ihr in den Kreis und setzte mich zu ihren Füßen. Sie sang hierauf mit ungemein freundlicher Stimme zu ihren Jungfräulein –

Lureley:

Singet leise, leise, leise,
Singt ein flüsternd Wiegenlied,
Von dem Monde lernt die Weise,
Der so still am Himmel zieht.

Denn es schlummern in dem Rheine
Jetzt die lieben Kindlein klein,
Ameleya wacht alleine
Weinend in dem Mondenschein.

Singt ein Lied so süß gelinde,
Wie die Quellen auf den Kieseln,
Wie die Bienen um die Linde
Summen, murmeln, flüstern, rieseln.

Herzeleid:

Wer nie sein Brot in Tränen aß,
Wer nie die kummervollen Nächte
Weinend auf seinem Bette saß,
Der kennt euch nicht, ihr himmlischen Mächte!

Wer einsam nie am Strome ging,
Wer nie wie die trauernde Weide
Sein Haupt zum Spiegel niederhing,
Der weiß noch nichts vom schweren Herzenleide.

Chor:

Sieh! wie wandelt der Mond so helle,
Horch! wie eilet die Quelle so schnelle,
Summ, summ, summ,
Kein Tröpflein kommt um.

Liebesleid:

Wer vor dem Fels die Hände ringt
Und eines Hirtenliedes fluchet,
Vom Brunn des Mondes nicht mehr trinkt,
Den hat das bittre Elend heimgesuchet.

Wer keine Blume brechen mag,
Sie lieber mitleidlos vernichtet
Mit seines Pilgerstabes Schlag,
Den hat der Liebe Leid wohl hingerichtet.

Chor:

Sieh! wie schlummern die Blumen so leise,
Horch auf der Nachtigall klingende Weise,
Summ, summ, summ,
Der Schmerz geht herum.

Liebeseid:

Wer glaubet, daß der Treue Schwur,
Den leicht die Lippe spricht in trunknen Stunden,
Ein leerer Schall des Rausches nur,
Des Ehre ist an einer Frauen Haar gebunden.

Und wer die Götter lachen hört,
Als er den Liebesmeineid ausgesprochen,
Von dem hat sich der gute Geist gekehrt,
Sein Herz wird mit dem Glückesrad gebrochen.

Chor:

Sieh! wie das Auge der Eule glüht,
Horch! wie die Fledermaus rauschend zieht,
Summ, summ, summ,
Der Meineid geht um.

Liebesneid:

Wer Steine wirft ins grüne Haus,
Wo treue Turteltauben girren,
Und falsche Lichter stellet aus,
Den Schwimmer auf der Liebesfahrt zu irren;

Wer in dem Taue auf der Flur,
Um einer Hirtin Tugend anzuschwärzen,
Verrät der nächtgen Liebe Spur,
Der nährt den Wurm des Neids im bösen Herzen.

Chor:

Sieh! wie ringelt zwischen Blumen die Schlange,
Horch! wie seufzet die Nachtigall bange,
Summ, summ, summ,
Der Neid geht herum.

Reu und Leid:

Wer vor der Sünden Strafe bebt
Und nicht vor ihrem innern Tod erschrecket,
Noch fremde Schuld in seine webt,
In dem ist noch die Buße nicht erwecket.

Wer seine Zeit und die Gebrechlichkeit
In seiner eignen Schuld wagt anzuklagen,
Dem hat die Reue und das bittre Leid
Noch nicht so recht ans kranke Herz geschlagen.

Chor:

Horch! wie der Wurm im Holz dort naget,
Horch! wie die Unke im Teiche klaget,
Summ, summ, summ,
Die Reue geht um.

Mildigkeit:

Wer nie der Vöglein Brut gestört,
Wer auf der Schwalbe frühen Morgensegen
Mit süß erquickter Seele hört,
Der geht der Armut mildreich auch entgegen.

Wer die zerknickte Ähre gerne hebt
Und gern die Mücke aus dem Netz befreit,
Der Spinne schonend, die es sinnreich webt,
Deß Herz ist voll von göttlichem Mitleid.

Chor:

Sieh! an den Dorn hängt das Lamm die Wolle,
Daß sich das Vöglein weich betten solle,
Summ, summ, summ,
Das Mitleid geht um.

Liebesfreud:

Wer lachend früh die Sonne grüßt
Und heiter an den Mittag blicket
Und fromm im Abendsterne liest,
Zufrieden, wie die Nacht ihr Haus beschicket:

Der wird auch froh in Liebesaugen sehen
Und greifet in das falsche Rad dem Glücke;
Es muß vor seinem Frieden stille stehen,
Daß Liebesfreude gründlich ihn entzücke.

Chor:

Sieh! wie lächelt gen Morgen die Ferne,
Horch! wie grüßet die Lerche die Sterne,
Tireli, Tireli –
Der treue Müller ist hie.

Als die Jungfrauen so gesungen hatten, sprach meine Mutter, Frau Lureley: „Lieber Sohn Radlauf! du hast auf deiner Rückreise hieher die ganze Geschichte deines Stammes gehört; du hast die Erzählung der Frau Mondenschein, der Frau Edelstein, der Frau Federschein, der Frau Feuerschein belauscht; nun will ich dir auch die Geschichte deines Vaters und deiner Mutter erzählen. Wir haben noch eine Stunde bis Mitternacht, dann, wenn ich fertig bin, ziehst du nach Mainz.

Als der kleine Christel von Starenberg mit seiner Schwester Margaretha den roten Hahn, während ihr Vater schlief, an den See getragen hatte, in der Idee, ihn dort zu baden, ward der Feuervogel, der das Wasser haßt, sehr ergrimmt; er entzündete dem Christel seine blonden Locken, der vor Angst in den See sprang, und Margaretha nahm aus Furcht, ohne ihren Bruder nach Hause gehen zu müssen, und weil der rote Hahn nach dem Walde flog, auch ihren Weg dahin zu dem Einsiedler Berthold. Christel aber brachte seine Zeit in dem Starenberger See recht angenehm zu. Ich wurde damals bei der Starenberger Wasserfrau erzogen, und wir wohnten in einem schönen gläsernen Schloß. Meine Neigung zu ihm ward täglich größer, denn er war sanft und bescheiden.

So lebte er beinahe ein Jahr mit uns, als ich einst gegen Abend Arm in Arm mit ihm auf den Stufen des gläsernen Wasserschlosses saß, um zu erwarten, daß der Mond und die Sterne durch das Wasser schimmern sollten: da zuckte ein plötzlicher Feuerstrahl durch die Luft, von einem solchen heftigen Donnerschlag begleitet, daß der See bis auf den Grund erschüttert wurde und sich hoch aufbäumte, zugleich ergriff mich und den kleinen Christel eine Welle und warf uns beide an das Ufer. Christel war ohnmächtig, ich gab mir alle Mühe, ihn zu ermuntern; aber plötzlich kam Frau Feuerschein, seine Mutter, und wollte ihn mir entreißen; ich stritt lange mit ihr und siegte allein dadurch, daß ich meinen lieben Christel wieder ins Wasser zog. Am andern Morgen saß ich wieder mit ihm auf der Schwelle des Wasserschlosses, da sahen wir ein paar Fischer auf dem See hinfahren, die laut klagten, daß Herr Jakob von Starenberg verschwunden sei und der Erbprinz und die Prinzessin auch, und daß nun kein Mensch wisse, wer das Land regieren solle. Christel, der diese Worte hörte, war sehr betrübt und sagte zu mir: 'Liebe Lureley, ich wollte, ich wäre wieder auf dem Schloß!' und begann heftig zu weinen. 'Lieber Christel', erwiderte ich ihm, 'nach Hause kannst du leicht kommen; wenn die Fischer das Netz auswerfen, darfst du nur hineinspringen, so ziehen sie dich hinauf; aber wird es dir nicht leid tun, mich zu verlassen?' – 'Ach, freilich wird es mir leid tun', sagte Christel, 'und drum sollst du mitkommen und immer bei mir bleiben.' – 'Das kann ich nicht, lieber

Christel', sagte ich, 'so gern ich auch wollte; aber wenn du dir eine Mühle dort an den See bauen läßt und manchmal hineingehst, so will ich dich dort besuchen.' Christel versprach mir das, wir umarmten uns, das Netz der Fischer war nah, Christel sprang hinein, und als die Fischer es aufzogen, begleitete ich ihn noch bis an die Oberfläche des Wassers.

Die Freude der beiden Fischer beim Anblick ihres jungen Fürsten war ungemein, und als sie sahen, daß er noch lebte, hätten sie bald vor überraschender Freude das Netz wieder fallen lassen. Aber Christel faßte schnell den Rand des Kahns und sprang heil und gesund zu ihnen hinein. Nun knieten die Fischer vor ihm nieder und baten ihn, er möge ihrer in Gnaden gedenken. Er versprach ihnen alles Gute, sie führten ihn zurück und brachten ihn unter dem Jubelgeschrei aller Starenberger auf das Schloß. Da er noch sehr jung war, so wurde ihm der Vorschlag gemacht, einen Vormund zu wählen, und er wählte, ohne sich lang zu besinnen, den ältesten der beiden Fischer., die ihn errettet hatten. Das erste, um das er seinen Vormund bat, war die Erbauung einer Mühle am See, zum Andenken seiner Rettung. Die Mühle ward bald aufs allerzierlichste erbaut, und er besuchte sie häufig. Auch wurden ihm zwölf schöne junge Knaben, als Mühlknappen gekleidet, zugesellt, die ihm in allem gehorchen mußten. In der Kammer der Mühle aber war ein Loch im Boden, das man auf- und zumachen konnte, und da kam er, wenn er sich in der Kammer eingeschlossen hatte, bald zu mir, bald ich zu ihm. So lebten wir wie Gespielen und Geschwister wohl zehn Jahre lang, als unser Glück unterbrochen zu werden drohte. Meine Mutter kam, mich aus dem Starenberger See abzuholen; sie sagte mir: 'Du bist groß genug, jetzt selbst einem See vorzustehen, und ich will dich nach Laach, wo ein schöner See in der Nachbarschaft des alten Rheines entstanden ist, bringen, da kannst du zeigen, was du hier gelernt hast; es ist dort sehr still und fromm, die heilige Genovefa liegt nicht weit von dort begraben, auch wird dort am See jetzt ein prächtiges Kloster erbaut, und ist ein recht schicklicher stiller Ort für dich.' Die Worte meiner Mutter machten mich sehr betrübt; ich bat sie mich hier zu lassen; aber sie wollte nicht einwilligen, und als sie einen goldnen Ring an meinem Finger sah, schöpfte sie einen Verdacht, den sie aber verschwieg.

Als die Nacht herankam, schlich ich mich von ihrem Lager und eilte zu Christel in die Mühle, dem ich unter Tränen erzählte, daß ich ihn verlassen müsse. Er weinte auch sehr, und ich schwur ihm, sobald wiederzukehren als möglich und sein Weib zu werden.

Gegen Morgen verließen wir uns, aber meine Mutter war mir gefolgt und hatte uns belauscht. Sie schmähte mich aus und sagte mir: 'Lureley! du wirst sehr unglücklich sein, du hast dich einem Starenberger verbunden, und er wird dich verraten, wie all seine Vorfahren ihre Frauen verraten haben; lasse von ihm ab.' Da weinte ich heftig und sagte ihr, daß ich das nicht könne. 'Wohlan', sagte meine Mutter, 'du sollst deinen Willen haben, die Bedingung aber sei, daß du sein Weib wirst, ohne daß er weiß, wer du bist, und daß du ihn nie ganz für seine Verräterei verlassen darfst.' ich mußte mich ihrem Willen fügen, und sie brachte mich den andern Morgen in den Laacher See.

Hier war ich einsam und traurig; meine Ufer waren mit alte Eichen bedeckt; nur der Glockenklang und Chorgesang der Kirche unterbrach die Stille, und ich hatte alle Zeit, meiner Sehnsucht zu meinem lieben Christel nachzuhängen.

Ein Jahr war herum, und da meine Mutter sah, wie ich mich kümmerte, sagte sie mir: 'Lureley! gehe hin, wohin dein Herz dich treibt, aber gebe dich nicht zu erkennen.' Ich verließ also beim Aufbruch des Frühlings meinen Aufenthalt und begab mich in der Gestalt, wie du mich siehst, nach Starenberg. Diese Kleidung, dieses Aussehen habe ich von einem hessischen Bauernmädchen entliehen, die ich auf meiner Reise im Walde um Erdbeeren suchen sah, und die an einem Brunnen, in dem ich übernachtete, heftig über ihre böse Stiefmutter weinte. Sie war so wunderschön und lieblich, daß ich sie der Brunnenfrau herzlich empfahl und mich ganz so gestaltete wie sie, und wenngleich meine eigene Gestalt glänzender und reizender ist als diese, so hat doch niemals ein so edles, frommes und schönes Menschenbild gelebt als dieses.

So kam ich nach Starenberg und setzte mich in den Wald, nicht weit von der Mühle, und hatte ein Körbchen voll Erdbeeren im Schoß. Es war am Morgen, Christel kam von der Mühle her, und es freute mich, zu sehen, daß er die Mühle noch besuchte. Er schien mir sehr traurig, als er mich aber sah, erheiterte sich sein Antlitz, er war durch meinen Anblick gerührt.

Er setzte sich zu mir ins Gras, er aß von meinen Erdbeeren und gewann mich so lieb, so lieb, daß er mich bat, seine Ehegattin zu werden. Traurig willigte ich ein, weil ich sah, daß er mich nicht kannte, und daß er mich also vergessen hatte. Doch machte ich ihm die Bedingung, mich unter harter Strafe am siebenten Tage in der Woche in der Nähe der Mühle allein zu lassen und nie nachzuforschen, was ich dann mache. Er versprach mir alles heilig und brachte mich nach Starenberg. Wir hielten Hochzeit und lebten glücklich.

Nach einem Jahre gebar ich ihm zwei Söhnlein, schön und lieblich wie die Engel. Ich zog die Kinder auf, und sie waren schon ziemlich herangewachsen und begleiteten mich immer Freitag abends, wenn ich nach der Mühle ging, bis an die Türe. Christel aber wollte nie mitgehen nach der Mühle, denn er dachte heimlich, was er mir dort einst unter anderer Gestalt geschworen hatte, und hatte drum kein gutes Gewissen.

Nun hatten meine beiden Söhnlein einen Lehrer, der sehr weit gereist war; es war ein ernsthaft wunderlicher Mensch, trug immer rote Strümpfe und weiße Hosen und Rock; er war sehr pathetisch und melancholisch; und führte die Kinder zurück von der Mühle. Christel brachte, während ich abwesend war, immer seine Zeit mit ihm zu, und dieser verdrießliche Mann erregte zuerst die Neugierde in ihm, zu wissen, wer ich sei und was ich in der Mühle den Sonnabend mache. Christel ließ sich von ihm verführen; doch wagte er es nicht, selbst zu lauern, weil ich es ihm zu streng verboten hatte; der Hofmeister aber übernahm es, meine beiden Söhnlein dazu abzurichten, und die armen Kindlein ließen sich von dem Schelm verführen.

Am folgenden Morgen schlichen sie sich in die Mühle mit dem Schulmeister; ich saß in dem offenen Boden der Kammer, wo ich sonst Christel besucht hatte, in meiner Wasserjungfergestalt mit meiner Mutter, die mir die Haare kämmte, da trat der Schulmeister und meine zwei Kinder herein. Ich erschrak, daß ich ohnmächtig wurde, meine Mutter aber sagte: 'Sieh, liebe Lureley! daß ich recht prophezeite, man verrät dich.' Und somit verwandelte sie meinen Sohn Georg in eine weiße Maus, den Philipp aber in einen Goldfisch und den Schulmeister in einen Storch, und sprach: 'Ziehe fort mit ihnen, Verräter! und lasse dich nicht wieder sehen, bis die Kleinen durch ihre Treue und Tugend wieder gutgemacht haben, was sie jetzt verderben wollten.' Sogleich nahm der Storch die weiße Maus und den Goldfisch in den Schnabel und flog eilends davon. Ich war sehr traurig über den Verlust meiner Kinder; aber meine Mutter sagte mir: 'Sei ruhig, sie sind gut aufgehoben; du wirst sie einst in Ehren wiedersehen.'

Als ich nach Starenberg zurückkehrte, fragte mich Christel nach den Kindern, und ich sagte ihm, die Wasserfrau habe sie vor meinen Augen geraubt. Da ward Christel sehr traurig und dachte, es müsse eine Strafe der Wasserfrau sein, weil er sie verlassen und mich geheiratet.

Als ich aber am nächsten Sonnabend wieder in der Mühle war, ließ sich Christel von den zwölf Knappen verführen, mich zu überfallen, als ich im Bade saß, und Christel sah, daß ich von der Brust hinab die Gestalt eines Fisches hatte. Erzürnt sprach ich zu ihm: 'Du verrätst mich zum zweitenmal, dafür bestrafe ich dich und nehme dir das Gedächtnis', und somit bespritzte ich ihn und die Knappen mit Wasser und verschwand.

Christel wußte nun nichts mehr davon, daß er Fürst von Starenberg gewesen, daß ich sein Weib war; er und seine Knappen hielten sich für Müller von jeher und trieben es, wie es andere Müller auch treiben, und da die Einwohner von Starenberg sahen, daß ihm auf keine Weise einzureden sei, daß er jemals ihr Herr gewesen sei, ließen sie ihn bleiben, was er wollte, und brachten ihm ihr Korn zu mahlen. Da ich ihn nach dem Schwur meiner Mutter nicht verlassen konnte und ihn auch immer noch liebte, besuchte ich ihn wieder in dieser meiner Verkleidung und brachte ihm Getreide zu mahlen. Er liebte mich von neuem; ich machte von neuem den Bund mit ihm, daß er mich am siebenten Tag in einem Erlenwäldchen verlassen mußte.

Ich begab mich dann immer nach jener Insel, wo du die Frau Mondenschein gesehen, und wo in der Höhle die Frau Aglaster begraben liegt. In dieser Höhle erwachte ich in der Sonntagsnacht und sah wieder zwei schöne Knäblein bei mir liegen, die ich dem Christel bringen wollte; das eine hatte Frau Mondenschein im Arm, das andere der Geist der Frau Aglaster. Frau Mondenschein sagte: 'Der Knabe soll Radlauf heißen und sein Geschlecht in die Höhe bringen.' Frau Aglaster sagte: 'Der Knabe soll Hans heißen, und wenn er durch Schwätzerei ein Star geworden, sollen alle Starenberger wieder Staren werden, bis er so freiwillig stirbt wie ich.'

Erschrocken über den Anblick der zwei Frauen und ihre Reden, sprang ich auf und nahm der Frau Aglaster das Kind mit Gewalt; sie lachte und verschwand. Frau Mondenschein aber gab mir das Kind freundlich lächelnd und sagte mir: 'Dieser dein Sohn Radlauf wird ein König werden und dir Freude machen' – dann verließ sie mich.

Ich kehrte zu Christel zurück, er freute sich über die Kinder, und wir erzogen sie mit vieler Liebe und Sorgfalt.

Als aber Hans vier Jahre alt war, begann er bereits seinen geschwätzigen Charakter zu zeigen: alles, was er hörte, plauderte er nach und ängstigte mich nicht wenig mit seinem Vorwitz. Ich begab mich seit der Geburt meiner Kinder nicht mehr nach der Insel, weil ich mich vor Frau Aglaster fürchtete, und ging statt dessen in ein nahes Erlenwäldchen, wo eine schöne Quelle floß, und kam dort mit meiner Mutter zusammen. Die frechen Mühlknappen führten allerlei Reden über meine Abwesenheit, Hans schnappte sie auf und ging vorwitzig, gegen das strenge Verbot, abends in den Erlenwald, mich zu belauschen. Meine Mutter erblickte ihn, ergriff ihn und wollte ihn soeben in einen Staren verwandeln; aber ich bat sehr für ihn und sagte ihr die Drohung der Frau Aglaster. Da ließ sich meine Mutter rühren und sagte: 'Wohlan! ich überlasse es der Frau Aglaster, ihn einst selbst zu strafen; aber hier muß er weg, er verrät dich sonst spät oder früh; ich nehme ihn mit an den Rhein und lege ihn zu Mainz dem König vor die Schwelle, der mag ihn erziehen.' Sie nahm ihn und verschwand.

Als ich in die Mühle zurückkehrte, lagen die Knappen noch alle schlafend; sie waren abends vorher auf einer Kirchweih gewesen; jeder hatte noch ein Stück Kirmskuchen neben sich, und ich sagte ihnen zur Strafe: 'Schlafet so lange, bis mein armer Hans begraben ist' – Nun ging ich zu Christel und sagte ihm: 'Deinen Sohn Hans wirst du nicht wiedersehen, seine Neugierde ist bestraft worden; ich selbst verlasse diese Gegend und ziehe an den Rhein, wo ich her bin; verlassen werde ich dich nicht, wenn du mir getreu bleibst' – und nach diesen Worten verschwand ich vor seinen Augen. Christel blieb nun keine Stunde mehr im Land, er nahm dich, lieber Radlauf! an der Hand und zog an den Rhein und baute hier diese Mühle.

Hier lebte er anfangs still und ruhig und studierte viel; ich kam oft zu ihm und schenkte ihm Gold und Silbersand und Perlen, und er ward sehr reich; du wardst ein guter frommer Jüngling.

Ich baute mir damals ein Schloß und wohnte zugleich mit der Frau Echo darin, es ist der Lureleyfelsen bei St. Goar. Während ich da arbeitete, zog die Königin von Trier durchs Land und übernachtete bei Christel auf der Mühle. Er bewirtete sie so herrlich und zeigte ihr so viel Silber und Gold, daß sie eine große Liebe zu ihm gewann und ihn beredete, seine Mühle zu verlassen und ihr zu folgen.

Christel besann sich nicht lange, er packte seine Schätze auf ein Schiff und zog mit ihr nach Trier; dich ließ er zurück, du warst damals sechs Jahre alt, und so verlassen fand ich dich eines Morgens in der Mühle. Nun war mein Unwille gegen deinen Vater sehr groß; ich stand am Rhein und klagte, da stieg der alte Rhein aus seinen Wellen hervor und sagte: 'Geh nach Haus, Frau Lureley! in den Echofels und lebe für dich einsam, ich will mich deines Kindes annehmen.' Ich folgte seinem Rat, küßte dich und zog in mein neues Schloß. Der alte Rhein gab dir einen Wassermann zum Erzieher; es war jener alte Knappe, den du für deinen

Vater hieltst, und der dich in deinem sechszehnten Jahr, als du ein vollkommener Müller warst, verließ.. Du glaubtest, er sei ertrunken, da du ihn vor deinen Augen in den Fluß stürzen sahst; aber er lebt noch und ist der Wächter in dem Wasserschloß des alten Rheins.

So lebtest du nun ruhig und fromm eine lange Zeit und fingst einst einen Staren, den du sehr lieb gewannst; dieser war niemand anders als dein Bruder Hans, an dem der Fluch der Frau Aglaster wahr geworden ist. Hans war vor der Schloßtüre des Königs von Mainz, wo ihn meine Mutter hingelegt hatte, gefunden worden, und zwar von der kleinen Prinzessin Ameley, deiner Braut; er wurde mit ihr erzogen, und als er heranwuchs, liebte er sie sehr, und sie war ihm auch gut; aber seine außerordentliche Schwätzerei war ihr zuwider. Als sie ihm dieselbe vorwarf, versprach er ihr hoch und teuer, zu schweigen; sie sollte ihn auf irgend eine Probe stellen. Sie willigte ein und schenkte ihm ihre goldene Haarnadel mit dem Verbot, sie nie zu zeigen und nie davon zu reden, daß sie sie ihm gegeben habe. Aber Hans konnte der Versuchung nicht widerstehen, als die andern Pagen mit ihm zusammenkamen, mit seiner Nadel zu prahlen; siehe! da verwandelte er sich plötzlich in einen Staren und flog davon. Zugleich kam er ganz wieder zu Sinnen, er wußte, wer er war, er wußte, daß er ein Fürst von Starenberg sei, und flog nach Starenberg aufs Schloß; kaum war er dort angekommen und hatte sich auf dem Turmkopf niedergelassen, als sich alle Starenberger wieder in Stare verwandelten. Frau Aglaster erschien ihm und erzählte ihm die ganze Geschichte seines Stammes. Er besuchte den Grubenhansel, den Kautzenveitel, den Kohlenjockel und sah sie alle mit stummer Traurigkeit an und flog dann hierher zu dir in die Mühle, wo er saß, bis er sich vor den Augen der Prinzessin Ameley aus Liebe mit der Nadel ermordete. Dein Vater lebte nun als König von Trier mit der Königin, der er gefolgt war, und sie schenkte ihm einen Sohn, den Rattenkahl. In der Nacht nach seiner Geburt erschien ich ihm im Traum und warf ihm seine Treulosigkeit vor und bat ihn, in sich zu gehen. Er versprach es mir heilig, aber er hielt es nicht, und da ihm nach mehreren Jahren die Königin den kleinen Mausohr schenkte, verwandelte ich ihn zur Strafe seiner Falschheit in den Rattenkönig. – „So ist meine und deine Geschichte, das übrige ist dir bekannt." – „Ach!" unterbrach ich hier die liebe Frau Lureley, „so ist dann der gute Rattenkönig mein Vater? O liebe Mutter! helfet ihm, verzeihet ihm; und wo sind meine Brüder Weißmaus und Goldfisch hingekommen? Ach! werde ich sie alle nicht wiedersehen?"

„Mein Sohn," sagte sie, „jetzt breche auf und ziehe nach Mainz wie ein Fürst und Herr ein, dort wird sich alles entwickeln; erzähle alles, was du erfahren hast, und es wird dir deine Braut werden."

Nach diesen Worten umarmte sie mich, ihre Gespielinnen sprangen auf und riefen alle: „Heil dir, König von Mainz!" und so stürzten sie in den Rhein, und ich hörte das Echo noch lange rufen: „Heil dir, König von Mainz!"

Kaum hatte Radlauf so weit erzählt, als alle Bürger auch laut riefen: „Heil dir, König von Mainz!" und es auf dem Rhein erschallte: „Heil dir, König von Mainz!" Ein goldnes Schiff, mit Schwänen bespannt, schwamm ans Ufer; daraus stieg ein würdiger alter Herr mit grauem Bart und einer Fürstenkrone, daraus stieg die schöne Ameley, wie eine Braut geschmückt, daraus stiegen zwei wunderschöne Prinzen, der eine ganz in Silber, der andere ganz in Gold gekleidet, daraus stieg ein ehrbarer alter Schulmeister mit roten Strümpfen.

Es war der Rattenkönig, Weißmäuschen und Goldfischchen und der Storch, die wieder ihre Gestalt angenommen. Der Jubel des Wiedersehens war allgemein.

Christel ward von den zwölf Knappen empfangen und zog bald mit ihnen nach Starenberg als Fürst zurück. Prinz Georg und Prinz Philipp blieben noch bei Radlauf, der Ameley heiratete; Mausohr kam auch auf die Hochzeit, der Schullehrer Storch ward oberster Präzeptor im ganzen Land.

Kaum war die erste Freude etwas vorüber, als sich die Mainzer Bürger an ihre neue Königin Ameley herandrängten und nach ihren Kindern im Rhein fragten. „Sie befinden sich alle recht wohl," sagte Frau Ameley, „und besinnt euch nur auf hübsche Märchen, so werden sie bald wie ich befreit werden; von nun an sollen alle Morgen hier Märchen erzählt werden, und morgen früh wird der Anfang gemacht; wer heute erzählt, muß immer den ernennen, der morgen erzählen soll, und so ist von meinem lieben Radlauf die gute Fischerin, Frau Marzibille, auf morgen ernannt, und wenn sie hübsch erzählt, wird ihr liebes Töchterchen, mein Taufpatchen Ameley, wieder zu ihr kommen; das liebe Kind läßt sie hübsch grüßen, es war das artigste Kind, das der alte Rhein bei sich hatte."

Frau Marzibille weinte vor Freuden, daß sie morgen ihr Kind wiederhaben sollte, und als sie nach Tisch saß und nachdachte, was sie doch morgen für einen Rock anziehen sollte, wenn sie vor allen Leuten dasitzen und erzählen würde, kam eine alte Judenfrau zu ihr und sagte: „Gottes Wunder, Frau Marzibille! wie wird Sie sich morgen ankleiden, um in der Gesellschaft zu erzählen; hör Sie, ich will Ihr leihen ein seidnes Kleid mit goldnen Blumen, es ist ganz neu, ich habe es gekauft von dem Schloß; es war ein Vorhang von dem königlichen Bett, da kann Sie Staat mit machen wie eine Prinzessin" – und somit legte sie das wunderliche alte Kleid vor der armen Frau auseinander und begehrte dafür, daß sie ihr nach ihrer Erzählung die Stimme zum folgenden Märchen geben sollte.

Frau Marzibille aber jagte sie fort und sagte: „Ich werde in meinen ehrlichen Bürgerskleidern erzählen, häng Sie ihren alten Vorhang selbst um! Wenn Sie mir aber hier für mein Muttergottesbildchen über meinem Betstuhl einen neuen schönen Rock schenken will, so soll Sie nach mir erzählen." Das wollte die alte Jüdin nicht und ging fort.

Viele Leute kamen noch und baten um ihre Stimme; aber sie sagte es keinem zu und sagte, wenn sie erst ihr Ameleychen habe, werde sie es schon sagen.

Der Morgen kam, Radlauf und Ameley saßen auf dem Thron am Rhein; auf Radlaufs Seite standen seine Brüder, Philipp und Georg, die Fischerin saß auf der unteren Staffel des Throns, ein Zeichen des Stillschweigens ward gegeben, und Marzibille erzählte folgendes:

Das Märchen vom Murmeltier

Frau Lureley, die gute und schöne Wasserfrau, reiste über Land, und als sie in Hessen ins Gebirg und in den wilden Wald kam, neigte sich die Sonne schon zu ihrem Untergang, und immer hatte sie noch keinen Brunnen gefunden in dem sie übernachten konnte. Sie war daher etwas besorgt und legte sich dann und wann auf die Erde, um zu lauschen, ob sie nicht einen Brunnen murmeln höre.

Als sie auch einmal so lauschte, hörte sie das Getrappel von einer Herde Schafe und eilte nun nach der Gegend zu, wo das Geräusch erschallte, weil sie wohl wußte, daß die Hirten sich in der Nähe der Brunnen gerne aufhalten. Nicht lange ging sie noch durch den Wald, als eine schöne Wiese vor ihr lag, worauf eine kleine Herde weidete; da sie aber hervortrat, stürzten die Schafe, durch ihre Erscheinung erschreckt, nach der andern Seite der Wiese dem Walde zu, und zugleich sah sie ein junges Hirtenmädchen der Herde nacheilen, um sie zurückzuhalten. Die Hirtin hatte ein schwarzes Röckchen an, ihr Mieder war rot, ihre Haube auch schwarz, und ihre Haare hingen ihr in zwei langen blonden Zöpfen die Schultern herab, und während sie lief, spann sie ängstlich an einem Rocken. Endlich hatte sie die Herde wieder gesammelt, und da sie nun die schöne Wasserfrau erblickte, welche einen blauen, mit Silber durchwirkten Rock an hatte, stand sie erschrocken still und warf sich dann demütig auf die Kniee. Frau Lureley aber nahte sich ihr und hob sie auf und sprach ganz freundlich zu ihr: „Mein Kind! fürchte dich nicht, ich bin ein reisendes Wasserfräulein und suche einen Brunnen, in dem ich heute übernachten kann; willst du mir einen Brunnen zeigen, so will ich dich belohnen."

„Recht gern, mein schönes Fräulein!" sagte die Hirtin. „Ich muß nur noch meinen Rocken abspinnen und mein Körbchen voll Erdbeeren lesen, dann treibe ich die Herde an einen recht schönen Brunnen, der nicht weit von hier ist, um sie zu tränken, und wasche auch meine Erdbeeren dort." – „Komm, gieb mir deinen Rocken," sagte das freundliche Wasserfräulein, „ich will ein Weilchen spinnen, so sammle deine Erdbeeren geschwind, damit wir eher an den Brunnen kommen."

Die Hirtin gab ihr den Rocken und suchte Erdbeeren, die sie plötzlich in solcher Menge fand, daß ihr Körbchen schnell gehäuft voll war. „Ich bin recht glücklich," sagte sie, „mein Körbchen ist schon voll, jetzt will ich Euch zum Brunnen führen." „Gut", sagte das freundliche Wasserfräulein; die Hirtin trieb nun ihre Herde voran und folgte ihr an der Seite des Wasserfräulein durch den schönen stillen Abend.

„Wie heißt du, mein liebes Kind?" sagte Lureley. Die Hirtin erwiderte: „Ich heiße Murmeltier." – „Murmeltier!" sagte Lureley erstaunt, „Murmeltier! Wer hat dir denn diesen häßlichen Namen gegeben? Du bist ja so freundlich, hast hübsche rote Wangen und ein Paar helle blaue Augen; so sieht ja kein Murmeltier aus!" Als Lureley so gesprochen hatte, sah sie, daß die Hirtin weinte, und bat sie nun sehr, nicht zu weinen und ihr zu erzählen, was für ein Kummer sie betrübe.

„Ach, liebes Wasserfräulein!" sagte die Hirtin, „ich weine oft hier auf der Wiese; denn es geht mir recht übel. Nicht weit von hier, im wilden Walde, wohnt meine Mutter und meine Schwester; sie lieben mich nicht, nichts kann ich recht machen; sie geben mir so viel Arbeit, daß ich sie nie ganz verrichten kann; ich soll alles tun, was zu Hause zu tun ist: waschen, Feuer machen, Stube und Stall kehren, und doch auch wieder die Herde fahren und pflegen und alle Abend den abgesponnenen Rocken und einen ganzen Korb voll Erdbeeren nach Hause bringen; und fehlt nur das Mindeste an diesen Aufgaben, so geben sie mir das Stückchen Brot nicht, wovon ich lebe, oder nehmen mir das Stroh, worauf ich schlafe, daß ich auf der harten Erde hungernd schlafen muß; ich sage zu allem dem auch kein Sterbenswörtchen und leide alles mit Geduld; wenn meine Schwester aber mich schlägt und ich weine still, so nennen sie dies murren, und so haben sie mir den Namen Murmeltier gegeben. Ach! wenn die Sonne untergeht, werde ich immer gar traurig; denn nun muß ich nach Haus, und da geht mein Kummer und Leiden an. Wenn ich so den Tag über hier im Walde bin, da habe ich doch Ruhe, da ist mir wohl; alle Vögel kennen mich und grüßen mich und hüpfen um mich herum, wenn ich Erdbeeren lese, und sitzen auf meinem Rocken, wenn ich spinne, und so bring ich den Tag mit einiger Ruhe zu; doch sehe ich immer mit Angst nach der Sonne und zittere, wenn ich sehe, daß sie sich nach den Bäumen senkt; denn dann kommt der Abend, und ich muß nach Hause, wo mich Not und Elend erwarten."

Während dieser Erzählung hatten sie sich dem Brunnen genähert. „Mein liebes Murmeltier!" sagte Lureley, „nun müssen wir scheiden; ich werde heute Nacht hier bei der Brunnenfrau dieser Quelle wohnen und morgen mit Tagesanbruch weiter reisen; nun hätte ich doch gerne ein Andenken von dir und möchte auch dir etwas geben, denn ich bin dir sehr gut, mein liebes Kind!" – „Ach!" sagte Murmeltier, „was habe ich armes Mägdlein, das ich Euch geben könnte?"

„Ich will dir sagen," erwiderte Lureley, „wie wirs machen: gieb du mir deine Kleider, ich gebe dir meine; denn es ist mir der silberne lange Rock doch hinderlich auf der Reise, und ich werde in deinem kurzen Röckchen viel schneller gehen können." Murmeltierchen mußte nun mit der Frau Lureley die Kleider wechseln, und ihr dann die Haare kämmen und flechten, wie sie es selbst trug. Aber wie wunderte sie sich, als ihr aus den Haaren der Frau Lureley lauter Perlen und Edelsteine in den Schoß fielen. „Die schenke ich dir alle", sagte Frau Lureley; „jetzt will ich mich in dem Brunnen betrachten, wie mir dein Kleid steht", und indem sie in den Brunnen sah, sagte sie: „O, allerliebst!" und sprang in den Brunnen hinab.

Murmeltier trat nun an den Brunnen und sagte: „Leb wohl, leb wohl, lieb Wasserfräulein! vergiß das arme Murmeltier nicht!"

Da tauchte Frau Lureley noch einmal hervor und sprach: „Mein liebes Kind! ertrage alles mit Geduld, bleibe fromm, fleißig und demütig, und wenn du in großer Not bist, so stürze dich in diesen Brunnen; ich will der Brunnenfrau, die drin wohnt, sagen, daß sie sich deiner annehmen soll. Nun leb wohl!" Da verschwand sie.

Murmeltier sah noch hinab, und da sie ihr eigenes Bild so schön geschmückt im Wasserspiegel sah, dachte sie nicht, daß sie es selbst sei und sagte nur immer: „Je, die schöne, liebe Lureley!" Nun wusch sie ihre Erdbeeren in dem Wasser und ließ dann ihre Herde trinken, nahm den Rocken und das Erdbeerenkörbchen und zog nach Hause, mehr an die liebe Frau denkend als an die harte Begegnung, die sie erleiden würde.

Als sie aber den Mond über den Bäumen heraufsteigen sah, ergriff sie eine große Angst, daß es schon so spät sei, und sie eilte furchtsam in ihre Hütte, trieb die Schafe in den Stall, nahm ihren Rocken und ihre Erdbeeren und trat an die Türe. Da hörte sie schon drin ihre Schwester zanken. „Das faule Murmeltier ist schon wieder zu spät nach Hause gekommen, Mutter!" sagte sie, „und wenn sie nicht alles fertig hat, so will ich sie recht anfahren und ihr das Brot nehmen." – „Ja," sagte die Mutter, „das häßliche, freche Mädchen weiß gar nicht mehr, was sie vor Übermut treiben soll; hat sie nicht gestern gar einen Kranz von Rosen auf dem Kopf gehabt, als sie aus dem Walde kam; es wundert mich nicht, daß sie nie mit ihrer Arbeit fertig wird, wenn sie solche Eitelkeit treibt." – „Ich habe ihr aber den Kranz heruntergerissen und mit Füßen getreten", sagte die böse Schwester, „und ihr einen Strohkranz gegeben. Wo sie nur so lange bleibt? Ich habe doch die Schafe schon blöken hören; sie hat gewiß wieder etwas angestellt und fürchtet sich, hereinzugehen; aber ich will sie schon bei den Ohren hereinziehen." Nach diesen Worten riß Murxa (so hieß die böse Schwester) die Türe auf, um das Murmeltier zu holen; aber wie erstaunte sie und die Mutter, als sie die glänzende, von Silber schimmernde Jungfrau auf der Schwelle stehen sahen. Die Frau Wirx, so hieß die alte Frau, und Murxa erkannten sie nicht und warfen sich vor ihr auf die Knie, denn sie hielten sie für eine Königin. Murmeltier aber sagte: „Liebe Mutter, liebe Schwester, ach! kennt ihr mich denn nicht mehr? Ich bin ja Murmeltier, eure Tochter."

Nun erkannten sie das arme Kind an der Stimme und kamen auch gleich in den größten Zorn. „Ei! sieh da! das garstige Murmeltier läßt sich auf den Knieen verehren", schrie Murxa. „Wo hast du die prächtigen Kleider gestohlen?" sagte Wirx. „Herunter mit den Kleidern!" schrie die Schwester, „ich will sie anziehen" – und so ging es in einem Zanken fort.

Murmeltier ließ sich ruhig die Kleider ausziehen, gab der Mutter die Erdbeeren; die waren aber lauter Goldkörner, und dabei lagen die Perlen, die sie der Lureley aus den Haaren gekämmt hatte; darüber war die Mutter von neuem erstaunt, und als sie ihr den Rocken gab, war das Gespinnst reines Silber. Aber alles war nicht recht; bei allem wurde sie gezankt, und da sie von Frau Lureley erzählte, sagte Murxa: „Morgen werde ich hin gehen und werde ganz anders beschenkt werden; die Frau Lureley muß nicht recht gescheit sein, daß sie sich so lang mit dir, häßliches Murmeltier! abgegeben“ – und nun kniff sie dem armen Mädchen aus Bosheit in den Arm, daß sie laut weinte. „Fort auf dein Stroh, Murmeltier!“ sagte Frau Wirx, „schreie uns hier die Ohren nicht voll“ – und Murmeltier wünschte freundlich gute Nacht und ging auf ihr dürftiges Lager.

Aber sie konnte vor Traurigkeit nicht schlafen und weinte immerfort und sagte: „Ach! so ist denn, solange ich lebe, noch kein Mensch freundlich mit mir gewesen als die gute Frau Lureley, und alles, was sie mir geschenkt, habe ich hingegeben, und doch werde ich geschimpft und geschlagen; giebt es ein größeres Leid als meins? Nein, ich will nicht schlafen heut nacht; ich will zum Brunnen laufen, ehe die Frau Lureley abreist, und ihr mein Elend klagen, vielleicht giebt sie mir Trost und Rat.“

Geschwind stand sie auf und lief in den Wald an den Brunnen; sie hatte nichts an, als ihren Unterrock und ihr Hemd von grober Leinwand; denn die Schwester, die ihr das Kleid genommen, hatte ihr kein anderes dafür gegeben.

Es war heller Mondenschein, und sie lief in Angst an den Brunnen und kniete weinend dabei nieder. Anfangs scheute sie sich, der Frau Lureley zu rufen, weil sie fürchtete, sie möge sie aus dem Schlafe erwecken; da aber die Nachtigall sie sah, die sie gar wohl kannte, flog sie nieder zu ihr und setzte sich zu ihr auf den Rand des Brunnens und mischte ihren Gesang mit ihren Klagen. Die Nachtigall aber sang:

Viele, viele liebe, süße
Mägdlein kenne ich;
Wenn ich sie sehe gehen
Im Taue auf der Aue, ich sie anschaue
Und sie freundlich begrüße,
Wenn sie sich blicken, und pflücken, sich zu schmücken,
Und drücken mit Entzücken
Die lieben Blumen ans kindische Herz

Und sehen in die stillen blauen Augen,
Mit denen der schüchterne März
Die junge Wärme der Sonne
In sich will saugen,
In die kleinen blauen Violen;
Wenn sie auf leichten Sohlen
Bisweilen eilen zum Strauche
Und im duftenden Hauche
Des Sommers sich brechen
Die Rosen und sich stechen,
Dann ruf ich: Weh! weh! weh!
Auf die Dornen seh!
Und sie setzen sich nieder
Beim duftenden, berauschenden Flieder,
Singen Lieder und schmücken das Mieder
Mit süßen Primeln, Aurikeln, Lilien, Basilien,
Hyazinthen, und winden sich Kränze,
Daß ihr Haupt glänze im Lenze,
Dann sende ich süße Grüße, über die Wiese
Weiß ich zu locken die blumengeschmückten, entzückten Docken,
Die Frühlingsgesellen, zu hellen Waldquellen,
Wo in die Wellen sie stellen
Die rosigen Füße, zu kühlen im Schwülen;
Da grüß ich sie alle mit ihres Namens Schalle:
Grüß dich Gott, lieb, lieb Ludmilla!
Lilla! Sibylla! Kamilla!
Grüß dich Gott, lieb, lieb Agneta!
Margaretha! Elisabetha! Ameleya!
Sophia! Dora! Leonora!
Ricke! Fieke! Anna! Johanna!
Marianna! Susanna!
Grüß dich Gott und das Himmelblau,
Süße Jungfrau! aber alle, alle,
Wie auch ihr Name süß schalle,
Sind mir nicht so lieb, lieb, lieb, lieb,
Als du lieb, du süß, du zart, mild Bild,
Du still, fromm, blond, lind Kind,

Du schön, gut, treugemut
Murmeltierchen!

Murmeltierchen hörte zu, aber sie verstand nicht, was die liebe Frau Nachtigall sang, und sang ihr ganz leise wieder:

Schweig, liebe Nachtigall!
Daß der laute Widerhall
Nicht Frau Lureley erwecke,
Die hier in dem Brunnen ruht.
Ach, sie ist so lieb, so gut!
Laß sie schlummern und verstecke
Dich hier in der Rosenhecke,
Still, still, still, schweige, schweige!
Rauscht nicht so, ihr Eichenzweige!
Morgenwind, zieh still vorbei,
Wecke nicht Frau Lureley!
Sieh, wie ich so stille weine
Hier im lieben Mondenscheine;
Lasse mich alleine, alleine.

Als aber Frau Nachtigall den Namen Lureley hörte, gefiel er ihr so gut, daß sie laut zu singen begann:

Lureley! Lureley –
Klingt süß wie Ameley –
Alle Töne geb ich frei,
Lureley! Lureley!
Komm herbei, herbei, herbei,
Daß das Kind getröstet sei,
Ruf ich immer einerlei:
Lureley! Lureley! –

Nun erschallte aus dem Brunnen eine Stimme:

Wer wecket mich,
Das ist nicht fein!

Noch decket mich
Der Mondenschein;
Ich strecke mich
Und schlafe ein.

„Da hast du's gehört, Frau Nachtigall! jetzt sei still und verstecke dich." Frau Nachtigall begab sich hinweg in die Rosenhecke und war ganz mäuschenstille.

Auch Murmeltier regte sich nicht, und mit dem Haupt an den Brunnen gelehnt, sah das arme Mädchen in den Mond, bis es entschlummerte und nicht eher erwachte, bis die Schwalbe über dem Brunnen am Fels ihr graues Köpfchen zum Nest herausstreckte und dem Morgenstern allerlei vorschwätzte:

I, wie ziehn die Winde
So geschwinde durch die Linde,
Daß die Blätter zwitschern
Und die Grasspitzen glitzern
Vom Tau, schau!
Da ruht die Jungfrau –
Sie ist gewiß von der Schwester
Gestern wieder geschimpft und gezwickt,
Aus dem Zimmer vertrieben, immer
Ist sie in Zwist, die List
Der bösen Frau Wirx
Quält sie, o, o die verschiednen Geschwister!
Die Schwester lästert und hetzet
Und schwätzet, bis sie das liebe Herz
Mit Schmerz verletzet.
Ach! hätte ich Kisten und Kasten voll
Silber, Perlen und Edelstein,
Dir, Murmeltier, wär alles allein;
Aber ich bin arm, daß Gott erbarm,
Alles ist leer, leer, leer, leer.

Über diesem Geschwätz der Schwalbe erwachte Murmeltier, und da sie in der kühlen Morgenluft fror, weil ihr die böse Schwester ihr Kleid genommen hatte, ward sie sehr traurig und sah in den Brunnen und konnte nicht widerstehen, sie stürzte sich hinab. Sie sank leise hinunter in eine Kammer ganz von reinem Glas, wo Frau Lureley und Frau Else, die Bewohnerin dieses Brunnens, auf dem Bette saßen.

Murmeltier umarmte weinend die Füße der Frau Lureley und küßte der Frau Else den Rock. Diese aber hoben sie auf und setzten sie neben sich, und Frau Else sagte zu ihr: „Mein liebes Mägdlein! soeben hat mir Frau Lureley viel Gutes von dir erzählt, und da sie jetzt abreist, will ich, die hier immer im Brunnen wohnt, deine Freundin sein." Dann sprach Frau Lureley: „Warum hast du denn kein Kleid an?" – „Ach!" klagte Murmeltier, „alles hat mir die Mutter und die Schwester genommen, was Ihr mir geschenkt habt, und hat mich noch dazu in den Arm gezwickt, daß ich habe weinen müssen, da bin ich denn in meiner Angst hieher geflohen."

„Wohlan, mein Kind!" sagte Frau Else „ich will dir ein anderes Röckchen geben" – und nun gab sie ihr ein schönes, einfaches, grünes Kleid; dann schenkte sie ihr einen Spinnrocken, der immer von selbst spann, wenn sie allein war, und einen Schäferstab, der alle Wölfe verscheuchte, wenn sie ihn auf der Wiese aufsteckte. Nachdem Murmeltier herzlich für diese Geschenke gedankt hatte, sagte Frau Else: „Nun, mein Kind, kämme mir und Frau Lureley die Haare, wir wollen die deinigen dann auch kämmen" – dann gab sie ihr einen goldnen Kamm, und Murmeltier kämmte beiden die Haare und flocht sie so schön, daß die Wasserfrauen sehr zufrieden mit ihr waren. Frau Else kämmte ihr hierauf ihre Haare auch und sagte zu ihr: „Mein Kind! so oft du nun deine Haare schüttelst und kämmst, sollen dir die schönsten und glänzendsten Blumen herausfallen. Nun aber gehe nach Haus, besorge alles und führe dann deine Herde auf die Weide, damit die böse Frau Wirx und die Murxa dich nicht zanken." – Frau Lureley machte sich nun auch auf die Reise und stieg, nachdem sie von ihrer Wirtin, der Frau Else, Abschied genommen, mit dem Murmeltier aus dem Brunnen. „Liebes Murmeltier!" sagte sie, „jetzt führe mich noch auf den rechten Weg, es soll dich nicht gereuen." Murmeltier tat es von Herzen, sie ging mit ihr, bis wo das Bächlein einen Teich bildete; da sah sie einen Biber, der sich in einer Falle gefangen hatte, und schnell machte sie ihn frei, wofür ihr der Biber die Füße küßte und freundlich murrte. Da sprach Frau Lureley zu dem Biber:

Lieber Biber!
Kannst nicht sagen,
Wie du möchtest dankbar sein.
Weil die Falle sie zerschlagen,

Sollst du ihr das Wasser tragen,
Sollst ihr Stall und Stub ausfegen
Und ihr dienen allerwegen.
Lieber Biber!
Kannst nicht sagen,
Wie du möchtest dankbar sein.

Nach diesen Worten umarmte Frau Lureley das gute Murmeltier und trennte sich von ihr. Murmeltier aber eilte nach Hause und der Biber hinter ihr her, und während sie die Schafe schnell aus dem Stall trieb, hatte er ihr schon das nötige Wasser getragen und mit seinem Schwanze alles rein und sauber gekehrt, worauf er sich nach seiner Wohnung zurückbegab.

Als Frau Wirx und Murxa die Schafe blöken hörten, standen sie auf und traten an die Türe. „Wer hat dir gesagt, die Schafe auszutreiben!“ schrie Frau Wirx. „Hast du nicht gehört, daß Murxa heute auf die Wiese will?“ – „Die Schafe mag sie immer treiben,“ sagte Murxa, „aber nicht nach der Wiese; da geh ich allein hin; aber wo hat sie das grüne Kleid schon wieder her, sie muß gewiß stehlen.“ Nun näherte sich Murmeltier und erzählte alles, was ihr im Brunnen begegnet. „Sieh!“ schrie die Murxa, „wie sie sich die Haare in so zierliche Flechten gelegt“ und riß ihr die Zöpfe herunter; da schüttelte Murmeltier ihre Locken, und es fielen die schönsten Blumen heraus, worüber Frau Wirx und Murxa sehr erstaunten, und letztere sagte: „Gleich will ich zum Brunnen laufen und mit eben solchen Gaben zurückkehren.“

Frau Wirx befahl nun dem Murmeltier, ihre Herde nach der andern Seite des Waldes zu treiben und zugleich einen Korb voll Birnen am Abend mitzubringen von dem Baume, der dort stand. Murxa aber ging ganz hoffärtig in dem schönen Kleide der Frau Lureley nach dem Brunnen. Als Murmeltier mit der Herde zum Birnbaum gekommen war, steckte sie ihren Schäferstab in die Erde, zierte ihn mit Blumen und sprach:

Hüte, frommer Hirtenstab,
Den die gute Else gab,
Meine Herde,
Halte mir die Wölfe ab,
Laß die Lämmer nicht verlaufen,
Daß sie all auf einem Haufen

Hier im Gras beisammen bleiben,
Bis ich sie nach Haus will treiben;
In die Erde
Hab ich dich darum gesteckt
Und mit Blumen dich geziert,
Wie's gebührt.

Dann steckte sie ihren Rocken neben den Birnbaum und sprach:

Spinne, lieber Rocken, spinne
Fein und klar nach meinem Sinne,
Daß ich Fäden viel gewinne
Fein und klar, wie das Haar
Der Frau Else im Brunnen war.

Und sieh da! der Stab hütete die Lämmer, sie verließen ihn nicht, und der Rocken spann den klarsten und reinsten Faden wie das goldne Haar der Brunnenfrau. Traurig aber sah Murmeltier den Birnbaum an, er war hoch und steil; sie hatten ihr zwar eine Leiter mitgegeben, aber sie war viel zu kurz, und indem Murmeltier mit Sehnsucht hinauf nach den gelben Birnen sah, sprach sie:

Lieber Birnbaum auf der Wiese,
Kann ich dein gleich nicht genießen,
Will ich dich doch frisch begießen
Aus den Quellen, die hier fließen.

Und nun grub sie mit einem spitzigen Stein eine Rinne aus dem Quell bis zu dem Birnbaum, so daß das Wasser an seine Wurzel floß und den Baum erquickte. Als sie freudig so zusah, wie die durstige Erde rund um den Baum das Wasser einschluckte, fühlte der alte Birnbaum seine Wurzeln erfrischt, er sah mit freudigem Geräusch nieder zu dem Kinde und sprach, indem er die Äste niederbeugte, mit einer Stimme, die wie eine Säge zischte:

Quellen führst du mir zum Herzen,
Linderst mir des Durstes Schmerzen,
Meine Blätter nicht mehr ächzen,
Zungen, die nach Wasser lechzen,

Und ich senke meine Äste
Niederschwenkend, meine besten
Birnen kannst du so erreichen,
Ohne erst heraufzusteigen.

Murmeltier dankte dem Birnbaum und brach ganz leise, um ihm nicht weh zu tun, die schönsten gelben Birnen ab und legte sie schonend in ihren Korb. Worauf der Baum seine Zweige wieder emporhob und freundlich über ihr rauschte.

Als der Abend kam, nahm sie den Schäferstab und den Rocken in die Hand, hob sich den Korb voll Birnen auf den Kopf und zog hinter ihrer Herde nach Haus.

Unterwegs begegnete ihr ein schöner Jäger zu Pferd, er sah die schönen Birnen in ihrem Korb und kaufte sie ihr alle um mehrere Goldstücke ab, so daß sie ganz vergnügt nach Hause kam. Aber da erwartete sie wieder Zank und Verdruß, wenn sie gleich alles, was ihr aufgetragen war, wohl verrichtet hatte. Murxa war an dem Brunnen gewesen und hatte der Frau Else grob und unhöflich gerufen. Da sie darauf nicht hören wollte, hatte sie einen schweren Stein hinabgeworfen und war selbst hinterdrein gefallen; da fand sie denn keine gläserne Kammer, sondern ein trübes sumpfiges Wasser, und Frau Else erschien ihr und sprach: „Du böse, neidische Schwester! so oft du deine roten Haare schüttelst, soll lauter faules Schilf und Stroh herausfallen.“ Wütend vor Zorn fiel sie daher das arme Murmeltier an, die sich kaum vor ihren Mißhandlungen retten konnte. Da Murxa vor Zank und Zorn müde sich in eine Ecke setzte und weinte, legte Murmeltier der Mutter das Gold auf den Tisch und erzählte, wie es mit dem Birnbaum und dem Jäger gegangen war; aber sie hatte schlechten Dank, und wurde ihr gesagt: „Daß du mir heute nacht das Haus noch kehrst und den Stall reinigest und Wasser zuträgst, sonst gibts Schläge; denn morgen früh mußt du den Esel mit einem Sack Korn in die Unglücksmühle treiben. Geschwind packe dich, Faulenzerin! und arbeite.“

Ruhig ging Murmeltier nach dem Hof, um zu kehren; aber da schlüpfte ihr Freund, der Biber, aus der Hecke hervor und fegte alles rein und trug ihr das Wasser, und gerührt nahm sie ihn in die Arme und gab ihm einen Kuß und sprach: „Lieber Biber! du bist mein einziger Trost, ohne deine Hülfe müßte ich vor Kummer und Not sterben.“ – Da konnte der Biber auf einmal reden und sprach: „Sei zufrieden, mein gutes Kind! und lege dich zu Bett und schlafe ruhig;

ich verdanke dir das Leben und nun auch die Sprache, weil du mich geküßt hast. Wenn du morgen an meinem Bau am Teiche vorübergehst, so will ich dir wegen der Unglücksmühle guten Rat geben. Gute Nacht, lieb Murmeltier!" sprach er und ging fort. „Gute Nacht, lieber Biber!" sagte sie und ging, sich aufs Stroh zu legen.

Kaum daß der Tag graute, stand sie wieder auf, legte den Sack mit Korn auf den Esel und zog nach dem Teiche hin. Es war ihr angst und bang, nach der Mühle zu gehen; denn wenn gleich der Müller das feinste Mehl mahlte, so waren doch wenige Menschen wieder aus seiner Mühle herausgekommen, und wußte niemand, was aus ihnen dort geworden. Da sie nun an dem Teiche bei ihrem Freund Biber angekommen, rief sie ihn:

Lieber Biber!
Komm heraus
Aus dem Haus.

Der Biber ließ sie nicht lange warten, kam hervor, grüßte sie und setzte sich neben sie ins Gras, wo er also zu ihr sprach:

„Liebes Murmeltier! sie haben dich nach der Unglücksmühle geschickt, damit du zu Grunde gehst; kein Mensch geht mehr in die Mühle, ohne umzukommen; aber ich will dir raten, wie du sicher hingelangen kannst." – „Ach! ist denn der Müller ein so gar grausamer Mann," fragte Murmeltierchen, „daß er mich umbringen wird?" – „Das eben nicht," sagte der Biber, „aber er ist ein sehr wunderlicher Mensch und gerät leicht in den bittersten Zorn; ich selbst habe es erfahren, laß dir erzählen. Sein Vater, der alte Kampe, bemerkt plötzlich ein wunderbares Glück in seinem Haus: Gold, Silber, Getreide, Mehl, Gut und Geld mehrte sich unbegreiflich unter seinen Händen, und er wußte gar nicht, wo ihm all der Segen herwuchs. Als er nun einmal mit der Hacke im Garten stand und den vollen Segen seines Feldes und der Bäume anschaute, sprach er traurig: 'Lieber Himmel, was soll mir all das Glück, da ich den nicht kenne, der es geschenkt, um ihm zu danken; lieber wollt ich arm sein und den Freund umarmen, der mir diesen Segen bringt, als so allein hier in Hülle und Fülle sitzen.' Kaum hatte er diese Worte von ganzer Seele gesprochen, als die Erde vor ihm erwühlt wurde und er, der einen Maulwurf zu sehen erwartete, schon die Hacke aufhob, um ihn zu erschlagen; aber sieh da! es war kein Maulwurf, es war ein kleines, braunes, freundliches Erdfräulein, das ihm die Arme entgegenstreckte und zu ihm sagte: 'Ich halte dich beim Wort, mein lieber Kampe! umarme mich, ich bin das deutsche Erdfräulein und heiße Wurzelwörtchen; immer hab ich dich geliebt wegen dem schönen, reinen und richtigen Deutsch, das du sprichst, und habe dich deswegen mit Segen überschüttet; werde mein Gemahl, so soll dein Glück sich immer mehren.' Meister Kampe zögerte nicht lange, er schlug ein, und sie heirateten sich. Nach einem Jahr schenkte Wurzelwörtchen dem guten Müller Kampe einen Sohn, der Voß hieß und sehr bald sprechen, aber wie sprechen lernte: so schön, so richtig, so rein, daß auch kaum ein Härchen fehlte, daß man ihn gar nicht verstanden hätte. Dieser Sohn wuchs heran; er war ungemein tiefsinnig und still; er spintisierte bald alles aus und richtete die Mühle besser ein, daß die Räder auch so richtig klapperten, daß nicht eine Sekunde am Schlag fehlte. Sein Vater wollte, er sollte sich ganz allein mit der Mühle abgeben, damit er selbst studieren könne, aber das ging nicht. Voß hatte einen viel größeren Trieb zum Studieren als sein Vater, und wartete nur eine Gelegenheit ab, diesem zu zeigen, daß er gegen seinen Sohn doch nur ein dummer Müller sei. Als nun Kampe mit seiner Frau Wurzelwörtchen einstens im Garten saß und neue Worte machte, trat Voßchen auf einmal hervor und las ihnen dreimalhunderttausend neue deutsche Wörter vor, an die der gute Meister Kampe nie gedacht hatte; und der Vater ward durch diese Gelehrsamkeit seines Sohnes so bestürzt, daß er in den Armen der Frau Wurzelwörtchen auf der Stelle verblich. 'Lebe wohl, mein Sohn!' sagte die Erdfrau; 'dein Vater ist durch dich gestorben, drum muß ich von dir scheiden; aber weil du unschuldig daran bist, so sollen dir meine Geister doch immer dienen.' Somit nahm sie ihren Gatten in die Arme und sank mit ihm in die Erde. Voß machte sich nicht viel daraus; er arbeitete immer darauflos und ward täglich finsterer und menschenscheuer; ja, je weiter er in der Sprache kam, je mehr hütete er sich, sie zu sprechen, um sie nicht zu verderben und zu beschmutzen. Nun wurde ihm der große Zulauf zu seiner Mühle immer lästiger, weil der Mehlstaub ihm alle die schönen neuen Wörter und Redensarten bestaubte, die er täglich ausdachte, und er machte sich dran, den Zugang zu seiner Mühle auf alle mögliche Weise zu erschweren, was er auch mit Hilfe seiner Erdgeister so zustande brachte, daß fast niemand mehr zu ihm gelangt. Ich selbst habe seinen Zorn bitter erfahren, denn er ist es, der mich in einen Biber verwandelt hat."

„Ach! was warst du denn, lieber Biber?" fragte Murmeltier neugierig.

„Ich war ein Fischer und hieß Biber", sagte der Erzähler, „und lebte still hier am Teiche. Da nun einstens der Müller Voß eine Menge neuer Wörter und

Redensarten, die ihm unter die Kleie gekommen waren, hier am Teiche waschen wollte, schnappten sie ihm meine Hechte und Karpfen weg, und so kamen alle diese wunderlichen Worte mit den Fischen nach und nach in meinen Netzen zu mir. Ich aber trieb einen frommen Handel damit; denn da ich wußte, daß der Müller alle Leute in Kornsäcke steckte und so in den Rauch hängte, die zu seiner Mühle kamen, ohne ein neues Wort zu haben, so warnte ich hier die Vorübergehenden und gab ihnen für kleine Münze neue Wörter, womit sie den Müller bezahlen konnten. Endlich merkte der Müller ihre Quelle; zornig kam er zu mir, nahm meinen ganzen Vorrat als sein Eigentum in Besitz, und verwandelte mich zur Strafe in das, was mein Name bedeutete, in einen Biber, und nahm mir die Sprache; denn umbringen durfte er mich nicht, weil seine Mutter mir wohlwollte. Als er mich so verwandelt hatte, sagte er: 'Solange sollst du die Sprache verlieren, bis ein Murmeltier dich umarmt und zu dir spricht: *lieber Biber!*' Daß du es sein könntest, wußte er nicht; so hast du mir die Sprache wiedergegeben und mir früher das Leben gerettet aus der Falle, die er mir gestellt, und nun will ich dir sagen, wie du zu der Mühle kommen kannst und wie du dich bei ihm benehmen mußt. – Nehme hier nicht den kurzen Weg, sondern gehe dort droben auf dem Umweg durch die Felsen. Mische dich in keinen Streit, keinen Handel, der dir auf dem Weg aufstoßen könnte; stellen sich dir wilde Tiere entgegen, so berühre sie nur mit deinem Schäferstab; triffst du jemand in Not, so helfe von ganzem Herzen; fährt dich jemand grob an, so antworte ihm höflich; des Müllers bösen Hunden gebe dein Brot. An die Türe klopfe nicht, sondern sage nur: 'Ins Heu, ins Heu, ins Heuderlei'; erlaubt er dir, einen Strauß zu binden, so breche die Blumen nicht selber, sondern gehe lieber ohne Strauß heim; vor allem hüte dich, ein undeutsches Wort zu sagen, und statt *Sack* sage *Beutel*. – Nun gehe in Gottesnamen, ich will dir immer in der Nähe sein.“

Murmeltier dankte dem Biber und trat nun ihre Reise an. Das erste, was ihr begegnete, war ein sehr lächerlicher Zank jenseits des Zaunes, der ihren schmalen Fußsteig begleitete. Zwei Männer stritten sich: ob die Louise oder die Dorothea schöner sei; der eine schrie, Louise hat schönere Füße, der andere sagte, Dorothea hat eine schönere Seele. Da schrie der erste: „Aber man geht nicht auf der Seele, man geht auf den Füßen“, und darauf sagte der zweite: „Man denkt auch nicht mit den Füßen, man denkt mit der Seele.“ – „Louise hat immer mit den Hühnern zu tun.“ – „Dorothea läuft immer an den Brunnen.“ So zankten sie lange, und Murmeltier wollte eben durch den Busch gucken, als der Biber vor die Lücke trat und sie warnte.

Als sie weiterkam, stellte sich ihr ein Wolf entgegen; er hatte sich eine Schafshaut umgehängt und Kamaschen angezogen und stellte sich ganz galant. Aber Murmeltier kannte ihn gleich, sie zeigte ihm nur den Schäferstab, und er zog sich zurück. So machte sie es auch mit einem Bären und einem Auerochsen; schon sah sie die Mühle am Ende einer Wiese liegen, als sie plötzlich neben sich an einem Brunnen eine weinende Stimme hörte. Sie eilt hinzu und sieht eine wunderschönes Kind in dem Brunnen liegen, das sich kaum mehr über dem Wasser erhalten kann. Ohne sich zu besinnen, springt Murmeltier hinab und wirft das Kind heraus ins weiche Gras. Als sie sich aber kaum selbst wieder auf den Rand des Brunnens geschwungen hatte, erblickt sie einen närrischen Affen in einer bunten Jacke, der das Kind aufpacken und davonlaufen will. Schnell springt nur Murmeltier herzu, rührt den Affen mit dem Schäferstab an, und er fällt auf den Rücken tot nieder. Nun naht sie sich, das Kind auf den Armen, der Türe der Mühle. Große Hunde nahen sich ihr; sie bellten nicht, denn der Müller, der das Hundegebell nicht leiden konnte, hatte ihnen die Zungen ausgeschnitten; aber grimmig fletschten sie die Zähne. Da gab ihnen Murmeltier ihr Brot, und sie legten sich ruhig wie Lämmer nieder und fraßen. Nun war zwar ein schöner brillantener Klopfer an der Türe, aber Murmeltier rührte ihn nicht an und sagte nur: „Ins Heu, ins Heu, ins Heuderlei“ da sprang die Türe auf, sie ging mit dem Kinde hinein.

„Wer hat dich gelehrt, unangemeldet zu treten ins gastfreie Haus, glänzt der Hammer doch blank gescheuert am reinlichen Tore“, schrie der Müller ihr entgegen. Murmeltier erwiderte: „Ich wollte nicht stören die Ruhe des heiligen Denkers mit lautem Gepoche.“ Da sagte der Müller: „Immer wißt Ihr mit ekler Entschuldgung zu mehren die Schuld; schweiget und tretet herzu, weil Ihr nun einmal listig gelangt in das Haus.“

Nun eilte Murmeltier mit dem Kind ans Kaminfeuer, um es zu trocknen, und da sah der Müller, daß es Abraham, sein Söhnchen, war, dem sie das Leben gerettet; er brachte es gleich seiner Frau, die auch erfreut war. Als er aber hörte, daß Murmeltier auch den Affen totgeschlagen, ging er ganz froh hinaus und holte ihn herein und sagte ihr: „Herzlichen Dank verdienst du, o Freundin, du schlugst meinen Feind, den Affen *Sonneto*, den lumpengeflickten, und ich nagle den Schelm nun an den Baum des Gartens, daß er mir scheuche die Vögel, die Diebe der lachenden Kirschen.“

Nun nahm er Murmeltier mit in den Garten und nagelte den Affen an den Baum unter den bittersten Verwünschungen. Es war nicht zu sagen, wie schön der Garten war: da standen nichts als Lorbeer- und Olivenbäume und Rosen und Weinreben und eine Menge der schönsten Blumen. Der Müller sagte ihr, sie möge sich einen Strauß brechen; aber sie dankte. Da brach er ihr selbst einen und einen für ihre Mutter und sprach dann zu ihr: „Nehme den Strauß, o Mägdlein! bewahr ihn, beschaue ihn täglich, und bemerkest du traurig, daß er verliere den Glanz und den Duft der schimmernden Blätter, dann besorge Gefahr und lege die zierlichen Blumen in Milch, so senket der Schlaf sich bleiern hernieder, und Wirx, die Mutter, wird schlummern mit Murxa, der zänkischen Schwester; dann aber schreite und suche in Kisten und Kasten der Mutter, du findest ein Lichtlein, der Docht ist gewunden aus schwarzer und rötlicher Wolle; dies aber nimm und lege an dessen Stelle dies ähnliche Kerzlein, das ich dir gebe, mein Kind! zum Danke der Rettung."

Murmeltier dankte dem Müller herzlich, und schon wollte sie scheiden, als er ihr sagte: „Aber wo hast du das Korn, das zu mahlen du brachtest auf rüstigem Esel?"

Da erwiderte Murmeltier: „Draußen im leinenen Beutel träget es fest gefüllet das Tier und seufzt der Entladung."

„Gut ist die Sprache, mein Kind!" versetzte der Müller, „doch sage, wer lehrt' dich zu meiden ausländisches Wort und den Sack nicht zu nennen, dem doch die sprechenden Völker alle gegeben das Recht der Heimat bei sich?" – „Ach!" sagte Murmeltier ängstlich und kniete nieder, „ach! teurer bester Herr! verzeiht mir, ich habe einen Freund, einen guten braven Mann, den Biber, der hat es mich gelehrt; ach! wenn Ihr mir eine Liebe antuen wolltet und wolltet ihn wieder zum Menschen machen; sprechen kann er schon, er hat mir sein Unglück, Euch zu mißfallen, erzählt, ich bin ihm viel Dank schuldig." – „Wohlan," versetzte gerührt der Müller, „die Bitte gewähr ich; Murmeltier heißt du, so ward denn mein Fluch erfüllet, und gehe, berühre mit den Blumen den Freund, so wird ihm geholfen. Aber er meide das Land und ziehe hinab an den Rheinstrom, nicht mehr sich mengend in sprachliche Forschung." Nun gab er dem Murmeltier einen Sack voll Mehl statt dem Korn und entließ sie, die voll Freuden nach dem Teiche zog, um den guten Biber zu erlösen.

Als Murmeltier bei dem Biberbau am Wege anlangte, kam ihr der gute Biber mit den Worten entgegen: „Nun, mein liebes Kind! wie ist es dir ergangen?" –

„Über alle Erwartung gut," sagte Murmeltier, „und dir selbst bringe ich die freudigste Botschaft; wenn du an den Rhein ziehen und dich gar nicht mehr mit neuen Wörtern abgeben willst, so darf ich dich nur mit diesem Blumenstrauß berühren und du bist wieder der Fischer, der du warst." – „Mein Kind," sagte Biber, „das ist ein hoher Preis; ich soll dich verlassen, ich soll dir die Stube nicht mehr auskehren, das Wasser nicht mehr tragen, ich soll dich in Kummer und Not wissen und dafür nur ein Mensch sein. Nein, mein liebes Murmeltier! mute mir das nicht zu; lieber bleibe ich bei dir und ein ehrlicher Biber, als daß ich dich verlasse und wieder ein Mensch werde." Murmeltier war über die große Güte des Bibers tief gerührt und sprach zu ihm, indem sie ihn zärtlich an ihr Herz drückte: „Lieber Biber! du bist das edelste, liebste Wesen auf Erden, das ich kenne, und es verdient meine innigste Liebe, daß du mir ein so großes Gut aufopferst; aber ich will es dir ewig gedenken, und es steht von nun an in deiner Gewalt, ein Mensch zu werden, wenn du es begehrst." Da sprach der Biber: „Nie werd ich es begehren, wenn ich dich darum verlassen soll." – In solchen Gesprächen nun zogen sie mit einander nach Haus.

Der Biber schlich in den Hof und den Stall und brachte alles in Ordnung. Murmeltier aber lud ihren Esel ab, stellte den Mehlsack in die Küche und trat freundlich mit ihren zwei Blumensträußen in die Stube zur Mutter; doch verbarg sie den ihrigen auf ihrer Brust, weil sie fürchtete, er möge ihr von Murxa genommen werden. „Seht, da hat sie der Kuckuck schon wieder", schrie Murxa; „wir dachten schon, wir wären sie los." – „Unkraut verdirbt nicht", schrie Frau Wirx; „wo hast du das Mehl? Du warst gewiß nicht in der Mühle."- „Liebe Frau Mutter!" sprach Murmeltier, „in der Küche steht ein großer Sack des feinsten Mehls, und hier habt Ihr einen Strauß von lauter Edelsteinen, den mir der gütige Müller für Euch gegeben" – und nun erzählte sie von der Schönheit der Mühle und der Freundlichkeit des Müllers. Aber Murxa sagte: „Es ist gewiß alles erlogen, wie von dem abscheulichen Birnbaum; ich war dort, er hat mir die Zweige nicht niedergesenkt; ich habe ihn geschüttelt, er hat sich nicht gerührt; ich habe mit Prügeln nach ihm geworfen, da hat der boshafte Baum einen solchen Regen von Birnen auf mich herabfallen lassen, daß sie mich voller Beulen geschlagen, und als ich sie sammelte, waren sie alle voller Flecken. Dein schöner Herr Jäger, der mir begegnete, wollte sie nicht kaufen; da sagte ich ihm, er sei ein Schlingel, da gab er mir eine Ohrfeige, und die sollst du wieder haben, du Falsche! du Lügnerin! die mich in den Verdruß gebracht" – und nun schlug sie der armen Murmeltier ins Gesicht, die weinend entfliehen wollte; aber

Murxa, die häßliche, böse, hielt sie zurück und sprach: „So kömmst du nicht davon; erst kämme mir die Haare, und wenn nur ein bißchen Stroh oder Schilf herausfällt, so ermorde ich dich." Weinend nahm Murmeltier ihren eigenen Kamm und kämmte der bösen Murxa die Haare, und siehe da! der Kamm hatte die glückliche Wirkung, daß die roten Haare sich wie gewöhnliche Haare kämmen ließen. „Nun sage mir nochmals alles von dem Müller", sprach Murxa, „und lüge nicht, sonst soll es dir übel gehen; denn morgen in aller Früh will ich auch zu dem Narren, dem Müller, gehen und mir Edelsteinblumen holen." Nun sagte ihr Murmeltier nochmals alles, was nötig sei, glücklich in die Mühle zu kommen, und ging dann ruhig mit einem Stückchen Brot auf ihr Stroh, das ihr der gute Biber recht reinlich aufgeschüttelt und mit Blumen bestreut hatte. Sie sagte ihm freundlich Dank und gute Nacht, und dann trennten sie sich.

Am folgenden Morgen ging sie zur Mutter und fragte, ob sie vielleicht heute backen solle, weil sie das Mehl gebracht. „Ist das eine Frage, dummes Murmeltier!" schrie Frau Wirx. „Wozu habe ich denn das Mehl holen lassen? Ich dachte, du hättest den Teig schon fertig geknetet, den Ofen schon geheizt; fort, du Faule! an die Arbeit und lasse mich schlafen!" Nun eilte Murmeltier an den Backtrog, da war aber Freund Biber schon da und hatte Wasser hineingetan. „Heize den Ofen nur geschwind," sagte er, „ich will den Teig währenddem kneten" und beide arbeiteten so schnell, daß das Brot schon im Ofen war, ehe Frau Wirx aufstand, wo sich der Biber geschwind zurückzog, um nicht von ihr gesehen zu werden. Nun mußte Murmeltier der Murxa den Esel aufzäumen und beladen. Dann stand Frau Wirx auf und sah nach dem edelsteinernen Blumenstrauß, den ihr Murmeltier mitgebracht; aber er war in der Nacht an ihrer Brust schwarz wie Kohlen geworden. Zornig eilte sie auf Murmeltier zu, die vor dem glühenden Backofen stand, und wollte sie hineinwerfen; aber der gute Biber sah sie kommen und schlug ihr mit dem Schwanz, der vom Kneten noch voll Mehlbrei war, ins Gesicht, daß sie nichts sehen konnte; worauf er wieder davonlief. Frau Wirx wurde nun bitterböse und warf den Strauß auf die Erde; aber kaum hatte ihn Murmeltier, die ihn aufhob, berührt, so war er so glänzend als vorher. „Liebe Mutter," sagte sie, „steckt den Strauß ins Wasser, bis Ihr ihn verkauft, so wird er immer schön bleiben." Frau Wirx wurde durch den erneuten Strauß wieder etwas zufrieden und ging nach ihrer Stube zurück. Nun mußte Murmeltier der Murxa den Esel zäumen und ihm den Kornsack aufladen, dann gab sie ihrer Schwester einen frischgebackenen schönen Kuchen für die Hunde des Müllers, und die faule Murxa setzte sich noch zu dem schweren Sack auf den Esel, so daß das arme Tier kaum fortkonnte.

Das erste, was sie unterwegs tat, war, daß sie den Kuchen rein aufaß, den sie den Hunden hätte mitbringen sollen. Als sie auf die Wiese kam, sah sie einen Hirten schlummern, der sich das Gesicht gegen die Fliegen zugedeckt hatte, und eben raubte ihm der Wolf einige Schafe. Sie weckte ihn nicht und hatte ihre Freude dran, und als der Wolf mit den Schafen weg war, nahm sie ihm leise das Tuch vom Gesichte, daß die Fliegen ihn recht stechen sollten. Sodann kam sie in ein Wäldchen, da saß eine Jungfrau bei einem Feuer und einer schönen Quelle, und wollte Kaffee kochen, schnell sprang Murxa vom Esel und trank ihr den ganzen Topf aus und schlug ihr den blinkenden Kessel am Baume voll Beulen, und trieb ihren Esel in die Quelle, der sie mit seinen schmutzigen Füßen verunreinigte. Das Flehen der reinlichen Jungfrau machte sie nur lachen. Sie zog nun weiter; da sah sie eine große buntscheckige Katze sitzen, die mit dem Schwanze in einem Baume eingeklemmt gewaltig lamentierte und zu ihr schrie: „Murxa! mache mich los; der vermaledeite Müller hat mich hier eingeklemmt, weil er meinen schönen Gesang nicht leiden kann; ich heiße Canzone und bin eine italienische Katze und fresse nichts als süße Orangen, und er möchte sie gerne allein essen. Mache mich los, ich helfe dir auch in die Mühle." Sogleich machte Murxa die Katze los, die nun hinter sie auf den Esel sprang.

Als sie zur Mühle kam, kamen die Hunde auf sie los und würden sie gewiß zerrissen haben, wenn die Katze nicht von dem Esel herabgesprungen und, von ihnen verfolgt, über die Hecke in des Müllers Garten gesprungen wäre. Während dem schlug Murxa mit dem Hammer an die Türe; aber sie verbrannte sich die Finger, denn der Müller hielt ihn immer sehr heiß, damit sich die Fliegen nicht darauf setzen sollten, die er nicht leiden konnte.

Die Mühle ging auf, Murxa schrie den Müller, der an einem Pulte stand und mit den Fingern die Schläge seiner Mühle mit den Worten: dalderal, dalderal, dalderal, nachtrommlelte, an: „Was klappert ihr da? Ich wollte Euch besser sagen, wie es lautet: Es ist ein Dieb da, es ist ein Dieb da. Wer ist er? Wer ist er? Wer ist er? Der Müller, der Müller, der Mahler, der Dieb." Höflich fragte sie der Müller: „Schelmisches Mägdelein! du scherzest! Sage, was führet dich her auf beschwerlichem Wege zur klappernden Mühle?" – „Was mich herführt? Das ist kurios gefragt. Mehl will ich haben, *ennuyanter* Kleienfresser! Ihr gebt Euch ein *so douces* Air und wollt immer die Miene eines *honnête homme* annehmen, und dahinter steckt nichts als *Intrigue* und *Filouterie*." – „Komme, mein

Töchterlein!“ sagte geduldig der gütige Müller, „komm, ich tausche dein Korn dir mit zartem wohlschmeckendem Mehle und geleite zum Garten dich, Jungfrau! daß du dir brechest ein Sträußlein von edlem Gestein, zu Haus die freundliche Mutter mit köstlicher Gab zu erfreuen“- „*Allons*, fortgemacht!“ sagte Murxa und folgte ihm in den Garten. Aber kaum war der Müller drin, als er die Katze sah, die auf dem Baume saß und einen zahmen Vogel fraß, den er sehr liebte. Zürnend lief er der Katze nach, die von Baum zu Baum sprang, wozu Murxa nur immer lachte und währenddem sich die Taschen voll Edelsteinblumen brach und die übrigen mit ihren plumpen Füßen zertrat und verwüstete. Endlich war die Katze entflohen, und als der Müller seinen Vogel beklagte und über den fluchte, der die Katze befreit, lachte ihn Murxa aus und sagte ihm, daß sie es getan, worüber der Müller sehr erbittert wurde. Nun trat auch der Hirt mit ganz zerstochenem Gesicht auf und klagte über sein Leid und das geraubte Vieh. Es war des Müllers Sohn. Auch Louise, seine Tochter, kam weinend und klagte, daß Murxa ihren Kessel verdorben, den Kaffee getrunken, die Quelle getrübt habe, und da Murxa sie zu allem diesem auslachte, wurde der Müller erzürnt und warf sie zur Mühle hinaus. Sie kümmerte sich aber um nichts. Das Mehl war schon auf den Esel geladen, mit Edelsteinen war sie bepackt, und hohnlachend ritt sie nach Hause. Am Ende der Mühle sah sie zwei Männer, die sich um einen gebundenen Ring schlugen; da der Ring an der Erde lag, stieg sie ab und wollte ihn für sich stehlen. Aber die zwei Männer fielen nun über sie her und prügelten sie braun und blau, legten sie dann ohnmächtig auf den Esel, der seinen Weg nach Hause verfolgte.

Indessen war Murmeltier mit ihrer Herde schon nach Hause gekommen und stand mit ihrem Spinnrocken unter der Türe im Abendschein. Da kam der Jäger, der ihr die Birnen abgekauft, zu Pferde angeritten, stieg ab und band sein Pferd an das Fenstergitter. Geschwind lief Murmeltier hinein und sagte der Frau Wirx, wer da sei. Sie kam mürrisch heraus; aber der Gedanke daß der Mann, der die Birnen so gut bezahlt, viel Geld haben müsse, machte sie kriechend und freundlich. „Was verlangt der gnädige Herr Ritter?“ sagte sie, „wer ist Er? womit kann ich dienen?“ Er sprach:

Ich bin Konrad, der müde Mann,
Und sprech Euch um Nachtherberg an.

Da sagte Frau Wirx:

Um Silber und um Gold
Könnt Ihr haben, was ihr wollt.

Da stieg der Jäger ab und sprach zum Murmeltier:

Nun, Jungfrau, liebste Jungfrau mein!
Schenkt mir einen Becher kühlen Wein ein.

Da jagte Frau Wirx das Murmeltier zankend in den Keller nach Wein, den sie bald brachte und dem Jäger mit den Worten darreichte:

Ach Ritter, liebster Ritter mein!
Hier nehmt von mir den kühlen Wein.

Der Ritter aber wollte nicht zuerst trinken und reichte ihr den Becher mit den Worten zurück:

Trink erstlich ab, du roter Mund!
Dann leer ichs Glas bis auf den Grund.

Murmeltier trank ein wenig ab und gab ihm den Becher freundlich wieder, den er austrank. Die Frau Wirx aber jagte sie in die Küche und sagte, sie solle nicht so frech sein. Als der Ritter mit ihr allein war, sprach er zu Frau Wirx:

Frau Wirthin, liebe Frau Wirthin mein!
Ist dies fürwahr Euer Töchterlein?

Sie sagte:

Es ist nicht sowohl mein Töchterlein
Als mein Küchensudel, mein schmutzig Schwein.

„Nun," sagte der Ritter, „wollt ihr sie mir heute nacht auf meine Kammer geben, so sollt ihr Geld und Gut haben, so viel Ihr wollt." – „Ihr könnt tun, was ihr wollt", sagte die böse Frau Wirx. „Nun, so laßt sie mir ein Fußbad machen und heraufbringen", sprach der Ritter Konrad und ging nach seiner Stube.

Frau Wirx nahm nun eine hübsche Badewanne aus dem Schrank und gab sie dem Murmeltier mit dem Befehl, sogleich ein Fußbad mit Kräutern für den Ritter zu machen und ihm zu bringen. Als sie nun in den Garten ging, Majoran zu brechen, setzte sich auf einmal eine Amsel, die zahm im Haus herumzufliegen pflegte, vor sie auf einen Baum und sang:

In dem Badwännlein bist du hergetragen,
Darin mußt du ihm die Füße zwagen;
Dein Vater starb in Leid und Not,
Deine Mutter grämet sich zu Tod.
O weh! du armes Findelkind!
Weißt nicht, wer Vater und Mutter sind.

Aber sie verstand seine Sprache nicht und wunderte sich nur, daß der Vogel, der sonst immer geschwiegen hatte, so gesprächig geworden war; denn er wiederholte ohne Unterlaß die nämliche Weise. Nun kam der gute Biber und sagte ihr, was die Amsel gesungen, und sie verwunderten sich beide darüber, denn sie verstanden es nicht. Murmeltier aber ward sehr traurig über den Gesang und machte sich allerlei wunderliche Gedanken.

Als sie nun das heiße Wasser über die Kräuter in der Küche ins Badwännlein goß, kam die Mutter Wirx und sagte ihr: „Marsch! packe dich hinauf zu dem Gast, und daß du mir nicht wieder herunterkömmst; du mußt mir heute nacht bei ihm bleiben; er will es haben und giebt mir hundert Goldstücke dafür.“ – „Ach!“ weinte Murmeltier, „er wird mich doch nicht kränken und beleidigen, er war so freundlich gegen mich!“ Da flog die Amsel wieder her und sang ihr Lied, worüber sie in große Sorge geriet und nach ihrem Strauß sah, den ihr der Müller gegeben, ob er ihr irgend eine Gefahr andeute; aber der Strauß war frisch und blühend, und sie fürchtete sich nun nicht mehr; aber weinen mußte sie doch aus einer geheimen inneren Schwermut.

Als sie das Bad hinauftragen wollte, zupfte sie der Biber nochmals am Rock und sprach: „Liebes Murmeltier! vergiß mich nicht, vergiß mich nicht; es steht etwas Großes bevor, denn die Amsel singt noch immer.“ Sie nahm Abschied von ihm –

Und trug nun das Badwännlein
Wohl in des Herren Kämmerlein;
Sie fühlt hinein, obs nicht zu warm
Und weint dazu, daß Gott erbarm.

Der Ritter sprach: „Warum weinst du dann,
Schein ich dir nicht ein guter Mann?“
Sie sprach: „Ihr scheint ein frommer Mann,
Ich wein über unserer Amsel Sang,
Ich war im Garten und brach das Kraut,
Da sang die Amsel hell und laut:
'In dem Badwännlein ist sie hergetragen,
Darin muß sie ihm die Füße zwagen,
Der Vater starb in Leid und Not,
Die Mutter grämte sich schier zu Tod.
Weh! Murmeltier, du Findelkind!
Weißt nicht, wer Vater und Mutter sind.'„

Da sah der Ritter das Badwännelein an
Und sah das burgundische Wappen dran,
Er sprach: „Das ist mein Wappen allein,
Wie kommt die Wanne ins Wirtshaus herein?“
Da sang die Amsel am Fensterladen:

'In dem Wännelein ist sie hergetragen.
Weh! Murmeltier, du Findelkind!
Weißt nicht, wer Vater und Mutter sind.'

Da sah Herr Konrad ihr an den Hals,
Und sah da wohl ein Muttermal.
„Gott grüß,“ sprach er, „du roter Mund!
Dein Vater war König von Burgund,
Christina heißt deine treue Mutter,
Ich, Konrad, bin dein Zwillingsbruder.“
Nun knieten sie beide auf ihre Knie
Und dankten Gott bis morgens früh.
Und als nun morgens kräht der Hahn,
Fängt schon Frau Wirx zu rufen an:
„Steh auf steh auf, du faule Haut!
Kehr deiner Mutter die Stuben aus.“
Da schrie Herr Konrad überlaut:
„Sie kehrt nicht, ist keine faule Haut,

Herein, Frau Wirx! kommt nur herein
Und bringt mir meinen Morgenwein." –
Und als Frau Wirx herein nun trat,
Herr Konrad sie gefraget hat:
„Woher habt ihr das Jungfräulein,
Die Königstochter, mein Schwesterlein?"
Frau Wirx ward bleich gleich wie die Wand,
Die Amsel verriet da ihre Schand:

„In dem Lustgarten, im grünen Gras,
Das Kind in dem Badwännlein saß
Auf einem grünen Rainelein,
Spielt mit den bunten Steinelein,
Da kam die böse Wirx ins Land
Und warf ihr hin ein seidnes Band,
So hat die böse Zigeunerin
Gestohlen das zarte Kindelein."

Herr Konrad ward da hoch entrüst,
Sein Schwert er durch der Frau Wirx Ohrläppchen stieß
Und spießte sie fest da an die Wand
Und nahm die Schwester an der Hand
Und nahm sie an dem Gürtelschloß
Und schwang sie auf sein hohes Roß.
Das Badwännlein hing am Sattelknopf,
Die Amsel saß auf des Rosses Kopf.
So ritten sie wohl manche Stund,
Bis in das Schloß, ins Land Burgund,
Und als er in das Tor einritt,
Die Mutter ihm entgegenschritt:
„Konrad! lieber Konrad mein!
Was bringst du mir für eine Braut herein?" –
„Ich bringe keine Braut herein,
Ich bring Euch Euer Töchterlein."
Die Tochter da vom Rosse sprang,
Die Mutter in eine Ohnmacht sank,
Und als sie wieder zu sich kam,

Ihr Kind sie in die Arme nahm.
„O laßt mir das eine Freude sein,
Ich bin Euer armes Töchterlein;
Heut sind es fürwahr achtzehn Jahr,
Daß ich der Frau Mutter gestohlen war;
Frau Wirx, die böse Zigeunerin,
Trug mich in dem Badwännlein hin."
Und als sie sprach, die Amsel sang,
Daß laut die Stimm im Schloß erklang:

„Frau Wirx schreit jetzt: 'Mein Ohr tut weh!'
Sie will keine Kinder stehlen meh;
Nun laßt vom Goldschmied klar und rein
Mir schmieden ein goldnes Gitterlein,
Wohl schmieden vor das Badwännlein,
Es soll der Amsel Wohnung sein."

So schnell und wunderbar hatte sich das Unglück des armen Murmeltiers gewendet. Sie war nun eine Prinzessin von Burgund und hatte alles vollauf; die Amsel saß in der kleinen Badwanne, die ihr der Goldschmied in einen Vogelbauer verwandelt hatte; aber Murmeltier war doch nicht ganz glücklich. Immer dachte sie an die letzten Worte des guten Bibers: „Vergiß mich nicht! vergiß mich nicht!" – und wenn sie nun gedachte, daß er aus Liebe zu ihr ein Biber geblieben war, so weinte sie oft im stillen, daß sie seinen Bitten nachgegeben und ihn nicht zum Menschen verwandelt hatte. Hierauf kam noch ein trauriger Fall: ihre Mutter, die Königin von Burgund, war durch die plötzliche Freude des Wiedersehens so erschüttert worden, daß sie krank ward und nach wenigen Wochen starb. Ihr Bruder Konrad, der nun der Herr des Landes war, fragte sie oft um ihren Kummer, sie sagte ihm endlich die Geschichte des Bibers, und er machte sich nun auf den Weg, den Biber zu suchen, und tat einen Eid, nicht eher zurückzukommen, bis er den Biber gefunden.

So war sie nun allein und betrübt auf dem Schlosse und sah alle Augenblicke zum Fenster hinaus, ob ihr Bruder nicht bald zurückkommen würde.

Ich will nun erzählen, wie's unterdessen der bösen Frau Wirx und der Murxa gegangen.

Murxa lag, wie ihr euch erinnern werdet, tüchtig abgeprügelt über dem Mehlsack auf dem Esel, der so langsam unter seiner Last nach Haus schritt, daß er erst vor der Hütte ankam, als Frau Wirx schon mit dem Ohrläppchen an die Wand gespießt und Ritter Konrad mit Murmeltier davongeritten war. Dem Meister Langohr ward es zu lang, bis das Tor aufgemacht und ihm seine Last abgenommen wurde, er schüttelte sich daher aus Leibeskräften und warf die ohnmächtige Murxa mitsamt dem Mehlsack nieder. Da diese in die Brennesseln fiel, kam sie wieder zu sich und hörte nun ihre Mutter lamentieren. So schnell sie konnte, lief sie nun die Treppe hinauf und zog den Degen heraus, womit die Mutter angespießt war. Nun erzählten sie sich beide ihr Unglück unter beständigem Schimpfen auf Murmeltier.

Jetzt will sie der Mutter das schöne Mehl zeigen, aber kaum hat sie den Sack geöffnet, als lauter häßliche Stechfliegen heraussummen und sich ihr und der Mutter ins Gesicht setzen und sie zerstechen. Nun konnten sie sie nicht wieder loswerden, bis sie sich beide in ein Faß Wasser setzten und die Fliegen ersäuften. Nun wollte sich Murxa mit ihren Edelsteinen trösten und schmückte sich mit ihnen von oben bis unten und legte sich, so auszuruhen, ins Bett. Kaum aber war sie eingeschlummert, als sich alle die Edelsteine in Hornissen und Wespen verwandelten und sie so zerstachen, daß sie das eine Auge drüber verlor. Die Mutter kam auf ihr entsetzliches Geschrei und wußte sich keine andere Hilfe, da die Wespen sie auch zerstachen, als daß sie ein großes Feuer auf dem Herd machten und sich beide auf den Schornstein in den Rauch setzten, wodurch sie, nachdem sie ganz schwarz geräuchert waren, endlich die beschwerlichen Tiere los wurden. Da oben im Rauchfang sagte nun Frau Wirx: „Warte, mein Kind! jetzt fällt mir ein Mittel ein, wie wir uns an dem falschen Murmeltier rächen. Laß uns unser Haus hier verbrennen und zu ihr nach Burgund ziehen. Wir erzählen ihr unser Unglück und flehen sie höflich an; sie ist eine so dumme Gans, sie kann keinem Menschen etwas abschlagen." Nun begaben sich Frau Wirx und Murxa herab und verbrannten das Haus, machten ihre besten Sachen zusammen, nahmen den Rocken und den Schäferstab des Murmeltiers und das seidene Kleid, das ihr Frau Lureley gegeben, und schlugen den Weg nach Burgund ein.

Unterwegs kamen sie abends zu einer alten Base der Frau Wirx, die in einem abgebrannten Dorf auf dem Kirchhof wohnte, bei der übernachteten sie und erzählten ihr ihr Vorhaben. Da schenkte ihnen die Alte eine Wachskerze von Menschenfett mit einem roten und einem weißen Docht und sagte ihnen, wenn sie die anstecken würden, so müsse Murmeltier sterben. Vergnügt über dies

Geschenk setzten sie ihren Weg fort und kamen, nachdem sie bei drei Monaten unterwegs gewesen, endlich nach Burgund vors Schloß.

Es war gerade der Ort im Lustgarten, wo Frau Wirx vor achtzehn Jahren die Prinzessin geraubt hatte, und heute war gerade der Tag und die Stunde. „Hier“, sagte Frau Wirx, „laß uns unsere Heuchelei anfangen“ – und nun setzten sie sich beide in das Gras und weinten. Murmeltier wollte zum Andenken den Ort besuchen und ihr trauriges Geschick beweinen; denn immer war ihr Bruder mit dem Biber noch nicht zurückgekehrt. Als sie nun zu der Stelle im Garten kam, sah sie Frau Wirx und Murxa an der Erde liegen und weinen. Sie stellten sich, als wenn sie Murmeltier nicht bemerkten, und schrieen immer fort: „Ach! wir Unglücklichen! Ach! daß wir die arme Prinzessin so gekränkt; Gott hat uns gestraft, wir sind um alles gekommen, das Feuer hat uns alles geraubt.“ Murmeltier konnte sich der Tränen nicht enthalten. Die Frau und die Tochter, die sie so lange für Schwester und Mutter gehalten, rührten sie. „Stehet auf,“ sprach sie, „ich verzeihe euch von Herzen.“ – „Ach!“ schrie Frau Wirx, „ist es möglich? Sieh, hier haben wir dir auch deinen Hirtenstab und Spinnrocken Und dein schönes Kleid mitgebracht; alles andere ist uns verbrannt! Das haben wir allein gerettet!“ Murmeltier dankte herzlich, umarmte beide und nahm sie in das Schloß, kleidete sie neu an, machte sie zur Obersthofmeisterin und Murxa zur ersten Hofdame.

Da die zwei bösen Weiber allein in ihrer Stube waren, lachten sie herzlich über die Dummheit des guten Murmeltieres – so nannten sie ihre Güte – Und Frau Wirx sagte: „Nur nichts merken lassen, Murxa! wir wollen unser Glück hier noch aufs höchste treiben.“ So mißbrauchten sie heuchelnd und schmeichelnd mehrere Wochen die Güte der frommen Murmeltier.

Eines Abends ging diese allein am Rhein spazieren und spann an ihrem Rocken, und dachte an ihren Bruder, als sich auf einmal auf der entgegengesetzten Seite ein Ritter auf einem weißen Rosse ins Wasser stürzte. Murmeltier eilte mit ausgebreiteten Armen gegen den Strom und schrie: „Ach! Konrad! Konrad! bringst du meinen Biber mit?“ Aber der Biber konnte den langsamen Schritt des Rosses nicht abwarten und schwamm ihm voraus und lag zu den Füßen der jubelnden Prinzessin, die nicht länger zögern wollte und ihn mit ihrem Strauße berührte, worauf er sogleich als ein schöner junger Fischer zu ihren Füßen lag. „Gnädige Prinzessin!“ rief er aus, „ach! hättet ihr mich einen Biber bleiben lassen; ein Biber darf wohl um Euch sein, ein armer, niedriger Fischer ist zu geringen Standes für Eure Würde.“ – „Ei, was Würde!“ schrie

Murmeltier, „Ihr seid mir der Liebste auf der Welt!“ und umarmte ihn. Nun kam auch Konrad auf seinem Rosse ans Land und umarmte seine Schwester und fragte: „Ei! wo ist denn der Biber?“ – „Hier ist er,“ sagte Murmeltier, „hier dieser Fischer, ich habe ihn gleich wieder zum Menschen gemacht.“ Konrad ließ sich alles erzählen und erzählte auch, wie er den Biber in der ganzen Welt gesucht und ihn endlich bei Biberich am Rhein gefunden. „Ja,“ sagte der Biber, „als Murmeltier fort war, wollte ich auch nicht mehr in jenem Lande bleiben und zog, nachdem ich lange vergebens sie suchend herumgeirrt war, endlich in die Gegend von Mainz und legte mir dort einen Bau an, wo er mich vor drei Tagen gefunden hat.“

Nun begaben sie sich in das Schloß, denn Konrad klagte über Frost und Nässe, weil er über den Rhein geschwommen. Sie brachten ihn auf seine Stube und pflegten ihn, der Fischer Biber blieb bei ihm. Auf einmal in der Nacht pochte etwas an Murmeltiers Stube. „Wer ist draus?“ rief sie. „Geschwind, geschwind, liebe Prinzessin!“ rief der Biber, „kommt zu Eurem Bruder.“ Murmeltier warf schnell einen goldnen Schlafrock um und eilte in Konrads Kammer, aber der war dem Tode schon nah. „Ach!“ sagte er, „liebe Schwester! ich habe mich gestern im Rhein erkältet nach dem heftigen Ritt, und muß nun sterben.“ Murmeltier weinte sehr, aber Konrad nahm ihre Hand und legte sie in des Fischers Hand und sprach: „Ich gebe euch einander, seid glücklich und regiert das Land!“ und somit starb er in ihren Armen. Man begrub ihn zu der Mutter; beide hatte die Freude getötet.

Murmeltier ließ am folgenden Morgen dem Fischer prächtige Kleider anlegen, versammelte das Volk und kündete ihnen ihr Glück und Unglück an. Alles brachte seine Glückwünsche und Beileidsbezeugungen, auch Frau Wirx und Murxa heucheln und bringen ihre Wünsche dar.

Nun war die Trauerzeit verflossen, man machte Anstalt zur Hochzeit, und als der Hochzeitsabend kam, sagte Murmeltier zum Fischer: „Lieber Biber! wir wollen heute Nacht nicht in die Brautkammer gehen, wir wollen jeder in seiner Stube beten.“ „Ja“, sagte der Biber, und beide gingen nach ihrer Kammer.

Frau Wirx hatte indes die garstige Murxa angeputzt und verschleiert und legte sie heimlich ins Hochzeitsbett mit der Absicht, das arme Murmeltier nachher mit ihrem Zauberlichte zu töten, und so ihre häßliche Tochter zur Königin zu machen.

Während sie dies aber tat, sah Murmeltier an ihrem Betstuhl knieend ihren Edelsteinstrauß plötzlich welk und blaß werden. Schnell fielen ihr die Worte des Müllers ein, sie lief und holte das Licht, das er ihr gegeben, und ging damit nach der Frau Wirx Kammer, wo sie das ähnliche Licht schon auf dem Leuchter stecken sah. Sie verwechselte nun die beiden Lichter und ging nach ihrem Betstuhl zurück. Da sah sie ihre Blumen wieder frisch und gesund, wofür sie Gott herzlich dankte.

Kaum hatte Frau Wirx die häßliche Murxa in das Brautbett gelegt, als sie nun das Zauberlicht ansteckte und sich zu Bett legte. Auf einmal hörte sie im Schlafe eine Stimme:

Weh! Weh! ich vergeh,
Weh! ich sterbe,
Ich verderbe;
Ganz in Schmerzen
Brenne ich gleich einer Kerzen.

Da wachte Frau Wirx auf. Als sie aber das Zauberlicht noch brennen sah, sagte sie: „Schon gut, schon gut, bald wird es aus mit dem Murmeltier sein." Dann schlief sie ein, und nach einer Stunde hörte sie wieder:

Weh! Weh! ich vergeh,
Weh! ich sterbe,
Ich verderbe;
Schon am Herzen,
Zehret mir die Zauberkerzen.

Da wachte sie wieder auf, und als sie das Zauberlicht bis auf den letzten Docht herabgebrannt sah, sprang sie auf, warf es an die Erde und trat das Licht aus mit den Worten:

Sterbe, Licht,
Das Herz bricht
Zu dieser Frist,
Wider das du gemacht bist.

Nun war sie versichert, daß Murmeltier tot sei, und schlief ruhig wie eine Ratze schnarchend.

Am Morgen war große Versammlung am Hofe angesagt, das Ehepaar zu begrüßen. Sie als Obersthofmeisterin mußte die Herrschaft empfangen. Sie legte sich in den größten Staat und trat mit der hoffärtigsten Miene in den Audienzsaal, fest versichert, nun ihre Tochter als Königin hereintreten zu sehen.

Alles war versammelt, die Türe öffnete sich: Biber führte nach der Sitte des Landes seine Frau verschleiert herein. Die Obersthofmeisterin Wirx mußte ihr den Schleier abnehmen. Sie ging triumphierend auf sie los und, fest überzeugt, ihre Tochter als Königin zu präsentieren, hob sie den Schleier weg – und tat einen lauten Schrei, als sie Murmeltier heil und gesund fand. Wütend lief sie nach der Brautkammer, riß die Vorhänge des Brautbettes auseinander, und als sie da ihre Tochter zu Kohlen verbrannt sah, gestand sie ihre gräßliche Tat der ganzen Versammlung, die ihr gefolgt war, und sprang rasend, ehe man sie halten konnte, von dem Schloßfenster hinab in den Rhein.

Nun ging der König und die Königin und der ganze Hofstaat in die Kirche, Gott für die abgewendete Gefahr zu danken, und regierten ein Jahr lang ihr Volk ruhig.

Doch währte das nicht lange. Ein benachbarter König wollte den Biber nicht als Regenten über Burgund anerkennen und zog mit einem großen Kriegsheer ins Land, wo er eine große Partei unter dem Adel hatte. Der Aufstand ward allgemein, der Biber sagte da zu Murmeltier: „Wenn du nicht wärst, so wüßte, ich wohl, was ich täte.“ – „Was würdest du denn tun?“ – „Ei! ich würde“, erwiderte Biber, „zu dem närrischen Volke sagen: Laßt euch regieren, von wem ihr Lust habt, und würde weg gehn und ein Fischer sein nach wie vor.“ – „Von Herzen bin ich das zufrieden“, sagte Murmeltier und umarmte ihn und nahm ihre Spindel und ihren Schäferstab und die Amsel in dem Badwännlein, und was sie sonst hatte, und trat mit ihrem Fischer vor das Volk und sagte: „Lebt wohl, allerliebste Untertanen! Laßt euch regieren, von wem ihr wollt“, und verließ mit ihm das Land. Anfangs bauten sie ihre Fischerhütte, wo der Biber am Rhein war wiedergefunden worden, und nannten den Ort Biberich; dann zogen sie hierher nach Mainz und lebten glücklich; der Himmel schenkte ihnen ein Töchterlein, das hieß Ameleychen.

So weit hatte Frau Marzibille erzählt, als alles schrie: „Ameleychen! Ameleychen!“ und siehe da, das liebe Kind schwamm eben auf dem Kahne von

Schwänen gezogen heran und eilte seiner Mutter in den Schoß, die vor Freude nicht wußte, was sie machen sollte.

Auch der Fischer Peter umarmte sein Kind zärtlich, und dann die Königin Ameley, der das Mägdlein wie auch dem Radlauf viele Grüße vom Vater Rhein mitbrachte.

Als sich die freudigen Herzen wieder ein wenig beruhigt hatten, besah Frau Marzibille ihr Kindlein von oben bis unten und sagte: „Gott sei Dank, Herzkind! Es fehlt dir nichts, du bist so frisch und gesund." – „Ja, das bin ich," sagte Ameleychen, „aber was macht denn Weißmäuschen und Goldfischchen?" Auf diese Worte des Kindes nahten sich Prinz Philipp und Prinz Georg und umarmten das Kind mit den Worten: „Liebes Ameleychen! sieh, wir sind nun Prinzen geworden, aber wir wollen dich immer lieben und dir Gutes tun." Ameleychen sah sie verwundert an und küßte ihnen die Hände, worauf es zu seiner Mutter zurücklief.

„Lieber Fischer Petrus!" sagte nun der König Radlauf, „Ihr seid also der treue Biber, und ihr, Frau Marzibille, seid das treue Murmeltier!" – „Ja," sagten beide, „das sind wir." Da erwiderte Radlauf: „Nun, wohlan! so will ich euch euer Königreich Burgund wieder erobern, so ihr es wollt." – „Nein, nein!" schrieen beide, „wir wollen lieber hierbleiben bei Euch." Da sagte der König: „So schenke ich euch das Land zu Biberich, wo ihr zuerst gewohnt, und ich will euch ein Schloß hinbauen, aus dessen Fenstern ihr fischen könnt." Dafür dankten sie nun beide schönstens, und Radlauf sagte: „Ehe wir heute morgen auseinandergehen, bestimmet mir, Frau Marzibille, wer nach Euch erzählen soll." Da schrie ein feines Stimmchen aus der Menge: „Wartet noch ein bißchen, ich will erst dem Ameleychen sein neu Kleidchen anprobieren!" Und siehe da, ein kleines Männchen, nicht viel länger als ein Daumen, führte einen schönen Geißbock heran, auf dessen Rücken ein allerliebstes rotes Röckchen lag. Er nahte sich der Frau Marzibille und sprach: „Liebe Frau Nachbarin! da ich Euch immer lieb gehabt, und ihr mir manches Fischchen in der Hungersnot geschenkt habt, so habe ich in den letzten Tagen Eurem Ameleychen dieses artige Kleid gemacht, daß es doch bei seiner Rückkunft eine Freude habe." Herzlich dankte Frau Marzibille dem guten Schneiderlein Meckerling. Sie zog ihrem Kinde das neue Röckchen an und sprach: „Zum Dank für Eure Freundschaft sollt Ihr morgen Euer Märchen erzählen und dadurch Euer Söhnlein Garnwichserchen wieder haben."

Vor Freude sprang nun Meister Meckerling auf seine Ziege und galoppierte freudig nach Haus, daß auch das ganze versammelte Volk über das kleine närrische Kerlchen lachen mußte.

Am folgenden Morgen versammelte sich wieder alles, um den Schneider erzählen zu hören; denn alles war doch äußerst begierig, was das kleine flinke Kerlchen vorbringen würde. Alles hatte sich bereits gesetzt, als der Schneider auf der Ziege geritten kam. Er steckte seine Elle, die gegen ihn ein ziemlicher Balken schien, in die Erde und band die Ziege, die gegen ihn so groß wie ein Elephant war, daran fest und setzte sich hierauf wieder auf das Tier, auf dessen Rücken er, um besser gesehen zu werden, als Kissen ein schön gepläckeltes Nadelkissen gelegt hatte. Nun stach er die Ziege mit einer Nadel ins Ohr, daß sie meckerte, worauf alles still wurde, und er hob an zu erzählen:

Das Märchen vom Schneider Siebentot auf einen Schlag

Eines Morgens wollte es in Amsterdam gar nicht Tag werden, die Häringsfischer guckten alle Augenblick zum Fenster hinaus, ob die Sonne bald aufgehe, daß sie auf den Fang fahren konnten. Die Seelenverkäufer machten wohl zwanzigmal den Laden auf, um nach der Morgensonne zu sehen, weil sie die Seelen heraus zum Verkauf hängen wollten; denn sie nehmen sich in der Morgensonne sehr schön aus und singen dann: „Wach auf, mein Seel, und singe!" wodurch sie Käufer herbeilocken. Aber immer blieb es dunkel. Die Käshändler liefen auf die Straße und guckten nach dem Himmel; aber dunkel war es, dunkel blieb es, und kein Mensch wußte, wo er dran war.

Nun war gerade blauer Montag, an dem die Schneider sich zu belustigen pflegen; aber sieh da! es wollte der Tag nicht blau werden, und die edlen Gesellen krochen unzähligemal an die Dachfenster und sahen, ob der liebe blaue Montag nicht anbrechen wollte.

Da aber doch alle Uhren schon auf elf Uhr mittags standen, wurden die Leute fast rasend vor Angst; sie liefen auf den Gassen hin und her und stießen mit den Köpfen gegeneinander, daß es puffte. Nun war da auch ein Zahnarzt und Hühneraugenschneider; der wollte von der Versammlung der Menschen seinen Vorteil ziehen. Er spannte seinen Schimmel in seine rote Kalesche, hängte einige

Laternen daran, legte seine Gerätschaften vor sich und fuhr auf den Buttermarkt, mitten unter das wehklagende Volk. Ebenso machten es die Seelenverkäufer; sie machten ihre Boutiquen auf, hängten ihre Seelen an Nägeln heraus, stellten Laternen dazu und verkauften da manche Seele, die schon sehr abgetragen oder schmutzig war, oder ein garstiges Loch hatte, in der Dunkelheit noch für eine ganz gute saubere Seele. Andere Seelenverkäufer aber hielten es für besser, im Dunkeln einzukaufen; sie liefen auf dem Buttermarkt herum und schrieen: „Keine Seelen, keine Seelen zu verhandeln? Lustig! lustig! Wer sich noch einen guten Tag machen will, der verkaufe seine Seele um ein paar gute Stüber und gehe ins Wirtshaus und trinke sich eine Courage, denn die Welt geht unter; die Sonne ist gestern abgereist und kommt nicht wieder. Lustig! lustig! Die Seelen verkauft! Alle Stunden werden sie wohlfeiler werden; denn wenn nun die Welt zusammenfällt, sind sie doch verloren, und mancher gäbe sie dann gern gratis weg, wenn sie nur einer wollte." Dazwischen schrie der Zahnbrecher wieder: „Wer noch sein Zahnweh, seine Hühneraugen loswerden will, der komm heran! Stück für Stück ein Stüber; jetzt geht die Welt unter, und da kommt Heulen und Zähneklappern, da sind gute Zähne nötig. Munter! munter heran! In einer halben Stunde fahr ich weg, da geht die Welt unter, da machen wir alle die Boutiquen zu."

Durch das Geschrei der Seelenverkäufer und des Zahnbrechers stieg die Angst des Volkes aufs höchste. Manche ließen sich die Zähne ausbrechen, eine unzählige Menge verkauften ihre Seelen um ein Spottgeld und liefen wieder zu den Buden und hofften, sich bessere einzuhandeln, aber da bekamen sie immer noch schlechtere.

Da ritten endlich die Generalstaaten auf den Markt und befahlen, von jeder Seele, die verkauft würde, müsse ein Stüber abbezahlt werden fürs Armen- und Narrenhaus, und befahlen zugleich, man solle die Judenseelen billiger geben, weil sie erst müßten eingeweiht werden; sodann fügten sie hinzu: „Getreue Bürger der guten Stadt Amsterdam! Wir waren soeben in der Judenstadt und haben ihren Rabbinern befohlen, gegen die Erlaubnis, an dem Rathause vorüberzugehen, die wir ihnen bewilligen wollen, zum allgemeinen Besten und zur Vernichtung der nun bereits um sechs Stunden zu langen Nacht, ihren langen Tag der guten Stadt Amsterdam zum Geschenk zu machen; aber das hartnäckige Volk will nichts zu unserer Stadt Bestem tun, so daß wir uns gezwungen sehen, gewaltsame Mittel anzuwenden und ihnen den langen Tag mit gewaffneter Hand abzunehmen. Wir fordern also eine werte Bürgerschaft auf, eine Partie tapferer Leute zu diesem Zwecke abzusenden, die Judenschule zu erbrechen, den langen Tag bei den Ohren zu erwischen und zu uns auf das Rathaus zu führen."

Kaum hatten die hochmögenden Generalstaaten dies gesagt, als ein wackerer Schneidermeister, Meckerling genannt, – es war mein Vater, liebe Mitbürger! – hervortrat und die Schneider aufrief, sich diese Gelegenheit, auf ewig berühmt zu werden nicht rauben zu lassen. Gleich versammelten sich viele um ihn, sie setzten sich auf ihre Böcke und galoppierten durch die Straßen und schrieen: „Heraus! Brüder, heraus! Auf! auf! ihr edlen Schneiderlein, auf! Es geht fürs Vaterland und den blauen Montag!" Dazu klapperten sie mit Scheren, und die Böcke meckerten dazwischen, daß es eine Lust war. Aus Türen und Fenstern hüpften sie heraus, und immer größer ward ihre Menge; es war, als wenn es Schneider regnete.

Als sie nun hörten, daß sie die Judengasse stürmen sollten, hielten sie einen Rat miteinander, wie sie zu rechter Courage kommen sollten. Da schlug mein Vater vor, sie sollten sich bessere Seelen kaufen. Nun wurden die feigherzigsten Schneiderseelen zusammengesucht und zu den Seelenverkäufern gebracht. Es waren an die neunhundert. Der Seelenverkäufer legte sie auf eine Waage und wog nun alte Matrosen- und Soldatenseelen dagegen, und sie bekamen nicht mehr als neunzig für neunmal neunundneunzig. Die schönen Seelen verfälschten sie nun im Hinterteil und wußten sie so zu zerren und zu drehen und vorteilhaft einzuteilen, daß sie vollkommen hinreichten, das ganze erste Glied mit Courage unterm linken Knopfloche zu versehen.

Mein Vater, Meister Meckerling, führte nun den Kern der Schneider gegen die Judengasse. Es waren lauter freiwillige Volontärs; sie steckten ihr Wachsstümpchen auf die Ellen und klapperten mit den Scheren, den Juden die Bärte abzuschneiden. Die Juden ihrerseits hatten ihre Gasse verrammelt mit allerlei altem Hausgeräte, altem Zinn und altem Kupfer, und als sie hörten, daß es die Schneider waren, hatten sie ihren großen alten Sündenbock aus dem Kirchhof genommen und den Schneidern hinter die Wagenburg von altem Hausrat spöttisch gegenübergestellt, sich selbst aber alle in die Judenschule gesetzt, wo sie den langen Tag eingesperrt hatten und beteten.

Mutig stürzten die edlen Krieger in die Gefahr, sie durchbrachen den jüdischen Trödelverhack; aber hier empfing sie der grausame Sündenbock, der sie als ein unvernünftiges Vieh, da sie nur einzeln herüberkonnten, niederstieß. Viele

Brave verloren durch diese Bestie ihr Leben, und als der Bock endlich über die Barriere hinübersetzte und auf das ganze Corps der Edlen losging, ergriffen die Schneider die Flucht und wurden bis in ihre Herberge verfolgt, wo sie sich wieder setzten und sammelten.

Hier erfand mein Vater eine Kriegslist. Der Bock stand noch immer vor der Türe und bohrte mit seinen Hörnern dran, daß es entsetzlich anzusehen war. Nun ließ mein Vater die Kellertüre öffnen und dann die Haustüre; der Bock, der eben stark drückte, fiel, als die Türe plötzlich aufging, zum Haus hinein und die Treppe in den Keller hinab, welcher gleich hinter ihm verschlossen wurde.

„Nun“, sprach er, „wollen wir die listigen Hebräer wieder mit Tieren bekriegen“; er ließ alle Schweine, die er haben konnte, vor seinen Braven hertreiben. Die Juden, die, ihres Sieges gewiß, schon wieder aus der Schule heraus waren und ihren alten Trödelmarkt unter heftigem Gezänke, wem jedes Stück zugehöre, auseinandersuchten, schwärmten wie die Ameisen auf der Gasse herum; als plötzlich die Schweine, von den Nadelstichen der Schneider gereizt, in die Gasse einbrachen und alles niederrannten. Die Rache der Schneider war vollkommen; die Juden waren gänzlich in die Flucht geschlagen, sie flohen alle nach ihrem Kirchhof, den sie verschlossen.

Nun erbrachen die Schneider die Judenschule, in der es zu ihrem Erstaunen ganz helle war; denn da saß der lange Tag, so lang als er war, mit Zopfband an einem Pfeiler angebunden, und hatte ein großes Stück Matzekuchen in den Händen, an dem er aß, und sang mit vollem Maule ein hebräisch Lied. Er hatte einen himmelblauen Rock an, unten herum mit lauter Zimpeln behängt, und sang wie eine Nachtigall.

Die Schneider zögerten nicht lang, nähten ihm Hände und Füße zusammen, banden ihm Stricke an die Beine und schleiften ihn, in dem sie sich alle vorspannten, nach ihrer Herberge. Als sie durch die Straßen von Amsterdam den himmelblauen Labelang schleppten, ward es helle, und die Mittagssonne trat plötzlich über dem Rathaus hervor.

Der Jubel des Volks war allgemein; aber die Generalstaaten nahmen es den Schneidern sehr übel, daß sie den langen Tag auf die Herberge und nicht auf das Rathaus gebracht hatten. Sie kamen vor die Herberge geritten und forderten die Schneider auf, den langen Tag herauszugeben zum allgemeinen Besten der Republik. Aber die Schneider sagten: „Haben wir die Gefahr gehabt, so wollen wir auch den Genuß haben“, welches ihnen endlich auf unbestimmte Zeit zugestanden ward.

Nun waren die neunmal neunundneunzig Schneider gar nicht mehr zu bändigen vor Hoffart und Tapferkeit. Sie putzten sich den langen Tag mit tausend bunten Lappen und besetzten ihn mit Borten und gesponnenen Knöpfen, benähten ihn mit Steifleinwand und Kamelhaar; hierauf machten sie ein großes Netz und stellten es vor die Kellertür. Wütend stürzte der Bock herauf und verfing sich in dem Netze. Da warfen sie ihn an die Erde und vernähten ihm alle Luftlöcher des Leibes, daß er kaum atmen konnte.

Nun banden sie ihn an eine Menge Stricke, setzten den langen Tag auf ihn und führten ihn mit Triumph durch die Straßen von Amsterdam unter dem lauten Jubel der Menge. Da fiel plötzlich ein großer Schnee, und weil die Schneider gut getrunken hatten, glitten sie hie und da aus; der Bock gewann dadurch die Freiheit, nahm sich zusammen und begann in Carriere nach der Judengasse zu rennen. Viele der Schneider, die nicht loslassen wollten, wurden erbärmlich geschleift. Mein Vater aber, der ein Stück Tuchende an den Schwanz des Bocks gebunden hatte, woran er ihn führte, wollte wenigstens seinen Teil nicht losgeben. Schnell zog er seine Schere, und schon stürzte der Bock mit den Vorderfüßen durch das Tor der Judengasse, als er ihm glücklich den Schwanz noch abschnitt und diesen, wenn er gleich darüber tüchtig auf den Hintern fiel, wenigstens doch rettete.

Der lange Tag aber war verloren, der Bock riß ihn mit durch das Pförtchen des Judentors; abstreifen konnte er ihn nicht, denn die Schneider hatten ihn an den Bock festgemacht.

Da es aber trotz seines Verlustes hell blieb und die Finsternis sich ganz verloren hatte, wollten sie es nicht noch einmal wagen, ihn zu erobern, und zogen, von den undankbaren Amsterdamern verspottet und verlacht, nach ihrer Herberge zurück. Um hier nicht den Anschein zu haben, als hätte sie der kleine Unfall gebeugt, veranlaßten sie eine Gasterei und eine Schlittenfahrt, an deren Folgen die meisten der edlen Helden zu Grunde gingen. Dieses ganze Fest habe ich in Reime gebracht und will es euch singen, liebe Mitbürger:

Als nun die Schneider zur Herberg kamen,
Da konnten sie nicht hinein;
Da krochen ihr neunzig,

Neunmal neunundneunzig
Zum Schlüsselloch hinein.

Und da sie nun versammelt waren,
Da hielten sie einen Rat,
Da saßen ihrer neunzig,
Neunmal neunundneunzig
Auf einem Kartenblatt.

Und weil sie alle hungrig waren,
Da hielten sie einen Schmaus,
Da fraßen ihrer neunzig,
Neunmal neunundneunzig
An einer gebratenen Maus.

Und weil sie alle durstig waren,
So faßten sie einen Mut
Und soffen alle neunzig,
Neunmal neunundneunzig
Aus einem Fingerhut.

Und weil der Schnee gefallen war,
So hielten sie Schlittenfahrt,
Und fuhren ihrer neunzig,
Neunmal neunundneunzig
Auf einem Geißenbart.

Und als sie wieder zur Herberg kamen,
So hielten sie einen Tanz,
Da tanzten ihrer neunzig,
Neunmal neunundneunzig
Auf einem Geißenschwanz.

Und als sie all besoffen waren,
So sahen sie nichts mehr
Und krochen ihrer neunzig

Neunmal neunundneunzig
In eine Lichtputzscheer.

Und als sie ausgeschlafen hatten,
Da konnten sie nicht heraus,
Da warf sie alle neunzig,
Neunmal neunundneunzig
Der Wirt zum Fenster hinaus.

Und als sie vor das Fenster kamen,
Da fielen sie um und um,
Da kamen ihrer neunzig,
Neunmal neunundneunzig
In einer Gosse um.

So war das unglückliche Ende dieser neunmal neunundneunzig Braven; sie, die nicht der grausame Sündenbock der alttestamentarischen Glaubensgenossen hatte besiegen können, unterlagen den Sünden des jugendlichen Übermuts, die schon manchem Helden den Helmbusch geknickt haben; sie, die den langen Tag der Juden bezwungen hatten, wurden von einem kurzen Freudentage erdrückt und erblickten das Licht nicht wieder, welches ihnen mit der Lichtputze ausgelöscht worden.

Mein Vater allein, weil er zuerst in die Lichtputze gekrochen war, fiel lebend auf die andern und machte sich nach Haus. Es war morgens gegen drei Uhr, und der Tag begann zu dämmern; er schlich nach seiner Werkstatt. Aber hier hatte er noch einen schweren Kampf zu bestehen. Er hatte für einen durchreisenden König von Polen ein Kleid zu verändern, und da es morgen fertig sein sollte und der heutige Tag im Kriegsgetümmel verloren gegangen war, so machte er sich selbst daran, es aufzutrennen. Denn seine Gesellen waren alle unter den Helden umgekommen. Da er nun im besten Trennen war, kam ihm plötzlich aus einer Naht des Rockes ein schreckliches Ungeheuer entgegen, eine Laus; und sie protestierte dagegen, daß er den Rock auftrennte. Der Schneider, dem aus Schrecken die Schere unter den Tisch gefallen war, erholte sich bald wieder und sagte zu ihr: „Ich muß Sie bitten, meine Stube zu verlassen und nicht viel Aufhebens zu machen, sonst werde ich grob." – „Elender Ziegenschwanz!" sagte die Laus hohnlächelnd, „wäre ich nicht von königlichem Geblüt, ich wollte dir für deine Insolenz Nasenstüber geben." Das Wort *Ziegenschwanz*, als eine

Stichelei auf das unglückliche Bocksgeschlecht der Schneider, nahm mein Vater krumm und erwischte die Elle und schlug nach der Laus, die er aber verfehlte, worauf sie höchlich ergrimmt zu ihm sprach: „Notwehr hebt allen Stand und Rang auf, und ich lasse mein königliches Geblüt herab und fordere dich auf Tod und Leben heraus", worauf sie meinen Vater auf die grimmigste Weise anfiel. Er wehrte sich wie ein Held; aber ermattet vom Kampf ward sie Meister über ihn und warf ihn unter die Bank; doch diente ihm dies zum großen Glücke, indem er unten seine Schere wiederfand und sie so vortrefflich gegen das Ungeheuer gebrauchte, daß er ihr den Kopf damit abschnitt. Aber ermattet lag er nun unter der Bank und hatte die Kräfte nicht, sich wieder herauszuwinden, bis ihn glücklicherweise ein Floh zur Ader ließ, was ihm so wohl anschlug, daß er sich erholte und unter der Bank hervorkroch. Nun weckte er seine Frau und mich und erzählte ihnen seine Heldentat. Diese, als ein kluges Weib, sagte: „Da die Laus von königlichem Geblüt ist, so dürfen wir die schöne Gelegenheit nicht vorübergehen lassen, und somit will ich sie uns zum Frühstück zubereiten, und wenn wir sie verzehren, sind wir dann alle auch von königlichem Geblüt." Meinen Vater und mir, der immer viel Ehrgefühl hatte, war dieser Gedanke sehr willkommen. Schnell ward das Ungeheuer an einer Nadel gebraten und auf einer Knopfform aufgetragen, und bald war sie verzehrt, und so waren wir von königlichem Geblüt. Ich aber machte folgendes Gedicht:

Der Schneider trennt des Königs Rock.
Da findet er die Laus;
Sie macht sich patzig, nennt ihn Bock
Und fordert ihn heraus.

Dem Schneider fiel vor Schreck die Scheer,
Er faßt sich einen Mut,
Er greift nach seiner Elle schwer,
Setzt auf den Fingerhut.

Sie sprach: „Ich bin von Königsblut,
Du bist ein Ziegenschwanz!"
Und packt ihn an mit grimmiger Wut;
Das ward ein böser Tanz.

Die Laus gewann die Oberhand,
Sie stellt dem Schneider ein Bein
Und drückt den Schneider an die Wand,
Wirft ihn zur Höll hinein.

Da wars für ihn ein großes Glück,
Daß er die Scheer ertappt,
Da hat der Held ihr am Genick
Den Kopf schnell abgeknappt.

Doch lag er da ermüdet sehr,
Vom Kampf ganz matt und blaß,
Zum Glück hüpft da der Floh daher,
Hilft ihm mit Aderlaß.

Er weckt den Sohn, er weckt das Weib,
Erzählt die Heldentat;
Sie sprach: „Ich schnell des Toten Leib
An einer Nadel brat."

Dem Schneider, samt dem Weib und Kind,
Bekam das Frühstück gut;
Sie schwuren nun: „Wir dreie sind
Von königlichem Blut."

Kaum hatte sich nun der Tag über den Türmen von Amsterdam wieder sehen lassen, als man eine neue, viel schrecklichere Not als gestern bemerkte. Alle Kanäle und Zisternen waren ausgetrocknet, kein Tropfen Wasser war in der Stadt, Tee und Kaffee konnte nicht gekocht werden, und es wußten sich die Mägde, die sonst immer die Häuser von oben bis unten mit Wasser abzuwaschen pflegten, nicht zu helfen und zu raten. Alle Schiffe, die auf den Kanälen nach Amsterdam zu kommen pflegen, saßen auf dem Grund; die Reisenden stiegen aus und kamen zu Fuß herein in die Stadt und vermehrten mit ihren Erzählungen den Jammer. Niemand wußte den Grund, wenngleich alle Leute auf den Grund der ausgetrockneten Quellen sehen konnten. Nur war diesmal bei den Juden keine Rettung zu holen. Sie waren selbst übel daran und konnten sich nach ihrer Gewohnheit nicht baden und waschen, was sie doch so sehr bedurften, weil sie sich gestern in der Schlacht mannigfach besudelt hatten.

Als nun die Brunnenmeister überall herumliefen, und nach Wasser bohrten und immer auf dem Trockenen blieben, kam endlich ein wandernder Schneidergesell auf die Herberge, ganz blaß und erschrocken; er zitterte wie ein Espenlaub, und da die andern Gesellen ihn zu ermuntern suchten und ihm ihre gestrigen Heldentaten erzählten, sagte er: „Ihr habt gut schwätzen; aber ich habe etwas erlebt, worüber alle andern Schneider der Welt vor Schrecken gestorben wären; ich habe zwei Meilen von der Stadt gestern einen Kerl stehen sehen, höher wie der höchste Berg; er warf einen Schatten über das Land, pechschwarz. Nun hatte ich mich niedergelegt in einem Schotenfeld, um nicht von ihm bemerkt zu werden; aber wer konnte da ruhen? Eine gewaltige Erschütterung der Erde jagte mich auf; ich sah den Riesen niedergekniet und an der Amstel trinken; er machte dabei ein Geschlürfe, als wenn er die Welt verschlingen wollte, und stellt euch vor, ein ganzes Marktschiff mit Mann und Maus, voll Bauern und Weibern und tabakrauchenden Soldaten schluckte er mit hinunter und verzog keine Miene dazu. Da überfiel mich aber auch ein solcher Schauder, daß ich mich abermals in eine Schote verkroch. Nach einer Weile guckte ich wieder hervor und sah, daß er sich niedergelegt hatte und daß sein Kopf gar nicht weit von mir entfernt lag. Aus Angst ließ ich meinen Bündel und mein Bügeleisen liegen, um desto schneller davonzulaufen. Als ich aber an seinem Nasenloch vorüberzog und er gerade den Atem ausstieß, ergriff mich der Sturm und wehte mich bis vor die Tore der Stadt. Nun, meine Freunde!“ sagte er: „Gott behüte jeden Menschen vor solchem Schreck“; und nach diesen Worten redete er keine Silbe mehr; er sank von der Bank und war maustot.

Die Schneider waren höchlich über diese Nachricht erschreckt und liefen auf das Rathaus und erzählten sie den Generalstaaten. Die merkten dann gleich, wieviel Uhr es geschlagen hatte; sie sahen leicht ein, daß die gestrige Dunkelheit nichts als der Schatten des unvernünftigen Riesen gewesen sei, der über Amsterdam hinfiel und daß der Wassermangel durch nichts veranlaßt worden wäre als durch das Trinken des großen Schlingels an der Amstel.

„Es ist keine Zeit zu verlieren“, schrie da der Gescheiteste von allen Generalstaaten; „jetzt, da der Riese sich niedergelegt hat, ist er gewiß am ehesten zu bezwingen; man rüste sich und ziehe ihm entgegen und suche ihn durch die Menge zu besiegen. Die edlen Schneider, die gestern sich schon mit Ruhm bedeckt haben, werden die Republik Holland heute auch nicht im Stiche lassen.“

Da sagten mehrere Schneider: „Ja, wir wollen gewiß das Unsrige tun, wenn wir nur einen Anführer von königlichem Geblüte hätten.“ Kaum hatten sie dies gesagt, als die Amsterdamerzeitung hereinkam; das ist aber nichts anders als ein altes Häringsweib mit einer Violine, die die neuesten Neuigkeiten in Reimen absingt und dazu geigt. Sie sang nicht nur die Schrecknisse des gestrigen Tages ab, sondern auch die herrliche Standeserhebung meines Vaters, der von königlichem Geblüt geworden war. Erstaunt hörten die Generalstaaten zu; sogleich machten sie sich auf, meinen Vater zu besuchen; sie stellten ihm Wachen vor die Türe, und ließen, indem sie ihm den größten Respekt bezeigten, die Aufforderung an ihn ergehen, das Vaterland zu retten.

Mein Vater ließ sich das nicht zweimal sagen, um so mehr, da der Zeitpunkt günstig war; denn soeben hörte man den Riesen schnarchen, und alle Türme zitterten, so daß die Glocken von selbst zu läuten begannen. Eiligst begab er sich auf die Herberge, versammelte alle Schneider, die sich ihm im Leben und Tod zu folgen verschworen. Nun ordnete er den Heerzug folgendermaßen: vor der ganzen Schar wurde der eroberte Ziegenschwanz an einer Elle als Ehrenfahne und Feldzeichen hergetragen; dann folgten die Schleuderer, Wachsknollen und Knopfformen in Schleudern von Tuchenden schwingend; dann folgten die leichten Truppen, mit Nähnadeln und Scheren bewaffnet; dann die schwere Garde, mit Stopfnadeln, Ellen und Bügeleisen und Fingerhüten gerüstet. Mir selbst hatte mein Vater das Siegeszeichen, den Geißenschwanz, anvertraut zu tragen, weil ich auch von königlichem Geblüt war. Unser Schlachtgesang war die Hymne, die ich auf meines Vaters Heldentat gemacht; nicht darf ich vergessen, daß unter dem Geißenschwanz das blutige Hemd, worin sich mein Vater gegen die Laus geschlagen, als Fahne befestigt war mit der Inschrift: *Laus deo soli atque sartori, Gloria victoria sartoria.* So zogen wir unter den Glückwünschen der Amsterdamer aus der Stadt dem Riesen entgegen.

Als wir aber kaum eine kleine Meile über den Damm hingezogen waren, ließen wir rekognoszieren, und es ward gemeldet, daß ein entsetzliches Ungeheuer mit einem beinernen Haus auf dem Buckel quer über dem Damm liege. Als drei kühne Helden mit Nadeln nach ihm gestochen, habe es plötzlich ein paar ungeheure Hörner herausgestreckt, daß die drei Braven vor Schrecken niedergefallen; die andern seien sogleich zurück, um es zu melden.

Nun sendete mein Vater ein Hundert Freiwilliger voraus, um den Weg von dem Umgeheuer zu befreien, und zog ihnen dicht auf den Füßen nach. Als wir auf die Stelle kamen, war die Schnecke bereits quer über den Damm weggekrochen. Wir sahen sie unten im Grunde und ließen sie ruhig ihren Weg fortsetzen, weil man dem fliehenden Feind goldene Brücken bauen soll. Die drei Braven retteten wir; sie klebten auf dem Wege fest im zähen Schleim, mit welchem das Ungeheuer seinen Weg bezeichnet hatte. Da sie zurück in das Hospital gebracht waren, schlug man eine Brücke mit Ellen, die auf Bügeleisen ruhten, und kam glücklich über den Morast.

Nun hörte man den Riesen immer lauter schnarchen, und mein Vater hielt Kriegsrat, in dem beschlossen wurde, daß das ganze Heer sich die Ohren mit Baumwolle zustopfen solle, um den Mut nicht zu verlieren, und dann wollten sie dem schlummernden Riesen die Nasenlöcher und den Mund zunähen, daß er ersticken müßte. Aber der Himmel hatte es anders verfügt. Die treulosen Juden, um sich für ihre gestrige Niederlage zu rächen, hatten dem Riesen den verhaßten Sündenbock zum Sukkurs geschickt. Plötzlich trat uns der Schelm am Wege meckernd entgegen, und ergrimmt, seinen Schwanz an unsrer Fahne zu sehen, stellte er sich in Positur. Das ganze Heer der Schneider ergriff die Flucht und eilte in eine tiefe Höhle, die sich ihnen glücklicherweise am Wege gegenüber darbot; mich aber nahm der Bock auf seine Hörner und schleuderte mich hoch durch die Luft, daß mir Hören und Sehen verging. Ich fiel glücklicherweise in des Riesen Bart nieder und litt keinen Schaden; aber als ich drin zappelte, mich loszumachen, erwachte der Bursche, richtete sich auf, nahm sein Schwert, das wie ein Strom von blankem Stahl neben ihm im Grase lag, griff dann nach der Scheide, die auf der andern Seite lag, und stieß es hinein, wobei der Degen etwas knirschte. Da er dies bemerkte, sagte er: „Was Kuckuck! da ist mir Dreck in die Scheide gekommen“, und zog den Degen wieder heraus. Aber Himmel! welch jämmerlichen Anblick hatte ich da! Die beiden Seiten des verfluchten Schwertes hingen voll Blut und zerquetschten Leichnamen: es war die Scheide jene unglückliche Höhle gewesen, in die das tapfere Heer der Schneider sich gerettet hatte, welches Blut nun aber, durch des Riesen Schwert jämmerlich vergossen, um Rache schrie. „Hum,“ sagte der Riese, „das ist eine kuriose Schmiere!“ und da der Bock dastand, ließ er ihn den Säbel ablecken. Mir tat dieser Anblick so jämmerlich weh im Herzen, daß ich laut aufschrie: „O barmherziger Himmel! welch gräßliches Schauspiel!“ Der Riese bemerkte mich und sagte: „Ei, du kurioses kleines Kerlchen! wie kommst du in meinen Bart?“ Worauf ich niederkniete in sein Ohr und ihm alles erzählte, was gestern und heute in Amsterdam vorgefallen sei und wie er das unüberwindliche Heer der Schneider zerquetscht. Als er mich vom langen Tag erzählen hörte, fing er heftig an zu weinen, und wäre ich nicht in seinem Ohr gesessen, so wäre ich verloren gewesen; denn die Tränen liefen ihm in zwei ungeheuren Wasserströmen aus den Augen nieder. „Ach," sagte er, „so habe ich denn meinen lieben Bräutigam gefunden! Nun rate mir, mein teurer, einziger Freund! wie kriege ich ihn am schnellsten, und ohne noch ferner Menschenblut zu vergießen, was meinem zärtlich liebenden Herzen ungemein schwerfällt, aus den Händen der Juden? Denn du mußt wissen, daß ich ein zärtlich liebendes Jungfräulein bin, welches seinen Bräutigam als Mann verkleidet sucht; ich bin die lange Nacht, und der berühmte Zauberer Rabbi Süß Openheimer Mayer Löb Rothschild Schnapper Pobert hat mir ihn durch seine Beschwörungen am Hochzeitsabend aus den Armen entführt, weil er aus den Sternen gelesen, daß aus der Ehe der langen Nacht und des langen Tages der Jüngste Tag sollte geboren werden. Er senkte mich in einen tausendjährigen Schlaf, aus dem ich vor hundert Jahren erwacht bin, seit welchen ich nun nach meinem lieben Bräutigam suche. O wie traurig ich bin, daß ihn die Juden gefangen halten; sie haben mir aus meinem süßen Bräutigam gewiß auch einen Juden gemacht; überhaupt sind die Schelme meinem Geschlechte blutfeind: sie haben mir meine Brüder Goliath und Holofernes vernichtet und wollen auch mich ruinieren." Nun antwortete ich der Jungfrau folgendermaßen: „Verehrte Demoiselle! mein Rat wäre dieser, daß Ihr den Sündenbock hier festhieltet und mich nach Amsterdam als einen Gesandten zurückließet, von den Juden den langen Tag dagegen zur Auswechslung zu fordern." – Dieser Rat gefiel der Dame ungemein; sogleich nahm sie den Sündenbock und steckte ihn in den Busen und blies mich, mit vollkommener Vollmacht versehen, von ihrem Finger sanft auf einen Heuwagen in Amsterdam vor das Rathaus nieder.

Als mich das Volk erblickte, zerrissen sie mich fast um Neuigkeiten von der Armee; aber ich eilte zuerst zu den Generalstaaten, meine Gesandtschaft auszurichten. So groß die Trauer der Hochmögenden über den schrecklichen Untergang so vieler Helden, so groß war auch die allgemeine Wut gegen die Juden, welche durch ihr Gefangenhalten des langen Tages die zärtliche Riesenbraut ins Land gelockt und durch ihren Sündenbock die Schneider ins Verderben gestürzt hatten.

Nach langem Überlegen ergriffen die Generalstaaten folgenden Entschluß: Die Riesin muß aufs schleunigste befriedigt werden, damit sie sich aus dem Lande begiebt; die Juden sind daher durch die schnellsten Maßregeln zur Freilassung des langen Tages anzuhalten, welchen sie wohlgekleidet und geschmückt ausliefern sollen, wofür ihnen ihr Bock bis auf weitere Untersuchung zurückgegeben wird. Der Riesin aber wird allein unter der Bedingung ihr Bräutigam zurückgegeben, daß sie als Jungfrau die vereinigten Niederlande verlasse und erst über der Grenze ihre Hochzeit feire, weil allerdings zu befürchten wäre, daß, sollte sie auf diesem meerentrissenen Lande, das auf Dämmen und Pfählen ruhe, ihren Brauttag halten, sie einige Provinzen als Löcher in den Grund des Meeres treten könnte. Mit diesen Vorschlägen ward ich zurückgesendet.

Ich stellte der Riesin, die noch immer auf der Erde lag, diese Wünsche der Generalstaaten vor, und sie, als eine sehr gutmütige Person, willigte ein und blies mich mit diesem Auftrage wieder in die Stadt. Nun hatte man während dem sich des langen Tages bemächtigt, ihn schön ausgeschmückt und ihn auf einem Floß, das auf sechzig Schiffen erbaut war, eingeschifft und so ins weite Meer gefahren. Der langen Nacht ward nun angezeigt, ihr Bräutigam sei bereits unterwegs und erwarte sie zwischen Dover und Calais. Schnell warf sie den Sündenbock nieder, der in die Stadt auf den Judenkirchhof zurückgaloppierte, und begab sich mit Riesenschritten hin, wo ihr Bräutigam eben ans Land stieg.

Ich hatte ihn auf der Flotte begleitet, um alles mit anzusehen; aber es bekam uns schlecht. Der Fleck Landes, wo der lange Tag die lange Nacht zum erstenmale wieder umarmte, war eine Landenge, welche Frankreich und England vereinigte. Soeben war das englische Einhorn und der französische Hahn dort in einem Streite begriffen; als die Riesenjungfrau aber zwischen sie trat, machten sie Waffenstillstand miteinander, um ihr Artigkeiten zu machen. Der Hahn lief um sie herum, krähte, schlug mit den Flügeln und kokettierte; das englische Einhorn aber legte ihr sein Haupt in den Schoß. Als der Bräutigam ans Land stieg, war er über diesen Handel sehr erfreut, weil er wußte, daß das Einhorn die Gewonheit hat, sich nur vor tugendhaften Jungfrauen zu demütigen. Er umarmte nun seine Braut im Angesichte der holländischen Flotte, und beide luden den Hahn und das Einhorn zu Zeugen ihrer Verbindung ein. Die Braut nannte sich mit ihrem Taufnamen Continent, der Bräutigam aber Marinus. Sie überhäuften sich mit Liebkosungen; nun gaben sie den beiden Zeugen folgende Geschenke: Continent sagte zu dem Hahn: „Du sollst mächtig sein auf Erden", und Marinus sagte zu dem Einhorn: „Du sollst mächtig sein auf dem Wasser und den Inseln." Hierüber wurden beide eifersüchtig und begannen wieder zu streiten. Aber die Brautleute hießen sie nach Hause gehen und begannen so heftig zu tanzen, daß die Landenge zu reißen begann. Als aber auf der einen

Seite der Halm eine Menuette krähte und das Einhorn auf der andern Seite einen englischen Tanz sang, kamen sie aus dem Takt und zerrten sich so herum, daß Marinus seiner Braut einen Ärmel ausriß; zu gleicher Zeit brach die Landenge entzwei, das Meer strömte zwischen England und Frankreich durch und trennte den Hahn und das Einhorn auf ewige Zeit. Was aus den Brautleuten geworden ist, weiß ich nicht, da das Wasser, das durch das zerrissene Land durchströmte, unsere Flotte mit solcher Geschwindigkeit zurücktrieb, daß wir, ehe wir uns versahen, wieder in Amsterdam waren. Der neuentstandene Kanal wurde, weil er entstanden, als der Ärmel der Braut ausgerissen wurde, *Canal de la Manche*, Ärmelkanal, genannt, und der Ärmel, welchen die Flut des Meeres weit, weit hinweggeschwemmt, heißt seitdem Ermelland.

Als wir unsere Nachrichten den Generalstaaten hinterbrachten, dankte alles dem Himmel, daß die Hochzeit auf unserem Grund und Boden war vermieden worden, und dachte nun daran, wie man nun die Juden bei der ersten Gelegenheit für ihren mannigfach bewiesenen Starrsinn strafen sollte. Diese Gelegenheit ereignete sich bald.

Die Kirchhofmauer der Juden war, als sie sich alle hineingeflüchtet vor den Schneidern, beschädigt worden, und sie hatten sie einem Maurer wieder herzustellen verakkordiert. Als dieser eines Mittags von seinem Gerüste herunterstieg und, auf einem Grabsteine sitzend, seinen Käs und Häring als Mittagsbrot aß, kam der vorwitzige Sündenbock, dem wegen des vielen geleckten Schneiderbluts das Fell juckte, und scheuerte sich so stark an einem Pfahle des Gerüstes, daß es über ihm zusammenstürzte und ihn maustot schlug. Die Juden, von dem Getöse herbeigelockt, begannen ein großes Geschrei und fingen den Maurer, schleppten ihn auf das Rathaus und wollten ihren Bock, den sie auf zweihundert Taler schätzten, von ihm bezahlt haben. Das Recht ward ihnen zugesprochen; der Maurer mußte die zweihundert Taler bezahlen. Weil er aber das Geld nicht hatte, fragten ihn die Generalstaaten: ob er ihnen alle seine Rechte abtreten wolle? „Von Herzen gern“, sagte der Maurer und begab sich weg.

Die Generalstaaten zahlten den Juden nun die zweihundert Taler, und sie gingen zufrieden nach ihrer Gasse zurück. Wie erstaunten sie aber, als nach einer Stunde der Scharfrichter von Amsterdam in ihre Gasse mit seinem Karren kam und den Bock im Namen der Generalstaaten mit Gewalt als ihr erkauftes Eigentum abholte. Sie waren in Verzweiflung, ihr geheiligtes Tier in so unehrlichen Händen zu sehen, und bezahlten nun den Generalstaaten eine ungeheure Summe, um ihn wiederzuerhalten und zu begraben. Allein dies war noch nicht genug. Man hatte erfahren, daß sie dem langen Tag ein Stückchen abgeschnitten und es als ihren langen Tag zurückbehalten hatten. Dies mußten sei nun mit dem Magistrate teilen, welcher es in der Schneiderherberge aufhängen ließ zu einem ewigen Gedächtnisse, wie herrlich sich die Schneider um den Staat verdient gemacht. Auf Ansuchen der vielen zurückgelassenen traurigen Schneiderwitwen wurde es blau gefärbt und der blaue Montag, der Schneider ewiger Feier- und Spieltag, genannt.

Dieser Tag, als ein Ehrentag der Schneider, ward nun durch die ganze Welt ausgerufen und lockte eine große Menge von Gesellen nach Amsterdam, welche, die Witwen heiratend, Meister wurden und die große Schneiderlücke, welche der Bock gerissen hatte, bald wieder ausfüllten. Ich aber, der so früh schon so gewaltige Taten getan und der das adeliche Blut in allen seinen Adern fühlte, wollte nicht mehr in Amsterdam, welches mir nach meines Vaters Tod ein Ort der Trauer war, bleiben, und machte mich fort auf die Wanderschaft.

Nachdem ich viele Städte durchzogen, gefiel es mir hier in Mainz ziemlich wohl; doch wurde ich immer wegen meiner kleinen Figur geneckt, weil hier die Schneider viel größer waren; und überhaupt war die kleine Rasse meiner Handwerksbrüder in Amsterdam ziemlich ausgestorben. Erzählte ich nun meine Heldentaten, so lachte mich meine hiesige Meisterin aus. Das zog ich mir, der von königlichem Geblüt war, sehr zu Herzen und wünschte herzlich, daß meine Zeit um sein möchte, und daß ich weiterwandern könnte, die Erstaunung der Welt durch meine Heldentaten zu erregen.

Nun gab uns der Meister alle Tage, die der liebe Gott geschaffen, zweimal Kraut zu essen, welches mich sehr erbitterte.

Ich machte ihm daher Vorstellungen; aber er ließ mit seinem Kraut nicht nach, welches mich sehr melancholisch machte. Als ich nun eines Tages am Fenster saß und nähte, ging eine hübsche Jungfer vorbei. Sie trug einen Korb voll rotbackiger Äpfel, ich winkte ihr, und sie schenkte mir einen, und ich schenkte ihr dafür ein Nadelkissen in Gestalt eines Herzens, das ihr viel Vergnügen machte. Der Apfel stand nun neben mir, und ich sah ihn mit unbeschreiblicher Freude an; denn er erinnerte mich immer an das schöne Kind, das ihn mir gegeben hatte. Ich fühlte durch seinen Anblick mein königliches Geblüt von neuem erwachen, welches durch das ewige Krautessen ganz matt geworden war, und nahm mir nun vor, mich heftig gegen das Kraut zu empören. Als nun der Meister mittags wieder Kraut auftrug, sang ich ihm folgendes Lied vor:

Ich habe mein Vertrauen
Auf Fleisch und Wurst gebaut
Und soll schon wieder hauen
Ins Kraut, ins ewge Kraut.
Ach Kraut, vor dem mirs graut!
Soll zweimal 's Tags dich kauen
In meine zarte Haut.

Du, Meister, bist ein Krauter,
Der leicht das Kraut verdaut,
Mich überläuft ein Schauder,
Wenn mich das Kraut anschaut;
Ach! alle Tag zwei Kraut,
Macht jährlich zu verdauen
Siebenhundert dreißig Kraut.

Als ich dies laut sang, wurde der Meister zornig und schlug mit der Elle nach mir; aber ich schlüpfte unter den Fingerhut. Er suchte mich überall, und ich entwischte ihm immer. Bald war ich in einer Ritze, bald in einem Knopfloch, bald unter den Lappen, und er konnte mich nie erwischen, bis er sich endlich niedersetzte, aus Furcht, sein Kraut möchte kalt werden, und es zornig in sich hinein aß, worüber er gewaltige Leibschmerzen bekam und sich nun niederlegte, um sich den Leib mit einem warmen Bügeleisen plätten zu lassen. Kaum war er zur Türe hinaus, als ich meinen Entschluß faßte, ihn zu verlassen. Ich sah meinen geliebten roten Apfel an, und bemerkte zu meinem großen Verdruß, daß sieben Fliegen darauf saßen! Schnell nahm ich eine Fliegenklappe und schlug sie glücklich auf einen Schlag tot. Nach diesem gewaltigen Sieg erwachte mein Heldengefühl in seinem ganzen Umfange, und ich entschloß mich, als ein Ritter auf Abenteuer auszugehen. Ich sang das Kriegslied, das ich auf meinen Vater gemacht, ohn Unterlaß, nachdem ich mir auf einen roten Lappen mit schwarzer Seide die Worte nähte „Sieben auf einen Schlag". Dann packte ich meinen Bündel zusammen und schrieb mit Kreide dem fatalen Krauter an die Tür:

Kraut und Rüben
Haben mich vertrieben,
Hättst du, Krauter! Fleisch gekocht,
So wär ich länger blieben.

Und nun nahm ich meinen Apfel und ging zum Haus hinaus in die Fremde auf Paris los.

Als ich einstens abends in einen Wald kam und nicht wußte, wo ich mich hin verkriechen sollte, damit nicht etwa ein wildes Eichhorn mich fressen möchte, sah ich plötzlich einige Schritte von mir im Grase etwas glänzen. Ich nahte mich, und sieh da! es war ein ganzer schöner Harnisch. Ich ging erstens in einiger Entfernung rund um ihn herum, dann warf ich mit kleinen Steinen nach ihm, und als sie in ihn hineinrasselten, bemerkte ich, daß er hohl sei und leer. Nun war ich vergnügt; denn wenn ich in den Harnisch hineinstieg, hatte ich ja das schönste stählerne Haus auf diese Nacht, und das tat ich auch die alle Umstände. Ich stieg durch das Visier hinein, das ich hinter mir zuschloß, spazierte vom Kopf bis zu den Füßen darin herum und fand ihn überall schön ausgepolstert und legte mich ruhig drin zu Bette, nachdem ich erst meinen Lappen mit den Worten „Sieben auf einen Schlag“ zu dem Visier herausgehängt hatte. Kaum hatte ichs mir aber ein wenig bequem gemacht, so sah ich einen Mann im Hemde ankommen. Er sagte: „Das Bad war angenehm“, und griff mit der rechten Hand in das Visier des Helmes, um ihn aufzuheben; aber ich klappte es mit solcher Gewalt zu, daß ich ihm die Finger einklemmte, und als er schrie:

> Wer, Kuckuck, ist in meinem Helm?

Schrie ich wieder:

> Ich beiß die Hand dir ab, du Schelm;
> Ich bin der Ritter Siebentot,
> Freß sieben auf ein Abendbrot.

Er sprach:

> Ach teurer, lieber Held!
> Erbarmt Euch mein und laßt mich los,
> Ich zahle Euch ein Lösegeld,
> Soviel ihr wollt, wärs noch so groß.

Ich sprach:

Erst sagt mir, wer ihr seid,
Und ob es nach Paris noch weit?

Er sprach:

Ich bin der Prinz Burgund,
Der hier auf Wache stund,
In einem Schloß, nicht weit von hier,
Ist jetzt des Königs Hofquartier;
Das englisch Einhorn tobt im Land,
Drum hat der Hof sich hergewandt;
Ich mußte hier auf Wache stehn,
Und wollt ein wenig baden gehn;
Nun kam ich wieder in dem Hemd,
Da habt ihr mich so eingeklemmt.

Ich sprach:

Ihr haltet schlechte Wacht,
Nehmt Euren Posten schlecht in acht.
Doch tut mir einen Schwur und Eid,
So helf ich Euch aus Euerm Leid.
Geht, sagt dem König: im Walde ruht
Ein Held von königlichem Blut,
Er tötet meistens alle Tag
Wohl sieben Helden auf einen Schlag,
Er heißt der Ritter Siebentot;
Sein Wappen ist ein Apfel rot,
Er bietet seinen Feinden Trutz
Und nimmt den König in den Schutz;
Er will vom Renntier ihn befrein,
Wenn er ihm giebt sein Töchterlein;
Und daß die Jungfrau nicht erschrickt,
Wenn sie den großen Held erblickt,
Will er in zierlichster Gestalt
Sich geben ganz in ihre Gewalt;

Er will eine Puppe fein,
Ihr Freund und artig Spielwerk sein.

Kaum hatte der Prinz diese Worte gehört, als er hoch und teuer schwur, alles zu tun, was ich befehle, wenn ich ihm die Hand nicht abbeißen wollte. Ich sagte ihm: „Wohlan, mein teurer Prinz von Burgund, so ziehet Eure Hand zurück; ich will, weil Ihr Euch billig finden lasset, Euch auch nicht entehren, ich will gleich meine artige kleine Gestalt annehmen und vor Euch hintreten, wie ich die Rettung von Frankreich vornehmen will; ziehet Euern Harnisch wieder an, gehet an den Hof und saget: daß ich Euch besiegt, daß ich aber, weil Ihr Euch so brav gehalten, Euch freigelassen und zu meinem Abgesandten zum König gemacht, dem ich meine Hülfe durch Euch anbiete." Nun ließ ich seine Hand los und sprang mit gleichen Beinen aus dem Harnische heraus, wo er sich dann überaus über meine kleine artige Gestalt erfreute und mir sagte, daß ich ihn hier wieder erwarten sollte, worauf er sich an den Hof begab.

Ich saß nun im Gras und dankte Gott, daß er mir so herrliche Gesinnungen eingeflößt. Mit meinen Verheißungen wird es sich auch schon finden, dachte ich und sah nur immer meinen lieben roten Apfel recht an, welcher meinen Mut ungemein stärkte.

Sieh! da kam alsbald eine schöne Gesandtschaft von vornehmen Hofkavalieren, den Prinzen von Burgund an ihrer Spitze, zu mir her und luden mich von Seiten Ihrer Majestät sehr höflich ein, in das Schloß zu kommen. Sie hatten einen goldenen Sessel bei sich, ich sprang sogleich mit meinem Apfel darauf und ließ mich an den Hof tragen. Noch am Abend ward ich dem König und der Prinzessin vorgestellt, die sich sehr über meine Gestalt wunderte und einmal über das anderemal sagte: *"O le petit drôle, qu'il est joli! qu'il est petit-maître!"* Das schmeichelte mir sehr, und der König versprach mir noch am Abend seine Tochter, wenn ich das Einhorn erlegen würde. „Ich kenne das Einhorn, Euer Majestät!" sprach ich, „ich habe es gesehen, als ich auf der Hochzeit der langen Nacht und des langen Tages war, welche zwischen Calais und Dover gefeiert wurde, wo jetzt der Kanal *de la Manche* ist. Saget mir doch, wodurch hat sich denn der Streit mit ihm entsponnen?" – „Das ist ein sehr kritischer Fall," sagte der König, „den alle Juristen nicht entscheiden könnten. Das Einhorn hatte einen schönen Garten auf seiner Seite, Bretagne genannt; als nun plötzlich die Erde zwischen den zwei Ländern brach und das Meer sich durchstürzte, riß das Meer jenen Garten hinweg und führte ihn herüber auf meine Seite, wo mein Hahn seine Wohnung hatte, und so ist das Einhorn morgens auf dieser Seite erwacht in seinem Garten. Da aber mein Hahn morgens in seinen Garten gehen wollte, fand er ihn nicht mehr. Das Land hatte sich verwandelt, der Garten des Einhorns lag auf seinem Garten. Nun begann ein Streit, wer hier der Herr sei. Der Hahn sagte: 'Hier habe ich immer gewohnt, hier ist meine Grenze, hier ist mein Himmel.' Das Einhorn sagte: 'Dieser Garten ist mein, diese Bäume hab ich gepflanzt, diese Felder hab ich gesäet.' Der Hahn sagte: 'Trage deinen Garten hinweg!' Das Einhorn sagte: 'Ich habe ihn nicht hergetragen und brauche ihn auch nicht wegzutragen.' Nun entstanden Prozesse, die kein Ende nahmen, und endlich Krieg. Das Einhorn wütete durch das ganze Gallien und hat mich schon bis hieher vertrieben. Täglich erwarte ich die traurige Nachricht, daß es sich meinem Hoflager nähere und ich mich von neuem zurückziehen müsse.“ Kaum hatte der König diese Worte erzählt, als ein Kurier hereintrat und die Nachricht brachte, daß das Einhorn sich nahen müsse; denn schon nahe sich das ungeheure Wildschwein, welches immer vor ihm herlaufe und das Land verwüste. „Ach!“ sprach der König, „wenn wir das abscheuliche Wildschwein nur los wären, mit ihm muß der Anfang gemacht werden, es ist der stärkste Bundesgenoß des Einhorns.“ Worauf ich ihm erwiderte: „Ihro Majestät, ich habe mich zwar allein anheischig gemacht, das Einhorn für die Hand Eurer reizenden Tochter zu bezwingen; so aber Ihro Majestät mir versprechen, mir Prinzessin Lilie morgen abend zur Frau zu geben, so will ich morgen schon diesen Eber zu Ihren Füßen legen.“ Der König lächelte und sagte: „Mein teurer Ritter Siebentot! ohne einen Zweifel in Eure Tapferkeit zu setzen, kommt es mir doch immer sehr kurios vor, wenn Ihr von solchen Heldentaten sprecht. Doch sei Euer Begehren bewilligt: so Ihr das Schwein tötet, soll Euch die Prinzessin gegeben werden.“

Dies war unsere Unterredung am ersten Abend, worauf ich zu Bette ging und vortrefflich schlief. Am folgenden Morgen machte ich mich auf, um mein Heil mit dem Wildschweine zu versuchen. Kaum war ich eine Stunde weit in den Wald gegangen, als ich das Grunzen des Schweines hörte. Mich ergriff eine unbeschreibliche Angst, als es im Gebüsche hinter mir rasselte. Schnell lief ich in eine Kapelle, die im Walde stand, und machte die Türe zu; aber siehe da! das entsetzliche Schwein sprang zu mir durch das Fenster herein. Als ich es ankommen sah, sprang ich zur Tür hinaus und hielt sie zu; da sprang das Schwein wieder zum Fenster heraus gegen mich, und ich sprang wieder zu der Türe hinein. Kaum fand das Schwein die Türe abermals verschlossen, als es wieder zum Fenster hineinsprang und ich wieder zur Türe hinaus, und so ging dies Raus und Rein und Rein und Raus über sechs Stunden lang, bis das Schwein, welches immer den schweren Sprung über das Fenster machen mußte, so müde ward, daß es in der Kapelle beinahe tot an die Erde fiel. Nun warf ich mit Steinen nach ihm, und als ich sah, daß es sich kaum mehr regen konnte, nähte ich ihm die Nasenlöcher und das Maul zu und schnitt ihm den Schwanz ab, worauf ich die Kapelle verschloß und mit meinem Schweineschwanz nach Hof zurückeilte.

Ich legte ihn dem Könige zu Füßen und begehrte Ketten und Jäger, um das Schwein abzuholen. Dies ward mir sogleich bewilligt. Ich zog mit allem versehen hinaus; wir fanden das Schwein bereits erstickt und schleiften es an einer Kette gebunden nach Hof vor den König. Der Prinz von Burgund ward bleich vor Verdruß, mich als Held zu sehen; denn er hätte die Prinzessin Lilie selbst gern geheiratet, auch die Prinzessin wollte nicht daran, ein so kleines Herrchen zu heiraten. Aber der König, der ein Mann von Wort war, ließ sich nichts einreden; ich wurde sogleich mit Lilie zusammen getraut und saß beim Abendschmaus zwischen ihr und dem König. Da gab mir der Prinz von Burgund einen Trunk, der ein wenig stark war, und ich ward so berauscht, daß ich den andern Morgen auf meinem Hochzeitsbette erwachte. Die Prinzessin Lilie saß auf einem Lehnstuhl neben mir und sprach, als ich die Augen öffnete: „Gott sei Dank! Ihr lebt noch, mein Herr und Gemahl! Ich zitterte schon für Euch. Was habt Ihr denn nur gehabt? Die ganze Nacht sagtet ihr: 'Wichst mir das Garn', oder 'Manchester', oder 'Kamelhaar', und dabei fuhrt ihr mit den Händen aus wie ein Schneider, der näht!" – „Ei!" sagte ich, „geliebte Prinzessin! ich träumte, daß ich in Manchester in Großbritannien ein Kamel in einem Garn gefangen hätte." Damit ließ sie sich zufriedenstellen, und wir begaben uns zum König.

Aber der war schon wieder in großer Not. Ein Kurier hatte ihm gemeldet, daß das Einhorn Paris eingenommen und auf die Nachricht von dem Tod des Schweines einen Riesen abgeschickt habe, den König tot oder lebendig zu fangen. Nun hetzte alles an mir, und die Prinzessin sagte, ich müsse den Riesen besiegen, oder sie hielte mich nach meinen Träumen für einen elenden Schneider. Alles lachte laut, als sie dies sagte, und ich mußte, da ich mich einmal in den Handel eingelassen hatte, meinen zweiten Heldengang tun. Ich zog an drei Stunden durch den Wald; da hörte ich einen gewaltigen Tritt, daß die Erde zitterte, und kletterte in meiner Herzensangst auf einen hohen Kirschbaum, welcher vor einem kleinen Försterhaus stand. Aber wie erschrak ich, als der Riese an den Baum trat, an dem die Kirschen ganz bequem hingen; er aß bald hier, bald dort, und als er mich sah, sagte er: „Ei! du garstige Spinne auf den schönen Kirschen!“ und nun gab er mir einen Schneller mit dem Finger, daß ich in den Rauchfang des Försterhauses flog und in einen großen Topf voll Buttermilch fiel, der auf dem Herde stand. Kaum war ich drin, als der Riese auch das Dach des Hauses abhob, nach der Milch griff und sie mitsamt dem Topf hinunterschluckte. Aber ich stemmte mich in seiner Kehle, daß er mich nicht herauf- und herunterbringen konnte, und fing an, ihm mit meiner Schere von innen den Hals aufzuschneiden, daß er wie ein Löwe brüllte und endlich tot niederfiel.

Da spazierte ich aus dem Loche heraus und lief eilends, blutig wie ich war, nach Hof; der König und meine Prinzessin waren nicht wenig erschrocken, mich so wiederzusehen; aber ich schrie Victoria! und legte ihnen den Schurrbart des Riesen, den ich mit vieler Mühe mitgeschleift hatte, zu Füßen. Nun zogen gleich Stallknechte mit zwanzig Pferden mit mir zurück, und wir schleiften den Riesen vor das Schloß. Abermal hielt man da eine große Gasterei und trank meine Gesundheit mit Pauken und Trompeten, und ich ward abermals so sehr berauscht, daß ich, ohne zu wissen, wie ich hineingekommen war, morgens in der Brautkammer erwachte. Prinzessin Lilie saß wieder auf dem Lehnstuhl und begrüßte mich mit bittern Tränen. „Mein teuerster Gemahl und Held Siebentot!“ sagte sie, „wie war mir wieder angst um Euch. Ihr schriet wieder im Traume: 'Was Kraut und immer Kraut!' und dann sagtet ihr: 'Zwei Ellen Futterbarchent 1 fl. 30 kr., für Façon 3 fl. 45 kr., für Steifleinwand in den Kragen 1 fl. 12 kr., für Nähseide und Kamelhaare 3 fl. 26 kr.', und so immer fort eine ganze Schneiderrechnung; auch habe ich Eure Finger besehen und finde sie so gewaltig verstochen, daß ich in großer Angst bin, daß ihr ein Schneider seid.“ Ich sagte ihr, sie solle sich dergleichen aus dem Sinne schlagen, ein Traum sei ein Schaum. Aber sie weinte immer fort und wollte mir keinen Kuß geben, bis ich das englische Einhorn gefangen hätte. Verdrießlich über ihren Eigensinn stand ich auf und sagte ihr, daß ich ihr das Einhorn bringen wollte.

So marschierte ich wieder in den Wald, wo mir bald allerlei flüchtige Leute begegneten, die mir sagten, das Einhorn sei in vollem Anmarsch. Ich ließ mich nicht stören und vertraute auf gut Glück. Bald hörte ich es heranrasseln durch das Gebüsch. Ich aber trat mitten vor dasselbe hin, und wenn es mich mit seinem Horn spießen wollte, sprang ich immer hinter einen Baum, und so neckte ich es lange, bis es ganz toll und blind mit seinem Horn dermaßen in das Astloch einer Eiche rannte, daß es sich selbst fing und nicht rückwärts konnte. Nun war ich gleich bei der Hand und vernähte ihm dermaßen die Nasenlöcher und das Maul mit einer Kettennaht, daß es kaum Atem holen konnte, worauf es demütig ward wie ein Lamm und sich von mir an einer Halfter von Tuchenden ruhig in das Schloß führen ließ.

Als ich ankam, wollte der König eben mit Sack und Pack flüchten. Aber wie war die Verwunderung groß, mich mit dem Einhorn zu sehen. Es neigte sich vor dem Könige und seufzte; dann führte ich es zu der Prinzessin, daß es ihr das Haupt in den Schoß legen sollte. Aber es schüttelte den Kopf und wollte nicht. Nun ward es gefesselt und in einen Turm gesperrt. Der König konnte mir nicht genug danken, daß ich ihm seinen Feind gefangen; aber die Prinzessin war sehr verdrießlich, daß sich das Einhorn nicht vor ihr geneigt; und als der König sie bei Tisch fragte, warum sie trauere, sagte sie: „Was helfen mich alle die Siege des Helden Siebentot? Ich werde ihn doch immer für einen Schneider halten, der mein Gemahl nicht sein kann, bis er öffentlich vor meinen Augen einen Kampf mit einem Geißbock besteht." Dieser boshafte Vorschlag ärgerte mich tief in der Seele, und ich erwiderte ihr: „Und ich werde Euch so lange für keine tugendhafte Jungfrau halten, als Euch das Einhorn den Kopf nicht in den Schoß legt." Sie wurde rasend darüber und warf mir ihren Handschuh hin. Da er aber von Ziegenleder war, sprang ein Geißbock, welcher Schloßgärtner war, hervor und hob ihn auf „Wohlan," sagte der König, „Ihr, der Sieger über das Wildschwein, den Riesen und das Einhorn, werdet bald mit dem Geißbock fertig sein; beginnt den Kampf auf Leben und Tod!" Aber du mein Gott! wie schlimm stand es mit mir! denn kaum hatte der König ausgeredet, als mich der Geißbock auch schon mit den Hörnern im Hosenbund ergriff, mich ein paarmal hin und her schwenkte und mich dann mit unbeschreiblicher Gewalt über die Bäume hinaus in den wilden Wald schleuderte.

Ich fiel ganz sanft auf einen Bund Heu nieder, an dem einige Esel fraßen, und da sie mit ihren Männern noch ziemlich weit von mir entfernt waren, hatte ich noch keine Sorge und überlegte mein trauriges Geschick. Der Undank des Königs und der Prinzessin kränkte mich tief; aber indem ich meinen roten Apfel ansah, dachte ich wieder: „Es geschah dir doch recht! Warum konntest du das schöne Mägdlein vergessen, das dir mit diesem Apfel allein deinen Mut eingeflößt?" Nun sah ich mich um und bemerkte, daß ich unter einer Schar von Räubern war, die soeben überlegten, wie sie des Königs Schatzkammer bestehlen wollten. „Potz Bügeleisen!" dachte ich, „da kannst du dich für den Undank rächen!" und als mir nun die Esel mit ihren Mäulern zu nahe kamen, stach ich sie mit einer großen Stopfnadel tüchtig in die Nase, worüber sie laut schrieen und davon liefen. Nun sprangen die Räuber auf und fingen sie ein und als sie wieder nachsahen, was die Esel von dem Heu verjagt hatte, sahen sie mich kleinen Helden auf dem Heu sitzen, der sie folgendermaßen anredete: „Meine Herren und Freunde! ich bin der Held Siebentot, ich habe dem König das Wildschwein, den Riesen und das Einhorn besiegt; er hat mich mit Undank belohnt, ich will mich an ihm rächen; ich habe gehört, daß ihr seine Schatzkammer berauben wollt, laßt mich euer Bruder und Gehülfe sein, ich weiß alle Schliche und Wege im Schloß. Stellt euch nur unter die Fenster der Schatzkammer in der Nacht, und wenn ihr gut fangen könnt, will ich euch Taler genug herauswerfen." Die Diebe willigten ein.

Mit der Abenddämmerung stellten sie sich unter die Fenster der Schatzkammer: ich aber nahm ein grünes Krautblatt auf den Rücken und hüpfte wie ein Frosch zwischen den Wachen in das Schloß hinein. Die eine Schildwache wollte nach mir stechen, die andere aber sagte: „Laß den Grünhösler hüpfen, er zeigt uns gut Wetter auf morgen an." So entkam ich glücklich dem Tod und schlich nun nach der Türe der Schatzkammer, wo ich wußte, daß alle Abend der Schatzmeister hineinging und Geld auf morgen holte. Er kam auch bald, und ich schlüpfte mit ihm hinein; da er wieder fort war, begann ich meinen Kameraden einen Taler nach dem anderen hinabzuwerfen und so arbeiteten wir die ganze Nacht.

Den folgenden Abend kam der Schatzmeister wieder und wunderte sich, daß der Haufe Taler so abgenommen. Doch ging er wieder fort, nachdem er alle Schlösser und Fenster noch wohl verwahrt gefunden. Nun warf ich wieder die ganze Nacht die Taler einzeln hinunter, und als der Schatzmeister sah, daß fast alles Geld verschwunden war, so begann er überall zu suchen. Nun versteckte ich mich unter einem Taler und rief ihm zu: „Hier bin ich!" Wenn er aber hergelaufen kam, saß ich schon wieder unter einem andern Taler und schrie: „Hier bin ich!" So neckte ich den Schatzmeister so lange herum, bis ihm das Licht ausging. Da fing ich nun wieder an, Taler hinunterzuwerfen, und er suchte die Türe, um davonzulaufen. Als er aber mit dem König und mehreren Menschen wiederkam, saß ich eben auf dem letzten Taler und hüpfte mit den Worten: „Adieu, Herr Schwiegervater! ich habe mir meine Bezahlung geholt", zum Fenster hinunter. Schnell eilte ich nun mit meinen Kameraden in den Wald, wo wir unsere Beute teilten, wobei ich aber nur einen Kreuzer kriegte, weil ich schon an meinem Apfel genug zu schleppen hatte.

Ich steckte den Kreuzer in den Apfel, und sie ernannten mich zu ihrem Hauptmann, und ich nannte mich Rinaldo Rinaldini und tat viele große Taten, von welchen ein ganzes Buch geschrieben ist. Was half mir alles? Als ich einstens auf einer Wiese spazierend mich in edlen Gedanken von meinen Kameraden entfernt hatte, wurde gerade Gras gemäht von einer dicken starken Bauernmagd. Ich sah nach ihren roten Strümpfen und dachte an die Jungfrau in Mainz, die auch rote Strümpfe angehabt. In solch schönen Jugenderinnerungen blieb ich wie versteinert stehen. Da faßte mich die Bauernmagd mitsamt dem Gras, in dem ich stand, und schnitt es mir unter den Füßen weg und steckte mich in ihre Schürze. Die Überraschung, die Macht der Erinnerung und der betäubende Heudunst hatten mich berauscht. Ich entschlummerte, und sie warf mich ihrer Geiß vor, welche mich samt dem Heu gierig hinunterfraß; da ich erwachte, war ich in dem Bauche der Geiß, wo es mir gewaltig widerwärtig zu Mute war. Ich kniff die Geiß und quälte sie so, daß die Bäuerin, der sie gehörte, glaubte, die Geiß wolle toll werden, und sich entschloß, sie zu schlachten. Als sie in den Stall kam und die Geiß schlachten wollte, schrie ich immer: „Hier bin ich! hier bin ich!“ Aber sie hörte mich nicht, schlachtete die Geiß und hackte eine Wurst aus ihr. Unter dem Hacken war ich in Todesangst und schrie immer: „Ich bin hier! ich bin hier! hackt nicht zu tief!“ Aber sie hörte mich während dem Geklapper der Hackmesser nicht und füllte mich in die Wurst und hing mich in den Rauch. Da kam aber eine Eule nach einiger Zeit und stahl die Wurst, und als sie daran fraß, bekam ich Luft und lief von neuem fort auf die Wanderschaft.

Vor allem lief ich auf die Wiese, wo ich meinen Apfel hatte liegen lassen, und fand ihn auch wieder gesund und rot, was mir ein gutes Zeichen schien für das Wohlsein meiner Liebsten. Da ich aber bereits mit meinem Apfel wieder in der Nähe von Mainz war, erwischte mich ein Fuchs und fraß mich mitsamt dem Apfel in einem Schluck hinunter. Nun rief ich immer: „Herr Fuchs! ich bin hier!“ Er fragte: „Wo?“ Ich sagte: „In Eurem Bauch; o laßt mich frei!“ – „Ja!“ sagte er, „wenn du mich in einen guten Hühnerhof bringen willst.“ – „Ja!“ sagte ich; und nun sagte ich ihm den Weg nach meiner Liebsten Wohnung; er schlich sich nachts in ihren Hühnerstall; da sie aber gerade darin war, mit einer Mistgabel den Stall zu reinigen, stach sie ihn damit in den Hals, und als der Fuchs tot war, schrie ich immer:

Liebstes Röschen! ich bin hier, Ich bin hier!
Ich bringe dir den Apfel rot;
Ach, helfe mir aus meiner Not!

Da schnitt sie den Fuchs auf, und ich fiel ihr zu Füßen, und sie heiratete mich, und ich ward Meister hier in Mainz, und sie gebar mir ein Söhnlein, genannt Garnwichserchen.